버림받고 · 즐기는 · 소박한 · 독신의 삶

박귀리 장편소설

버림받고 · 즐기는 · 소박한 · 독신의 삶 vol. 3

초판 1쇄 인쇄 | 2021년 10월 18일
초판 1쇄 발행 | 2021년 11월 10일

지은이 | 박귀리
펴낸이 | 권순남
펴낸곳 | 페리윙클
편집 | 김한나
표지디자인 | NIQ DESIGN
내지디자인 | 허슬기
마케팅 | 장윤영

주소 | 서울특별시 노원구 동일로237가길 17, 신영산업빌딩 602호
전화 | 02-2091-0291 **팩스** | 02-2091-0290
메일 | marubooks@mayabooks.co.kr
출판등록 | 2008년 1월 7일 제310-2008-00001호

ISBN | 979-11-368-1777-8 / 979-11-368-1774-7(세트)
정가 | 12,000원

※ 이 책은 페리윙클이 저작권자와의 계약에 따라 발행한 것입니다. 본사의 허락 없이 내용을 무단 복제하거나 무단 전재하는 것은 저작권법에 의해 금지되어 있습니다.

※ 저자와 협의하여 인지를 붙이지 않습니다. 잘못된 책은 구입한 곳에서 바꾸어 드립니다.

페리윙클은 (주)마야마루출판사의 로맨스 판타지 문학 레이블입니다.

A DELIGHTFUL SIMPLE LIFE

PERIWINKLE ROMANCE NOVEL

버림받고 · 즐기는 · 소박한 · 독신의 삶

OF A SINGLE, AFTER LEAVING HOME

박귀리 장편소설

vol. 3

Peri Winkle

목 차

제7장 릴리스   7

제8장 제도   149

제9장 결투   325

제7장
릴리스

우주를 이루는 혼돈의 중심, 이그드라실.

이그드라실에서 천상으로 뻗어 있는 일곱 개의 가지와 지하로 뻗어 있는 일곱 개의 뿌리.

혼돈이 탄생하고 만고의 시간이 흐른 후, 7개의 뿌리에는 각각의 자아가 생겨났는데 그 이름은 다음과 같다.

창공의 지배자 루시퍼.

대양의 지배자 리바이어던.

공허의 지배자 릴리스.

천둥의 지배자 마몬.

청동의 지배자 베헤모스.

홍염의 지배자 벨리알.

환몽의 지배자 아스모데우스.

「외우기가 너무 어렵지. 그냥 뿌리1, 뿌리2 하면 안 되는 거지?」

"그런가 봐."

「이름을 지었을 때 사춘기였나 보지.」

뿌리와 마찬가지로 가지 역시 자아가 탄생하였고, 이들은 서로 사이가 좋지 못했다.

오만한 가지와 파괴적인 뿌리는 한 나무에서 태어났음에도 서로를 앙숙 보듯 했다. 시간이 흘러 뿌리의 종과 가지의 종이 늘어나도 마찬가지였다.

보다 못한 이그드라실이 가지와 뿌리 사이를 중재하기 위해서 그들 사이에 거대한 낙원을 만들었는데, 이 낙원이 바로 인간의 땅 에덴이다.

에덴이 창조된 후 뿌리와 가지의 전쟁에 상처 입은 수만 종의 생물들이 에덴으로 도망쳤다.

이날부터 세상은 지하에 솟은 뿌리의 언덕을 불구덩이, 천상에 지어진 가지의 요새를 공중 정원이라 부르게 되었다.

「외우기 더럽게 어렵지. 그냥 뿌리 나라, 가지 나라라고 부르면 안 되는 거지?」

"그런가 봐."

「쯔쯧. 겉멋이 너무 심하게 들었지.」

"흠흠… 하여간."

뿌리의 종과 가지의 종은 오직 에덴의 허락을 받아야만 그 땅에 발을 디딜 수 있었다.

하지만 종의 시초인 일곱의 가지와 일곱의 뿌리는 이그드라실의 힘을 빌려 손쉽게 에덴을 오고 갔다.

이 통로는 이후 심연이라고 불렸다.

가지의 심연 아래에서는 그 존재를 칭송하는 인간들이 터를 잡아 대신전을 세울 수 있었으나, 뿌리의 심연은 유령처럼 나타났다가 쥐도 새도 모르게 사라지는 것이 대다수였다.

인간들은 신기루처럼 나타났다가 사라지는 이 심연을 불결하게 여겼고 악마 소환진이란 이름을 붙이게 된다.

「쯧쯧. 왜 악마 소환진을 한곳에 진득하니 두지 못하고 줏대 없이 여기저기 옮긴 거지? 불결한 취급을 받아도 싸지.」

"이 덜 자란 가고일이 멍청한 소리를 하는구나. 가지, 그러니까 이 씹어 먹어도 시원찮을 천사 새끼들이 애초에……."

「어휴, 됐지! 지겹지! 재미도 없고 감동도 없지. 나는 재미있고 감동 있는 귀뚜라미 잡기나 하러 갈 거지!」

빽 소리 지른 야옹이가 뒤돌아보지도 않고 방을 뛰쳐나갔다. 캐서린은 그런 야옹이의 태도를 나무라지 않고 의자 등받이에 가만히 몸을 기댔다.

나도 졸기 일보 직전이기는 했어.

"마물이란 것들은 오냐오냐하면 저렇게 시건방지게 자랍니다. 한번 따끔하게 혼내고 훈련시키세요. 뭐, 귀찮으시면 제게 맡기셔도 좋고. 애완 마물을 가르치는 것 또한 집사의 책임 아니겠습니까?"

그리 말하며, 한 시간 내내 지루한 강의를 펼치던 남성이 빙그레 웃었다. 캐서린은 길게 하품하며 고개를 저었다.

"그건 됐어. 대체 언제까지 이 수업 아닌 수업을 들어야 하는 거야? 너무 오래 앉아서 허리가 아플 지경이야."

"농담도. 대악마가 만든 육체는 고작 그 정도로 피로하지 않습니다만."

 "너는 비유라는 것도 몰라?"

 캐서린이 두 눈을 가늘게 뜨며 항의하자, 남성이 어쩔 수 없다는 듯 한숨을 쉬었다.

 "정 그러시면 누워서 수업을 들으시는 게 어떻습니까? 제가 아기 자장가 불러 주듯 상냥하게 수업하겠습니다. 어디 보자, 앞으로 6666시간가량 더 들으시면 어디 가서 멍청한 악마 취급은……."

 "미쳤어?"

 "하하. 미쳤겠습니까? 저는 잘생긴 것으로 모자라 똑똑하고 상냥하며 이성적이기까지 한! 아주, 매우, 상당히 훌륭한 집사인 것을요."

 남자의 뿌듯한 웃음을 봐도 그다지 고마운 마음이 들지 않았다.

 '저게 아주 집사 놀이 맛 들였군.'

 눈길이 갈 수밖에 없는 쨍한 초록색의 짧은 머리칼.

 뻔뻔하고 시건방진 성정에 걸맞은 강한 인상.

 완연한 즐거움이 묻어 나오는 웃음.

 새하얀 치아, 더해서 캐서린의 짜증을 일으키는 목소리까지.

 외양만 따지면 어디서 껌 씹으며 침 뱉을 것 같은 남자의 정체는 다름 아닌 악마, 단탈리온이었기 때문이다.

 "자아, 그럼."

 단탈리온이 가볍게 핑거스냅을 하자, 캐서린의 의자가 수평으로 눕혀져 간이식 침대의 형상을 갖추었다.

졸지에 천장을 바라보게 된 그녀였으나, 표정에서는 조금의 감흥도 엿보이지 않았다.

단탈리온은 고집이 세다. 도망쳐 봤자 다시 잡혀 올 게 뻔하니 아닌 척 낮잠이나 자는 게 더 나을 것이다.

"수업을 계속해 볼까요? 아가씨께서 지루해하시는 것 같으니 오늘은 딱 아홉 시간만 더 수업하겠습니다. 으음. 제가 어디까지 말했었죠? ……아! 그래서 그 빌어먹을 천사…….”

이 잡초 머리의 끔찍한 집사가 어떻게 내 집으로 오게 되었더라.

캐서린은 응접실 천장에 매달린 오래된 실내 장식을 응시하며 기억을 되짚었다.

지금으로부터 일주일 전.

캐서린이 공허의 유지를 이어받았던 그날. 의도했던 바와 정반대의 결과를 얻게 되었어도 되도록 침착함을 유지하려 애썼다.

이토록 재수 없는 일은 살면서 많이 겪어 오지 않았는가? 바꿀 수 없다면 받아들이자는 게 캐서린의 지론이었다.

'읏.'

알 수 없는 고통으로 지하 바닥을 기던 그녀는 한참 만에 새까만 무언가를 토해 냈다. 피라고 여기기에는 너무 검었고, 액체라고 여기기에는 믿을 수 없을 만큼 무거운 무언가를.

바닥에 흩뿌려진 그것은 순식간에 허공으로 증발해 사라졌다. 캐서린은 평온을 되찾은 후에야 그것의 정체가 체자레로부터 받았던 영혼의 일부임을 깨달았다.

둘을 이어 주던 계약이 완벽하게 깨진 것이다.

바스러진 유리처럼.

형태도 남기지 않고.

산산조각.

「정신 차려라, 주군.」

바닥에 엎어진 채 얼마나 오랫동안 굳어 있었던가?

마법진의 타박에 캐서린은 멍하니 고개를 들었다. 눈물도 나지 않을 만큼 극도의 공허함이 느껴졌다.

「이 마르구스의 주군은 무릎을 꿇지 않는다. 할 일 없으면 일어나서 주군이 지웠던 내 몸의 일부나 고쳐라. 빨간 펜으로.」

영원을 함께할 악마와의 계약이 끊겼으니, 캐서린은 다시 혼자가 되었다.

「이제부턴 주군이 공허의 지배자이다. 그에 마땅한 위엄을 지녀야 한다.」

혼자는 익숙해.

'그래, 익숙하지.'

익숙하니 괜히 처량하게 굴 필요 없다. 앞으로 천 년은 넘게 살아야 할 텐데 뭐든지 긍정적으로 여기는 게 더 편할 테다.

'환생에는 한계가 있지만… 대악마가 되면 체자레와 더 오래 볼 수 있을 테니 나름의 이득이야.'

게다가 같은 대악마라는 공통점도 생겼고.

강해졌으니 체자레에게 민폐 끼칠 우려도 없고.

……이 이상 긍정적으로 여길 수는 없을 것 같지만 대충 좋게 생각하자고.

캐서린은 느릿하게 일어나 방에서 빨간 펜을 들고 돌아왔다. 마법진, 마르구스의 바람대로 한때 대걸레로 벅벅 긁었던 자리를 꼼꼼하게 채웠다.

「거기 아래도 채워야 한다. 지워져서 간지럽다.」

'간지럽다고? 너 마법진 주제에 별걸 다 느끼네.'

「진정한 주군이 자리를 비운 후 마법진의 유지 보수 상태가 심히 좋지 않았다. 그 탓에 다른 악마들이 감히 심연 입구까지 숨어 들어와 이곳을 어지럽힐 수 있었다. 이제는 그런 일이 발생하지 않을 것이다.」

그건 다행이네.

주군이라면서 이것저것 시키는 게 꼴같잖았지만, 캐서린은 최대한 열심히 마법진을 그렸다.

이 악마 소환진은 이제 그녀의 소유였다. 그러니 잘 돌봐 주는 게 옳았다.

'이제 어쩌지. 앞으로가 캄캄하네.'

말은 그렇게 했어도, 막상 고민해 보니 당장의 일정이 꽤 빡빡했다.

당장 며칠 후면 대륙평화유지회의가 열릴 테고 그곳에서 샤를로스 킬홀더를 괴롭혀야 했다.

또 체자레의 비호에서 벗어난 저택을 지키기 위해 마땅한 대책을 찾는 것 역시 시급했다. 지오반느에게서 집 지키기용 마도구를 빼앗아 오든 뭐든.

지상으로 올라왔을 땐 잠이 덜 깬 얼굴의 데미안이 캐서린을 기다리고 있었다.

그는 뼈에 한기가 일 만큼 엄청난 기운에 절로 눈이 떠졌다고 했다.

'보나마나 지하실의 그 마법진과 관련되어 있겠죠. 밑에서 대체 무슨 일이 일어난 겁니까? 체자레 님을 부르는 게 낫지 않을까요?'

캐서린은 고개를 저었다.

'그는 이제 이곳에 오지 않을 거예요.'

'예? 왜요?'

올 이유가 없으니까.

대답 대신 팔을 뻗어 데미안의 어깨를 두들겼다. 데미안은 체자레의 명령으로 저택에 붙어 있을 뿐, 33명밖에 안 되는 황실 기사 중 한 명이었다.

체자레와의 연이 끊겼으니 황성으로 다시 돌려보내는 게 마땅했다.

'그동안 고마웠어요, 데미안. 내일 해가 뜨면 황성으로 돌아가도 좋아요. 파냐 가문 입적 건은 잘 고민해 보세요. 할머니를 오래 기다리시게 하지는 말고요.'

'갑자기 웬 씻나락 까먹는 소립니까? 이젠 별 갖가지 방법으로 욕하시네.'

데미안은 투덜투덜 방으로 돌아가더니 중무장을 한 채 정원으로 나갔다.

'내가 더러워서 오늘 안에 다 끝냅니다. 내일이면 완벽한 정원을 볼 수 있을 거라고요!'

그의 호언장담대로 다음 날 정오쯤에는 정원이 완벽하게 정리

되었다.

하루 만에 끝낼 수 있는 일을 며칠 미뤘다고 생각하니 어처구니가 없다.

이후로도 데미안은 저택에 박혀 희희낙락하기만 하지, 나갈 생각은 조금도 없는 것 같아 보였다.

'데미안, 언제 가요?'

'어딜 말입니까?'

'황성으로 돌아가래도요.'

'싫은데요.'

'가라고요.'

'싫은데요.'

'어서 나가!'

'싫어요.'

이 청개구리를 진짜.

어떻게 쫓아내야 하나, 싶은 눈으로 쳐다보자 데미안이 서운해 죽겠다는 표정으로 울분을 뱉었다.

'아가씨, 아가씨와 체자레 님 사이에 어떤 일이 있었는지는 모르겠지만, 본래 사회생활은 냉혹한 법입니다. 냉혹한 사회에서 여기만큼 꿀 같은 직장이 없다고요. 저는 남은 날짜를 다 채우고 돌아갈 겁니다. 쫓아낼 생각 마십쇼. 예?'

데미안은 저택 바닥에 거머리처럼 들러붙은 채 한참 동안 '노동자를 보호하라! 악질 사장 타도하라!'와 같은 헛소리를 외쳤다.

그의 입은 로제가 뭔진 몰라도 알았으니 좀 닥치라고 소리친 후에야 조용해졌다.

문제는 그다음, 알 수 없는 방문자가 초인종을 울리면서 일어났다.

'누구세요?'

창살 너머로 눈에 띌 정도로 큰 신장을 가진 남자가 나타났다.

체자레를 만날 때보다 턱이 더 높이 올라가니 족히 190cm는 되는 듯했다. 장정인 것으로 모자라 선명한 녹색 머리칼은 낯설어서 보는 이의 경계심을 일으키고도 남았다.

남자는 말쑥한 얼굴로 이상한 소릴 내뱉었다.

'오늘부터 이 저택의 집사로 일하게 된 단입니다.'

'잘못 찾아오셨어요. 저는 집사를 고용한 적이 없어서요.'

어리둥절한 눈으로 서 있던 남자가 짧은 탄성을 내뱉으며 손뼉을 쳤다.

'아! 참고로 제 이름의 단은 단탈리온의 단입니다. 어때요? 깔끔하고 지적인 이름이지 않습니까? 제가 이 이름만 900년을 사용했지요.'

단탈리온.

캐서린은 옅은 경계로 쉴 틈 없이 뛰던 심장이 빠르게 식어 가는 것을 느꼈다.

녹색 머리와 쥐 대가리. 그야말로 최악의 조합이지 않은가?

하지만 캐서린은 단탈리온을 매몰차게 내칠 수 없었다.

'제가 말씀드렸잖습니까? 아가씨의 어머니께서는 아가씨의 선택을 받아들이시지 않을 거라고.'

그는 체자레를 제외하고 캐서린의 정체를 아는 유일한 존재였으니까.

단탈리온은 여유로운 미소를 띠며 얼굴을 가까이 했다.

'제 도움이 필요하실 겁니다.'

그때, 캐서린은 필요 없다고 단언하지 못하는 자신의 처지가 퍽 서글프다고 생각했다.

『가이드북』에도 분명히 언급되어 있었다. 문제가 생기거나 도움이 필요하다면, 악마 단탈리온을 부르라고. 언제 어디서든 나타날 거라고.

하지만 캐서린은 『가이드북』의 조언에 쉬이 따를 수 없었다.

'내가 너를 어떻게 신뢰해?'

많고 많은 악마 중에 왜 하필 쥐… 아니, 녹색 대가리란 말인가? 단탈리온이 믿을 수 없다는 표정으로 탄식했다.

'이런. 우리 아가씨께서는 정말 놀랍도록 무지하십니다. 저야말로 묻고 싶군요. 이 단을 믿지 않으면 누굴 믿는단 말씀이십니까? 멍청한 데미안 경? 귀여운 로제 양? 아니면 말하는 고양이?'

'말하는 고양이가 아니라 가고일이야.'

'가고일이든 뭐든요. 설마 대양의 지배자는 아니겠지요? 앞의 셋은 몰라도 마지막 그분은 절대 안 됩니다. 이유는 말씀드리지 않아도 잘 알고 계시리라 믿습니다.'

체자레가 거론되자 급격하게 다시 우울해졌다.

그러면 새로운 릴리스가 탄생했단 사실을 눈치챘을 것이다. 하지만 체자레는 하루 내내 모습을 보이지 않았다.

600년을 기다렸다면서?

지렁이가 되고 소나무가 되어도 책임지겠다면서?

하루아침 만에 달라진 태도가 서운해도 너무 서운했다.

그녀가 우울해하든 말든, 녹색 대가리는 계속해서 제 할 말을 이었다.

'악마가 살아가는 방법은 세 가지입니다. 적당히 수명대로 살다가 죽는 법. 인간의 영혼을 흡수해 수명을 늘리는 법. 더 강한 악마에게 기생하는 법.'

마지막 경우에서는 레모르와 퀸이 떠올랐다.

'지금 불러도 나타나 주려나?'

시험해 보고 싶지는 않았다. 안 나타날 게 분명했으니까.

캐서린이 멍하니 서 있기만 하자 녹색 대가리가 코를 찡그리며 물었다.

'우세요?'

'안 울어.'

캐서린은 태어날 때만 울었다. 마지막으로 운 날이 기억나지 않는 걸 봐선 아마 그럴 것이다.

흠. 팔짱을 낀 채 그녀의 정수리를 내려다보던 단이 조용히 저택의 정문을 밀었다.

함부로 들어오지 말라고 경고할 마음은 진작 사라졌다. 악마들은 원래 제멋대로니까.

'릴리스.'

단탈리온이 캐서린의 손을 쥐고 그녀 앞에 무릎을 꿇었다. 그는 이전에 들은 적 없는 무거운 목소리로 입을 뗐다.

'저는 당신이 있기에, 또 당신을 위해 살아갑니다. 그러니 이 단탈리온은 죽는 그날까지 주군에게 복종할 수밖에 없습니다. 세상은 믿지 않더라도 저는 믿으세요. 평생 주군께 충성하겠습니다.'

놀랍게도, 정말 놀랍게도 그 짧은 몇 마디가 캐서린에게 적잖은 위로로 다가왔다.

악마는 거짓말을 하지 않는다.

물론 체자레와의 '영원히 함께하겠다'는 맹세는 갈가리 찢겨 휴지 조각이 되고 말았으나, 그 같은 결과는 엄연히 따지자면 캐서린의 운명에 가까웠다.

체자레를 잃은 게 나의 운명이라면… 그 운명을 지고 다시 시작하면 되지 않을까?

시간은 충분하잖아.

캐서린은 종일 답답했던 머릿속이 뻥 뚫리는 것을 느꼈다.

멀어진 거리는 다시 좁히면 된다. 설마 이별했다고 해서 없는 악마 취급하지는 않겠지.

……아닌가? 하려나?

에이, 없는 취급 한다 해도 귀찮다는 이유로 죽이기까지 하겠어.

……아닌가? 죽이려나?

에이, 설마. 그래도 동족인데 그렇게 무자비하게 굴겠어.

'저기요, 주군? 아무리 그래도 충성을 맹세한 악마를 무시하는 건 너무한 처사 아닙니까?'

불만스러운 음성에 캐서린은 자신도 모르게 헛웃음이 나왔다.

아마 그녀는 종종 우울해질 것이다.

그녀와 이별한(이렇게 표현하니 교제하다가 헤어진 것 같지만 그런 의미가 아니다) 체자레를 생각할 때마다. 그녀의 의사를 짓이긴 어머니를 생각할 때마다. 더해서 말 안 듣는 데미안을 생각할 때마다.

하지만 시간이 흐르면 모두 괜찮아지겠지. 십 년도 아니고 천 년을 살 몸인데.

'알겠어. 널 신뢰할 테니 그 씹다 뱉은 잡초 같은 머리색만 어떻게 해 봐. 어느 집사가 그렇게 눈에 띄는 머리를 한단 거야?'

합당한 잔소리에 단탈리온이 구부렸던 무릎을 천천히 일으켰다. 그는 쥐고 있던 캐서린의 손등에 짧은 입맞춤을 남겼다.

그리고 기다렸다는 듯 천연덕스러운 눈으로 대답했다.

'죄송하지만, 싫습니다. 제 트레이드 마크라서요.'

이놈이나 저놈이나 청개구리인 건 똑같네!

그날부터 단탈리온, 아니 단은 저택의 퐁파두 마담에 이은 다섯 번째 객식구가 되었다.

이러다 저택이 청개구리 양식장이 되지는 않을까 걱정됐지만… 어쩌겠는가?

지금의 그녀에게 가장 필요한 존재가 단탈리온임은 부정할 수 없었다.

"여기까지 할까요?"

퍼뜩 정신이 들어 몸을 일으켰다. 어느새 조용해진 단이 창가에 앉아 먼 하늘을 올려다보고 있었다.

여기까지 수업하겠다고? 저 질긴 놈이 그럴 리가 없는데.

"잊으셨어요? 내일이 바로 그날이지 않습니까."

아.

'그러고 보니 벌써 내일이구나.'

사흘 전, 캐서린은 악마 소환진 마르구스에게서 이상한 낌새를 느꼈다.

  그 낌새가 무엇인가 싶어 지하로 내려가니, 붉게 타오르는 마법진 위로 고급스러운 서신 한 장이 올라와 있었다.

「주군, 심연에서 연락이 도착했다.」

  캐서린은 조심스럽게 서신을 쥐었다.

  발신자는 없다. 대신 수신자란에는 릴리스라고 적혀 있었다. 그 안에 적힌 내용은 단출했다.

>사흘 후 릴리스 탄생 7일 기념 〈행운의 777만찬〉을
>가질 계획입니다.
>날짜: 릴리스 탄생 7일째 되는 날
>주최자: 7인의 대악마
>참석자: 7인의 대악마
>모임 장소: 심연
>추신. 해당 서신은 새로운 대악마가 탄생할 때마다
>자동으로 발신됩니다.

  대악마의 사교 모임은 생각보다 꽤 체계적인 듯했다. 캐서린은 말로 표현하기 힘든 미묘한 기분으로 서신을 챙기며 말했다.

  '마르구스, 너… 혹시 원래 역할은 우체통이야?'

「우체통이라니! 능욕도 그런 능욕이 없다!」

  대악마들끼리는 이런 식의 소통도 가능하구나. 덕분에 새로운 사실을 배웠다.

서신에 적힌 내용을 되새기던 그녀는 단에게 물었다.

"지금처럼 새로운 대악마가 탄생한 날 외에도 정기적으로 모이는 시기가 있는 거야?"

"백 년에 한 번씩은 만찬을 가진다고 들었습니다. 그때 얼굴을 비추지 않으면 페널티가 주어진다고 했던 것 같네요."

"페널티도 다 있어? 가지가지 한다, 정말."

"그렇게라도 하지 않으면 참석하는 숫자가 현저히 적을 테니까요."

내일 저녁.

약속된 시간에 심연에 가게 되면 체자레를 만나게 될 것이다.

무려 일주일 만의 재회였다. 그와 계약한 이래 이토록 길게 떨어져 있던 적이 없었다.

대악마의 사교 모임은 긴장되지 않았지만, 그와 재회한다고 생각하면 가슴이 살짝 떨렸다.

어젯밤에는 '매정한 체자레에게 대처하는 7가지 방법'을 고민하느라 제대로 잠들지 못할 정도였다.

"인사가 끝나면 처리해야 할 문제가 많습니다. 정말, 아주 많아요."

하늘을 향한 단탈리온의 눈매가 살짝 매서워졌다.

"6666시간 강의를 들어야 하니 많기야 하겠지."

"그건 문제 축에도 끼지 못합니다. 지난 일주일 동안 아가씨를 뵈러 온 놈이 아무도 없었다는 게 진짜 문제인 거죠."

그의 말을 이해하지 못한 캐서린이 조용히 입을 닫고 있자, 단이 재차 입을 뗐다.

"아가씨를 섬기는 악마는 저 혼자가 아닙니다. 본래 이 자리에 저 말고도 셋이 더 있어야 하지만… 어쩐지 일주일이 넘도록 감감무소식이군요."

"너 같은 악마를 셋이나 더 돌봐야 한다고? 그냥 너로 만족하면 안 될까?"

야옹이, 데미안, 퐁파두 마담, 단에다가 유별난 놈을 셋이나 더 받아들여야 한다고? (성실한 로제는 제외했다.) 그거야말로 더 문제이지 않을까?

단은 어깨를 으쓱이며 부정했다.

"넷도 무척 적은 편입니다. 아가씨의 어머니보다 적은 수의 악마를 곁에 둔 대악마는 대양의 지배자가 유일합니다. 창공의 지배자는 곁에 둔 악마의 수가 백을 넘길 정도니까요."

백 명이 넘는다는 걸 보면 곁에 둔다는 의미가 함께 산다는 의미는 아닌 듯했다.

'체자레처럼 군신 관계에 더 가까운 건가.'

그렇다면 릴리스의 악마가 그녀를 찾아오지 않는 이유는 손쉽게 추측이 가능했다.

"나를 인정하지 못하는 걸까?"

단이 고개를 끄덕였다.

"그럴 가능성이 가장 큽니다. 겁대가리를 상실한 거죠."

흠.

이럴 때를 대비하라고 선물 받은 물건이 있지.

캐서린은 가방 안의 『가이드북』을 꺼냈다. 어머니는 배신했어도 『가이드북』은 배신하지 않을 것이다.

네 번째 목차인 '4. 하위 악마를 부리는 법'을 펼쳤다. 쭉 훑어 내려 '시종이 복종하지 않을 때 해결하는 방법'을 살폈다.

> 제압하거나 죽인다.

생각보다 더 간단한데.
잠시 고민하던 캐서린은 단의 의사를 물었다.
"제압은 자신 없는데, 죽일까?"
옆으로 다가와 『가이드북』을 훔쳐보던 단이 하하 웃었다.
"보통은 반대로 말하지 않나요? 게다가 제가 아는 캐서린 님은 누굴 죽일 수 있는 성격이 아닌데요."
"그만큼 겁을 준다는 의미지."
"죽여도 좋지만, 그러려면 적어도 다른 악마를 시종으로 둬 빈자리를 채워야 합니다. 지금의 아가씨는 이제 막 알에서 깨어난 병아리나 마찬가지라 보호해 줄 존재가 필요해요. 그러니 귀찮더라도 지금 당장은 회유해서 곁에 두는 게 편할 겁니다."
한마디로 제압하라는 의미였다.
'나는 아직 내 힘이 어느 정도인지도 모르는데.'
죽기 직전까지 팬다는 느낌으로 마법을 사용하면 되나?
"하아. 귀찮아······."
이래서 릴리스가 되기 싫었다니까.
릴리스가 되기 전의 나였다면 지금쯤 야옹이의 발바닥 젤리나 간지럽히고 있었을 텐데.
『가이드북』을 편 김에 또 다른 궁금증도 해결하기로 했다.

세 번째 목차인 '3. 다른 대악마들과 행복하게 지내는 법'의 핵심을 관통하는 문장을 확인했다.

> 그냥 적당히 지낸다.

어머니는 그냥 생각하고 사는 것 자체가 귀찮으셨던 게 아닐까?

"단."

"네."

"대악마들은 보통 서로에게 무관심해?"

그게 아니고서야 이런 답이 나올 수 있나. 그녀의 질문에 힐끔 『가이드북』을 확인한 단이 대답했다.

"아아… 정확하게 말씀드리자면 무관심해지죠. 긴 시간을 계속 함께하니까요."

단이 캐서린의 옆얼굴을 물끄러미 바라봤다.

"흠. 그러고 보니 아가씨는 대악마로서의 대양의 지배자는 처음이시겠군요. 걱정되십니까?"

안 된다면 거짓말이지.

"조심하세요. 그는 대악마 중에서 가장 오래 살았고 가장 강력하며, 모든 생물에게 무자비합니다. 그나마 다행인 건 지배하고 군림하려 들지 않는단 점이겠네요."

캐서린이 아는 체자레와는 눈곱만큼도 연상되지 않는 묘사였다. 그나마 마르스와 조금 유사할까.

"말대답하지 말고 고분고분하게 구세요. 적어도 지금은 그래야만 합니다. 그는 현 시대에서 상대할 자 없는 강자니까요."

단은 그녀와 체자레를 대악마 대 대악마로서 냉정하게 비교하고 있었다.

그 조언을 듣고서야 자신과 체자레가 동등한 위치에 서게 됐다는 사실이 여실히 실감됐다.

다음 날 저녁.

아무리 저녁 만찬이 예정됐다고 해도, 간단한 식사를 한 후 참석하는 것이 좋을 거라고 생각했다.

만찬 식탁에 올라오는 요리가 드래곤 하트 스테이크든가, 인간 두개골 스튜라든가 하면 고역을 치를 수도 있지 않겠는가.

"아가씨, 오늘 체자레 님을 만나러 가신다면서요?"

여느 때처럼 열 가지 저녁 특선을 준비하던 로제가 은근슬쩍 말을 흘렸다.

캐서린은 단을 노려봤다. 그는 어쩔 수 없었다는 듯 어깨를 으쓱이며 시선을 돌렸다.

"연인 싸움은 칼로 물 베기래요. 서로 서운한 거 전부 털어 내고 얼른 화해하셨으면 좋겠어요."

칼로 물만 베면 다행일 거라고 생각하는데. 캐서린은 무어라 설명할 자신이 없어 고개만 주억였다.

그렇게 한참을 식사하다가 먼저 자리를 비운 사람은 단과 데미안이었다.

"자, 이제 일어납시다. 쓸모없는 데미안 씨의 쓸모를 발휘할 시간이군요. 아주 귀중한 시간이죠."

데미안은 거의 사형대에 오르는 사형수가 된 듯한 거무죽죽한 얼굴로 단을 뒤따랐다.

 로제가 급격하게 밝아진 얼굴로 조잘거렸다.

 "단 씨가 오셔서 얼마나 기쁜지 몰라요. 데미안 씨가 뒹구는 모습을 더는 안 봐도 되거든요. 이번에 쓸모없는 데미안 씨를 이용해서 저택의 낡고 파손된 부분을 고친다고 했어요. 덕분에 제가 발길질하는 날도 줄었네요."

 로제… 그동안 데미안을 어떻게 대했던 거야?

 단은 저택의 일원이 되자마자 구성원들과 퍽 자연스레 융화됐다.

 데미안과 로제에게는 단을 '예전부터 아는 사이였으며 이번 기회에 채용하게 된 젊은 집사' 정도로 소개했는데, 다행히 곧이곧대로 믿어 주었다.

 다만 야옹이는 마물의 감으로 단의 정체를 눈치챈 듯했다. 뒹굴거리기 바빠 떠들고 다니지만 않을 뿐.

 방으로 돌아가 외출을 준비하려던 순간.

 단이 기다란 천에 감싼 무언가를 가지고 들어왔다.

 천을 치우니 고급스러워 보이는 하얀 레이스가 장식된 금빛 드레스와 기다란 감색 챙 모자가 나타났다.

 한눈에 봐도 세련되면서 고아한 의복이었다.

 "연회 때나 입었던 드레스네."

 "그래도 첫 만남인데 잘 보여야 하지 않겠습니까? 이날을 대비해 주문 제작해 놨죠."

 이런 고급 의복과 장식품은 사흘 만에 주문 제작할 수 없다. 캐서린이 의심스러운 목소리로 물었다.

"언제 제작해 둔 거야?"

"아가씨가 이 저택을 구입하셨던 시기쯤?"

그래, 네가 내게 이 저택을 보여 줬던 중개업자였지. 잘도 속였다고 한마디 하려다가 참았다.

"어머니도 항상 이런 복장으로 만찬에 참석하셨어?"

"그분은……."

단은 진정으로 고민하는 표정이 되어 다소 힘겹게 대답했다.

"탈의하고 가셨습니다."

그리고 급히 뒷말을 덧붙였다.

"물론 가끔, 기분 전환으로요."

100년 단위로 즐기는 대악마의 만찬에 탈의라.

아무리 노력해도 납득하기가 어려워 대충 화제를 돌렸다.

"만찬이라고는 해도 규칙이 있는 건 아닌가 봐."

"제가 참여하는 게 아니라 자세히는 모릅니다만, 그랬던 것 같습니다."

"그렇다면 딱히 인간 형상일 필요는 없는 거잖아?"

행거에 드레스를 걸던 단이 불안한 눈으로 캐서린을 바라봤다.

"그렇겠죠. 아마도요."

다른 악마들은 인간의 형상으로 만찬에 참석할까?

심연에서 그들의 대화를 엿들었을 땐 모두 인간 형상이기는 했다. 하지만 그때 엿본 기억으로 판단할 수는 없었다.

'아스모데우스가 내 얼굴을 알고 있는 것도 걸려.'

문제는 없겠지만 찜찜했다.

그래, 캐서린은 아직 그들에게 자신의 얼굴을 까발리는 것이 불편했다. 무조건 신뢰하기에는 아직 모르는 것이 많아 불안했으며, 무엇보다…….

'체자레를 만나고 표정 관리하기가 힘들면 어쩌지.'

에라, 모르겠다.

캐서린은 공허의 지배자, 릴리스가 지닌 방대한 마력을 이용해 인간의 모습에서 탈피했다.

마법은 그야말로 숨 쉬듯 쉬웠다. 이전처럼 복부에서 고통이 느껴지는 일도 없었다.

체자레가 그러했듯, 뛰어난 마법사만이 누릴 수 있는 무언 마법으로 형태를 바꾸었다.

귀엽고 사랑스러운 아기 고양이로.

「이 모습이 딱 좋겠어.」

분홍 젤리를 가진 노란 고양이는 아주 귀엽고, 귀엽고, 귀여워서 호의를 얻기 안성맞춤이다.

「단? 로제에게 가서 야옹이 목걸이를 얻어 와.」

맨 고양이로 가기는 조금 걸리니까 예쁘게 꾸며야지.

하지만 캐서린의 명령에도 단의 두 다리는 꼼짝하지 않았다. 그가 보내는 심경 복잡한 시선에 캐서린이 이를 드러냈다.

「뭐야. 할 말 있어?」

"……아니요, 제가 감히. 앞으로 갈 길이 먼 것 같아서 말입니다. 하하. 역시 캐서린 아가씨께서는 정신머리가 참신하신 것 같군요!"

「아닌 척 욕하지 마.」

"휴. 욕인 건 알아들으셔서 다행이네요."

말은 그렇게 해도 단은 결국 로제의 야옹이 목걸이를 가져왔다.

캐서린은 위풍당당한 아기 고양이가 되어 마르구스 위에 섰다. 네 발로 걷는 감촉이 신선하기는 한데, 시야가 너무 낮은 게 불편했다.

역시 충격적인 귀여움에는 그만한 대가가 따르는구나.

"문제가 생겼을 땐 당황하지 마세요. 가장 먼저 해야 할 일은 심연을 벗어나는 일입니다. 그래야 제가 도와 드릴 수 있으니까요."

「응.」

"당부드렸던 대로 얌전히 계시고요. 사이좋게 지내라는 말씀은 못 드립니다만, 적어도 적의를 심지는 마세요."

"너 우리 엄마야?"

"아니요. 제가 챙겨 드렸던 비상용품도 기억하시죠? 비상시에 반드시 사용하셔야 해요."

캐서린은 어젯밤 단이 '제가 아주 대단한 물건을 챙겨 드릴 터이니 목숨이 위급할 때 사용하세요.'라며 챙겨 주었던 수수께끼의 다섯 구슬을 떠올리며 고개를 끄덕였다.

"기다리고 있겠습니다."

캐서린은 한쪽 발을 들어 고양이 화법으로 화답했다.

「냥!」

제발 먹을 수 있는 음식만 차려지길 바랐다.

신기하지. 이렇듯 손쉽게 마법을 사용할 수 있다는 사실이.

캐서린은 심연의 바닥을 뒤덮고 있는 까만 수면에 비친 자신의 눈동자를 내려다봤다. 진한 녹안은 길고양이에게서 으레 볼 수 있는 흔한 눈동자였다.

'하지만 마법을 사용하면 선명한 보랏빛으로 변하겠지.'

체자레와 다른 악마들이 그러하듯. 그녀에게는 아직 낯설기만 한 색이었다.

심연에 가는 방법 따윈 논의할 가치도 없었다. 캐서린은 오랜 본능에 따라 자연스럽게 심연으로 이동했다.

곧이어 익숙한 어둠의 공간이 그녀를 맞이했다.

하지만 늘 그러했듯, 심연에는 아무것도 없었다. 텅 빈 새까만 수면 위에 놓인 것은 글이 적힌 하얀 안내판 하나와.

〈모임 장소 변경. 아래로 이동.〉

그 옆에 굴처럼 파인 커다란 구멍이 전부였다.

캐서린은 고민했다.

'여길 들어가야 하나?'

의심스러운데, 그렇다고 안 들어갈 수도 없었다. 캐서린은 두 눈 딱 감고 구멍 아래로 몸을 던졌다.

어디선가 싸늘한 바람 소리가 들리기 시작했다.

심연과는 다른 상쾌한 공기가 폐부를 찔렀다. 캐서린은 깊게 숨을 들이쉬며 눈을 떴다.

그녀는 하늘 위에 있었다.

그것도 거대한 시계 첨탑 바로 위에.

'오 마이 데빌…….'

지금 이게 무슨 상황이지? 설마 날 괴롭히려는 의도? 신입생 환영식 같은 건가? 살롱에서만 보던 따돌림?

캐서린이 허공에서 헛발질하고 있을 때, 뒤통수 너머에서 소란스러운 목소리들이 들려왔다.

"누가 도착한 것 같아."

"고양이면 마몬? 마몬이야?"

"벌써 잊은 건가, 벨리알? 마몬은 가장 먼저 도착해 있었다네."

캐서린은 천천히 등을 돌렸다.

하늘을 찌를 듯이 높게 솟은 첨탑의 바로 위, 너른 식탁 위에 나란히 앉은 얼굴들이 보였다.

붉은색의 고아한 식탁보와 부드럽게 빛나는 촛불, 하얀 식기, 싱싱한 국화꽃.

"그럼 저 주먹만 한 고양이는 대체 뭐란 거야?"

누군가 캐서린의 목덜미를 쥐어 들었다. 외알 안경을 걸친 단정한 중년의 신사가 웃음기 서린 얼굴로 캐서린을 바라봤다.

"흐음. 릴리스가 네피림이 아닌 고양이를 낳았던 건가?"

아스모데우스였다.

캐서린은 멍하니 눈을 깜빡였다.

'나를 골리려는 게 아니라, 이곳에서 정말 만찬을 즐기려는 거야.'

다시 하늘 아래를 내려다봤다.

눈이 휘둥그레질 정도의 화려한 건축물들이 보였다. 어디서 많이 본 풍경인 것 같은데, 정확히 어디였는지는 떠오르지 않았다.

캐서린은 일단 인사부터 건네기로 했다.

「냥. 안녕.」

첨탑 위, 그러니까 대악마의 만찬장은 숨 막힐 듯 고요했다. 캐서린은 그 속에서 다소 떨리는 마음으로 체자레를 찾았다.

「모습은 비록 이렇지만, 나는 릴리스가 맞아.」

그의 얼굴이 보였다.

네 명의 악마 사이에서 가장 아름답고 화려한 생김새였으니 당연했다.

하지만 익숙한 건 그의 얼굴이 전부였다.

그것 외에는 모든 게 너무나도 낯설었다. 시선은 마치 바위 위를 기는 개미를 보듯 무감각하고 무관심했고, 표정은 서릿발처럼 차가웠다.

늘 보이던 애정 어린 눈빛과 관심은 조금도 느껴지지 않았다. 그는 캐서린이 아는 체자레가 아니었다. 영혼을 나누고 영원을 약속한 그녀의 악마와는 전혀 다른 존재였다.

눈앞의 남자는 그녀와 동족이면서 그녀를 죽일 수 있는 대악마, 리바이어던에 불과했다.

'너무해.'

아무리 그래도 그렇지, 어떻게 손바닥 뒤집듯 단번에 태도를 바꿀 수 있어? 혈연보다 깊은 유대감이 벌써 다 죽어 버린 거야?

캐서린은 이글이글 불타는 눈으로 체자레를 노려봤다.

걸음을 옮긴 아스모데우스가 캐서린의 몸을 가장 상석 의자에 올려 주었다.

"고양이라, 재미있군. 자아. 여기가 네 자리다."

"어머나. 정말 릴리스였을 줄이야. 이번에도 특이한 친구가 와 버렸네."

악마들 중 그 누구도 캐서린이 고양이인 점에 대해 딴지를 걸지 않았다.

이것이 바로 대악마의 배포라는 건가? 마음에 드네.

차가운 가을바람이 고양이 수염을 흔들고 지나갔다. 하늘 위에 수놓은 식탁보 역시 바람결에 따라 흔들렸다.

캐서린은 이 순간, 이곳에 앉아 있는 자신이 마치 꿈처럼 느껴졌다.

"주인공이 도착했으니 시작하지."

땡.

허공에 퍼지는 소리가 맑다. 캐서린은 정신을 바짝 차리고 정면으로 보이는 풍경에 시선을 집중했다.

하나같이 평범한 인간처럼 보이는 외양이었다.

그들은 단이 캐서린에게 보여 준 드레스만큼, 혹은 그보다 더 정갈하고 본격적인 연회 차림을 하고 있었다.

가볍게 웃어넘길 자리가 아니란 사실을 단번에 인지할 수 있을 만큼.

'진지한 참석자들 틈에 새끼 고양이 한 마리라니.'

완벽한 조합이었다.

"모두 포도주를."

시종도, 포도주도 없는데 유리잔에 붉은 액체가 솟아올랐다.

모두들 기다렸다는 듯 포도주가 채워진 잔을 들었고, 캐서린은 차마 들지 못해 앞발을 잔 위에 올려 두었다.

"푸흐흐."

그 꼴이 우스웠는지 옆에 앉은 벨리알이 어깨를 떨었다.

곧 자리에서 일어선 아스모데우스가 캐서린을 향해 잔을 들며 말했다.

"심연의 만찬에 온 걸 환영하네. 우리의 소중한 형제, 릴리스여."

다섯의 시선이 캐서린에게 집중될 때, 벨리알이 머리를 뒤로 젖히며 깔깔 웃었다.

"이곳이 비록 심연은 아니지만 말이야!"

캐서린이 다시 발아래의 세상을 눈에 담았다.

이제야 이곳이 어디인지 알 것 같았다.

백색의 첨탑과 그 주위를 두른 일곱 개의 상아탑.

한눈에 겨우 담을 거대한 중앙 정원에는 날개 꺾인 천사의 석상이 하늘을 향해 검을 뻗고 있다.

고요한 밤이었으나 기이한 웅장함이 느껴지는 이 공간.

기억났다.

이곳은 다름 아닌 신성 아그리파 교황청이었다.

"새로운 형제를 위해 신경을 조금 썼다. 신성 아그리파 교황청의 창공에서 즐기는 특별한 만찬을 말이야."

아스모데우스의 말에 벨리알이 포도주를 한 입 삼키며 응답했다. 붉고 탐스러운 입술이 조롱과 즐거움으로 곱게 굽어져 있었다.

"놀라운 탐색 마법을 자랑한다더니. 하늘에서 악마들이 풍류를 즐기고 있어도 전혀 못 알아채네. 인간들의 허세란 정말 귀엽다니까."

 교황청의 신도들을 한참 조롱하던 그녀는 말없이 가만히 앉아 있기만 한 악마에게 고갯짓했다.

 "베헤모스? 뭘 그리 멍청히 앉아 있어? 릴리스에게 우리가 누군지 소개해 줘야지."

 소개받지 않아도 누가 누구인지 알 것 같긴 한데.

 모습이 보이지 않는 마몬과 루시퍼를 제외하고는 익히 아는 얼굴들이었다.

 베헤모스는 다 죽어 가는 창백한 낯으로 고개를 들었다. 짧은 시간 캐서린을 돌아본 눈길이 날카로웠다.

 "나는……."

 불안정한 음성을 들은 순간, 잠시 잊고 있던 기억이 되살아났다.

 '베헤모스는 전대 릴리스를 찾기 위해 에덴에 발을 디뎠다고 하지 않았던가?'

 하지만 어머니는 이미 눈을 감은 지 오래였고, 캐서린은 새로 태어난 릴리스였다.

 따라서 그의 적의는…….

 "베헤모스."

 나른한 부름이었다.

 고작 진명을 언급한 것에 불과한데, 서늘했던 가을의 공기가 한겨울 눈보라에 바짝 언 듯한 착각이 일었다.

 모두 아무렇지 않게 포도주를 삼켰으나 그 사이에서 분명한 긴장감이 느껴졌다. 부름의 주인, 체자레가 나직한 음성으로 읊었다.

"소란 피우지 마라."

짧은 한마디가 전부였다.

그 한마디에 베헤모스는 언제 그랬냐는 듯 죽을상이었던 얼굴을 펴며 캐서린에게 인사했다.

'군림하려 들지 않는다며?'

단의 조언과 달리, 캐서린의 눈에 비친 리바이어던은 충분히 강압적으로 보였다.

"물론. 만나서 반가워, 릴리스. 나는 청동의 베헤모스야."

캐서린은 뻣뻣해진 고개를 겨우 끄덕였다. 심장이 터질 듯 뛰었고, 꼬리의 털이 바짝 섰다.

'두려워.'

베헤모스가 두려운 게 아니다. 체자레가, 아니 리바이어던이 두렵다. 그에게서 이토록 형형한 공포감을 느낀 건 처음 있는 일이었다.

이건 위압감 같은 게 아니었다. 캐서린의 본능이 그녀에게 경고하고 있었다. 살고 싶다면 도망가라고. 저자는 너를 해칠 수 있다고.

며칠 전까지만 해도 한없이 다정했던 체자레의 목소리가 떠올랐다.

'천적끼리 애정을 지닐 수 있을 거라고 생각합니까?'
'당신이 어느 날 갑자기 내게 강렬한 적의를 느끼게 되더라도, 그건 릴리스로서의 당연한 변화일 테니까.'

이제야 그 경고의 의미가 무엇인지 확실하게 알 수 있을 것 같았다.

과장은 조금도 보태지 않은 완벽한 진실이란 사실을.

베헤모스가 말을 이었다.

"네 오른쪽에 앉은 악마가 홍염의 벨리알."

"안녕?"

소개받은 악마, 벨리알이 농염한 웃음을 지으며 손을 흔들었다. 가슴골이 깊이 파인 푸른색 머메이드 드레스와 어깨를 감싼 백색 여우 털 망토가 한 몸처럼 잘 어울렸다.

"그 오른쪽의 악마가 환몽의 아스모데우스."

이어서 베헤모스는 아스모데우스까지 소개했다. 귀찮은 일은 막내가 맡는다, 이건가?

마주한 아스모데우스의 입꼬리가 부드럽게 올라갔다.

심연에서 캐서린의 정체를 캐묻던 때의 살의는 조금도 느껴지지 않았다. 쓰리피스 정장을 입고 검은 페도라를 걸친 그의 모습은 대학 교수라 소개해도 믿을 만큼 지적이고 차분했다.

"그 옆의 빈자리가 창공의 루시퍼. 오늘 지각하려는 모양이야."

벨리알이 텅 빈 의자를 흘겨보며 고개를 저었다.

"흐응. 시간을 엄수하지 못하는 형제에게는 벌을 내려야지."

"릴리스가 첫날부터 즐거운 구경을 할 수 있겠군."

"네 왼쪽에 앉은 악마는 천둥의 마몬."

「악마?」

내 왼쪽에는 악마가 없는데?

다만 식기가 있어야 할 자리에 다른 물건이 놓여 있기는 했다.

작은 화분에 심어진 이름 모를 풀 한 포기가.

「설마 이 풀이?」

천둥의 지배자, 대악마 마몬이라고?

「식물식 호흡.」

반문하기 무섭게 풀에게서 딱딱한 목소리가 튀어나왔다.

그것으로 모자라 미동도 없던 풀의 잎사귀가 캐서린을 향해 작게 흔들렸다.

「식물식 인사.」

깜짝이야!

캐서린은 저도 모르게 앞발을 휘둘렀다. 위아래로 흔들리던 잎사귀에 생채기가 났다.

「식물식 비명.」

뭐야, 이 미친놈은.

"아주 잘했어, 릴리스! 마몬은 내성적인 데다가 컨셉충 기질이 심하거든. 무시해도 돼."

정말 가지가지 한다.

"마지막으로 이쪽이⋯⋯."

그리고 마침내.

"대양의 리바이어던."

체자레와 정면으로 마주하는 순간이 도래했다.

눈이 마주친 순간, 이 창공에 선 존재가 오직 둘뿐인 것처럼 느껴졌다. 감히 시선을 돌릴 수 없는 엄청난 존재감이었다.

주름 하나 없는 셔츠의 단추가 울대 바로 아래까지 빈틈없이 잠겨 있었다. 그 아래의 까만 타이와 같은 색의 베스트 역시 그림처럼 정갈했다.

캐서린을 물끄러미 바라보던 코발트색 눈동자가 금방 흥미를 잃고 떨어졌다.

흥미를 잃고 떨어지다니!

체자레가!

다른 사람, 아니 악마도 아닌 무려 나에게!

'대충격.'

충격의 연속이었다. 압박감이고 뭐고 이제는 오기가 생길 것 같았다.

"자자! 우리 즐거운 이야기는 식사하면서 시작하자구. 아주 중요한 화젯거리도 있잖아?"

벨리알이 가볍게 손뼉을 치자 식탁 위로 화려한 만찬이 펼쳐졌다.

다행히 캐서린이 우려했던 드래곤 하트 스테이크라든가, 인간 두개골 스튜처럼 기괴한 요리는 보이지 않았다.

문제는 캐서린이 고양이란 점이었다.

「식물식 제안.」

마몬의 구멍 난 잎사귀가 흔들렸다. 뭘 제안하는 건데?

「인간으로 돌아가서 먹으라고?」

「식물식 동의.」

「괜찮아.」

솔직하게 말해서 입맛도 없었다.

그러나 캐서린은 자리를 마련해 준 악마들을 위해서 스튜를 열심히 핥아 마셨다. 그럭저럭 먹을 만한 맛이었다.

「하암.」

오늘의 약속 때문에 간밤에 질 좋은 수면을 즐기지 못했다. 긴장이 조금 풀려서 그런지 몸이 무겁고 피곤했다.

식탁은 딱딱해서 누우면 불편해. 그렇다고 의자에 누우면 식탁 아래로 사라져서 대화에 참여하기 힘들 것이다.

"이제 슬슬 '그' 이야기가 나와야 하지 않겠나."

누군가 입을 여는 동안 캐서린은 식탁에서 허공으로 몸을 던졌다. 그녀는 네 발로 토독토독 걸음을 옮겨 목적지로 향했다.

"흐흥. 날개 달린 쥐새끼들에 대해서 말이지."

「식물식 증오.」

의자의 주인을 확인하기 위해 고개를 바짝 든 채 걸어야 했지만, 불편하지는 않았다.

"얘, 마몬. 인간 형태로 돌아오는 게 어때? 그 꼴을 마주하고 먹으려니 입맛 떨어지잖아."

「식물식 사죄.」

목적지에 도착한 캐서린은 폴짝 뛰어 남자의 다리 위에 매달렸다. 그리고 고양이의 본능을 되살려 열심히 타고 올라가 남자의 무릎에 안착했다.

"확 태워서 재만 남겨 버릴까 보다."

「식물식 당황.」

"좀 닥쳐!"

「식물식 침묵.」

흠. 폭신하진 않지만 이 정도면 만족스러워.

늘 그랬듯 체자레에게선 은은한 바다의 향이 났다. 또한 그 향이 캐서린에게 안정감을 선사했다.
「여기가 편해.」
캐서린은 체자레의 무릎에서 몸을 돌돌 말고 누웠다. 한편으로는 내던져지지 않을까, 걱정했는데 다행히 그런 징조는 없었다.
그렇다고 고개를 들어 체자레의 얼굴을 쳐다볼 용기까지는 나지 않았다.
이건 일종의 객기였다. 네가 나를 무시해도 나는 너를 무시하지 않을 거란 객기.
「식물… 식물식… 오! 릴리스 좀 봐.」
시끌벅적하던 식탁이 순식간에 고요해졌다.
「식물식 미쳤나 봐.」
가라앉은 공기에 어쩔 수 없이 일어났다. 캐서린은 뒷발에 힘을 주고 서서 식탁에 겨우겨우 턱을 댔다.
고양이가 릴리스랍시고 등장했을 땐 눈 하나 깜빡하지 않았으면서, 체자레의 무릎 위에 앉았다는 이유 하나로 분위기가 영 이상했다.
그러나 정작 체자레에게선 어떤 반응도 없었다. 미묘한 얼굴로 지켜보던 벨리알이 두 팔을 크게 벌리며 웃었다.
"릴리스? 정 필요하다면 내 무릎은 어때?"
캐서린이 거절의 의미로 고개를 젓자, 혀를 차며 경고했다.
"리바이어던이 잘생겨서 그래? 쯧쯧. 멀쩡한 얼굴에 속아 넘어가면 안 돼요. 그치는 성격이 더럽다구. 그러다 갑자기 네 고양이 가죽을 벗겨서 구두 닦기 걸레로 사용할 수도 있단 말이야."
끔찍하네. 심지어 진심으로 그럴 것 같아.

"대담한 성격인 건 마음에 들지만, 첫날부터 네가 피 보는 모습은 보고 싶지 않……."
"교황청이 라파엘을 소환했다."
그건, 몹시 갑작스러운 타이밍이긴 했으나 확실히 이 자리의 모두가 놀랄 만한 정보였다.
체자레의 말에 벨리알의 화려한 이목구비가 볼썽사납게 구겨졌다. 그녀는 한참 만에 고개를 주억였다.
"역시 그렇구나."
가만히 고기를 썰던 아스모데우스가 체자레를 향해 물었다.
"뜬금없군. 베헤모스로 모자라 라파엘까지? 한데 개연성이 없어도 너무 없어. 한 놈은 대악마인데, 한 놈은 대천사라… 이테라나 제국과 전쟁할 셈인 건가?"
"전쟁할 셈이 아니라 전쟁이라도 불사할 셈인 거지. 그렇지 않나, 베헤모스?"
베헤모스의 식기는 단 한 번도 사용하지 않아 새것처럼 깨끗했다. 내내 조용하더니 식사도 거부하는 건가.
'설마 어머니가 아니라 내가 왔다는 이유 하나로?'
애도 아니고.
그는 짧은 머뭇거림 끝에 입을 뗐다.
"마르파쿠스 3세는 물건을 찾고 있어. 날 소환한 건 그 물건을 찾을 개새끼로 활용하기 위해서지."
"물건이라면, 성물?"
옛날이었다면 조금도 알고 싶지 않아서 귀를 틀어막았을 텐데. 이젠 그럴 수도 없었다.

캐서린은 식탁에 턱을 올린 채로 가만히 귀를 기울였다.

그때, 곧추선 등으로 커다란 온기가 닿아 왔다. 기다란 손가락으로 추정되는 무언가가 그녀의 털을 쓸어내렸다. 조심스러우면서 부드러운 움직임이었다.

체자레가 그녀의 털을 쓸어내리고 있는 것이다.

'그래도 내가 싫어지진 않았나 봐.'

역시 고양이로 오기 잘했어.

감동으로 시큰거리는 코를 훔치려 할 때, 캐서린은 새로운 사실을 깨달았다.

'아.'

그녀의 작은 앞발이 덜덜 떨고 있던 것이다. 미약하게 떨리는 것도 아니고, 마치 금방이라도 정신을 잃고 기절할 것처럼 격렬하게.

캐서린의 몸은 체자레를 거부하고 있었다.

단지 그의 무릎 위에 앉았다는 이유 하나만으로. 그에게서 풍기는 압도적인 힘과 존재감을 이기지 못해서.

'이런 약해 빠진 정신력 같으니라고.'

저택으로 돌아가면 6666시간 강의는 집어치우고 심신 단련에 열을 쏟아야 할 것 같았다.

"그렇게 많은 성물을 소유하고 있으면서 아직도 욕심을 낸단 소린가? 탐욕스럽군."

아스모데우스의 노골적인 비웃음에 베헤모스가 고개를 저었다.

"묵시록."

그의 작은 한 마디에 식탁 위가 다시 조용해졌다.

캐서린이 체자레의 무릎 위로 올라왔을 때와는 또 다른 분위기의 침묵이었다.

'묵시록? 그게 뭐지?'

들어 본 적은 있으나 자세히는 알지 못했다. 성물 비슷한 물건의 명칭 같았는데…….

고요해진 좌중에서 베헤모스가 한 번 더 입술을 뗐다.

"교황청의 목표는 묵시록이야. 그들은 갖은 수를 모두 사용해서 묵시록을 찾으려 해."

악마들의 반응은 부정적이었다.

"성물과는 비교도 안 될 탐욕이로군."

「식물식 어처구니없음.」

그래서 그 어처구니없는 묵시록이 뭔데?

"릴리스는 묵시록에 대해 알려나? 대외적으로 알려진 것과는 조금 달라서 말이야."

마침 벨리알이 캐서린의 무식을 채워 줄 질문을 던졌다. 캐서린은 힘차게 고개를 저었다.

「아니. 그게 뭐야?」

"묵시록은 쉽게 말해서……."

"신."

어느새 그녀의 털을 쓰다듬는 손길이 멈춰 있었다. 그 대신 캐서린의 머리 위에서 듣기 좋은 나른한 목소리가 퍼졌다.

"묵시록은 쉽게 말해서 신이다. 피조물의 바람을 이뤄 주는 위대한 존재."

신이라는 명칭보다 더 신경 쓰이는 표현이 있었다.

「바람을 이루어 준다고? 그 신이 소원을 들어주기라도 한단 거야?」

질문하면서 고개가 자연스럽게 체자레에게로 돌아갔다. 그는 반쯤 부서진 국화의 꽃봉오리를 손 안에 굴리며 대답했다.

"정확히는 소원이 이루어질 수밖에 없도록 미래를 바꾸는 거다."

이쪽 좀 보면서 이야기하지?

앞발로 가슴 근처를 툭, 툭 건드렸으나 체자레의 눈길은 끈질기게 다른 곳을 향했다.

아무리 생각해도 의도적으로 시선을 피한다고 판단할 수밖에 없다. 누가 보더라도 그리 여겨지는 태도였다.

"묵시록이란 건 말이야. 우주의 탄생과 멸망이 적힌 예언서야. 그 자체만으로도 아주 무서운 물건인데, 더 두려운 건 묵시록의 구절을 바꾸는 순간 미래도 바뀐다는 점이지."

벨리알이 냉기가 뚝뚝 떨어지는 눈으로 캐서린을 응시했다.

"내가 그 서를 얻어서 '눈이 아플 정도로 화창한 여름이 지속됐다.'라는 구절을 '세상이 멸망했다.'로 수정하면……."

「식물식 멸망.」

"마몬의 말이 옳아. 거기서 퍼엉, 하고 끝. 여름이 와야 할 계절에 멸망이 찾아온다고 보면 되겠지."

무섭다.

무섭지만, 너무나 비현실적인 이야기라 별다른 감흥이 느껴지지 않는다.

'세계 멸망이라.'

애초에 그 어떤 멍청이가 신에게 세계를 멸망시켜 달라고 부탁할까? 그녀라면 조금 더 이기적이고 행복한 소원을 빌 것이다.

돈을 펑펑 쓰게 해 달라거나, 즐거운 일만 일어나게 해 달라거나.

"묵시록을 노리는 존재는 항상 있어 왔다. 그리고 대개가 실패했지. 놀랍기는 해도 특별한 구석은 없는 소식이지 않은가?"

벨리알과 달리 아스모데우스의 반응은 시원찮았다. 성공하지도 못할 일에 대해선 논할 가치도 없다는 투였다.

「그 말은 성공한 적도 있다는 거야?」

캐서린의 질문에 아스모데우스가 긍정했다.

"전대의 릴리스가 묵시록을 찾아냈었다. 내가 알기로 묵시록이 발견된 역사는 그것이 유일해."

『가이드북』을 볼 때부터 느꼈는데, 어머니는 그동안 참 열심히 살아오셨구나.

「무슨 소원을 빌었는데?」

상상이 잘 되지 않았다. 묵시록은 애초에 생물이 아닌 물건이지 않은가?

그 물건을 어디서 찾아냈을지, 어떤 생김새였을지, 이후 어디에 두었을지 궁금했다.

「식물식 의문.」

「모른다는 뜻이야?」

"그래, 아무도. 그녀가 묵시록을 찾았던 시기에 우리들은 태어나지도 않았으니."

벨리알이 길게 한숨을 내쉬며 아쉬움을 토로했다. 대악마에게도 묵시록이 미지의 존재이긴 한 모양이었다.

"아아. 매정한 전대 릴리스. 아무리 캐물어도 알려 주지 않더라? 이쯤이면 거짓말인 것 같……."

"거짓말 아니야!"

그런 벨리알의 아쉬움에 대뜸 역정을 내는 이가 있었으니, 바로 베헤모스였다.

있는 듯 없는 듯 조용히 앉아 있던 그의 눈이 흥분으로 붉게 달아올랐다.

베헤모스는 의자에서 벌떡 일어서 이를 악문 채 소리쳤다.

"릴리스는 분명 묵시록을 찾았을 거야. 분명 내게 그리 말했었어! 상냥한 그녀라면 언젠가 그 묵시록에 대해 입을 뗐을 거야……. 분명, 분명 그랬을 텐데……."

무슨 소리를 하는 건지 이해는 하는데, 그게 그렇게 화낼 정도인지는 모르겠다.

'이게 바로 외톨이 화법이라는 건가.'

캐서린이 절대 저런 화법은 배우지 말아야겠다고 다짐하는 순간, 베헤모스의 노기가 그녀에게로 돌아섰다.

"너만 없었으면!"

낚싯대에 끌려 올라가듯, 작은 새끼 고양이의 몸이 허공에 떠올랐다. 그녀를 잡아당기는 베헤모스의 마력에서 그리 호의적이지 않은 기세가 느껴졌다.

미안, 단. 내 존재가 의도치 않게 적의를 준 것 같아. 역시 악마인생은 한 치 앞도 알 수 없나 봐.

"너만 없었으면 그녀의 이야기를 들을 수 있었을 텐데! 왜 지금 태어난 거야? 왜 릴리스를… 왜, 왜 릴리스를 죽인 거냐고!"

점차 가까워지는 눈동자에 붉은 핏발이 섰다. 캐서린은 미안한 마음보다는 의구심이 들었다.

베헤모스가 어머니에게 특별한 감정을 지니고 있다는 건 알겠다. 한데 그 감정이 사랑, 혹은 그와 비슷한 애정이라고 여기기에는 기묘한 싸늘함이 느껴진 것이다.

베헤모스는 어째서 어머니에게 집착하는 걸까?

"릴리스를 찾기 위해 에덴으로 온 건데, 너 때문에 전부 물거품이 되어 버렸어! 이 따위 만찬에도…….''

퍽. 둔탁한 소음이 그의 절규를 끊었다.

「어?」

차가운 손바닥이 캐서린의 얼굴을 가렸다. 그녀는 얼음 위를 미끄러지듯 부드럽게 끌려가 식탁 위에 앉혀졌다.

얌전히 코끝에 튄 액체를 닦았다. 진득한 피 냄새에 머리가 어지러웠다. 그녀는 찰나의 순간, 눈앞에 벌어졌던 끔찍한 난도질을 잊기 위해 머리를 뒤흔들었다.

베헤모스의 육체가 차마 묘사하기 거북한 수준으로 저며지던 순간을 잊기 위해서.

"하아."

어디선가 한심하다는 듯한 한숨이 들려왔다.

「식물식 맞아야 정신을 차린다.」

그 순간 캐서린은 자신이 진정으로 지하의 패자, 대악마가 되었음을 인지했다.

그녀에겐 헛구역질이 올라올 정도로 잔혹한 장면이, 이들에게는 아침 신문을 읽어 내리는 일처럼 지루하고 평온한 순간에 불과하다는 것도.

나도 언젠가 저들처럼 그 어떤 혹독한 순간에도 무감각해질까? 믿기지 않았다.

"이로써 네게 스무 번쯤 말하게 됐지만."

체자레의 목소리는 등 바로 뒤에서 들렸다.

"나는 소란스러운 걸 싫어한다, 베헤모스."

그의 발언은 베헤모스를 벌한 존재가 체자레란 사실을 내포하고 있었다.

더불어서 그녀의 시야를 가린 손의 주인이 체자레라는 사실도.

"스무 번을 말해도 못 알아먹으니 별수 있나. 알아먹을 때까지 찢어발기는 수밖에."

소름 끼치는 소리가 나면서, 고요해진 식탁에 커다란 비명이 울려 퍼졌다. 이어지는 체자레의 음성에선 미약한 동정심도 느껴지지 않았다.

"신경 하나하나까지, 아주 꼼꼼하게 다져 주마. 이대로 뒈져 버리는 게 다행이라 여길 정도로."

마르스가 죽었다는 건 오직 캐서린만의 착각이었던 듯싶다. 아무래도 그는 600년이 흐른 지금에도 멀쩡한 것 같았다.

한 귀로 듣고 한 귀로 흘렸던 단의 경고가 캐서린의 귓가에 다시금 울려 퍼졌다.

'말대답하지 말고 고분고분하게 구세요. 적어도 지금은 그래야만 합니다. 그는 현 시대에서 상대할 자 없는 강자니까요.'

응. 앞으로는 네 조언을 피와 살이 되도록 새길게, 단.

소리 없이 다가온 벨리알이 캐서린을 안아 갔다.

안쓰럽다는 듯 정수리에 입을 맞추더니 풍만한 상체에 꼬옥 안아 주며 위로했다(풍만한 상체라는 점을 강조한 이유는 너무 풍만해서 숨 쉬기가 어려웠기 때문이다).

"그러니까 앞으로는 리바이어던의 무릎 위에 앉지 마렴. 하나부터 열까지 전부 불편할 테니까."

정확히 말하자면 지금의 체자레가 불편하지 않았다. 오히려 지금 느끼는 이 감정의 근원을 깊이 파헤쳐 보면 '신선함'에 가깝다고 할 수 있었다.

내가 모르던, 어쩌면 그의 본질과 가장 가까운 모습을 보고 있는 거니까. 캐서린은 악마처럼 잔혹하고 자비 없는 체자레도 좋았다.

콰앙.

하지만 기약 없이 길어질 것 같던 베헤모스의 비명도 그 끝을 맞이했다. 하늘을 찢는 듯한 굉음과 함께 구름 사이로 새겨진 거대한 마법진의 빛이 그들을 비춘 것이다.

위이이이잉.

교황청의 침입 경보음이 날카롭게 울렸다. 캐서린은 벨리알의 품에 안긴 채로 멍하니 천공을 응시했다.

찬란하게 점멸하는 푸른색의 마법진 속에서 무언가 기어 나오기 시작했다. 기다란 날개와 위협적인 몸체.

드래곤이었다.

'……뭐? 드래곤?'

하지만 진짜는 드래곤이 아니었다.

"하하하하! 나의 사랑스러운 형제들! 어때, 만찬은 즐겁게 즐기고 계신가?"

드래곤의 두터운 비늘 위에서 무시 못 할 형형한 존재감이 느껴졌기 때문이다.

캐서린의 시력이 인간의 한계를 뛰어넘어 드래곤의 몸체 위에 선 존재에게 집중됐다.

커튼처럼 펄럭이는 기다란 금발 때문에 얼굴이 제대로 보이지는 않았으나, 성별이 헷갈릴 정도로 고운 생김새인 건 확실했다. 아마 야성적으로 자란 이두와 삼두가 아니면 여성으로 착각할 수도 있을 것 같았다.

건장한 금발의 남성은 분명 만찬에 참석한 악마들에게 말을 걸고 있었다.

"새로운 형제는 어디 있지? 설마 그곳에 그 멍청하고 머저리처럼 보이는 초록색 잡초 따위가 릴리스는 아니겠지? 으응?"

"흥. 늦은 주제에 방정맞기는."

벨리알이 보란 듯이 작은 아기 고양이의 몸체를 흔들었다.

하하하! 호쾌하게 터지는 웃음소리가 캐서린의 고막을 괴롭혔다.

"음음. 역시 아니었군! 물론 고양이도 당혹스럽긴 하지만 귀여우니 넘어가겠어."

캐서린은 혹시나 싶은 심정으로 질문했다.

「설마 저게 루시퍼야?」

만약 루시퍼가 맞는다면 좀 깰 것 같은데.

벨리알은 대답하지 않았다. 아니, 벨리알뿐만 아니라 악마 중 그 누구도 대답하지 않았다. 어쩌면 루시퍼는 그들의 수치심을 자극하는 아주 대단한 인물일 수도 있겠다고 생각했다.

교황청의 하늘 위를 빙그르르 돌며, 루시퍼가 커다랗게 외쳤다.

"내 목소리가 너무 커서 교황청의 개들이 깊은 잠에서 깨어날 것만 같지? 하하. 하지만 어쩔 수 없었어. 바로 그걸 노린 거거든."

정말 본인의 목소리만 문제라고 생각하는 걸까?

또라이 기질이 다분해 보이는 루시퍼가 진정한 사실을 알 리 만무했다. 그는 즐거워 죽겠다는 미소를 흩뿌리며 캐서린을 향해 팔을 흔들었다.

"사랑스러운 우리의 막내 동생! 늦었지만 너를 위해 탄생 선물을 준비했단다."

받고 싶은 마음이 추호도 들지 않는다고 생각한 순간.

콰앙.

연이은 굉음이 들리면서 신성 아그리파 교황청의 중앙 시계탑이 반 토막 났다.

잠깐만. 지금 선물이라는 게…….

"바로 교황청의 시계 첨탑!"

드래곤의 거대한 꼬리가 반 토막 난 시계탑의 상층부를 휘어감았다. 캐서린이 멍하니 그 장면을 바라보는 동안 루시퍼가 자랑스러운 목소리로 소리쳤다.

"무려 200년이 된 교황청의 유적! 참고로 200년밖에 되지 않은 이유는 200년 전에 이 몸이 한 번 더 무너뜨려서지!"

또 한 번 들려오는 호쾌한 웃음과 함께, 사라졌던 푸른색 마법진이 다시 하늘 위로 나타났다.

루시퍼가 올라탄 드래곤이 마법진을 향해 날아갔다. 반 토막 난 시계탑을 소중하게 꼬옥 껴안은 채로.

"주소 남기면 집까지 배송해 줄게! 꼭 연락처 남겨, 막내 동생!"

루시퍼는 그렇게 언제 나타났었냐는 듯, 흔적도 없이 사라졌다. 하지만 그가 한차례 휩쓸고 간 하늘은 마치 전쟁이라도 난 것처럼 어수선해진 후였다.

교황청의 침입자 경고음은 여전히 시끄럽게 울렸고, 베헤모스는 눈물을 삼키며 이리저리 찢긴 육신을 주워 모았다. 그 와중에 이곳을 향한 경계가 하나둘 늘어 감이 느껴졌다.

교황청이 그들의 존재를 눈치챘다. 곧 기다렸다는 듯 체자레가 몸을 일으켰다.

"만찬은 여기서 파하도록 하겠다."

악마들 중 그 누구도 체자레의 선언에 대거리하지 않았다.

"적절한 마무리로군."

"뭐어, 이 정도면 꽤 오래 있었다고 할 수 있지."

이렇게 급작스럽게 끝나는 거야?

상황은 이해되나 너무 주먹구구식 만찬이지 않은가. 딴지 걸고 싶었으나 그럴 짬이 못 되었기에 얌전히 벨리알의 가슴에서 벗어났다.

어깨 아래로 흘러내린 망토를 바로 하며, 벨리알이 웃었다.

"새로운 릴리스는 베헤모스처럼 감정 과잉도 아니고 시끄럽지 않아서 좋아. 내 스타일이랄까?"

「식물식 동의.」

어느새 그들 사이에 존재했던 식탁은 흔적도 없이 사라진 후였다. 벗어둔 코트를 챙겨 입은 아스모데우스가 속을 알 수 없는 눈으로 캐서린을 내려다봤다.

"너무 인간답지 않은 존재는 되레 심장 안에 위험한 칼을 숨기고 있는 법."

"어머. 도둑이 제 발 저린다는데. 본인 이야기 아니야?"

「식물식 동의.」

"마몬, 그 한심한 짓거리는 언제 그만둘 셈이야?"

저놈의 콩트는 끝나질 않는구나.

모두들 약속이라도 한 듯 둥글게 모여 섰다.

아스모데우스는 무너진 첨탑을 내려다보며 싱긋 웃었고, 벨리알은 조각조각 난 베헤모스를 한심하게 응시했다.

마몬은 그녀 옆에서 기분 좋게 잎사귀를 흔들었고, 체자레는…….

없었다.

「리바이어던은? 벌써 돌아간 거야?」

벨리알이 붉게 칠해진 손톱으로 입술을 톡, 톡 건드리며 대답했다.

"그러게. 그래도 작별 인사를 할 때까지는 늘 자리를 지켰는데. 바쁜 일이라도 있나?"

나 때문이구나!

나를 피하려고 평소에 안 하던 짓거리까지 하다니. 이걸 기뻐

해야 하는 건지, 서운하게 여겨야 하는 건지.

아스모데우스가 가볍게 모자를 올리며 입술을 뗐다.

"그럼."

"응. 계약자가 있는 친구들? 서로에게 피해 주지 않는 선에서 적당히 즐기자구."

「식물식 인사.」

모두의 시선이 캐서린에게로 향했다. 그에 캐서린은 다소 얼떨떨한 표정으로 앞발을 들었다.

「냥. 잘 가.」

그녀의 인사를 마지막으로 너른 밤하늘에는 강 같은 은하수와 커다란 보름달만이 남게 되었다.

캐서린은 만찬을 통해 배운 몹시 귀중한 경험을 되새겼다.

대악마 집단도 평범하게 정신 나간 인간 집단과 다름없단 배움을.

「어라.」

더불어 깨달았다. 그녀의 몸이 속절없이 추락하고 있단 사실을.

「잠깐……!」

체자레의 매정함에 서운해하느라 이동 마법을 사용하는 걸 깜빡 잊고 말았다.

문제는, 이제 막 악마 입문에 들어선 캐서린에게 추락하면서 마법을 사용하는 건 불가능에 가깝단 점이었다.

평정심을 잃은 상태에서 마법을 사용하기란 웬만한 숙련자가 아니고선 무척이나 버거운 일이었다.

캐서린은 제 몸 하나 간수하기도 벅차, 허공에 헛발질만 반복했다.

'걱정하지 마, 캐서린. 넌 이제 이런 높이에서 떨어진다고 죽지 않잖아.'

단이 이 상황을 알면 조잘대며 잔소리할 게 뻔했다. 캐서린은 오직 단의 오지랖에서 벗어나야 한다는 의지 하나만으로 안전하게 착지했다.

그리고 더 큰 문제가 들이닥쳤다.

"여기에 웬 아기 고양이가 있지? 우쭈쭈. 엄마를 잃었나 봐."

교황청 한복판에, 그것도 사제복을 걸친 소녀들 사이에 떨어지고 만 것이다.

"꺄아아. 귀여워!"

"손바닥 좀 봐. 말랑말랑해~"

"너희도 차암. 지금이 고양이나 만질 때니?"

기껏해야 열두 살 정도 되는 아이들이었다. 흥미롭게 반짝이는 눈동자 수십 쌍을 마주하니, 도무지 마법을 사용할 용기가 나지 않았다.

제길. 이딴 곳에서 만찬을 즐긴다고 할 때부터 알아봤어.

"이 말괄량이들!"

그때, 어린 소녀들 사이로 중년의 사제가 끼어들었다. 사제는 엄한 표정으로 주위를 둘러보더니 한데 모여 선 소녀들을 꾸짖었다.

"지금 구경 나왔습니까? 지금 당장 수습 사제 전원, 방으로 돌아가세요! 방으로 돌아가지 않은 자에게 벌을 내릴 겁니다!"

아이들은 우는 소리를 내며 사제 곁으로 뛰어갔다.

"하, 하지만 방 안은 무서운 걸요……."

"드래곤이 또 나타나면 어떡해요?"

"시계탑도 무너졌잖아요."

캐서린은 본래의 형체를 잃어버린 흉측한 몰골의 시계탑을 올려다봤다. 루시퍼가 윗머리를 뜯어 간 탓에 이제는 밑동밖에 남지 않아 그 주변이 황폐하게만 느껴졌다.

곧 사제가 두 팔로 아이들을 감싸 안으며 울음을 가라앉혔다.

"이제 괜찮아요. 추기경님들께서 강력한 신성 보호진을 펼쳐 주셨습니다. 그 어떤 악마와 드래곤도 이곳을 침범할 수 없어요."

뭐? 이런 빌어먹을 타이밍을 봤나.

사제의 말대로 교황청 창공에 투명한 금빛의 막이 생겨나기 시작했다. 체자레라면 코웃음을 치고 보란 듯이 빠져나갔겠으나, 캐서린은 아니었다.

미숙한 그녀가 마법을 사용하면 어떤 사태가 벌어질지 알 수 없었다.

운이 좋다면 집으로 돌아갈 수 있겠지만, 재수 없으면 돌이키지 못할 위험에 처할 것이다.

'걸어서 나갈 수밖에 없나.'

그래도 아기 고양이로 변신한 게 천운이었다. 캐서린은 소녀의 품 안에서 벗어나기 위해 발버둥 쳤다.

"자자, 어서 돌아가세요. 우리가 여러분을 지켜 줄 겁니다. 마음 놓고 잠에 드세요."

하지만 어쩐지 그녀를 둘러싼 소녀들은 캐서린을 놔줄 생각이 없는 듯했다. 오히려 줄지어 이동하며 캐서린의 작은 몸을 소중하다는 듯 껴안았다.

"고양아, 이곳은 위험해. 오늘 밤은 우리와 함께 방 안에 숨어 있자."

나한테는 이곳이 더 위험하다고!

하지만 그녀가 아무리 초인적인 힘을 사용해도 소녀들의 손아귀 안에서는 벗어날 수 없었다.

캐서린은 결국 어린 수습 사제들과 함께 교황의 땅에서 방 안에 감금되는 곤욕을 치러야 했다.

어디서부터 잘못된 걸까?

캐서린은 시름에 빠져 두 앞발 사이로 얼굴을 묻었다. 소녀들은 귀여운데, 그들의 끊임없는 관심은 고역이나 다름없었다.

"야옹아, 여기 우유 좀 마셔 봐."

귀여운 고양이로 변신한 것부터가 문제였을 수도 있다. 초록색 사마귀였다면 돌봐 준답시고 이곳에 데려오지 않았을 테니까.

캐서린이 우유 쪽으로는 눈길도 주지 않자 수습 사제들의 걱정이 늘어 갔다.

"왜 마시지 않을까?"

"몸이 아픈가 봐……."

교황청 감금 일지 이틀째.

오늘도 어제처럼 내내 우유만 마셨다. 마시고 마셔도 또 우유를 주면서 왜 안 마시냐고 혼낸다.

배가 불러서 못 마신다고는 생각하지 못하는 것 같다. 아기 고양이의 장 크기를 너무 과대평가하는 게 문제다.

"안 되겠어. 사제님께 보여 드리자. 사제님이라면 치료해 주실 수 있으실 거야."

"하지만 야옹이를 데려왔다고 혼내실 텐데……."

"그래도 야옹이가 안 아픈 게 더 중요하잖아."

마음씨 착한 소녀들은 잘 먹어서 반질반질해진 아기 고양이의 건강에 문제가 생겼다고 여기는 듯했다.

그래, 제발 좀 나가자. 죽은 척해서 땅에 묻히는 경험은 다신 겪고 싶지 않단 말이야.

수습 사제들은 캐서린이 담긴 상자를 들고 긴 복도를 뛰어갔다. 캐서린은 어디가 어디인지도 모르는 채 강제로 이동당했다.

얼마 지나지 않아 사제의 꾸중이 들렸다.

"요놈들! 방에 동물을 두면 안 된다고 했지?"

"죄, 죄송해요."

몸이 붕 뜨는 걸 봐선 아이들이 상자를 성인 사제에게 건넨 모양이었다. 얼굴을 보니 이틀 전 수습 사제들을 관리하던 사제였다.

"그래도 잘했구나. 다친 동물을 버려두고 가면 안 되지. 아기 고양이는 이 선생님이 수의사에게 데리고 가마."

사제의 말에 소녀들의 음성이 활기차졌다.

"감사합니다, 데인 사제님!"

"잘 지내야 해, 야옹아!"

"안녕!"

귀엽다.

아이가 귀엽게 느껴지면 결혼할 때가 되어서라는데, 안타깝게도 캐서린의 결혼은 죽음을 앞둔 시기에나 의미 있는 것이었다.

'……그래도 한 번쯤은 해 볼 수 있지 않을까?'

체자레는 어땠을지 궁금했다. 수백 년을 에덴에서 지냈는데, 그 역시 가정이란 걸 가져 보지 않았을까? 그 가정을 이루기 위한 부인과 아이도.

'끔찍하게 사랑했던 연인이 있었을 수도.'

미치도록 궁금했다.

그러나 죽을 때까지 체자레에게 물어볼 일은 없지 않을까 싶었다. 긍정적인 대답을 들으면 충격받을 것 같아서.

아이들과 헤어진 후, 캐서린은 데인 사제의 품에 안겨 교황청을 거닐었다. 신성 아그리파 교황청은 황성만큼이나 아름답고 웅장했다.

자를 대고 깎은 듯한 관상목과 쓰레기 하나 없는 길목에선 꽃이 핀 것처럼 좋은 향기가 났다.

과연, 대륙에서 가장 안전하고 평화로운 땅다웠다.

"데인 사제! 마침 잘 만났습니다. 어서 이쪽으로 따라오십시오."

그때, 갑작스레 나타난 대머리 사제가 데인 사제의 등을 밀며 동선을 비틀었다. 데인 사제가 당황한 얼굴로 물었다.

"무엇이 그리도 급합니까?"

"벨라쿱스 추기경님께서 돌아오셨습니다. 이번 사건과 관련해 당신의 증언이 필요합니다."

벨라쿱스 추기경이라면 퍼시빌의 서신과 더불어 수상한 명함을 던지고 갔던 할아범을 말하는 건가.

로제가 말하기를, 벨라쿱스 추기경은 교황의 최측근이라 했다. 설마 이대로 교황 앞까지 끌려가는 건 아니겠지?

"이런. 벨라쿱스 추기경님께서……."

"너무 긴장하지 마십시오. 그분은 명성에 걸맞은 품격을 지닌 분이십니다. 데인 사제를 곤란하게 하지 않으실 겁니다."

그러나 긴장한 사람은 데인 사제뿐만이 아닌 듯했다.

'나도 데려가는 거야?'

둘 중 어느 누구도 캐서린의 존재를 인지하지 못한 것 같았다. 캐서린이 제아무리 발버둥 쳐도, 데인 사제는 긴장을 풀려는 듯 그녀의 몸통을 조물거리기만 했다.

거참, 더럽게 긴장했네! 날 놓고 가라고!

그들은 얼마 지나지 않아 적막한 기운이 감도는 공간으로 진입했다. 빛이 없어 언뜻 지하실처럼 느껴지는 방 안에서, 데인 사제가 떨리는 목소리로 입을 뗐다.

"마, 만나 뵙게 되어 영광입니다."

캐서린은 작게 한숨을 내쉬었다.

좁은 방 안에는 황색 수단을 걸친 네 명의 추기경과, 창문 쪽을 바라보고 선 한 남성이 자리하고 있었다.

"하하. 영광이라니? 같은 신의 종 사이에 겸손하시군."

자리에서 일어난 벨라쿱스 추기경이 데인 사제를 반겼다. 그때와 달리 제대로 차려입어서 그런 걸까? 전에 못 느꼈던 위엄이 느껴졌다.

"나는 오늘 새벽에 도착한 터라, 모가지가 뚝 잘린 시계탑만 보게 됐지 뭐요? 마침 데인 사제가 그 자리에 있던 유일한 증인이라 도움을 청하게 되었습니다."

"예! 성심성의껏 도와 드리겠습니다."

"한데… 그 고양이는?"

그제야 캐서린의 존재를 인지했는지, 데인 사제가 흠칫 어깨를 떨며 더듬더듬 말을 이었다.

"앗! 아이들이 돌보던 새끼 고양인데… 제가 급히 이곳을 오다 보니……."

"괜찮소. 귀여운 고양이가 한 마리 있으니 숨통이 좀 트이는군."

빌어먹을. 캐서린은 다음부터 반드시 사마귀로 변신해야겠다고 마음먹었다.

한데 그녀의 착각이 아니라면, 방에 들어선 직후부터 심장을 콕콕 찌르는 불편한 시선이 느껴지는 듯했다.

뭐지? 이 불편하고 불결한 느낌… 어쩐지 낯설지 않다.

"아, 우리 소개부터 하지. 나는 알다시피 벨라쿱스 추기경입니다. 이쪽은 로잘린 추기경, 그 옆은……."

캐서린은 고민에 잠겼다.

이 느낌이 대체 뭘까? 벨라쿱스 추기경으로부터 느꼈던 역함과는 조금 다른 부류의 불편함이었다.

마치…….

크리스토퍼와 릴리스호에서 퍼시빌과 재회했던 순간처럼.

"그리고 이쪽은 퍼시빌 베네딕토 파헨리힌 경. 익히 알고 계시리라 믿습니다. 워낙 명성이 드높으셔서 말이지."

오, 쒯.

'……아, 아니구나.'

캐서린은 바닥까지 뚝 떨어졌던 심장을 다시 주워 올렸다. 창가에 서 있는 퍼시빌은 실제가 아닌, 마력석을 통해 전송된 형상이었다. 이 공간에 있는 존재가 아니니 겁먹을 필요가 없는 것이다.

캐서린도 마력석으로 종종 전보를 보내기는 했지만, 그건 단지 문자를 전달하는 용도였을 뿐이다. 실시간으로 하는 영상 전송에는 마력석 중에서도 최상급 마력석이 사용된다. 따라서 내로라하는 재벌이나 귀족이 아니라면 구경하기도 힘든 물건이었다.

'우리 집에도 하나 둘까.'

물려받은 유산도 많은데 네 개 정도 사서 하나는 우리 집에, 하나는 파냐 가문에, 하나는 야옹이와 데미안의 목걸이에 걸어 두면 딱 좋을 텐데. 데미안은 헛짓거리 못 하게 하는 감시용으로.

"소식을 전해 듣고 몹시 놀랐습니다. 교황청에 드래곤이 침입하다니요?"

"그 드래곤이 중앙 시계탑을 훔쳐 가 버렸다는 게 더 문제요. 이건 교황청의 수치입니다. 200년 전 그 사건과 똑같은 사건이 일어나다니. 버스퍼필드의 마법사들이 앞으로 몇 년은 조롱할 겁니다."

"그런 불쾌한 부분까지 신경 쓰지 마십시오. 버스퍼필드의 마법사들이 경박하고 저급한 건 누구나 아는 사실이니까요."

추기경들이 이번 사건에 대한 담소를 나누는 와중에도 캐서린의 등골은 여전히 서늘했다.

착각이 아니라면 퍼시빌의 눈길이 아직까지도 그녀의 얼굴에 못 박힌 듯 박혀 있는 것 같았다. 캐서린은 열심히 그루밍하며 고양이인 척을 했다.

"그렇다면 시계탑 위에 보였던 그들의 존재가 허구가 아닌 실체였단 게 확실합니까?"

"예. 드래곤 위에도 분명 악마가 올라타 있었습니다. 감히 제 의견을 덧붙이자면, 다분히 의도적인……."

— 그 고양이.

캐서린은 퍼시빌이 한참 오고 가던 진지한 대화를 끊어 먹는 순간에도 그루밍을 멈추지 않았다.

"예?"

— 눈에 익는데.

"이 고양이… 말씀이십니까?"

데인 사제가 의문스러운 표정으로 제 품에 안은 캐서린을 내려다봤다. 눈에 익는다고? 길거리에 널리고 널린 치즈 고양이인데?

캐서린 역시 의문에 휩싸인 채 고양이의 본능대로 똥X를 핥다가 흠칫 놀라 얼굴을 뗐다.

'더럽게.'

그러다 곧 좋지 않은 가정을 떠올리고 말았다.

'내가 설마 야옹이의 모습을 본떠서 변신한 건가……?'

변신 마법은 마법 중에서도 초고난이도에 속하는 마법이다.

아직 마법에 숙달하지 않은 캐서린이 자신도 모르게 익숙한 아기 고양이의 생김새인 야옹이의 모습으로 변신했을 확률도 적잖

앗다.

아니, 확실히 그러지 않았을까?

이 솜방망이의 털색이 눈에 익은 노란색인 것을 보면……. 퍼시빌이 의심스러운 눈길을 거두지 못하며 말했다.

— 도망가지 못하게 붙잡아 놔. 두 시간 안에 귀환할 테니까.

"이 고양이 말씀이십니까?"

— 도착했는데 없으면 뒤엎는다. 알았냐?

데인 사제가 무어라 반문하기도 전에 영상 전송이 강제 종료되었다. 그의 무례한 태도를 어느 누구도 지적하지 않는 걸 봐선 다들 익숙할 만큼 익숙한 모양이었다.

"역시 듣던 대로 제멋대로 구는 성격!"

아무리 그래도 감탄할 정도까지는 아니잖아, 데인 사제.

얼마 지나지 않아서 누군가 조심스럽게 입을 뗐다.

"무슨 이유에서일까요?"

제아무리 퍼시빌이라도 '뒤꽁무니 쫓아다니던 여자의 애완 마물처럼 보여서'라고는 설명 못 했을 테다.

"하하. 새끼 고양이가 너무 귀여워서 그런가 봅니다."

벨라쿱스 추기경이 의미심장한 얼굴로 캐서린의 눈동자를 뚫어져라 응시했다.

"흐음. 이상하군요. 베네딕토 경은 이런 작은 동물에 신경 쓸 남자가 아닌데. 근래 유일하게 관심을 보였던 건……."

주위 추기경들이 눈에 불을 켜고 벨라쿱스 추기경의 뒷말을 기다렸다. 어떤 이유에서든 사내 동료들에게 지대한 관심을 받고 있긴 한가 보다.

벨라쿱스 추기경은 아주 조심스럽고 부드러운 어조로 퍼시빌의 관심사에 대해서 언급했다.

"아주 똘똘하게 생긴 젊은 여성분이었는데 말입니다. 그렇다면 혹시… 이 고양이가?"

교황의 오른팔이라는 별칭이 괜히 붙은 게 아닌 듯했다. 소름 끼치는 추리력에 600년 전 외젠이 떠오를 정도였다.

캐서린은 고뇌했다. 이런 곳에서 이런 식으로 정체를 들킬 순 없다. 그렇다면……!

'필살의 궁극기를 사용할 수밖에. 하품하는 아기 고양이!'

캐서린은 입을 쩌억 벌리곤 바르르 떨며 하품했다.

그 순간 고요한 긴장으로 굳어 있던 공기가 삽시간에 녹아내렸다.

"하하, 그럴 리 없잖습니까? 이렇게 긴 시간 고양이로 변신하는 건 숙련된 고위 마법사가 아니면 불가능할 겁니다. 젊은 나이에 도달할 수 없는 경지니까요."

자리에 있던 다른 사제가 반문했다.

"하지만 샤그위드 2세와 체자레 대공은 20세에 내로라하는 마법사들을 전부 찍어 눌렀었지요. 당시 그들의 위용은 아주 대단했다고 들었습니다."

"말씀하신 숙녀가 그 작자들처럼 반쯤 미쳐 있었답니까? 베네딕토 경을 보십시오. 내로라하는 천재들은 죄다 제정신이 아니잖습니까."

캐서린은 추기경의 주장이 굉장히 논리적이라고 생각했다.

"추기경, 말조심하시오."

"흠흠. 내가 어디 틀린 말을 한 것도 아니고 말이지. 그래서, 벨라쿱스 추기경. 말씀하신 숙녀분께도 그런 기미가 보이더랍니까?"

한참 고민하던 벨라쿱스 추기경은 단호하게 고개를 저었다.

"아니. 외부인을 경계하고 할 말은 똑 부러지게 하는 당찬 아가씨였지."

"벨라쿱스 추기경께서 칭찬하실 정도면 아주 똑똑한 아가씨였나 봅니다."

그래, 그래. 나를 퍼시빌 같은 미친놈과 동급으로 취급하면 섭섭할 거야.

"그거참 로맨스 소설의 한 장면 같군요. 백합의 성기사가 평범하고 똑똑한 여인과 사랑에 빠지다니… 이거, 응원해 주고 싶은 마음이 은근하게 샘솟습니다."

"경박한 소리 마시오. 베네딕토 경은 이미 약혼자가 있는 몸이잖소? 설마 잊은 건 아니겠지?"

"아. 생각해 보니 그렇군요. 약혼자에 대해선 워낙 한마디도 안 하시니 깜빡 잊을 뻔했습니다."

캐서린은 올라오려는 토기를 간신히 참았다.

그렇게 점심시간을 즐기는 아저씨들인 양 옹기종기 모여 담소를 나누던 사제들은 한 시간가량이 지나고 나서야 결론을 내렸다.

"데인 사제, 베네딕토 경의 부탁대로 그 고양이를 한 시간 정도만 잘 돌봐 주게."

"보아하니 온순해서 도망갈 일도 없을 듯하군."

데인 사제는 추기경들의 부탁에 책임감 넘치는 목소리로 대답했다.

"예! 제가 성심성의껏 돌보겠습니다!"

캐서린은 그러고 나서야 데인 사제의 품에 안겨 좁은 방을 탈출할 수 있었다.

'궁금하지도 않은 양자, 양녀들 자랑이나 하고 말이야.'

저 아저씨들의 개인 사정은 이제 죽을 때까지 잊지 못하겠지. 기억 능력이 좋아졌다고 해서 기뻐할 일만 일어나는 건 아닌 듯했다.

"야옹아, 네 덕에 베네딕토 경과 대화를 나누어 보겠구나. 베네딕토 경은 워낙 바쁜 데다 여기저기 불려 가는 인기인이라 멀리서만 구경하는 게 전부였거든."

데인 사제의 얼굴은 동경하는 어른을 만난 아이처럼 들떠 보였다.

'같은 교황청 소속이면서 얼굴 보기도 힘든가 보네. 하기는. 황성에 버금가는 부지니까.'

가장 오래된 종교이자 가장 많은 신도를 거느리고 있는 미카엘라교는 교황청을 중심으로 대륙 각지에 크고 작은 신전을 가지고 있었다.

그 신전에 속한 사제들 중 믿음이 깊고 행실이 바르며 심신이 고도로 단련된 자만이 교황청 소속이 될 수 있다는 건 유명한 이야기였다.

특히 성기사는 뛰어난 사제들 사이에서도 교황으로부터 인정받은 고귀한 혈통의 무인이 가질 수 있는 영광스러운 지위였다.

'퍼시빌이 대단한 기사이기는 하지.'

역시 인성과 실력은 비례하다는 주장이 옳은 걸까.

데인 사제는 너른 정원과 새하얗고 깨끗한 건물들 사이를 건너 감탄이 나올 정도로 드넓은 실내에 들어섰다.

땅을 굽어 살피는 천사가 조각된 순백의 석상과 알록달록한 스테인드글라스 아래로 떨어지는 빛은 가슴이 떨릴 정도로 화려했다.

동시에 정신이 혼미해질 정도로 지독한 악취가 캐서린의 코를 찔렀다. 인간이었을 시절에는 느끼지 못했던 악취였다.

'이곳은 내가 있을 만한 곳이 못 돼.'

그녀의 고통을 모를 데인 사제는 제단으로부터 멀찍이 떨어져 앉아 자그마한 목소리로 속삭였다.

"여긴 대성전이란다. 지금은 라파엘 합창단이 연습 중인가 보구나. 언제 들어도 근심과 화가 풀리는 천상의 목소리야."

'알았으니 나가자.'

"이곳에서 기도하는 시간은 하루 중에서 가장 경건해지는 시간이지."

'알았으니 나가자고.'

다행히 데인 사제는 대성전에서 오래 머물지 않았다. 그의 걸음은 대성전 건물의 오른쪽으로 쭈욱 향하다가 돌연 멈추었다.

그곳에는 거대한 은행나무가 한 그루 솟아 있었다. 내리쬐는 햇볕 아래에 너른 그늘이 질 만큼 울창한 나무였다.

나무 뒤편에는 대도시 같은 교황청의 분위기와 맞지 않은 소박한 흙길이 나 있었다.

안 그래도 조용한 교황청에서, 유독 그 공간만 더욱 고요한 정적이 감도는 듯한 건 그녀의 착각일까?

"저 은행나무의 안쪽은 들어가지 못한단다. 더 높은 경지의 마음 수련을 달성하신 분들만 발을 딛을 수 있는 성스러운 공간이거든."

한마디로 일개 사제가 아닌 직급이 높은 성직자만 들어갈 수 있단 소리였다.

'교황이 거주하는 공간이려나.'

마르파쿠스 3세는 샤그위드 2세와 마찬가지로 젊은 외관을 지닌 초월자였다. 그리고 특별한 사건이 일어나지 않는 이상 대륙 평화유지회의에서 만날 수 있겠지.

샤그위드 2세만큼 위용 넘친다는 마르파쿠스 3세와의 만남이 은근히 기대되었다.

"하하. 미안하구나, 수습 사제들을 가르치던 버릇 때문에 네게 이런저런 소리를 하게 되었어."

데인 사제가 너털웃음을 터트리며 은행나무 반대쪽으로 걸음을 옮겼다.

'나야 교황청의 이곳저곳을 관광시켜 줘서 고맙지.'

버스퍼필드의 자기애 넘치는 안내와는 비교도 안 될 만큼 만족스러웠다.

얼마 지나지 않아 넓은 공터가 나타났다. 그 한가운데 낮게 솟은 정사면체의 유리관과, 그 앞에서 기도하는 어린 수습 사제들이 보였다.

유리관 안에 든 건 자줏빛 깃털이었다. 크리스털로 조각된 듯,

단단한 빛으로 반짝이는 깃.

'으.'

캐서린은 몸을 완전히 틀어 데인 사제의 품 안으로 코를 숨겼다. 저 깃털에서 풍기는 악취는 대성전만큼 끔찍했다.

단의 경험담에 따르면 시간이 흐를수록 저 악취도 익숙해진다는데, 하루빨리 그날이 왔으면 싶을 만큼 끔찍한 악취였다.

"〈미카엘의 자애〉"

작은 음성으로 읊조린 데인 사제가 캐서린의 등을 쓰다듬으며 속삭였다.

"저 깃털은 최상급 성물이라 감히 그 가치를 매길 수 없단다. 교황청을 수호하는 방어진이 바로 이 성물 미카엘의 힘이야. 나도 하루에 한 번씩 꼭 들러 기도를 드리곤 하지."

저런 조그만 게 최상급 성물이라고?

"이곳에서 기도하면 미카엘님이 귀를 기울여 들어 주신단다."

흠. 캐서린은 대천사 미카엘에 자신의 존재를 이입해 상상했다.

'누군가 나를 신처럼 떠받들고 기도한다고 하면······.'

부담스러울 것 같은데.

"이테라나 제국의 시조, 패왕 마르스가 국가 선포를 지지받는 대가로 교황청에 바쳤다고 하는구나. 이 얼마나 자랑스러운 역사인지! 이테라나 제국은 한때 우리 교황청의 도움을 받았던 사실을 절대 잊어선 안 돼."

표현이 틀렸다. 마르스라면 이 물건을 바친 게 아니라 내던졌을 것이다. '옛다, 먹고 떨어져라!' 하는 의미로.

온 김에 기도라도 할 요량인지 데인 사제가 눈을 감은 채 고개를 숙였다.

'어휴. 왜 지금 하고 난리람.'

캐서린은 한숨을 내쉬며 고개를 저었다.

「…….」

뭐지?

「……한.」

착각이 아니라면, 유리관에 전시된 〈미카엘의 자애〉로부터 흐릿한 무언가가 들려오고 있었다.

「……불결한… 감히…….」

그때였다.

고요했던 성물에서 폭발적인 기운이 뿜어져 나왔다.

「불결하며 요망한 존재가 감히 나의 요새에 발을 딛다니.」

잠깐, 이거 뭔가 잘못된…….

위이이이이잉.

기다렸다는 듯 교황청의 침입자 경보음이 울리기 시작했다. 기도하고 있던 데인 사제가 두 눈을 부릅뜨며 수습 사제들에게로 달려갔다.

"으아아앙."

"사, 사제님! 무서워요!"

"괜찮으니 울지 마세요. 모두 나를 따라오세요. 침착하게 행동하면 아무 일도 없을 거예요."

데인 사제는 어쩔 줄 몰라 하는 어린아이들을 어르며 대성전으로 향했다.

그 와중에도 품에 안은 작은 고양이는 절대 놓지 않았는데, 캐서린으로선 죽을 맛이었다.

'아무리 생각해도 내 문제 아니야? 지금 굉장히 위험한 것 같은데?'

왜인지는 몰라도 미카엘의 뭐시기를 통해서 그녀의 존재가 발각된 모양이었다.

캐서린은 도망치기 위해 미친 듯이 몸을 비틀었다.

"이런, 너도 놀랐구나? 걱정하지 마렴. 벨라쿱스 추기경님도 계시니 안전해. 네겐 아무런 피해도 없을 거다."

이 빌어먹을 사제야, 좀 놓으라고!

데인 사제의 소매는 이미 캐서린의 발톱과 이빨로 인해 반쯤 넝마였다. 하지만 그는 죽어도 자신의 역할을 수행하겠다는 듯, 캐서린을 더 강하게 끌어안을 뿐이었다.

"아이들을 챙겨 주셔서 고맙습니다, 데인 사제."

"어떻게 된 일입니까?"

"아직 정확한 건 모릅니다. 성기사님들과 추기경님들이 원인을 조사 중이라고 합니다."

캐서린은 살면서 처음으로 책임감 높은 인간에게 짜증을 느꼈다.

그녀는 위기감을 느낀 사제들로 가득 찬 대성전에서 코를 막은 채 생각을 정리했다.

'벨라쿱스 추기경은 눈치가 빨라. 곧 나를 찾으러 올 수도 있어.'

그런 일이 일어나지 않는다고 해도, 퍼시빌이 도착하면 또 귀찮아진다. 막말로 그녀의 정체가 밝혀지는 건 시간 문제였다.

'도망칠 수는 있다.'

그러나 100% 장담하기는 힘들었다.

제아무리 대악마라고 해도, 계약자 없이 에덴에 현신한 상태에선 다수의 추기경과 성기사를 이겨 낼 순 없었다.

교황청 창공에서 만찬을 즐긴 것도 혈혈단신이 아닌 일곱 명의 대악마라 가능했던 일이었다.

'하지만 이곳처럼 사제들만 있는 공간에선 가능할 수도 있겠지.'

분홍색 젤리 발바닥에 땀방울이 맺혔다.

여기서 힘을 쓰면 성공적으로 도망칠 수도 있다. 그럴 수 있지만…….

'못 하겠어.'

캐서린은 세상에 자신의 존재를 알리는 것이 두려웠다.

크리스토퍼 대공저에서 그녀를 부모의 원수 대하듯 몰아치던 추기경들의 태도가 아직도 기억 속에 선명했기 때문이다.

캐서린의 정체가 발각된다면, 그들이 그러했듯 이곳의 많은 사제들 역시 그녀에게 적의를 보일 것이다.

캐서린을 돌봐 주던 어린 수습 사제들조차도.

아무리 대악마 릴리스라고 해도, 그녀의 정신은 이제 고작 스물을 넘긴 인간에 더 가까웠다.

캐서린은 용기가 부족했다. 자신의 진정한 모습을 내보인 채, 인간들에게 미움받을 용기가 말이다.

'그렇다고 멍청히 당하고만 있을 수는 없는데.'

때가 온 것 같다.

단이 선물했던, 비상시를 대비한 구슬 다섯 개 중 한 개를 사용해야 할 때가!

캐서린은 두 눈을 커다랗게 뜨며 단의 조언을 되새겼다.

'아가씨의 동공에 이 다섯 개의 구슬을 숨겨 둘 겁니다. 인간의 눈에는 보이지 않을 만큼 작아서 절대 들킬 염려도 없고, 동공 안에 숨겨 두니 잃어버릴 염려도 없을 거예요.'

단은 아마 이런 순간을 예견했던 것 같다. 그의 눈에는 캐서린이 햇병아리처럼 보일 테니까.

'구슬의 표면마다 어떤 위기에 사용해야 하는지 적어 두었습니다. 되도록 상황에 걸맞게 사용하세요.'

캐서린은 초월적인 힘을 발현해 구슬에 쓰인 글자를 읽어 내렸다. 그중에 캐서린의 상황과 가장 유사한 문장이 보였다.

「적들에게 둘러싸여 벗어나기 어려울 때」

'이거지.'

이 구슬에는 어떤 대단한 마법이 걸려 있을까?

태풍을 불러일으켜 주변을 쓸어버리는 마법? 지진을 일으켜 주변에 혼란을 가하는 마법? 아니면 다른 장소로 이동하는 간단한 텔레포트? 설마 단이 직접 오지는 않겠지.
 기대감을 한껏 부풀리며, 마력을 사용해 첫 번째 구슬을 깨뜨렸다.
 변화는 즉각 일어났다.
 뿌우우우우.
 대성전 중앙에서, 대뜸 거대한 뿔피리 소리가 울린 것이다.
 ……응?
 '뿔피리라고?'
 기다랗게 이어지는 뿔피리 소리는 두 귀를 틀어막아야 할 정도로 크고 웅장했다.
 뭐지. 꽝인가? 설마 꽝도 넣은 거야? 캐서린은 숨을 죽이고 소리에 집중했다.
 "이게 대체……?"
 데인 사제의 눈에 짙은 경계심이 떠올랐다. 아이들의 울음이 커지고, 모두가 뿔피리 소리의 근원지를 찾기 위해 사방으로 고개를 틀었다.
 뿔피리 소리가 재차 울렸다. 그 틈을 타, 캐서린은 긴장으로 느슨해진 데인 사제의 품에서 벗어났다.
 "잠깐, 멈춰!"
 사람들의 다리 사이를 지나 중앙 통로로 달려 나갔다. 사제들 중 그 누구도 캐서린에게 시선을 두지 않았다.
 마침 대성전의 문이 열리고 수습 사제들이 우르르 몰려 들어왔다.
 '지금 나가야 해.'

캐서린은 젖 먹던 힘을 끌어 올려 문밖으로 달려 나갔다.

가을 오후의 환한 햇빛이 그녀를 집어삼켰다.

그리고 나타난 하늘은 청명한 푸른색이 아닌, 화마의 파도가 밀려온 듯한 음울한 적빛이었다.

"마물의 수가 늘어납니다!"

"비전투 사제까지 불러서 모으세요! 어린 수행 사제들을 지하로 대피시키십시오!"

"젠장. 하필이면 성황 폐하와 성기사의 반이 자리를 비운 때에……."

그녀의 눈과 귀가 잘못된 것일까?

구름 한 점 없이 깨끗했던 교황청의 상공이 대형 조류로 빼곡하게 채워져 있었다.

'새가 아니야. 죄다 마물이야.'

날개를 가진 맹금류 마물.

어비스랜드에서 체자레와 함께 올라탔던 그 마물과 같은 유였다.

'이게 갑자기 무슨 상황이지?'

날개를 퍼덕이는 소리가 소름 끼칠 만큼 선명했다. 수십 명의 사제들이 급박하게 길 위를 오갔다.

"우리엘로는 턱도 없어! 더 강력한 신성 보호진을 펼치시오!"

한구석에서는 족히 스물은 되어 보이는 사제들이 한데 모여 수호 마법진을 펼치고 있었다.

"신성 보호진 제3장! 라파엘!"

창공에 펼쳐진 수호 마법진 위로 또 다른 수호 마법진이 겹겹이 쌓여 간다.

곧 수백 마리는 되어 보이는 마물의 틈 사이에서 길쭉한 존재가 느긋하게 걸어 나왔다.

풀숲에 숨어든 캐서린은 마물의 한가운데서 등장한 악마를 확인하고 놀라서 까무칠 뻔했다.

새까만 염소 머리. 달 가루를 씌운 듯 황금빛으로 빛나는 뿔. 반듯한 남색 정장과 건장한 신체.

단탈리온이었던 것이다.

「퉤. 역겨운 사제 놈들.」

수호 마법진 위에 무릎을 굽히고 앉은 그가 땅 위로 침을 뱉었다. 땀을 뻘뻘 흘리며 수호진을 전개하던 사제 중 한 명이 분노에 차 외쳤다.

"악마! 이곳이 감히 어디라고 찾아온 것이냐!"

「오? 멀쩡하게 박힌 두 눈을 민망하게 하는 질문이야. 이곳이 교황청이란 것도 모를까?」

"이 간악한 악마! 당장 성지에서 꺼져라!"

사제의 욕설에 단이 어깨를 흔들며 음흉하게 웃었다.

「누가 날개 달린 쥐새끼들의 쫄따구들 아니랄까 봐. 영 재미없는 소리만 지껄인다니까.」

단탈리온이 가볍게 발을 굴렀다. 구두 굽 끝에 닿아 있는 수호진의 푸르스름한 막에 금이 가기 시작했다.

"크윽!"

거친 신음과 함께 두어 명의 사제가 무릎을 꿇고 주저앉았다.

그 일괄의 사태를 관전 중인 캐서린은 그야말로 심장이 벌렁벌

렁 뛰어서 반쯤 정신이 혼미했다.

「적들에게 둘러싸여 벗어나기 어려울 때」의 해결법이 설마 '단탈리온이 마물 군대를 이끌고 선빵을 친다.'였을 줄이야!

악마들의 사고는 일차원적이어도 너무 일차원적인 게 문제다.

'그래도 단의 정체가 들통 나지 않으면 괜찮아. 조용히 사건을 마무리 지을 수도 있어.'

"단탈리온」

그녀와 가까운 거리에서 식은땀을 뻘뻘 흘리던 사제의 외침이었다.

아니, 벌써 정체가 들킨 거야?

"분명합니다. 서, 성전에 적힌 생김새와 동일해요. 저놈들은 공허의 지배자, 릴리스의 종입니다!"

심지어 나의 시종인 것도 들켰어? 캐서린은 살아생전 처음으로, 기억력 좋고 똑똑한 인간을 싫어하게 되었다.

단탈리온이 곧 혐오가 진득하게 묻은 음성으로 사제를 노려봤다.

「호오. 어디서 감히 그 더러운 주둥이로 왕의 진명을 담느냐?」

노기를 내뿜는 단탈리온에게 조금의 고마운 마음도 느끼지 못했다.

눈치가 있으면 좀 닥치든가. 덕분에 네 주군이 나라는 게 확실해졌잖아?

캐서린이 여기서 어떤 행동을 보여야 옳은가 고민하는 사이, 무겁고 날 선 분위기를 반전시키는 인물이 나타났다.

"그만."

그는 바로 벨라쿱스 추기경이었다.

뒤따라온 추기경들이 각자 흩어져 사제들을 지원했다. 그의 등장에 힘을 얻은 사제가 많은지, 조금씩이나마 활기가 돋기 시작했다.

벨라쿱스 추기경이 단탈리온을 향해 제안했다.

"노기를 가라앉히고 목적을 밝혀 주십시오. 이리도 무례하게 방문한 데는 그만한 이유가 있을 터. 당신은 악마, **「단탈리온」**이 맞습니까?"

단탈리온은 귀 뒤를 긁적이며 대충 고개를 주억였다.

「그래. 이제야 말이 좀 통할 것 같은 인간이 나왔어.」

"나는 교황 성하를 모시는 추기경, 벨라쿱스입니다. 당신은 누구입니까?"

그의 소개에 단탈리온이 수호진 바로 위로 목을 길게 빼며 눈을 빛냈다.

「기이해.」

단탈리온의 웃음은 서서 봐도 앉아서 봐도 야비했다. 살아 있는 야비함 그 자체였다.

「신도, 날개 달린 쥐새끼도 아닌 교황을 모신다? 흐음. 그런 식의 자기소개도 있나?」

옅은 흥미와 의문이 섞인 목소리에 벨라쿱스 추기경이 여유 만만한 웃음을 보였다.

"해괴한 소리로 현혹하려 들지 말고 정체를 밝히십시오."

「네 말이 맞다. 이 몸은 대악마 릴리스 님의 성실한 종, 단탈리온이시다.」

그러니까 그렇게 자꾸 확신을 심어 주지 말래도? 벨라쿱스 추기경이 표정을 굳히고 질문했다.

"당신처럼 대단한 자가 군대까지 이끌고 온 이유는 무엇입니까?"

「너희에게 왕의 명을 전하기 위해서다.」

나의 명령?

'내가 단에게 미리 말해 둔 게 있었나?'

며칠 내리 잔소리 들은 기억밖에 없는데.

싸늘하다. 가슴에 비수가 날아와 꽂힌다. 이 비수가 무엇인지는 이미 알고 있었다. 바로 불안함이었다.

단탈리온이 굽혔던 몸을 일으켰다. 그리고 기다란 손톱으로 사제들을 가리키며 말했다.

「시궁창의 쥐새끼보다 못한 벌레들아. 너희는 나의 왕을 모욕했다.」

모욕… 물론 대악마인 내가 아기 고양이 취급을 당했으니 모욕당한 게 맞기는 한데… 그건 내가 선택했던 일이기도 해서…….

벨라쿱스 추기경이 머리가 아프다는 표정으로 이마를 짚었다.

"무슨 말씀을 하시는 건지 이해하지 못하겠습니다. 아무래도 상세한 설명이 필요할 듯하…….."

"그렇게 머저리처럼 굴 이유가 있나?"

갑작스레 끼어든 목소리는 분명 지겹도록 익숙한 목소리였다. 캐서린은 땅이 꺼져라 한숨을 내쉬었다.

저렇게 선량한 인상으로 거친 어투를 뱉는 남자는 캐서린이 알기로 오직 한 명밖에 없었다.

엎친 데 덮친 격으로 퍼시빌까지 나타난 것이다.

'벌써 도착했다고? 아직 한 시간밖에 지나지 않았는데?'

그는 늘 그래 왔듯 성기사치곤 다소 불량한 태도로 선 채 단탈리온을 올려다봤다.

"뒈지게 맞다 보면 알아서 입을 열겠지. 여태 다른 놈들이 그래 왔듯이."

이번에는 그래도 폭주 기관차처럼 날뛰려는 퍼시빌을 저지하려는 이가 있었다.

"아니요. 일단 진정합시다, 베네딕토 경. 다른 상급 악마라면 몰라도 대악마의 종이라면 이야기가 달라진다는 걸 알고 있잖습니까?"

대악마의 종을 함부로 건드리면, 당연히 그 종의 주인인 대악마가 분노하겠지.

한데 그런 상식적인 이야기가 퍼시빌에게 통할까? 예상대로 그의 반응은 시큰둥했다.

"아는데 어쩌라고?"

"성황 폐하의 말씀을 잊으신 겁니까? 당신은 이런 일에 나서면 안 됩니다. 어서 돌아가세요."

퍼시빌은 더는 관심 없단 표정으로 코웃음 쳤다.

"나이를 먹으면서 겁만 늘었어, 벨라쿱스. 하나는 알고 둘은 모르다니. 혼돈을 몰아내기 위해선 혼돈과 마주해야 하는 법이지."

퍼시빌의 입에서 나온 것치고는 너무나 그럴싸한 발언이었다. 지루해 죽겠다는 표정도 예전에 비해 상대적으로 활기가 도는 것 같고.

며칠 못 본 사이에 다른 사람이 되기라도 한 걸까.

"어이, 염소 대가리. 네 왕이 나와 아주 절친한 친우인 걸 모르는 모양이지? 멋모르고 날뛰는 염소와 내 친우를 함께 두고 싶진 않으니, 네 목을 딴 후에 새로운 시종을 선물해 줘야겠다."

너와 내가 언제부터 친우였어? 캐서린 입장에선 꺼림칙하기만 한 발언이었다.

퍼시빌이 군더더기 없는 동작으로 발검하자, 새하얀 검날에서 성스러운 빛이 번쩍였다.

선하면서도 곧은 그의 인상과 신의 축복을 받은 듯 형형한 존재감을 자랑하는 검의 조합은 위대한 성기사의 표본 그 자체처럼 느껴졌다.

'사실상 교황청의 마스코트 격인데. 대악마 베헤모스와 계약했다는 사실이 알려지면 얼마나 큰 파급력을 몰고 올까.'

그의 무용을 가늠하려는 듯, 단탈리온이 등을 굽히며 말했다.

「경지에 오르지 못한 인간치고 쓸 만하기는 하구나.」

강자는 강자를 알아본다, 이런 건가? 지금 약간 『성기사 퍼시빌의 모험 -단탈리온전-』 느낌인데. 그 같은 통속 소설에서 단탈리온 같은 악역은 주인공 손에 처단당하기 마련이다.

「쯧쯧. 그래 봤자 근육이 손실되기 쉬운 인간의 육체로는 한계가 있기 마련이거늘.」

근육 손실은 그렇다 쳐도, 전형적인 악역 같은 발언은 내심 캐서린의 심리를 불안하게 했다. 단탈리온이 처단되면 다음 제물은 캐서린일 게 분명하지 않은가?

「게다가 건방지기까지? 마음 같아선 이 일대를 쑥대밭으로 만

들어 버리고 싶지만, 왕을 위해 한 번 참겠다. 오, 인자하신 단탈리온!」

단탈리온은 인간 혐오가 있는 모양이다.

천사 혐오에 뒤이어 인간 혐오까지 가지다니! 생물을 혐오하는 마음은 삶의 질과 가치를 떨어뜨릴 뿐이다. 나중에 시간 나면 긍정 교육을 해 줘야겠다.

수호진 위에서 무릎을 굽히고 있던 단탈리온이 곧 천천히 몸을 일으켰다. 그는 살기가 뚝뚝 떨어지는 퍼시빌의 눈길을 온전히 받아 내며 한쪽 입꼬리를 끌어 올렸다.

「오늘부로 너희는 왕의 적의를 받게 될 것이다. 죽음의 그림자는 늘 너희의 등을 뒤따를 것이며, 달이 뜬 밤에는 두려움에 잠들지 못하게 되리라.」

화창했던 가을 하늘에 새까만 먹구름이 스멀스멀 기어들어 오기 시작한다.

단탈리온의 음성은 죄인에게 천벌을 내리는 신처럼 경건하면서 우렁찼다.

「그에 대한 표식으로 이 더러운 땅에 나흘간 태양이 뜨지 않는 저주를 내리겠다.」

콰아아앙!

밤이 찾아온 하늘에서 한 줄기의 번개가 떨어지고, 어긋나 있던 수호진의 틈이 벌어지면서 작은 구멍이 생겨났다. 창공을 배회하던 마물들이 구멍 사이를 비집고 들어오며 교황청에 침입했다.

교황청은 아비규환이 되고 말았다.

"비상! 지금 당장 교황 성하와 대륙 각지에 흩어진 추기경들에게 비상 전보를 전달해라!"

"첫 번째 수호진이 뚫렸습니다! 두 번째, 아니, 세 번째… 다섯 번째 수호진이!"

"침착하세요! 사제들은 지금 당장 스무 명씩 모여 라파엘을 전개하십시오!"

그 아수라장 속에서 누군가 수풀 사이에 숨은 캐서린의 몸을 조심스럽게 들어 올렸다.

"고생 좀 하셨겠네요. 그래도 안 들키고 잘 버티셨으니 다행입니다. 특별히 칭찬해 드리죠."

쾌활한 목소리로 말을 거는 염소 대가리에게선 수호진 너머에서 보여 준 야비하고 껄끄러우며 압도적인 기세가 느껴지지 않았다.

그는 어느새 캐서린이 아는 단으로 돌아가 있었다.

단탈리온이 아닌 단. 예전의 체자레가 그러했듯이, 단 역시 그녀 앞에선 퍽 상냥한 미소를 보였다.

「이 사기꾼아. 내가 언제 너에게 그런 명령을 내렸단 거야?」

"무슨 말씀을 하시는 건지 모르겠네요. 제 대처법을 선택한 건 아가씨이지 않습니까?"

단탈리온은 모르는 척 투박한 손으로 캐서린의 작은 머리를 쓰다듬었다. 그러곤 곧 만족스러운 미소를 지으며 캐서린을 품에 안았다.

"자아. 늦기 전에 저택으로 돌아갑시다, 나의 왕. 로제 양의 저녁 식사가 기다리고 있을 겁니다."

듣고 보니 확실히 배가 고픈 것 같기는 하다.

일단 로제표 맛 좋은 인간식 식사를 즐기고 휴식을 취한 후에 쓴소리해야 할 것 같았다.

다음 날 아침.

로제가 식탁 위에 펼쳐 놓은 대형 신문사의 헤드라인을 읽어 내리며, 캐서린은 자신의 생각이 몹시 안일했음을 깨달았다.

「공허의 악마, 교황청에 전쟁을 선포하다」, 「떠오르지 않는 태양: 대악마 릴리스의 저주」, 「현대판 신마 전쟁 발발. 대륙은 과연 안전한가?」, 「공허의 대악마 릴리스, 그 잔혹함에 대하여」, 「교황청, 오늘 오후에 입장문 발표. 세계인의 도움을 청할 것으로 예상돼……」, 「이테라나 제국, 오히려 좋다?」

명명백백한 캐서린의 실수였다.

'아늑함에 취해서 잠들기 전에 혼쭐을 내 줬어야 했는데!'

데미안과 달리 한없이 영리한 단은 캐서린에게 따뜻한 식사와 포근한 잠자리를 제공함으로써 당장의 잔소리를 회피하는 데 성공했다.

덕분에 다음 날 해가 뜨자마자 전날 교황청에서의 사건은 대대적인 이슈가 되고 말았다.

신문사 대다수가 커다란 전쟁이라도 발발할 것처럼 자극적인 헤드라인을 뽑았는데, 문제는 마냥 틀린 해석이라고 비판할 수 없다는 점이었다.

'아니야, 지나간 일을 후회하는 건 시간 낭비니까. 단에게 교황청으로 돌아가서 사과하라고 했어도 똑같은 결과였을 거야.'

캐서린은 뻔뻔한 낯짝으로 커피를 홀짝이는 단의 얼굴에 양파를 던져 버리고 싶었다.

로제가 앓는 소리를 냈다.

"하아. 요즘은 정말 세상 살기 참 무서워요. 역사 시간에나 배우던 대악마와 교황청의 전쟁이라니요?"

"너무 걱정 마십쇼. 이런 자극적인 제목의 기사들은 열에 아홉이 군중 심리를 이용하려는 의도니까요. 봐요, 제국에서 발간하는 신문은 전쟁이나 저주처럼 불안감을 불러일으키는 단어는 지양하고 있잖습니까? 교황청 측에서 일부러 더 일을 크게 키우고 있는 겁니다."

데미안의 지적대로 「공허의 악마, 교황청에 전쟁을 선포하다」처럼 자극적인 헤드라인의 신문은 대개 신성 왕국에서 발간되는 신문이었다.

어느 정도 동의한다는 듯, 고개를 끄덕이던 로제가 반문했다.

"하지만 현 상황에서 교황청 하늘에만 해가 뜨지 않고 있는 건 사실이지 않나요?"

"혹시 모르는 일 아닙니까? 놈들이 그럴 만한 짓거리를 저질렀을지도."

'미안해요, 데미안. 나는 교황청에 딱히 피해를 입은 적이 없어.'

항상 느끼지만, 데미안은 교황청에 그리 호의적인 편이 아니었다. 물론 이는 데미안뿐만 아니라 보편적인 제국인의 특징이기도 했다.

 마법사의 나라인 이테라나 제국에는 악마를 악의 원천으로 정의하고, 타도하는 신성 아그리파 교황청을 적대시하는 여론이 오랜 기간 동안 득세하고 있었다.

 장담컨대 현재 제국의 마학부는 상위 악마, 단탈리온의 등장에 잔뜩 흥분해 몸이 달아올라 있을 것이다.

 마법사들은 강력한 악마에 관심이 많으며, 종종 사랑하다 못해 숭배하는 경향까지 보인다. 따라서 가장 오래된 악마 중 하나인 단탈리온이 마법사들에게 어떤 존재일지는 뻔하디뻔한 일이었다.

 이제라도 혼을 내야겠어. 캐서린은 단을 침실로 조용히 불러냈다.

 "어쩔 거야?"

 "예? 뭘 말입니까?"

 그걸 지금 질문이라고 해?

 캐서린이 지향하는 삶은 조용하면서 평화로운 삶이다.

 아무리 문제를 해결하기 위한 방책이었다지만, 조금 더 조용하게 해결할 수 있지 않았을까 하는 아쉬움이 꽤 크게 남아 있었다.

 불만족스러운 분위기를 눈치챈 단이 곧 차분한 얼굴로 변명을 시작했다.

 "아가씨, 청동의 왕이 새로 태어났을 때는 어떤 사건이 일어났는지 아십니까?"

 "그 시절에 나는 태어나지도 않았어."

 "청동의 왕은 서대륙에 있는 해안 도시를 괴멸시켰습니다. 하지만 언론은 대악마의 난동이 아닌, 거대한 지진이 발생한 것으로 가장했습니다. 아마 역사서에는 '역사상 가장 끔찍했던 대지진' 정도로 기록되어 있겠지요."

헤리시스 대지진 사태를 말하는 건가. 대악마의 소행이라고는 꿈에도 상상 못 했다.

"그 전에 태어난 천둥의 지배자라고 해서 크게 다르지 않습니다. 마왕만큼은 아니었으나, 그에 상응하는 비인륜적인 행위를 저질렀죠. 그는 사람이 아닌 성과 요새 그리고 신전을 불태우고 다녔습니다. 당시 꽤 악명 높았다는군요."

사람이 아닌 건물을 불태우고 다녔다니. 식물식 난동이라 이건가?

단은 선량한 웃음을 지으며 변명의 마지막 획을 그었다.

"그런 대악마들에 비하면 우리 아가씨의 탄생 신고식은 얼마나 선량합니까? 예? 비록 제가 마물을 풀어서 혼란을 야기하긴 했습니다만, 단 한 명의 사망자도 없었단 말이죠. 이 정도면 꽤 능력 있는 시종이지 않습니까?"

단이 능력 있는 악마라는 건 인정한다. 어리숙한 지금의 캐서린에게 있어선 어쩌면 최고의 행운이라 할 수 있었다.

하지만 아무리 과거를 들먹여도, 그가 그녀의 입장을 곤란하게 만들었단 사실은 변하지 않았다.

캐서린은 장시간 동안 말 한마디 없이 단을 쳐다보기만 했다. 조금씩 눈치를 보던 그는 곧 아기 고양이로 변신해 물기 어린 처량한 눈으로 캐서린을 올려다봤다.

이런 야비한 수법을 쓰다니.

「죄송합니다. 벌을 주셔도 달게 받을게요. 저는 아가씨께서 좋아하실 줄 알았어요.」

"하아."

이 지겨운 악마 새끼들. 하나부터 열까지 죄다 제멋대로 군다니까.

캐서린이 굳은 표정을 풀고 한숨을 내쉬자, 단이 그녀의 발치를 맴돌며 은근슬쩍 입을 뗐다.

「그래도 선전 포고는 멋있었…….」

— 선전 포고 멋있었어, 릴리쓰으으!

그때, 낯설지 않은 목소리가 갑작스레 실내를 울렸다. 캐서린은 두근거리는 가슴을 부여잡고 목소리의 근원을 향해 고개를 돌렸다.

화장대 거울 안에서 익숙한 미녀가 손을 흔들고 있었다.

"벨리……."

벨리알?

입을 가린 채 깔깔 웃던 벨리알이 거울 속에서 캐서린을 향해 말을 걸었다.

— 맙소사. 너 꽤 하는구나? 마몬은 너무 찌질하고 베헤모스는 쓸데없이 일을 크게 벌여 놔서 뒤처리하기 번거로웠는데. 흐흥! 선전 포고 정도면 확실히 흥미로운 탄생 신고식이지. 어머나. 이제 보니 우리 릴리스는 얼굴도 귀엽네?

쉴 틈 없이 이어지는 말에 머리가 다 어지러울 지경이다.

그러나 뒤이어 들린 소식은 그녀의 지끈지끈한 두통을 말끔하게 치료하고도 남았다.

─ 날 즐겁게 해 준 값으로 조언 하나 해 주러 왔어. 후후. 마음 단단히 먹는 게 좋을 거야. 며칠 후면 리바이어던이 네게 한 소리 하러 올 게 뻔하거든.

뭐?

캐서린의 안색이 눈에 띄게 밝아졌다. 그녀는 기쁜 마음으로 두 귀를 쫑긋 세운 단의 머리를 쓰다듬었다.

"잘했어, 단."

단은 이해할 수 없다는 눈으로 캐서린을 올려다봤다.

「잘했다니요? 축하하러 오는 게 아니라 한 소리 하러 온대잖습니까? 그분 성질을 생각하면 팔 한쪽이 날아가도 이상하지 않을 텐데요.」

캐서린은 그의 주장을 단호하게 부정했다.

"내게는 그런 식으로 굴지 않아."

교황청에서 돼지 고양이로 사육될 동안 많은 생각을 했다.

릴리스로 각성한 후, 체자레는 캐서린을 어떤 식으로 생각하게 되었을까?

고민 끝에 내린 결론은 '애정이 식었을지언정 살 떨릴 정도로 냉정하게 굴지는 않는다.'였다.

'아쉬움이 없을 순 없지만… 반대로 생각하면 그것만으로도 고마운 거지.'

나중에는 어떻게 될지 몰라도, 지금 당장은 그 정도만으로 만족하기로 했다. 릴리스로 각성한 몇 없는 장점 중 하나가 장수한다는 점 아니겠는가?

캐서린은 어떻게 해서든 체자레와의 관계를 회복할 작정이었다. 아직 방법은 생각해 두지 않았지만. 노력하다 보면 어떻게든 되지 않을까?

— 그런데 말이야. 어쩌다 그런 장난을 치게 된 거야? 상대가 교황청이면 역시 이유가 없으려나?

목구멍을 턱 막히게 하는 질문이었다. 자세한 비화를 설명하면 비웃을 게 눈에 훤했기에 대답을 대충 얼버무렸다.

"그냥… 그곳에서 지난 이틀간 고생을 조금 했었어."

— 저런. 만찬이 끝나고 문제가 생겼구나? 뭐든지 처음은 어려운 법이지.

까마득하게 오랜 시간을 살아온 벨리알은 캐서린이 어떤 곤란한 일을 겪었는지 대강이나마 눈치챈 모양이었다.

화장대 앞으로 다가간 캐서린은 불신이 서린 눈으로 벨리알을 응시했다.

"내가 있는 곳은 어떻게 안 거야?"

위대하신 대악마끼리는 서로의 위치가 공유되기라도 하는 걸까. 하지만 체자레라고 해서 딱히 다른 악마들의 현 상황을 알고 있지는 않아 보였는데.

벨리알이 야살스러운 미소를 지으며 툭, 툭 입술을 두들기며 대답했다.

— 네게 따라 줬던 그 포도주에 나의 마력을 담아 놨었거든. 막내는 늘 대형 사고를 치기 마련이라, 이런 식으로 마커를 심어 놔야 마음이 놓여.

지금 스토커 짓 한단 소릴 자랑스럽게 늘어놓는 거야?

하지만 상대가 천 년쯤 산 악마이다 보면 양심의 유무를 의심

할 필요성도 못 느끼게 된다.

캐서린은 벨리알의 사고 회로를 이해하길 포기하고 조금 더 현실적인 질문을 던졌다.

"언제 사라지는데?"

― 100년.

이런 미친 계집애를 다 봤나?

― 보통 100년쯤 되면 아아, 막내가 조금 성장했구나 싶지. 그때부터는 터무니없는 사고도 치지 않고…….

캐서린은 그냥 입을 다물기로 했다. 막상 이유를 들어 보니 나쁜 의도가 느껴지지 않았던 터라, 말싸움할 마음이 생기지 않았다.

'체자레에게 없애 달라고 하는 게 빠르겠어.'

설마 그도 벨리알의 주장에 동의하지는 않겠지?

'어차피 각자 살아가는 건데 왜 이리 참견이 심한 걸까.'

지나가듯 물으려다가 끝내 입을 닫았다. 단순히 어린 대악마가 불러일으킬 수도 있는 참사를 대비하려는 것에 불과할 수도 있었으니까.

이후 벨리알은 특별한 말 없이 캐서린의 (바라지 않았던) 선전포고를 찬양하다가 사라졌다. 캐서린은 본래의 평범한 형태로 돌아온 거울 속을 유심히 살피다가 다시 의자로 돌아갔다.

'정말 떠난 게 맞겠지.'

어느새 본래 모습으로 돌아온 단이 캐서린의 턱을 유리 다루듯 조심히 쥔 채 끌어당겼다. 그의 눈동자가 캐서린의 눈 속을 유심히 살폈다.

"그녀의 말이 맞는군요. 아가씨의 마력에 불순물이 끼어 있습니다. 아주 작아서 주의를 기울이지 않으면 알아보기 힘들 정도예요."

사실이었구나.

캐서린은 지체 없이 몸을 일으켰다.

"체자레를 만나러 가야겠어."

"대양의 지배자를 말입니까? 왜요?"

그리 반문한 단은 진심을 다해서, 진정으로, 정말 눈곱만큼도 이해할 수 없다는 표정이었다.

캐서린은 자신도 모르게 변명을 내뱉었다.

"다른 의미는 없어. 마커를 지워 달라고 부탁하려는 거야."

"호오. 역시 행동력 하나만큼은 엄청나시네요."

이번만큼은 비꼬는 게 아닌 진심이 담긴 목소리였다.

하지만 찾아간다 한들 또 벌벌 떨기만 할 텐데. 만찬에서의 일을 떠올린 캐서린이 작게 한숨을 내쉬었다.

"그를 만날 때마다 거대한 바위에 짓눌리는 기분이 들어."

"같은 대악마여도 격의 차이가 태산만 하니 어쩔 수 없습니다. 그래도 바위 정도면 이겨 낼 만하겠는데요? 하하하, 저는 태산에 짓눌린 포도 주스가 되는 기분이라."

그의 말이 과장이라 생각되지는 않는다. 캐서린은 고민 끝에 자리에서 일어섰다.

"지금 가시는 겁니까? 흠. 잠시만 기다리세요."

캐서린을 다시 앉히고 방을 벗어난 단은 이윽고 로제와 함께 돌아왔다.

그에게서 대체 어떤 소리를 들었는지 몰라도, 로제의 얼굴은 전에 없던 행복으로 활짝 펴져 있었다.

"좋은 태도예요, 아가씨! 제가 말씀드렸었죠? 연인 싸움은 칼로 물 베기라고. 불만이 생겼을 땐 직접 찾아가서 담판을 짓는 게 훨씬 낫다구요!"

캐서린은 그냥 말을 말기로 했다.

"이런 꼴로는 절대 안 되죠. 그래도 조금은 꾸며야겠어요. 재회하는 자리에 멋지게 차려입고 가는 건 예의니까요!"

로제는 열과 성을 다해 캐서린의 치장을 도왔다. 거금이 생긴 김에 왕창 사 놓았던 대도시의 의복들을 기다렸다는 듯 꺼내어 하나하나 비교했다.

'돈, 돈이라…….'

그러고 보니 로열 펜던트는 어쩌지.

'돈 보따리는 신경도 안 쓸 텐데, 로열 펜던트면 이야기가 달라질 거 아니야?'

흠. 역시 돌려줘야 하는 걸까? 이건… 이건 좀, 확실히 아쉬운데.

준비를 마치고 1층으로 내려오자, 웬일로 데미안이 멀쑥한 차림으로 캐서린을 기다리고 있었다.

"아가씨, 크리스토퍼 대공저로 가시는 겁니까?"

"그래요."

"제가 동행해도 괜찮겠습니까? 체자레 님과 아가씨가 한데 계신 자리에서 드릴 말씀이 있어서 말입니다. 요즘 도통 그런 때가 없어서."

크흠. 없기는 했지.

캐서린의 눈썰미가 죽지 않았다면 데미안의 낯빛이 평소와 은근하게 다른 듯했다.

그 낌새의 원인이 무엇인지는 알 수 없지만, 어쩐지 느낌이 좋지는 않았다.

"그러세요."

캐서린은 그렇게 데미안과 함께 문 앞에 자리했다.

후우.

'괜찮아. 전혀 긴장할 필요 없어. 그때처럼 몸이 너무 떨리면… 그때는… 커튼 뒤에라도 숨자.'

그러나 마법의 열쇠를 이용해 도착한 크리스토퍼 대공저의 집무실은 인기척 없이 텅 비어 있었다.

"나가서 체자레 님을 찾아볼까요?"

"일단 조금 기다려 보죠."

하지만 30분가량이 흐른 후에도 집무실은 고요하기만 했다.

캐서린과 데미안은 결국 통로로 나가 대공저의 한 층을 전부 배회해야 했다.

"아, 그렌."

다행이라면 도둑처럼 주위를 살피며 걷는 와중에 집사, 그렌을 만났다는 점이었다.

"캐서린 아가씨?"

의아한 얼굴로 그들을 바라보던 그는 곧 작금의 상황을 이해했다는 듯, 고개를 끄덕이고 정중하게 용건을 물었다.

"전하를 만나 뵈러 오신 겁니까?"

"네. 집무실에 보이지 않던데, 외출했나요?"

"아니요. 응접실에서 잠시 손님을 맞이하고 계십니다. 방문하셨다는 말씀을 전하겠습니다."

캐서린은 황급히 손을 저었다.

"아니, 아니요. 내가 직접 찾아갈게요. 그래도 될까요?"

알렸는데 귀찮다고 도망치면 어떡해?

벨리알은 그들의 관계를 몰랐기에 '한 소리 하러 올 거다.' 같은 소릴 편하게 했던 것이다. 솔직히 캐서린은 그가 정말로 잔소리하기 위해 찾아올지 확신할 수 없었다.

그렌이 옅은 미소를 띠며 대답했다.

"예. 전하께서는 그 어떤 사안보다 아가씨가 우선이라고 말씀하셨으니까요. 제가 안내해 드리겠습니다."

지금도 그 말이 유효할진 모르겠다.

그녀의 저택과는 비교도 안 될 만큼 드넓은 복도를 거닐며, 캐서린이 입을 뗐다.

"체자레는… 요즘 잘 지내나요?"

입 밖으로 꺼내고 나서야 조금은 바보 같은 질문이라고 생각했다. 당당하게 무단으로 침입한 주제에 안부를 묻다니.

"지금 마치 피치 못할 사정으로 헤어진 연인 같은데요."

캐서린은 눈치 없이 소곤거리는 데미안의 허리를 팔뚝으로 가격했다. 다행히 속 깊은 그렌은 그의 속삭임을 못 들은 척해 주었다.

"전하께서는 항상 잘 지내십니다. 아가씨도 아시다시피, 그 누구도 그분의 심기를 건들 수 없잖습니까?"

다소 두루뭉술한 표현이었으나, 동시에 가장 군더더기 없는 표현이기도 했다.

"오히려 요 몇 달은 전하답지 않으셨단 소리가 더 적절하겠지요."

"어떤 점이요?"

"너무 인간다우셨거든요."

그 한마디를 이해하는 데는 그리 긴 시간이 필요하지 않았다.

인간다운 체자레.

캐서린 역시 그의 정체를 알게 된 이후부터, 이따금 유사한 감상을 느끼곤 했으니까. 체자레의 정체가 대악마인 줄은 꿈에도 모를 데미안만이 요상한 표정을 지었다.

"하기는. 체자레 님이 사람보다 악마에 가까운 분이시긴 하죠."

하하. 그렌이 작게 웃으며 말을 이었다.

"하지만 열흘 전쯤부터는 제가 아는 전하의 모습으로 돌아오셨습니다."

"그렌이 아는 체자레가 어떤 인물인데요?"

그렌의 대답은 막힘없이 술술 나왔다.

"제가 아는 대공 전하는 감정을 낭비하지 않고 소모적인 고민과 후회를 하는 데 시간을 쏟지 않으며, 항상 이성적이고 효율적인 판단만 하시는 분입니다."

"그 말은, 인간답다는 건……."

"감정을 낭비하면서 소모적인 고민과 후회를 일삼고 감성적이며 비효율적인 판단을 하는 생물, 정도 될까요?"

데미안이 고개를 저으며 껄껄 웃었다.

"굉장히 철학적인 고찰인데요. 누가 들으면 집사님은 인간이 아닌 줄 알겠습니다?"

유쾌하게 반문하는 그와 달리, 캐서린의 머릿속은 복잡해졌다.

그렌이 말한 근 몇 달간의 체자레는 캐서린과 안면을 튼, 아니 재회한 후의 그를 가리키는 게 분명했다.

캐서린은 은연중 자신이 체자레에게 적잖은 영향을 끼친 존재라 확신한 상태였다.

한데 그렌은 그 영향을 완전히 악영향으로 묘사하고 있지 않은가? 내색하지는 않았지만, 캐서린은 조금 당황했다.

"인간답다는 건 안 좋은 걸까요?"

상대가 단이었다면 차마 던지지 못했을 질문이었을 것이다.

보나마나 '지금 그걸 질문이라고 하십니까? 아무래도 정체성에 혼란이 온 것 같으니 대답해 드리죠. 그런 의문은 의미 없습니다. 인간답든 악마답든, 아가씨께서는 원하지 않을 때마다 언제든 지우실 수 있으니까요.'라는 모범적인 답안을 내놓을 게 뻔했으므로.

그렌의 대답은 조금 느렸다.

"다른 건 몰라도 장점보다 단점이 더 많은 성향인 건 확실해 보입니다. 하지만 차마 안 좋다는 말씀은 못 들려 드릴 것 같군요."

슬쩍 고개를 돌린 그렌이 캐서린과 눈을 마주치며 상냥한 미소를 보였다.

"인간적인 전하께서 너무 즐거워 보이셨으니까요."

그, 그랬나?

"으음. 그랬구나."

괜히 쑥스러워 헛기침이 나왔다. 그녀 덕분이란 말은 단 한마디도 없었지만 캐서린은 아마도, 아니 어쩐지, 확실하게 자신의 영향이라고 생각했다.

그런 그녀를 눈꼴시게 바라보던 데미안이 커다란 목소리로 툴툴거렸다.

"모두가 응원하는 연애는 어떤 기분입니까?"

캐서린은 혀를 찼다.

"데미안은 요즘 틈만 나면 연애 소리네요. 그렇게 외로워요? 그렌, 데미안에게 소개해 줄 괜찮은 아가씨 없을까요?"

"아! 제가 중매라면 나름 자신 있지요. 한번 수소문해 보겠습니다."

맞아야 정신을 차리는 데미안은 그제야 조금 조용해졌다.

그들은 곧 익숙한 응접실에 다다랐고 안에 들어서기 직전, 그렌이 조심스럽게 문을 두들겼다.

"전하."

응접실 내에는 두 명의 남성이 마주 보고 앉아 있었다. 변함없이 반듯한 모습의 체자레와 그 외 관심 없는 나머지 한 명.

"캐서린 아가씨와 데미안 경께서 찾아오셨습니다."

이어서 자연스럽게 고개를 돌린 체자레와 눈이 마주쳤다.

캐서린은 자신도 모르게 시선을 피했다는 사실을 깨닫고 옅은 충격을 먹었다. 그와의 관계가 정말, 확실히 서먹해진 것 같아서.

잠시 조용하던 응접실에 체자레의 목소리가 울려 퍼졌다.

"남은 이야기는 황성에서 하도록 하지."

"예에? 그 말씀은 저번에도 하지 않으셨습니까? 제가 요즘 전하의 관심을 갈구하는 황실 마법사들 때문에 잠을 못 잔단 말입니다, 잠을."

황성 공무원이구나. 체자레가 그래서 어쩌라는 눈으로 남자를 쳐다봤다.

종종 느끼지만, 체자레는 나이 많고 능력 좋은 위대한 대악마이면서 주변인들과 퍽 잘 어울리는 듯했다.

강압적이기는 해도 악덕하지 않고 귀족이든 평민이든 차별하지 않고 꽤 사이좋게.

'나에게만 빼고.'

엉거주춤 일어선 황성 공무원이 응접실을 나가다 말고 캐서린의 얼굴을 유심히 살폈다.

'이 표정은……'

지난 경험에 의거하면, 소문과 신문으로만 내 존재를 접했으면서 굳이 알은체하려는 표정!

"호오. 아가씨는… 그래, 캐서린 양이라고 하셨죠? 대공 전하의 제자분이라던 그 아가씨? 올해 대륙평화유지회의에서 파냐 후작 각하를 보좌하게 되지 않으셨습니까? 이야, 만나서 반갑습니다! 저는 대륙평화유지위원회 이테라나 지부 부장……"

"악수하면 죽는다."

황성 공무원을 위협하는 체자레의 음성에는 악의가 뚝뚝 떨어지고 있었다.

그에 갈 길을 잃은 공무원의 오른손이 조용히 뒤로 빠졌다.

"흠. 아주 중요한 일이 있으신 것 같으니, 저는 이만 가 보도록 하겠습니다. 수고하십쇼."

공무원이 떠난 직후, 체자레가 그렌을 불렀다.

"그렌, 회의가 일주일 앞으로 당겨졌다. 일정 조정해."

캐서린은 교황청에서 일어난 사건이 회의 날짜를 앞당긴 주범이라는 것을 직감했다.

어휴. 갈수록 일이 커지네. 어쩐지 눈치가 보여서 작게 헛기침이 나왔다.

"예, 알겠습니다."

체자레의 손짓에 캐서린과 데미안은 맞은편 의자에 자리를 잡았다. 그 상태로 짧지 않은 정적이 흘렀다.

체자레는 할 말 있으면 하라는 듯, 호의적이지 않은 얼굴로 캐서린을 뚫어져라 쳐다봤다. 눈도 마주치려 하지 않았던 만찬 때와는 정반대의 태도였다.

침묵 속에서 가장 먼저 입을 뗀 사람은 데미안이었다.

"흠… 이 사이에 눈치 없이 끼고 싶지 않은데 말입니다. 두 분께서 괜찮으시다면 제 볼일을 먼저 말씀드려도 되겠습니까?"

조심스럽게 말하며 그가 품에서 꺼낸 물건은 황실 문장이 박힌 고급 용지의 서신이었다.

"아무래도 곧 황성으로 돌아가 봐야 할 것 같습니다."

"체보크 황자인가?"

"예, 이틀 전에 서신을 받았습니다."

체자레는 데미안의 서신을 단숨에 읽어 내렸다. 그러고는 곧 자연스럽게 캐서린에게 건넸다.

나도?

엉겁결에 그에게서 서신을 건네받았다. 어색하게 종이를 쥐고 있던 그녀는 데미안에게 조심스럽게 물었다.

"내가 읽어도 되겠어요?"

"물론이죠. 그러라고 가져온 거 아니겠습니까?"

캐서린은 종이 한 장의 반을 겨우 채운 서신의 내용을 확인했다.

안부는 길지 않았다. 그 아래로 줄줄이 나열된 건 체보크 황자가 세이프란 황태자 밑에서 어떤 결실을 맺고 얼마나 신뢰받고 있는지에 대해서였다.

자기 자랑에 비해 본론은 민망할 정도로 짧았다.

황자는 데미안에게 황실 기사단 직위를 내려놓으라 명령하고 있었다.

결혼을 위해서.

"데미안, 연인이 있었나요?"

"아니요. 그랬으면 좋겠지만, 저는 거기 적힌 이름의 여자가 누구인지도 모릅니다."

눈을 감은 채 미간을 문지르던 체자레가 말했다.

"클라라 백작 가문은 최근 마력차 제조에 공격적으로 투자하고 있는 가문이다. 경의 상대로 내정됐다는 클라오르드 클라라는 야망이 넘치는 여자고, 세 명의 전남편을 둔 58세의 미혼녀이지."

새로운 정보에 데미안이 고개를 주억이며 감탄했다.

"오. 그렇다는군요."

그게 감탄으로 끝날 일이야? 세 명의 전남편, 58세의 미혼녀까지는 그렇다 쳐도 모르는 사이라며?

"데미안, 혹시 돈 많은 연상의 여인이 취향이라면 내가 다시 알아봐……."

데미안은 단호하게 부정했다.

"전 결혼할 마음이 전혀 없습니다. 하지만 황자 전하의 명령에 묵묵히 따르든, 거부하든 일단 직접 만나 봬야 하니까요. 그래서 곧 황성을 방문할 예정입니다. 음. 돌아간다는 말이 맞으려나요?"

지극히 개인적인 사정이라, 굳이 이렇게 공개할 필요 없었을 텐데.

캐서린은 속 시원하게 서신의 내용을 밝혀 준 데미안에게 미안하면서 고마웠다.

"개인적인 사정인데 알려 줘서 고마워요."

가볍게 웃으며 데미안이 자리에서 벌떡 일어났다. 그는 그렌 앞으로 삐걱거리며 다가가 넉살을 부렸다.

"그럼 저도 볼일은 다 끝났으니… 집사님? 저 크리스토퍼 대공저 좀 둘러봐도 되겠습니까? 크리스토퍼에서 손에 꼽히는 명관 중 하나라던데, 온 김에 눈 호강 좀 하고 싶네요."

"물론입니다. 제가 안내해 드리겠습니다."

데미안과 그렌이 떠난 응접실은 두 명의 사람, 아니 악마가 남은 것치곤 지독하리만치 고요했다.

캐서린은 싸늘해진 분위기를 깨기 위해 체자레를 찾아온 목적을 밝히기로 마음먹었다.

그런데 어째서인지 입이 열리지 않았다.

예전의 그녀였다면 아무렇지 않게 벨리알의 마커를 지워 달라고 부탁했을 것이다. 그녀와 체자레는 마땅히 그런 요구를 하고 들어줄 수 있는 사이였으니까.

하지만 지금은 캐서린 역시 그와 대등한 존재이지 않은가?

예전처럼 체자레에게 기댈 수만은 없었다. 그런 나약한 존재가 되기 싫었다.

"겁먹은 주제에 잘도 찾아왔군. 이리 떼를 만난 양도 아니고."

조롱과도 같은 말에 무릎 위로 가지런히 모으고 있던 두 손으로 고개가 향했다. 그녀가 인지하지 못한 사이, 두 손이 미약하게 떨리고 있었다.

"아직도 모르는 건가? 네가 내게서 느끼는 공포는 치기 따위로 이겨 낼 수 있는 본능이 아니라는 걸."

서릿발처럼 냉랭했지만 지워지지 않는 쓸쓸함이 느껴지는 목소리였다.

곧이어, 기다렸다는 듯 그녀를 둘러싼 세계가 변했다. 으리으리한 대공저는 어느새 어디인지 모를 깊은 숲속의 호숫가로 뒤바뀌었다.

이런 마법은 더 이상 새롭지 않다.

캐서린은 상쾌한 풀 내음을 깊이 들이켰다.

'이번에는 물고기가 아니네.'

호수에 비친 그녀는 샛노란 병아리의 모습을 하고 있었다. 그리고 그런 캐서린의 뒤에 나타난 체자레는······.

아마, 캐서린의 눈이 잘못되지 않았다면 분명한 민들레 홀씨였다.

팔랑거리는 흰색의 민들레 홀씨.

토끼털같이 풍성하고 몽글몽글한 민들레 홀씨.

「이런 식으로 귀찮게 굴려면 차라리 찾아오질 마라, 릴리스.」

정말 민들레 홀씨네.

캐서린은 말하는 민들레 홀씨를 멍하니 쳐다보다가, 닭 다리처럼 변한 자신의 두 팔을 번갈아 확인했다.

그녀의 몸은 더 이상 공포에 떨지 않고 있었다.

「신기하네. 덜 무서워.」

「너처럼 단순한 것들은 시각에 많은 감정을 의지하니까.」

그래서 하찮은 민들레 홀씨로 변했다, 이거야? 캐서린은 다소 욱한 기분으로 부리를 놀렸다.

「왜 그렇게 기분 나쁘게 말해요?」

「기분 나쁘다고? 그럼 애새끼 대하듯 소중하게 돌봐 주길 바랐던 거냐? 무려 대악마에게?」

민들레 홀씨는 짐짓 어디서 짜증을 부리냐는 듯한 어투로 말하며 홀씨를 흔들었다.

「착각하지 마라, 릴리스. 너는 이제 어린 네피림이 아니야. 그렇다고 나와 영원을 약속한 계약자도 아니지. 살아 있는 것들 중 가장 위대한 존재가 되었다면, 그 수준에 마땅한 자세를 가져라.」

아주 모범적인 대답이었고, 그래서 더 짜증을 참을 수 없었다.

삐이이익!

민들레 홀씨로부터 등을 돌린 캐서린은 병아리의 목청을 사용해 적극적으로 자신의 스트레스를 표출했다.

호수의 수면은 병아리의 목청 따위로 파문이 생기지 않았다.

그렇게 7초가량 쉬지 않고 삑삑대고 나서야 제정신을 되찾았다.

'조금, 아니 많이 거칠기는 했으나 체자레 말이 맞아.'

캐서린은 그에게 지나치게 의존하고 있었다. 눈에 박힌 벨리알의 마커 역시 마찬가지이다. 어렵더라도 단의 도움을 받거나 벨

109

리알을 잘 설득하면 혼자서도 해결할 수 있는 문제였다.

'그래. 말은 저래도 사실은 다 나를 가르치려는 거잖아.'

서럽고 슬퍼도 투정 부리지 말자. 약한 주제에 정신력까지 허약하면 완전, 대박으로 매력 없으니까.

안정을 되찾은 캐서린이 다시 민들레 홀씨와 마주했다.

「야.」

그리고 어엿한 한 명의 대악마가 되어 체자레를 대했다.

「미안해. 진정 좀 하고 왔어. 앞으로는 네피림처럼 약하게 굴지 않을 거야. 약속해.」

체자레의 표정은 확인할 수 없었지만, 대충 분위기만 봐선 어처구니없어하는 것 같았다.

하지만 이렇게 말을 놓는 것도 은근히 새로운데?

「사실 너한테 부탁할 게 있었어. 벨리알이 내 눈에 마커를 박았거든. 내 능력으로는 지우기 힘들 것 같아서 도움을 청하려 했는데, 생각해 보니…….」

그때, 말로 설명하기 힘든 미묘한 감각이 캐서린을 감싸고 사라졌다.

「지웠다.」

'무엇을?'이라고 묻지 않아도 그 답은 명확했다.

캐서린은 병아리콩만 해진 눈동자를 이리저리 굴리며 쪼그만 목소리로 중얼거렸다.

「내가 지우려고 했는데…….」

「이미 지웠으니 됐어. 또?」

캐서린은 순간 혼돈에 휩싸였다.

또 무슨 볼일이 남았느냐고? 그건 무슨 볼일이든 들어주겠다는 의미인가?

체자레가 변덕을 부리기 전에 얼른 남은 볼일을 불었다.

「자, 잔소리하러 언제 와? 벨리알이 사고 치면 잔소리하러 온댔는데.」

민들레 홀씨는 잠시 조용했다.

그리고 얼마 지나지 않아 몇 개 남지도 않은 홀씨를 위협적으로 흔들기 시작했다.

「지금 내 잔소리 들으려고 사고 쳤다는 거냐?」

「그건 절대 아니야.」

「마침 잘됐군. 어제 벌인 그 사춘기 남학생 같은 짓거리에 대해서 설명해 봐.」

그 부분에 대해선 캐서린도 할 말이 있었다.

「만찬을 그런 식으로 끝냈으니까 그렇지. 나는 아직 어리숙하단 말이야. 다들 돌아갈 때 나 혼자 교황청에 떨어져서 몇 날 며칠을 고생해야 했다고!」

「그런 이유로 신성 아그리파 교황청에 싸그리 다 죽여 버릴 거라고 선포한 건가?」

비약에 깜짝 놀란 캐서린이 펄쩍 뛰었다.

「그런 적 없어. 그건… 단탈리온이 한 거야.」

「단탈리온을 시종으로 받아들였나 보군.」

「응.」

민들레 홀씨가 코웃음을 쳤다.

「다른 악마를 거둬들인 주제에 당당하기는 아주 당당해. 눈치

라는 게 있는 거냐? 하긴, 네게 그런 고차원 정신 기술이 존재할
리 없지.」

자기 눈치라도 보란 거야, 뭐야. 아까는 네피림이 아니라고 잔
소리를 퍼부은 주제에.

「있잖아, 리바이어던. 원래 뭘 하든 이런 식으로 다른 악마들의
간섭을 받아야 하는 거야? 벨리알의 마커도 그렇고, 방금 설명하
라는 것도 그렇고…….」

체자레의 잔소리를 몸소 들으러 오긴 했지만! 막상 듣고 있으
려니 자식 많은 집안의 골칫거리 막내 동생이 된 기분을 지울 수
가 없다.

「인간의 힘은 지난 몇백 년간 끊임없이 발전하고 있다. 마력을
지니지 못한 채 태어난다는 페널티가 무색하게 마도학의 수준은
놀라운 속도로 진화하고 있지.」

또 수업하는 거야?

바로 이런 점이 골칫거리 막내 동생이 된 기분이라고.

심지어 그런 비유가 딱히 틀리지도 않은 것 같아서 캐서린으로
선 할 말이 없었다.

「예전에야 악마들이 에덴을 무법 지대처럼 거닐었다지만, 이제
는 위험해. 어떤 귀찮은 일이 생길지 모르니 적당히 선을 그어 두
고 서로를 관리하기로 한 거다. 서로를 제약하고, 살피는 게 결국
개개인을 위한 일이니까.」

한마디로 계속 귀찮게 굴 거라는 소리였다.

「특히 너처럼 갓 태어난 대악마들은 필연적으로 귀찮은 일을 만
들게 되어 있어. 똑똑해서 아닐 수도 있을 거란 기대를 하긴 했지

만, 역시…….」
「그럼 앞으로 미리 말해 둘게.」
캐서린은 답답했던 머릿속이 맑게 개임을 느끼며 신이 나 부리를 놀렸다.
「당분간 실시간 영상 전보를 통해서 어떤 일을 하고, 어떤 식으로 대처할지 미리 알리고 허락 구하면 되겠다. 이러면 귀찮은 사건도 미연에 방지하면서 서로를 관리할 수 있잖아. 어때?」
바로 이거다.
나도 역시 알고 보면 똑똑한 악마라니까!
실시간 영상 전보를 통해 체자레와 만나면 약해 빠진 육체가 지레 겁먹지 않을 것이다.
더불어 체자레가 말한 미연의 사고 역시 방지할 수 있을 테고.
민들레 홀씨는 잠시간 말없이 허공에 떠 있었다.
그리고 이전과 달리 조금도 공격적이지 않은, 다소 그리웠다고 느껴지는 부드러운 목소리로 캐서린을 불렀다.
「릴리스.」
지금 그에게 손이 있었다면 내 머리나 어깨를 쓸어 주지 않았을까?
캐서린은 저 혼자 의미 없는 상상을 했다.
「억지로 노력할 필요 없어. 바뀌는 건 없다. 다만 시간이 흐르면 모든 게 나아지겠지.」
「아니야.」
그의 말을 이토록 단호하게 부정한 적이 있던가. 이번만은 그의 말이 절대적으로 틀렸다고 알리고 싶었다.

「나도 그렇게 생각한 적이 있긴 하지만… 시간이 흐르면 그냥 잊히고, 그것으로 끝이더라. 나아지기 위해선 행동해야 해.」

「내 눈도 제대로 못 마주치는 네가 할 수 있기는 뭘 할 수 있다는 거냐?」

「아, 그래서 실시간 영상 전보를 쓴다잖아!」

뻬이이익!

맘껏 소리친 캐서린은 얄밉게 동동 떠다니는 민들레 홀씨를 부리로 잡아 호수 속에 처박았다.

그 순간, 세계가 뒤집히며 푸르렀던 호숫가가 순식간에 자취를 감추었다. 캐서린의 정신이 다시 크리스토퍼 대공저로 돌아온 것이다.

"악마로 각성하더니 분노 조절이 힘들어진 겁니까? 아주 인정사정없이 물속에 처박아 버리는군."

하지만 캐서린은 그의 조롱에 맞대응할 수 없었다. 압박감에 찌그러지기 시작한 몸을 진정시키는 데 온 신경을 다해야 했던 탓이다.

체자레는 갖은 노력에도 기어코 떨어 대는 그녀의 손에서 완전히 고개를 돌렸다.

마치 더는 보고 있기 힘들다는 것처럼.

"이만 돌아가 보세요."

그새 시무룩해진 캐서린이 의자에서 느릿하게 몸을 일으켰.

짧은 한숨 소리가 들리고, 체자레가 한층 부드러워진 어조로 당부했다.

"지금 같은 시기에 대악마 둘이 함께 움직이는 건 위험한 짓입니다. 그러니 급한 볼일이 생기면 찾아오지 말고 당신의 꿈속으로 나를 부르는 게 낫겠지. 알아들었습니까?"

그걸 어떻게 하는 건데?

"대답."

캐서린은 차마 눈을 마주칠 용기가 안 나, 그의 발치 근처를 흘겨봤다.

"어서."

"그럴게요."

그렇게 데미안을 찾으러 나서려던 캐서린은 문득 떠오른 로열 펜던트의 존재에 등을 돌렸다.

"체자레, 이 로……."

……안 돌려줘도 되겠지? 이런 데선 칼 같은 남자인데, 돌려받으려 했다면 진작 빼앗았을 것이다.

캐서린은 의문 섞인 체자레의 시선에 고개를 저었다.

"아니에요. 다음에 또 봐요."

이것만은, 내가 지니고 있어야지.

그날 저녁, 캐서린은 식사를 마무리하며 체자레와 나누었던 대화를 다시금 되새겼다.

'볼일이 생기면 꿈으로 부르라고 말했었지.'

그런데 꿈속에 부르려면 꼭 잠들어야 하잖아?

밤에만 그를 만날 수 있다는 건 내키지 않는 페널티였다. 아직 무의식을 조종하는 데 미숙하기도 하고.

캐서린은 최고급 실시간 영상 전보에 사용되는 마력석을 두 개 구입해 한 개를 크리스토퍼 대공저에 전달하기로 결정했다.

일단 전보를 먼저 보내 두기는 할 텐데, 그가 받아 줄지는 의문이었다.

잠들기 전, 캐서린은 조용히 데미안을 불러 물었다.

"황성으로는 언제 떠날 거예요?"

크리스토퍼에서 이테라나 제국의 제도까지는 짧은 거리가 아니었다.

열차를 타고 밤낮 없이 달려도 이틀이 걸리니 미리 준비해 놓는 게 편했다.

"대륙평화유지회의가 당장 일주일 후로 앞당겨졌다고 하지 않았습니까? 그때 아가씨와 동행하고 싶은데, 그래도 괜찮겠습니까?"

"좋아요. 그렇게 해요. 로제에게는 미리 말해 둘까요?"

데미안은 고개를 저었다.

"그래도 몇 달을 함께 일한 사이인데, 제가 말하죠. 아가씨 입에서 나오는 것도 웃기기는 하고요."

그리 말하는 데미안의 얼굴은 아닌 척해도 평소보다 힘이 없어 보였다.

우리랑 헤어질 수 있다는 사실이 아쉬운 거구나. 캐서린은 찡해지려는 가슴을 쓸어내렸다. 데미안이 큰 한숨을 내쉬며 한탄했다.

"여기만큼 오질라게 꿀 빠는 직장도 없는데. 결혼은 무슨, 제기랄. 평생 아가씨한테 기생하며 영화로운 삶을 살아가면 소원이 없겠습니다."

그에 캐서린은 스스로를 토닥이던 팔을 내리고 징징거리기 바쁜 기생충을 내보냈다.

하여간 놀고먹을 생각만 하지. 물론 나 역시 그렇지만.

만에 하나 데미안이 저택으로 다시 돌아오게 된다면, 다신 꿀 직장이란 소리를 입에 담지 못하게 해 줄 것이다.

시간은 순식간에 흘렀다.

근 일주일이 캐서린의 지난 삶 중 가장 바빴던 시간이라, 눈 깜빡하니 대륙평화유지회의 날이 눈앞에 도달한 듯했다.

그동안 캐서린은 하루에 한 번씩 파냐를 방문해 보좌관으로서 익혀야 할 최소한의 예법과 지식을 배웠다.

오후 시간을 파냐에서 보내고 저택으로 돌아오면 늘 단의 수업이 기다리고 있었다.

'일단 다른 건 제쳐 두고 간단한 마법 수업부터 진행해야 할 것 같네요. 평정심을 잃은 상태에서의 마법 활용이 미숙하다는 이유로 아그리파 교황청에 갇히셨다는 게 제게는 너무너무 너어어어어무 충격적이었습니다. 아시겠습니까? 이 사건은 아가씨께서 무덤까지 비밀로 안고 가야 할 수치입니다. 앞으로 이런 일이 다시

는 벌어지지 않도록 대비해야겠어요. 살다 살다 대악마를 상대로 마법을 가르치는 날이 올 줄은 몰랐지만.'

캐서린은 울며 겨자 먹기로 단이 구해 온 『초고등 마법 이론』책을 보며 마법 실습을 시작했다.

마도학 박사 과정에서 공부하는 책이라는데, 종이의 반이 전문 용어라 머리를 싸매야 했다.

그리고 어느새 제도로 떠나는 날의 아침이 밝았다.

"그만 울어요, 로제."

캐서린은 손수건으로 연신 눈을 훔치기에 바쁜 로제를 당겨 두 어깨를 껴안았다.

"흐흑. 눈물이 멈추지 않는걸요. 아, 아무리 그래도……."

평소에는 그들 중 가장 조용한 편이었던 로제가 오늘만은 커다란 목소리로 울었다.

"데미안 씨가 50살 넘은 할망구에게 장가를 가야 하다니! 너무 불쌍해요!"

마차 앞에 선 데미안이 짜증을 숨기지 않고 맞서 외쳤다.

"아, 거! 몇 번을 말해야 알아들어? 장가 안 간다니까? 죽어도 안 가! 절대 안 가!"

「데미안의 미래는 이제 뻔하지. 노인에게 정기를 다 빨아 먹혀서 살아 있는 시체가 된 채로 일생을 마감할 거지.」

"너는 동정심도 없냐?"

「하지만 걱정 말지! 데미안을 할망구에게 팔아넘기는 못된 부모는 이 야옹맨이 처리하겠지!」

"고맙지만 정말 조금도 기대되지 않아."

마차에 가방을 전부 실었는지, 다가온 단이 가볍게 손뼉을 쳤다.

"자아, 이제 떠납시다. 여기서 더 지체되면 기차를 놓치고 말 겁니다. 말썽쟁이 데미안 씨와 더 말썽쟁이인 아가씨? 어서 타세요."

「나는 왜 안 불러 주지? 나도 타라고 보채 주지.」

"시끄러운 노랭이 치즈도 마차에 타세요."

「흥! 나는 노랭이 치즈가 아니지.」

캐서린은 조잘거리기 바쁜 야옹이를 가방 안에 쑤셔 넣고 단, 데미안과 함께 마차에 올랐다.

크게 코를 푼 로제가 다급히 떠나는 마차를 향해 손을 흔들었다.

"아가씨! 돌아오실 때는 부디 제대로 된 정원사를 구해 와 주세요! 이왕이면 잘생긴 미남으로요!"

그녀의 외침을 들은 데미안이 입술을 삐죽 내밀고 창밖으로 얼굴을 돌려 버렸다.

마차는 순조롭게 역사로 향했다. 오랜만에 두 발로 여행길에 오르려니 가슴이 두근두근했다.

마법 열쇠를 사용하지 않고 굳이 열차를 이용하는 이유는 대륙평화유지회의가 열리는 기간 동안 참석자의 모든 행적이 이테라 황실 마도 시스템에 자동으로 기록되기 때문이었다.

물론 파냐 후작가의 일원인 캐서린이 번거로운 일에 휘말릴 확률은 극히 낮았으나, 가능한 안전하고 평화롭게 일정을 소화하고 싶은 마음이 컸다.

사건이란 항상 예기치 못한 때 일어나곤 하니까.

"음? 이게 누구야? 나의 귀여운 제자님 아니신가?"

바로 지금처럼.

"그렇게 바리바리 싸 들고 어딜 가시는 건가? 오, 혹시 여행?"

캐서린은 불편하기도 하고 반갑기도 한 이중적인 심정이 되어 남자와 악수를 나누었다.

이 무슨 우연인지 모르겠으나, 놀랍게도 예약해 놓은 특등급석의 건너편 승객이 지오반느였다.

"아아, 그래. 아가씨도 회의에 참석한다고 했었나? 내 기억에는 파냐 후작의 보좌관 자격이었던 것 같은데… 파냐 후작의 혈연이었다니. 우리 제자님은 볼 때마다 새롭고 즐겁단 말이지."

회의 참가자 목록은 회의 시작 사흘 전에 모두 공개된다.

체자레 대공의 제자로 나름 유명세를 떨쳤던 캐서린은 이제 파냐 후작의 손녀이자 보좌관으로 신문에 오르내리고 있었다.

그녀로선 그다지 달갑지 않은 명성이라고 할 수 있었다.

'벨리알은 어디 갔지?'

지오반느와 계약했는지는 긴가민가해도, 그의 파트너로서 함께 회의에 참석할 줄 알았는데.

그때, 캐서린의 짐을 모두 옮긴 단이 그녀를 불렀다.

"아가씨? 잠시 드릴 말씀이 있습니다."

통로에 느긋하게 기대 있던 지오반느가 미묘한 웃음을 흘렸다.

"흐음. 새 애인인가 본데… 역시 능력 있다니까. 내가 여자 하나는 잘 보지."

"집사예요."

"집사? 저 파릇파릇한 녹색 머리로? 개성 있는 친구로군."

그래. 누가 녹색 머리 집사의 현존을 믿겠어.

캐서린은 단을 따라 구석진 곳으로 이동했다. 잡초 머리의 표정이 영 떨떠름했다.

"생각지 못한 인연이군요."

"지오반느를 말하는 거야? 어쩌다 보니 스승으로 두게 됐어."

단이 별 해괴한 소릴 다 듣는단 얼굴로 캐서린을 응시했다.

"그것도 생각지 못한 대답입니다만."

그래. 녹색 머리 집사나, 대악마의 스승 노릇을 하는 버스퍼필드 총사령관이나 곧이곧대로 믿긴 영 이상하지.

단은 잠시 거칠게 인상을 구긴 채로 눈을 감았다.

그리고 얼마 지나지 않아 입 안에서 새까만 무언가를 꺼냈다. 거머리처럼 작고 끊임없이 움직이는 그 무언가를 바라보며 캐서린이 물었다.

"그건 뭐야?"

"제 영혼의 일부입니다. 이 영혼을 가고일 안에 집어넣으면, 제가 원하는 시기에 가고일의 육체를 빌려 쓸 수 있게 되죠."

아.

'그때 내가 지하실에서 토한 게 저거구나.'

악마의 영혼은 모두 저런 거머리의 형상을 하는 건가.

캐서린은 가방 안에서 모르는 채 조용히 누워 있던 야옹이를 꺼냈다.

「캭! 싫지!」

"이 단 님은 너와 같은 캐서린 아가씨의 종이다. 그러니 얌전히 받아들여라."

야옹이가 싫어하든 말든, 단은 손쉽게 야옹이의 입 안에 거머리(처럼 보이는 영혼)를 집어넣었다.

「우웨에에엑. 썩은 감자 스튜 맛이지이이이. 우웨에에엑.」

단은 고통스러운 비명을 지르며 가방으로 기어 들어가는 야옹이의 엉덩이를 무덤덤한 눈으로 바라봤다.

"아까 만난 지오반느 버스퍼필드도 그렇고, 대륙평화유지회의는 제가 따라가기엔 여러모로 위험한 곳이라서 말입니다. 그래도 애완용 마물의 몸을 빌릴 수 있어서 다행입니다."

"나를 너무 물가에 내놓은 애 취급하는 거 아니야?"

"제가 고작 물가 따위로 생각하겠습니까? 도시 하나를 풍비박산 내는 태풍 앞이면 모를까."

이래 봬도 독립한 이래 큰 사건 없이 잘 지내고 있단 말이야.

단은 캐서린의 매서운 눈길을 아는 척도 안 하며 성실한 미소를 지으며 고개를 숙였다.

"그럼 오늘 저녁에 다시 뵙겠습니다. 즐거운 여행, 아니 안전한 여행 즐기다 오시길."

그는 안전한 여행을 유독 강조하며 열차에서 내렸다.

다시 객실로 돌아왔을 때, 지오반느는 여전히 통로의 한 자리를 차지해 데미안과 대화를 나누고 있었다.

아무렇지 않게 캐서린의 객실로 따라 들어온 그는 맞은편에 앉아 달리기 시작하는 열차의 창문을 올렸다.

"아가씨 주위는 독특한 존재가 퍽 많은 것 같단 말이지."

대답은 데미안이 대신했다.

"본인을 가리키는 것 같은데요."

"뭐… 부정은 못 하겠군."

캐서린은 눈을 감은 채 바람을 즐기는 지오반느를 바라봤다.

"크리스토퍼까지는 어쩐 일로 찾아온 거예요?"

"시장 조사를 좀 하느라. 크리스토퍼는 지상에서 가장 큰 마법 도시 중 하나잖아? 주기적으로 방문해 줘야 하는 곳이라고."

'내 뿌리에 대한 연구는 어떻게 진행되고 있나요?'라는 질문이 목 바로 위까지 차올랐지만, 결국 뱉지 않고 삼켰다.

어차피 아직 연구 중일 거라고 생각했다.

"아무리 그래도 혼자 다닐 줄은 몰랐어요."

"나는 혼자가 편해. 아마 대부분의 마법사가 그럴걸. 우리는 대체로 지독히 개인적이고 폐쇄적이니까. 그 점은 데미안 경도 아주 잘 알지 않아? 황실 기사단의 반은 마법사일 테니 말이야."

"기사단은 마법사뿐만 아니라 검을 휘두르는 놈도 개인적이고 폐쇄적이라서요. 황성 사람들이 대체로 그렇죠."

지오반느가 한쪽 눈을 살포시 떴다. 그는 캐서린을 바라보며 작게 웃었다.

"이런 말은 번데기 앞에서 주름 잡는 꼴이려나."

뭐지, 이 찝찝함은.

그간 경험에 의하면 캐서린의 오감은 틀린 적이 없었다. 정말 놀라우리만치 정확했다.

그렇다는 말은…….

아, 맞아. 깜빡 잊을 뻔했네.

"선생님, 잠깐 실시간 영상 전보를 사용해도 될까요?"

지오반느는 무심하게 고개를 끄덕였다.

짐 가방 안에서 마력석을 꺼낸 캐서린이 단 두 개에 불과한 회선 중에서 하나를 골랐다.

교황청에서 봤던 실체에 가까운 크기에 비할 바는 아니었지만, 곧 손바닥만 한 영상이 마력석 위로 떠올랐다.

— 뭡니까?

영상 너머의 남성은 변함없이 반듯한 외모의 체자레였다.

'평소답지 않은 일이 생기면 보고하기로 약속했으니까.'

물론 지극히 일방적인 약속이었으나, 캐서린은 본연의 뻔뻔함을 되살려 자신의 목적을 밝혔다.

"이제 막 열차에 올랐는데 지오반느를 만났어요. 같이 제도로 이동할 것 같아요."

— 그런 것까지 꼭 일일이 보고해야겠습니까?

응.

캐서린은 마력석을 지오반느가 앉은 방향으로 돌렸다. 그는 무척이나 달갑지 않은 눈으로 영상 속의 체자레를 응시했다.

"인사해요, 지오반느. 이쪽은 체자레 대공 전하예요. 나의……."

……뭐라고 해야 하지?

다른 사람들 앞에서 그러했듯 스승이라고 속일 수도 없지 않은가.

지오반느가 피식 웃었다.

"스승이라면서? 내가 전에 분명 말해 두지 않았나, 제자님? 다른 놈을 스승으로 두는 제자는 필요 없다고."

객실에 짧은 정적이 내려앉았다.

젠장. 캐서린은 소리 없이 격렬하게 후회했다. 평소처럼 생각하기 전에 행동한 게 화근이 되다니!

― ……그래, 돌이켜 보면 캐서린 당신은 그런 어처구니없는 짓거리도 벌였었지.

체자레의 음성에는 아무런 감정도 느껴지지 않았다.

그는 한기가 감도는 차가운 코발트색 눈동자로 캐서린을 스치듯 바라봤다.

― 이제 내 알 바 아니니까. 당신의 보고는 알아들었으니 황성까지 안전하게 도착하길 빌겠습니다, 캐서린 양. 그럼 이만.

실시간 영상 전보는 그렇게 허무하게 종료됐다.

캐서린이 실의에 빠지기 전에 데미안이 믿을 수 없단 얼굴로 입을 뗐다.

"대체 무슨 일로 싸웠기에 아직도 데면데면한 겁니까?"

"……안 싸웠다니까요."

"아무도 안 믿을 소리 하지 말고요."

굳이 잘잘못을 따지자면 내 존재 자체에 있겠지. 졸지에 체자레와 안부 인사를 나누게 된 지오반느가 두 눈을 감은 채 바람을 맞으며 질문했다.

"그래서 어느 쪽이 진짜 스승인 거지, 아가씨?"

이럴 땐 현명하게 처신해야 한다.

"당연히 당신이죠. 체자레는 내 선생님이 아니에요."

"그럼? 역시 애인?"

하나같이 애인이냐고 캐묻는 것도 이젠 지겨웠다.

"개인 사정까지 말씀드려야 하나요?"

그가 두 눈을 가늘게 떴다.

"아니. 하지만 조금 서운한데……. 이 선생님은 정말 서운해. 가르친 것도 별로 없는데 벌써 선을 긋는 학생이라니."

"선생님은 애인이 몇 명이나 되는데요?"

"아홉 명?"

자랑이다, 정말. 아니지. 그건 자랑이라고 할 만한가? 데미안의 표정이 순간 굉장한 존경심을 담아낸 걸 봐선 자랑이라 해도 무방할 것 같았다.

곧 지오반느가 활짝 열어 두었던 창문을 닫았다.

"책은 잘 가지고 있어? 제자님이 흥미진진한 SF 소설을 적던 우리의 연락망 말이야."

캐서린은 알아낸 정보라곤 마르스 대제의 개인 비화가 전부였던 대화를 떠올렸다.

"네. 그런데 이번에는 가지고 나오지 않았어요."

"저런. 아무리 나와 재회한다고 해도 꼬박꼬박 가지고 다녀야지? 두 번 서운하게 만드는군. 우리 제자님은 사람 서운하게 하는데 아주 달인인 친구야."

지오반느가 객실을 나간 직후, 건너편 의자로 자리를 옮긴 데미안이 더없이 진중해진 얼굴로 캐서린을 불렀다.

"아가씨."

"이상한 소리 할 거면 그냥 입을 닫아요."

그는 참다 참다 입을 연다는 투로 조언했다. 아니, 조언을 가장한 헛소리를 지껄였다.

"아무리 그래도 양다리는 좀 너무한 거 아닙니까? 저 모르는 사이에 눈이 맞으신 것 같은데, 하필이면 애인을 아홉이나 둔 카

사노바라니요? 저는 이 교제 반대합니다."

입 닫으라니까.

데미안과 이런저런 대화를 나누다 보니 중천에 떠 있던 해가 금방 떨어졌다.

가을의 노을은 유독 선명하고 붉어, 열차가 초원을 내달리는 내내 좋은 눈요기가 되어 주었다.

목적지가 황성이어서 그런지 몰라도 그는 이전에 들려주지 않았던, 골반 위의 점 세 개 수준으로 궁금하지 않은 비밀을 여럿 떠들었다.

황제 샤그위드 2세는 소문대로 위엄 넘치는 위인이 아니라는 점(오히려 옆집 아저씨 같다는 묘사를 덧붙였다).

황자와 황녀들끼리의 시기 질투가 심하다는 점.

기사들 사이에도 주류인 세이프란 황태자, 모르기치 황자, 모나트 황녀를 지지하는 파로 나뉘었다는 점 등.

그래도 몇 가지는 황성과 그리 가깝지 않던 캐서린에게 퍽 흥미가 동하는 이야기였다.

해가 완전히 지고, 유성우가 떨어지는 밤이 찾아왔다. 데미안은 창문에 기대어 이른 잠에 빠진 지 오래였다.

야오옹.

그간 조용했던 야옹이가 돌연 우는 소리를 내며 가방에서 뛰쳐나왔다.

"왜 그래? 배고파?"

순간, 야옹이의 눈이 화사한 보랏빛으로 빛났다.

「접니다. 잠깐 나오시죠.」

단탈리온이 야옹이의 육체를 빼앗은 것이다.

캐서린은 위풍당당하게 걷는 아기 고양이를 뒤따라 객실을 벗어났다. 일반 객실과 귀빈 객실을 구분하는 텅 빈 통로에서 단이 속삭였다.

「새로 변신하세요. 이왕이면 제 몸을 실을 정도의 크기로.」

네 몸이 아니라 야옹이 몸이거든?

캐서린은 인기척이 없음을 확인하고 매로 변신해 창문 밖으로 날아올랐다. 밤의 구름을 가르며 열차 위를 비행하는 기분은 무척이나 새로웠다.

「어디로 가는 거야?」

매의 등 위에 매달려 있던 단이 대답했다.

「며칠 전에 저 말고 다른 시종들에 대해 말씀드렸던 일, 기억하십니까? 그들 중 하나인 할파스를 만나러 갑니다.」

「이렇게 갑자기?」

「이곳에서 가깝거든요.」

땅 위를 둘러보니 곳곳이 어둠에 휩싸인 외지였다. 그나마 불빛이 다닥다닥 모여 있는 소도시는 열차에서 한참 멀었다.

할파스가 인적 드문 곳에서 칩거하나 보구나.

「다른 시종들도 차례로 찾아갈 거야?」

「최근에 알아봤는데, 다른 녀석들은 죽었습니다.」

「어쩌다가?」

「말씀드렸다시피 전대 릴리스 님은 저를 포함해 넷의 시종을 곁에 두셨습니다. 알아본 바에 의하면 그중에서도 특히 유대감이 강했던 녀석은 전대 릴리스 님의 뒤를 따르겠다며 스스로 목숨을 끊은 듯합니다. 또 다른 녀석은 자유를 되찾으러 떠난다기에 제 손으로 끝을 내 줬죠.」

마치 신문의 사설을 읽듯 무미건조한 음성이었다.

그래도 함께 수백 년간 지낸 사이이지 않은가? 담담하게 죽였다고 밝히는 단의 모습이 묘하게 낯설었다.

「꼭 죽여야 하는 이유가 있어?」

단은 즉각 대답했다.

「우리는 전대 릴리스의 유구한 비밀을 아는 몇 없는 존재입니다. 배신자의 입은 깃털보다 가벼워서 미약한 고문에도 귀중한 비밀을 털어놓기 마련이죠. 그 전에 죽이는 게 상책입니다.」

한 번 시종은 영원한 시종이라 이건가.

문득 의문이 들었다. 손에 피를 묻히면서까지, 자유를 포기하면서까지 단이 릴리스의 곁에 남으려는 이유가 무엇일까.

「단, 그렇게까지 집요하게 나를 섬길 필요가 있어?」

단탈리온처럼 강력한 악마라면 대악마의 마력 없이도 긴 세월을 살아갈 수 있을 것이다.

캐서린이 힘으로 무릎 꿇려 복종을 명령한 것도 아닌데, 부득불 종노릇을 하는 목적이 궁금했다.

「다른 시종이 어머니를 따라 죽는 것도, 자유를 찾아 떠나려 하는 것도 모두 이해가 가. 나는 오히려 곁에 남아 시종을 자처하는 네가 가장 이상하게 느껴져.」

하하. 단의 웃음에서 어린아이를 대하듯 묘한 자상함이 묻어 나왔다.

「아가씨는 아직 강함에 대한 이해가 부족하시군요. 악마가 강함을 뒤쫓는 것은 피에 새겨진 본능입니다. 단지 그 형태가 조금씩 다를 뿐. 언젠가는 아가씨도 저의 선택을 이해하시는 날이 올 겁니다.」

「그 언제가 언제인데?」

「글쎄요. 적어도 한 세기가 흐르기 전엔 이해하지 않으실지?」

까마득한 시간이었다.

얼마 지나지 않아, 이전에 느껴지지 않던 작고 미세한 역겨움이 가슴을 치고 들어왔다.

「저깁니다.」

불결함의 근원지로 보이는 부근에 작은 빛이 깜빡였다.

캐서린은 고도를 낮추고 목적지로 빠르게 날았다. 작은 마을이 역겨움의 근원을 중심으로 옹기종기 모여 있었다.

그 사이에 박힌, 앞으로 보고 뒤로 봐도 온통 백색의 벽뿐인 저 건축물은 분명······.

「신전 아니야?」

「잘 보셨습니다. 할파스는 저기서 일하고 있습니다.」

뭐?

「신전에서?」

「아니요. 그 뒤의 목장에서요. 참고로 저 목장은 아가씨 소유입니다.」

캐서린은 목을 길게 빼 신전 너머의 너른 초원을 눈에 담았다. 목장의 것으로 보이는 울타리가 널따랗게 쳐진 모습이 보인다.

아니, 목장이든 아니든 신전 근방인 건 변함없잖아? 할파스라는 녀석은 위기의식이 없는 건가.

「신전 바로 옆인데 위험하지 않아?」

「이 정도로 외지에 박힌 신전의 사제가 할파스를 알아볼 일은 없습니다.」

하기는. 아무리 서로가 서로의 존재에 예민하다 하더라도, 격의 차이가 존재하니까.

캐서린은 신전이 아닌 목장을 향해 날았다.

「굳이 신전 옆에서 지내는 이유가 뭐야?」

단의 대답은 조금 느렸다.

「음. 할파스는 고통을 즐기는 친구라서 말입니다. 신전에서 풍겨 오는 역겨운 냄새가 기분 좋다더군요. 후우. 여러모로 독특한 친구지요.」

그건 독특함을 넘어서서 좀 위험한 것 같은데. 굳이 내 시종으로 데려와야 할까? 그냥 남남처럼 지내도 충분할 텐데.

「자아, 그럼 이제 할파스를 맞이하러 가 봅시다. 첫인사는 신사답고 악마답게…….」

신사다운 건 모르겠지만 악마다우려면 적어도 목장쯤은 깨부숴야 하지 않으려나.

「목장을 부숴 버리면 되겠군요.」

진짜였구나. 이젠 놀랍지도 않다.

「어차피 저 목장의 일꾼이라고는 할파스가 전부라서요. 아가씨의 여리고 약해 빠진 양심을 괴롭힐 만한 인사는 아니라고 봅니다.」

「젖소는?」

「젖소까지 걱정해 줘야 하는 겁니까? 대충 하시죠.」

캐서린은 의문 갖기를 포기하기로 했다. 어쩌면 악마란 존재는 이해하려 들 필요가 없을 수도 있단 생각이 들었다.

간결하고, 뒤가 없을 것. 악마의 생활 수칙은 그것으로 충분했다.

캐서린은 가까운 나무 근처로 내려가 목장과 신전을 바라보고 앉았다.

「신전은 건들지 않을 거야. 나는 사서 일을 키울 마음이 없거든.」

「그럼요. 현명하신 판단입니다.」

비꼬는 것 같은데.

캐서린은 마음을 다잡았다.

'『가이드북』에도 시종이 건방지게 굴면 죽이거나 괴롭히라고 적혀 있었으니 상관없겠지.'

캐서린은 힘을 집중했다. 악마에게 마법이란 숨 쉬듯 당연한 행위.

캐서린은 목장 위에 거대한 구슬을 하나 만들기로 했다. 살아 있는 모든 것을 흡수하는, 릴리스의 근원인 '공허'의 공포를 내보일 수 있는 구슬을.

휘이이이잉.

대기가 요동치기 시작했다. 초원 위에 떠오른 주먹만 한 구슬이 점차 그 크기를 키웠다.

땅에 뿌리가 박힌 나무와 풀이 속절없이 끌려가 사라졌다. 몰아치는 소음은 귀가 아플 정도로 크고 거셌다.

대악마, 릴리스의 힘에 땅이 울리자 근방의 모든 동물들이 고통스러운 울음을 내며 도망쳤다.

단이 이보다 더 황홀할 수 없다는 듯한 목소리로 속삭였다.

「아름답군요. 무척이나.」

역시 초록 머리만큼이나 독특한 취향이라니까.

캐서린은 자신의 권능을 담아 시종, 할파스에게 명령했다.

「나와라, 할파스. 나와서 네 주인을 맞이하라.」

그 순간, 형체를 알 수 없는 무언가가 어둠을 꿰뚫고 빠르게 다가왔다.

커다란 개 같기도, 늑대 같기도 한 그 무언가는 캐서린에게로 날아들어 순식간에 인간의 형상을 갖추었다.

그리고 이를 데 없이 정중한 태도로 무릎을 꿇었다.

"**릴리스**』, 나의 주인님."

캐서린 역시 나무에서 내려와 본래 모습으로 돌아왔다.

할파스임이 분명해 보이는 남자는 사지 곳곳이 성치 못했다.

한쪽 팔은 찢긴 봉제 인형의 팔처럼 너덜너덜했으며 그 아래의 전신 또한 피투성이였다. 캐서린의 마법에 속수무책으로 당한 모습이었다.

"네가 할파……."

"이 할파스, 새로운 주인님께 충성을 맹세하겠습니다."

할파스는 단이 그러했듯, 캐서린의 손등을 끌어 경건하게 입을 맞추었다.

그의 얼굴은 몹시 평안했다. 반시체나 다름없는 꼴로 보이는 웃음이라고는 믿기 어려울 정도였다.

단만큼이나 크고 우람한 덩치였으나 새하얀 얼굴에 보이는 부드럽고 상냥한 인상이 놀랍도록 이질적이었다.

"상처는…….."

"아주 좋습니다. 아, 아니지요. 제가 감히 릴리스 님을 마중 나가지 못했으니, 이 어리석은 종에게 참회하기 위한 벌을 내려 주십시오!"

할파스는 양쪽 무릎을 꿇은 채 캐서린을 올려다봤다. 그 꼴로 뭘 또 맞겠다는 거야?

"됐으니까 일어…….."

"몸을 반 토막 내셔도 괜찮습니다!"

"그럴 생각 없으니 일어…….."

"채찍으로 후려치셔도 괜찮습니다! 아니 조, 조, 좋습니다!"

"알았으니 내 말 좀 그만 막아."

"죄송합니다."

때려 달라고 비는 주제에 눈동자는 비에 젖은 강아지처럼 올망졸망했다.

금발이 사방으로 뻗쳐서 그런 것일까? 진정으로 커다란 개 한 마리처럼 보였다.

캐서린은 고민했다.

'그냥 죽일까?'

하지만 이미 두 명의 시종이 그녀를 떠나지 않았는가? 아그리파 교황청을 적으로 돌린 와중에 마지막 시종인 할파스마저 얻지 못한다면 여러모로 불리할 것이다.

어쩔 수 없지.

캐서린은 바라는 대로 주먹을 휘둘러 주었다.

"윽!"

나름대로 온 힘을 실어 휘둘렀는데, 할파스는 조금도 휘청거리지 않았다. 다만 그는 흥분한 낯으로 부어오른 뺨을 매만졌다.

"하아. 좋아……."

이런 XX. 또 이딴 이상한 걸 시종이랍시고 받아들여야 한다니.

멀찍이 서 있던 단이 엄지를 척 들며 다가왔지만, 캐서린은 전혀 뿌듯하지 않았다. 단은 낯짝만 멀쩡한 변태의 어깨를 툭, 건드렸다.

"할파스, 그런 역겨운 짓 그만하고 일어서라. 아가씨의 종은 이제 너와 나밖에 남지 않았다."

그에 황홀한 기분에 젖어 있던 할파스가 진중한 표정으로 몸을 일으켰다.

"너로군, 단탈리온… 나머지 둘은 전 주인님을 따라 죽음을 택한 것인가?"

"한 녀석만. 나머지 한 놈은 자유를 원하기에 그 자리에서 바로 죽였지."

할파스가 마땅한 처사였다는 듯 고개를 주억였다.

"너다운 현명한 판단이다."

아무렇지 않게 담소를 나누는 둘을 보니 괜히 가슴이 갑갑했다.

어머니는 왜 하필 이 둘을 시종으로 두셨던 것일까? 그녀로선 도무지 범접할 수 없는 취향이었다.

할파스가 덜렁거리는 팔을 품 안에 갈무리하며 공손하게 말했다.

"죄송합니다, 주인님. 제가 먼저 찾아뵀어야 했으나 버림받을까 두려워 주저했습니다. 이 멍청한 시종을 벌해……."

"됐어. 그리고 앞으로 주인님이라고 부르지 마. 차라리 캐서린 아가씨라고 불러."

왜 그가 입에 담는 주인님이란 명칭은 이토록 찝찝한 것일까. 캐서린의 요구에 할파스가 환히 웃으며 대답했다.

"예, 주인님."

그래. 네 맘대로 해라.

"주인님, 저는 대체로 전 주인님의 눈이 되어, 적들의 동태를 살피거나 암살하는 임무를 맡아 왔습니다. 하지만 주인님께서 제게 새로운 역할을 내리신다면 제 목숨을 바쳐서라도 소임을 다하겠습니다."

임무라.

캐서린은 머릿속에 저택을 그렸다. 집사는 단. 하녀는 로제. 정원사는 데미안.

하지만 확신하건데, 데미안은 저택으로 돌아오지 못할 것이다. 부정적인 이유에서든 긍정적인 이유에서는 그는 반드시 저택을 떠나야만 했다.

"좋아, 할파스. 네게 새로운 임무를 내릴게."

할파스가 기대와 흥분에 젖은 눈으로 캐서린을 올려다봤다.

"이왕이면 주인님의 발길질을 자주 당하는 역할로……."

미쳤냐?

캐서린은 할파스에게 명령했다.

"너는 이제부터 우리 집의 정원사야. 내가 다시 너를 데리러 올 동안, 얌전히 원예학을 배우고 있도록 해."

할파스는 조금도 실망하는 기색을 보이지 않았다. 오히려 밝은 웃음을 짓고 고개를 끄덕였다.

"예!"

하기는. 원래 몸을 담고 있던 직종도 목장 일이었던 것을.

할파스는 아쉬움 가득한 얼굴로 캐서린을 배웅했다.

"아쉬울 따름입니다, 주인님. 이제 막 탄생하신 터라 제가 목숨을 걸고서 지켜 드려야 할 텐데……."

"입 발린 소리 하지 마. 모르는 척 숨어 있던 주제에."

할파스의 눈이 금방이라도 눈물을 떨굴 것처럼 촉촉해졌다.

"죄송합니다! 어떤 벌이든 달게 받을 테니, 지금 당장 저를 오체분시……!"

"됐다, 됐어."

기대했던 것과는 조금, 아니 무척 달랐으나 변태라는 점만 제외하면 꺼릴 것 없는 시종이었다. 변태라는 점만 제외하면.

능숙하게 구름 사이를 가르고 날아 다시 열차로 향했다.

한데 무언가 이상했다.

고도가 낮아질수록 저 멀리서 모래 바람에 휩싸인 무언가가 빠르게 다가오는 것이 보였다.

「단? 저건…….」

「우와후! 완전 시원하지!」

아니, 벌써 돌아간 거야? 퇴근이 왜 이렇게 빨라?

땅을 향해 코를 댄 채 열심히 킁킁대던 야옹이가 조용히 중얼거렸다.

「응? 킁킁. 마물의 냄새가 지독하지.」

「저 모래 바람이 마물인 거야?」

「맞지. 수백의 마물이 함께 내달려서 먼지를 일으키는 거지. 그런데 모두 겁을 먹고 도망가기 바쁘지. 후응. 무슨 일인지 가서 물어봐야겠지!」

「잠깐, 야옹아!」

캐서린이 말리기도 전에, 가고일의 모습으로 돌아간 야옹이가 모래 바람을 향해 날아갔다.

'잠깐. 저 방향에서 달려오는 거면……'

확실했다. 얼마 지나지 않아 열차와 부딪치게 될 것이다.

황급히 열차로 돌아갔다. 그러나 열어 두었던 창문 안으로 몸을 던졌음에도 본래 모습으로 돌아가지 못했다.

창문 앞에 지오반느가 서 있었기 때문이다.

'하.'

캐서린은 순간 극심한 혼란에 빠졌다.

열차에 부딪친 매인 척을 해야 하나? 아니면 캐서린인 척을 해? 아, 아니지 캐서린은 나이니 나인 척한다는 표현은…….

그때, 지오반느가 바닥 위에 널브러진 캐서린 앞으로 다가왔다.

"괜찮아, 제자님? 머리 좀 아프겠는걸."

그는 안쓰러운 목소리로 캐서린의 머리를 부드럽게 쓸었다.

단번에 알아본 거야? 날개를 퍼덕이며 물러서던 끝에, 캐서린은 경계를 풀고 본래 모습으로 돌아왔다.

"지오반느."

지켜보던 지오반느가 그녀의 몸을 일으키고 툭툭 먼지를 털어 주었다.

"냄새가 지독하군."

열차에 가까워지는 마물의 무리를 가리키는 말일까.

후각이 예민한 것을 보면 지오반느는 바람이나 신성의 뿌리를 지닌 모양이었다.

캐서린은 창문 쪽에 몸을 바짝 붙였다. 땅의 진동과 은하수 아래의 모래 바람이 점차 거세지고 있었다.

마물의 대이동.

통칭 블랙미스트.

그 원인과 시기가 워낙 다양해 현상 자체만으로는 무어라 정의할 수 없다.

다만 이것만은 확실했다. 타의에 의해서는 블랙미스트의 이동이 멈추지 않는다는 것.

"맞아요. 저도 저렇게 많은 마물은 처음 봐요."

"아니. 제자님에게서 나는 냄새 말이야."

캐서린은 천천히 고개를 돌렸다. 그녀를 바라보는 지오반느의 얼굴은 평소처럼 능청스럽기만 해서 그 어떤 특별한 감정도 읽을 수 없었다.

"고만고만한 마법사라면 몰라도, 나 같은 마법의 대가 앞에서는 신경 쓰는 게 좋아. 아가씨의 집사가 그런 점은 안 알려 줬나 보지?"

불길한 감은 늘 맞아떨어지기 마련. 설마 했지만, 지오반느는 역시……

"죄송합니다, 신사분. 잠시 성함을 여쭙겠습니다. 혹시 지오반느 버스퍼필드 씨 되십니까?"

그때, 노년의 남성이 다소 급한 음성으로 둘 사이에 끼어들었다. 지오반느는 대답 대신 열차 벽에 느긋하게 기대며 어깨를 으쓱였다.

"이런. 죽음으로 달려가는 열차의 가여운 기관장님께서 직접 도움을 청하러 오셨군."

"지오반느 버스퍼필드 씨 맞으십니까?"

"내가 아니면 누가 버스퍼필드의 총사령관이겠나? 이 열차에 나만큼 잘생기고 훤칠한 남자는 없는 듯한데."

알고는 있었지만 진짜 뻔뻔하구나.

때를 틈타 조심스럽게 벗어나려던 캐서린의 어깨를 지오반느가 잡아끌었다. 그의 눈이 어딜 도망가냐는 듯 장난스럽게 휘어졌다.

긴장감이라곤 일절 느껴지지 않는 모습에 기관장이 침을 꿀꺽 삼켰다.

"이 열차에는 많은 어린아이들이 탑승해 있습니다. 이대로라면 블랙미스트가 열차 길을 덮쳐 모두 죽게 될 겁니다. 부탁드립니다, 마법사님. 제발 저희를 도와주십시오."

지오반느는 감흥 없는 얼굴로 캐서린의 어깨를 두들겼다.

"굳이 어린아이를 언급하는 이유가 뭘까. 아이가 없으면 내가 열차 안의 사람들이 모두 급사하도록 내버려 둘 것 같았나 보지? 제자님의 생각은 어때?"

아무 생각 없는데.

기관장이 황급히 모자를 벗으며 고개를 숙였다.

"그, 그럴 의도는 없었습니다. 기분이 상하셨다면 죄송합니다. 저는 그저……."

"아아, 알지. 내 소문이 그리 좋은 편은 아니잖아? 고약한 신문

기자들은 사람들에게 겁주는 걸 좋아하거든."

어디선가 아이의 커다란 울음이 들렸다. 조용했던 열차가 점차 소란스러워지면서, 그에 맞춰 땅의 울림 또한 격해졌다.

길게 눈을 감았다가 뜬 기관장이 재차 입을 열었다.

"버스퍼필드 씨, 제발… 부탁드립니다."

캐서린은 지오반느를 올려다봤다.

그는 기관장에게서 눈을 떼지 않고 있었다.

옅은 웃음기가 서려 있는 눈동자에는 일말의 동정심도 느껴지지 않았다. 자세를 한껏 낮춘 채 도움을 요청하는 기관장의 모습이 초라하게 느껴질 정도였다.

'그는 지금 이 상황을 즐기고 있는 걸까?'

지오반느에 대해 속속들이 아는 건 아니었으나, 적어도 캐서린이 아는 그는 사람 목숨을 가지고 놀 정도로 고약한 성격이 아니었다.

기관장이 캐서린을 향해 은밀한 구조 요청을 보냈다. 그녀의 부탁이라면 흔쾌히 들어줄 거라 여기는 모양이었다.

'그럴 성격의 남자는 절대 아니지.'

지오반느는 겉으로 보기에 체자레만큼 여유롭고 데미안만큼 적극적이며 로제만큼 친근해 보이나, 진정한 속내는 탁하고 어두운 가늠하기 어려운 인물이었다.

마땅한 근거나 이윤을 제시하며 설득한다면 모를까, 정에 호소한다고 기쁜 마음으로 들어줄 남자는 아니다. 이유가 없다면 최소한 관심을 갖게 해야겠지.

캐서린이 지오반느의 도움을 약속받을 수 있었던 것도 순전히 그녀가 가진 특이성 덕분이지 않았는가?

흐음. 낮은 허밍과 함께 주위를 둘러보던 지오반느가 캐서린이 날아 들어왔던 창문 방향으로 몸을 돌렸다.

"우리 제자님의 애완 고양이가 잠시 산책이라도 나갔던 모양이야?"

그의 말에 캐서린이 창밖으로 고개를 뺐다. 창공 위의 커다란 그림자가 그들을 향해 쏜살같이 날아오고 있었다.

"호오. 그새 놀라울 정도로 커졌는데?"

"삼시 세끼 잘 먹였거든요."

"사람을?"

"사료요."

"농담도."

성체 가고일의 거대한 앞발이 열차를 덮칠 기세로 날아오자, 기관장이 기겁하며 나뒹굴었다.

"으아아악!"

그러나 날카로운 발톱이 창문에 닿기 전, 야옹이는 순식간에 몸체를 줄여 노란 아기 고양이 모습으로 바뀌었다.

캐서린의 품 안으로 뛰어든 야옹이가 앞발을 그루밍하며 말했다.

「어휴! 먼지에 더러워졌지! 그런데 마물 친구들이 겁을 많이 먹은 것 같지. 멸절의 기운을 느끼고 도망쳤다고 했지.」

"멸절?"

굉장히 15세스러운 단어인데.

「서쪽 신전 부근에서 대악마의 분노가 터졌댔지.」

……음.

「지금 도망치지 않으면 죽을 거라고 했지. 에휴휴. 다들 패닉 상태라 제대로 말하는 놈 찾기가 힘들었지!」

아무래도, 아니 역시 내가 원인인 것 같은데.

기관장이 겁에 질린 비명을 질렀다.

"공허의 대악마! 대악마가 신전을 불태우고 있는 게 분명합니다!"

캐서린의 머릿속에 내일 아침 신문 헤드라인이 스쳐 지나갔다. 「공허의 대악마, 신전 사냥 시작?」, 「다음 타깃은 어디?」, 「사제들의 목숨이 위험하다」, 「마르파쿠스 3세, 무능의 끝을 보이다」

'오, 쉣.'

아니야. 진정해. 나는 목장만 좀 부쉈을 뿐이라고. 심지어 젖소들도 안전했어!

하지만 코앞에 닥친 재앙과 대악마의 등장은 기관장의 침착성을 모두 앗아 간 듯했다.

"마, 마법사님! 열차의 사람들을 도와주십시오! 부탁입니다!"

그는 지오반느의 바짓가랑이를 붙잡으며 공포심 서린 눈으로 애원했다.

"리, 「**릴리스**」의 등장이 블랙미스트를 불러일으킨 게 분명합니다!"

이런 감각은 처음이었다.

그 감각의 발현은 청각과는 아무런 관련이 없었다. 누군가 그녀의 '진명'을 거론했기 때문이었다.

캐서린은 피에 새겨진 본능이 꿈틀거리는 것을 느꼈다. 심장을 건드리는, 아주 선명하고 기이한 감각이었다. 눈앞의 남자가 대륙 반대편에 존재했더라도 캐서린은 남자의 존재를 인지할 수 있었을 것이다.

'이래서 진명은 함부로 입에 담는 게 아니구나.'

숙련된 마법사는 진명에 존재를 실지 않는 법을 안다. 따라서 그들은 「릴리스」가 아닌 릴리스를 입에 담을 줄 알았다. 마법에 서툰 일반인들은 쉬이 도달할 수 없는 경지였다.

고작 진명이 불린 것만으로도 심장이 이렇게 빨리 뛰다니. 캐서린의 변화를 꿈에도 모를 기관장이 더 과격하게 지오반느를 설득했다.

"열차가 위험해요! 「릴리스」로부터 도망쳐야 합니다!"

우르릉.

캐서린의 존재감을 버티지 못한 하늘이 낮게 울부짖었다.

야옹이도 바짝 긴장했는지 그녀의 품 안에서 몸을 한껏 낮추고 꼬리를 세웠다.

이 기분을 무어라 표현해야 할까?

심장 안쪽이 간지러우면서도 답답해서, 이 일대에 한바탕 마력을 터트려야 할 것 같은…….

"사람들을 구해 주십시오! 분노한 「릴리스」가 열차의 모든 사람들을 학살……."

"쉿."

짧지만 날카로운 경고였다.

순간, 기관장의 낯이 새벽하늘처럼 창백해졌다. 지오반느는 제 하의를 잡아당기는 그의 손을 떼어 내고 툭툭, 주름을 폈다.

그러고는 곧 어처구니없다는 듯한 헛웃음을 내뱉었다.

"어리석은 짓거리는 거기까지만 하자고, 기관장 청년. 대악마의 진명은 금언인 걸 모르나?"

캐서린은 지오반느에게서 이전에 느끼지 못한 옅은 긴장감을 느꼈다.

그의 시선은 자연스럽게 열차 밖으로 고정됐지만, 그 외의 모든 감각이 오롯이 그녀를 향해 집중된 것만 같았다.

확실했다.

눈앞의 지오반느는 캐서린을 경계하고 있었다.

"「무르무르」"

내달리는 열차 밖으로 오망성의 소환진이 그려졌다. 그 안에서 녹색의 화관을 쓴 여인이 구름처럼 걸어 나왔다.

"마물들의 길을 틀어 다오."

악마, 무르무르는 말이 없었다. 그녀는 날카로운 바람이 되어 땅 위를 가로질렀고, 파도처럼 올라선 기다란 흙으로 장벽을 세웠다.

점차 가까워지던 블랙미스트가 흙의 장벽을 따라 방향을 바꾸기 시작했다.

수직으로 돌진해 오던 모래 안개는 열차와 같은 방향으로 길을 틀더니 거대한 굉음을 남기고 빠르게 사라졌다.

그들이 사라진 자리에는 열차의 유리창을 뒤흔드는 거친 모래와 바람 그리고 기나긴 정적만이 머물렀다.

"고마워, 무르무르. 덕분에 조용한 저녁을 보낼 수 있겠어."

되돌아온 무르무르가 지오반느의 뺨에 짧게 입을 맞추었다.

착각이 아니라면 캐서린과 시선이 교차한 찰나의 순간, 무르무르가 공손하게 눈인사를 했던 것 같다.

아마. 착각이 아니겠지.

"지오반느 씨, 정말 감사합니다."

뒤늦게 정신 차린 기관장이 황급히 자리에서 일어나 허리를 숙였다.

"제도에 도착하면 이 일을 황성에 알려……."

지오반느는 손을 내저었다.

"그럴 필요 없어. 유명세는 지금으로도 충분해. 칭찬받을 사람은 오히려 기관장 청년이지. 끝까지 사람들의 안전만을 걱정했잖아?"

기관장이 머쓱한 얼굴로 헛기침을 했다. 그 얼굴을 물끄러미 응시하던 지오반느가 품에서 담배를 꺼내 불을 붙였다.

"그런데 말이지…… 이 말은 꼭 해야 할 것 같군. 청년은 악마와 마물이 왜 두려운 존재인지 아나?"

"예?"

하얀 연기가 천장으로 퍼져 간다.

캐서린은 제 발 아래에서 열심히 그루밍하는 야옹이를 내려다봤다. 작은 모래가 노란 털 사이사이에서 우수수 떨어져 내렸다.

"그야, 위협적이니 두렵지 않겠습니까?"

"아니, 아니. 그게 아니지. 악마가 무서운 이유는 무지하기 때문이야. 그들에 대해서 아무것도 모르니, 그저 두렵기만 할 뿐이지. 마치 깊이를 잴 수 없는 새까만 호수를 바라보는 것처럼."

하암. 잠이 오는지, 야옹이가 그루밍을 하다 말고 길게 하품했다. 캐서린은 그런 야옹이의 작은 몸을 조심스럽게 안아 들었다.

창밖으로 연기를 내뱉은 지오반느가 싱긋 웃으며 기관장에게 말했다.

"진명의 금언 정도는 상식으로 알아 두는 게 좋아. 기관장의 사람들을 다치게 하고 싶지 않다면 말이야."

과도한 자의식이 아니라면, 아마도 지오반느는…….

"그렇지, 제자님?"

그녀가 릴리스임을 안 것이다.

'어떻게?'

지오반느가 힐긋 캐서린을 내려다봤다. 캐서린은 대답하지 않고 그에게서 등을 돌려 귀빈실로 향하는 문을 열었다.

"이제 객실로 돌아가야겠어요. 데미안이 저를 찾고 있는 모양이에요."

저 너머, 캐서린과 눈이 마주친 데미안이 빠른 걸음으로 달려왔다. 열차의 모든 칸을 살피다가 다시 돌아오는 듯했다.

"저런. 동행에게 말도 없이 산책을 나갔던 거야? 우리 데미안 경이 삐치겠어."

캐서린은 짧게 목인사만 남기고 데미안과 함께 객실로 돌아갔다. 따뜻한 난로와 담요 덕분에 늦은 밤에도 춥지 않았지만, 잠에 들지는 못했다. 불편한 긴장감이 밤새 캐서린을 괴롭힌 탓이다.

다음 날 오후.

캐서린이 올라탄 열차는 이테라나 제국의 중심, 제도에 도착했다.

제8장
제도

폰 이테라나.

마법사의 땅, 이테라나 제국의 제도이자 대륙 최대의 도시.

폰 이테라나는 이테라나 황성을 중심으로 한 원에 가까운 형상이며, 동서남북 각각 제도를 방위하는 마법사의 탑이 우뚝 솟아 있다.

폰 이테라나의 또 다른 별칭은 '불이 꺼지지 않는 도시'였다.

제도는 밤낮으로 시끄럽고 활기찼다.

지식의 기원을 쫓아온 마법사와 학자, 이름을 떨치겠다는 꿈을 이루러 온 배우, 거상을 목표로 삼은 상인, 대도시를 관광하러 온 여행객, 부푼 기대를 안고 살롱에 첫발을 디딘 귀부인 등 각양각색의 사람들로 도시 곳곳이 북적였다.

역사 역시 다르지 않았다.

특히나 대륙평화유지회의의 개최 전날인 오늘은 더욱이 붐볐다.

나란히 대기한 기자들이 잇따라 도착하는 각국 및 단체의 지도자를 향해 플래시 세례를 날렸다.

캐서린이라고 몰려드는 인파를 피할 순 없었다.

"캐서린 파냐 양! 체자레 크리스토퍼 대공의 연인이라는 소문이 사실입니까?"

"어떠한 경로로 체자레 대공과 인연이 닿게 됐는지 말씀해 주세요!"

"아그리파 교황청이 공허의 지배자와 등을 돌린 사건에 대해 어떻게 생각하시나요?"

"파냐 후작 덕분에 낙하산으로 보좌관 자리를 꿰찼단 소리가 많습니다! 한 말씀 해 주십시오!"

"지오반느 버스퍼필드 씨와 같은 열차를 타고 오셨는데, 어떤 대화를 나누셨습니까? 혹시 계획된 일정이었습니까?"

물론, 캐서린에게 달려온 인파의 수는 저만치 앞서 걷는 지오반느에 비하면 턱없이 부족했다.

지오반느는 거의 사람의 파도에 휩쓸린 채 흘러가고 있었다.

'이게 진정한 스승 노릇이지.'

캐서린은 감탄이 나올 만큼 대단한 스승의 위명에 저 홀로 고개를 주억였다. 저 정도의 인기는 죽어도 얻기 싫었다.

"좀 꺼져, 이 날벌레 같은 자식들아! 이봐, 사진기 안 치워?"

데미안의 대처가 조금 과격하게 느껴지기는 하지만······.

"캐서린 파냐 양! 황실 기사를 호위로 둔 점에 대해 한마디 해 주시죠!"

귀찮아.

"파냐 후작의 손녀라 받을 수 있는 특혜 아닙니까? 국세 낭비라고 생각하시지 않나요?"

그렇게 생각하면 제발 데려가.

"체자레 대공도 황실 기사를 호위로 둔 적이 없습니다. 부끄럽지 않습니까!"

체자레에게 제일 쓸모없는 게 호위 기사 아닐까.

"퉤! 어딜 함부로 주둥아리를 놀려? 나는 아가씨의 호위 기사가 아니다. 정원사라고!"

데미안이 자신의 위치를 정정하기 무섭게 더 많은 플래시가 터졌다.

"황실 기사를 정원사로 고용한 데는 파냐 후작의 입김이 있었나요?"

"캐서린 파냐 양이 직접 요구한 겁니까?"

이런 식으로 얼토당토않은 소문들이 무성해지는구나.

캐서린은 새로운 인생의 진리를 깨달으며 붕어 똥처럼 달라붙는 인파를 헤치고 대기하던 마력차에 올랐다.

경적을 울린 마부가 마력석을 가동했다. 이윽고 조수석에 앉은 남성이 그녀에게로 몸을 돌려 인사했다.

"폰 이테라나에 오신 것을 환영합니다, 캐서린 파냐 양. 황성까지 안전하게 모시겠습니다."

정중하게 고개를 숙인 남성이 돌연 얄궂은 표정으로 변해 뒷말을 덧붙였다.

"데미안 로드리아는 제외하고 말이죠."

아.

캐서린은 힐긋, 마부의 의복을 확인했다. 이제 보니 젊은 남자는 황실 기사단 정복을 걸치고 있었다.

"저는 황실 제1기사단 소속의 파밀리엔 리드입니다. 파냐 양만 괜찮으시다면 옆자리의 데미안 로드리아 경과 안부 인사를 나누어도 되겠습니까?"

남자, 파밀리엔은 데미안과 같은 황실 기사단의 기사였던 것이다.

"흥."

데미안은 파밀리엔의 얼굴을 확인하곤 가볍게 코웃음을 쳤다.

"그러세요."

파밀리엔이 멋드러진 미소를 짓고 다시 정면으로 몸을 돌렸다.

"몇 달 만인지 모르겠어, 데미안 경. 나는 네가 하도 말썽을 일으킨 벌로 파냐에 내던져진 줄 알았는데 말이지."

"캐서린 파냐 아가씨의 저택으로 내던져졌으니 틀린 말은 아니군."

"체자레 전하께 크나큰 실수를 했다고 들었다. 사죄는 제대로 드린 거냐?"

"내 목이 멀쩡하게 달라붙어 있는 걸 보면 말 다 했지."

데미안은 자기가 무슨 죄를 저지른 건지도 모를 텐데. 그는 그저 세이프란 황태자의 명령에 따랐을 뿐이니까.

"파밀리엔 경, 괜찮다면 잠시 실시간 영상 정보를 사용해도 될까요?"

"아, 물론입니다."

체자레의 이름도 언급됐겠다, 캐서린은 생각난 김에 실시간 영상 전보를 켰다.

'이번엔 무시하려나.'

무시하면 받을 때까지 걸어야지.

우려와 달리 체자레의 얼굴은 금방 나타났다. 마력차 안으로 실시간 영상 전보 너머의 번잡스러운 소음이 울려 퍼졌다.

캐서린이 말했다.

"이제 막 제도에 도착했어요. 마력차를 타고 황성으로 이동하는 중이에요."

체자레의 얼굴은 어제만큼이나 차갑고 또 사나웠다.

— 저 욕심 많은 돼지 같은 게…….

나?

먼 어딘가로 향해 있던 체자레의 시선이 충격으로 아무런 말 못 하는 캐서린을 향했다.

— 당신에게 한 소리가 아니니 이상한 생각 말고. 도착했단 소식은 직전에 전해 들었습니다.

"많이 바빠요?"

— 많이 바쁜 정도가 아니라 더럽게 바쁘지.

누군가의 전언을 듣는 듯, 잠시 멀어지던 시선이 다시금 캐서린에게로 돌아왔다.

— 당신의 호위로 배정된 파밀리엔 경은 황실 제1기사단의 차기 부기사단장으로 거론되는 할리아나 경과 비견될 정도의 실력을 지닌 기사입니다. 큰 사건 없이 황성까지 잘 보호할 테니 걱정마세요.

"아, 고마워요."

내 호위 기사가 파밀리엔 경이란 걸 알고 있었구나.

어쩌면 체자레가 배정했을지도 모르겠다는 생각이 들었다. 그렇다면 확실히 믿을 만하겠네.

— 그럼 곧 만나지.

영상이 사라지고, 마력차 안은 잠시 침묵이 감돌았다.

캐서린은 내심 기뻤다.

'그래도 아직까지는 계속 연락을 받아 주네.'

심지어는 대화도 길었다. 여기서 더 귀찮게 해도 되는 건가? 음. 더 귀찮게 해도 되겠지?

그때, 뻣뻣할 정도로 정면만 향해 있던 파밀리엔의 고개가 스리슬쩍 캐서린을 향했다.

"저, 파냐 양. 방금 연락하신 분은 체자레 대공 전하이신지요?"

"맞아요."

허. 파밀리엔이 작은 헛웃음과 함께 창밖으로 시선을 돌렸다.

"그분이 그렇게 상냥한 말씀도 하실 줄 아는 분이셨군요."

캐서린이 마땅한 대답을 찾는 사이, 데미안이 신나서 거들었다.

"너, 체자레 님이 아가씨를 어떻게 대하는지 두 눈으로 확인하면 아주 까무러칠 거다."

"그 정도냐?"

홱 고개를 돌린 파밀리엔과 캐서린의 눈이 마주쳤다. 그는 머쓱한 표정으로 뒷목을 긁적이며 다시 고개를 돌렸다.

"아, 하하. 죄송합니다, 파냐 양. 체자레 전하의 새로운 면모가 너무 놀라워서 그만 실례를 하고 말았네요."

"괜찮아요. 데미안에 비하면 파밀리엔 경은 아주 신사적이니까요."

"그건 그렇죠."

데미안이 뾰로통한 표정으로 고개를 돌렸다.

폰 이테라나는 이름난 대도시인 크리스토퍼보다도 훨씬 넓어서, 중심지인 황성까지 이동하는 데 적잖은 시간이 걸렸다.

그동안 파밀리엔으로부터 건네받은 제도 신문을 쭈욱 확인했는데, 1면부터 마지막 면까지 그 내용이 가관이었다.

「신성 아그리파 교황청, 어젯밤 저녁 7시경 폰티나 신전 서쪽에서 잔혹한 파괴 마법이 발발했었다고 발표」

「블랙미스트의 원인으로 예상돼」

「파칼로 교수 왈, 이토록 거대한 블랙미스트는 30년 만에 처음」, 「사설: 진정으로 전쟁이 시작되는가?」

가방에서 빼꼼 머리를 뺀 야옹이가 분홍 젤리 발바닥으로 신문을 톡톡 치며 투덜댔다.

「짜증 나지. 오늘은 퍼즐이 없지.」

"실을 기사가 많아서 제외됐나 봐."

「대악마와 전쟁하는 게 뭐가 대수라고 그러지? 어차피 인간들은 뼈와 살이 잘 발려진 채 육포처럼 말려질 거지. 그냥 마음 편히 지내면서 인생의 종말을 맞이하는 게 편하지.」

마부가 걱정 어린 한숨을 길게 내쉬었다. 야옹아, 괜히 위기감 고조시키지 마…….

착잡한 마음으로 신문 기사를 정독하는 사이, 마력차가 황성 남문에 도착했다. 황성 앞에는 역사와 비교도 안 될 만큼 많은 인파가 몰려 있었다.

"제도 사람들은 여전히 시끄럽네요. 혹시나 해서 말씀드리는데, 점괘를 봐 준다면서 따라오는 사이비를 조심하세요. 어차피 아가씨는 넘어가지도 않겠지만."

"데미안은 예전에 손해를 좀 봤었나 봐요?"

"팔자가 피고 일하지 않아도 돈을 번다기에 한 달 치 봉급을 바쳤었죠. 그리고 정확히 일주일 후에 아가씨 저택으로 보내진 겁니다."

"사이비가 아니라 용한 거잖아요."

"네. 그래서 저만 알아 두려고요."

"정말 가지가지 하네요."

황성 앞은 행위 예술을 즐기는 예술인들, 노점상, 관광객 할 것 없이 드나들고 있어 시장 바닥처럼 번잡스러웠다.

그러나 경비만은 몹시 삼엄했다. 한눈에도 비범해 보이는 마법사들이 문 앞에 즐비했다.

"도착했습니다, 파냐 양. 황제 폐하께서 파냐 양을 기다리고 계십니다. 제가 알현실까지 안내해 드리겠습니다."

「쿵쿵. 맛있는 모래 두더지 소시지 냄새가 나지.」

"아까부터 여쭙고 싶었는데, 그 말하는 아기 고양이는 애완 마물인가요? 작고 귀엽네요. 간단한 입성 심사만 거치면 함께 입성할 수 있을 겁니다."

「훙! 나는 작고 귀엽지 않지.」

캐서린은 파밀리엔의 에스코트를 받으며 마력차에서 하차했다.

문이 열리는 즉시 쏟아지는 플래시와 시끌시끌한 소리들, 그리고 바늘처럼 따가운 관심이 캐서린을 뒤따랐다.

'내가 황제 폐하를 알현하는 날이 오다니.'

물론, 그간 샤그위드 2세를 알현할 기회가 아예 없었던 것은 아니다.

어릴 적엔 종종 파냐 후작을 통해서 황성 입성을 제안받기는 했었다. 오랜 벗인 파냐 후작의 유일한 친손녀를 만나 보고 싶다는 이유에서였다.

하지만 그 시절의 캐서린은 마도학 공부에 푹 빠져 어머니의 곁을 벗어나려 하지 않았다. 황성이라는 낯선 공간이 두렵기도 했고. 벌써 10년은 더 된 이야기였다.

남문에서 캐서린과 데미안의 신분증을 확인하던 기사가 날카로운 시선으로 야옹이를 훑었다.

"황성에는 신원이 확인된 존재만 입성할 수 있습니다. 이 마물은 어떤 종입니까?"

「이 몸은 잔혹한 밤의 지배자이지!」

뛰어난 마법사들로 가득한 황성에서 야옹이의 종을 숨기는 건 더없이 바보 같은 짓이다. 캐서린은 순순히 야옹이의 정체를 밝혔다.

"가고일이에요. 어릴 적부터 길들여서 제 말을 아주 잘 들어요."

그리고 확실한 신분 보증도 덧붙였다.

"체자레 대공 전하께서 제게 맡기셨어요."

기사의 표정은 썩 좋지 못했다.

"가고일은 황성에 들이기에는 너무 위험한 종이군요."

이 마물을 안에 들여야 할지 말아야 할지 고민하는 눈치였다.

그때, 멀찍이서 달려온 시종이 기사의 귓가에 짧은 전언을 속삭였다. 그러자 기사의 표정이 단번에 펴지며 캐서린과 야옹이의 입성이 허가되었다.

"가고일과 함께 입성하셔도 됩니다, 파냐 양. 황성에 오신 것을 환영합니다."

체자레인가? 역시 체자레겠지.

"역시 제국에선 황제 폐하 다음으로 체자레 님 연줄이 최고죠."

어깨를 으쓱이는 데미안 너머로, 착각이 아니라면 낯익은 남성이 보이는 듯했다.

초콜릿처럼 부드러운 갈색 머리카락. 강렬한 장밋빛 눈동자. 선한 정직함이 엿보이는 수려한 인상. 무인으로서의 위엄이 느껴지는 화려한 백색 성기사 갑주.

캐서린의 표정이 단번에 식었다.

'만날 거라 예상하기는 했지만.'

설마 입성하자마자 만날 줄은.

백마를 타고 달려온 남성은 캐서린 앞에 멈춰 섰다. 왕자님 저리 가라 할 정도로 고고하신 자태였다.

날 선 눈빛이 잠시 야옹이를 향하다가, 다시 캐서린에게 고정됐다.

"너."

한껏 치장한 백합의 성기사, 퍼시빌이 캐서린을 향해 가볍게 턱짓했다.

"잠깐 따라와. 귀찮아도 따라와. 싫어도 따라와. 그냥 입 닫고 따라와. 널 기다리느라 목이 빠지는 줄 알았으니까 일단 따라와."

질린 얼굴로 캐서린의 눈치를 살피는 데미안. 영문을 모르겠단 눈으로 퍼시빌과 캐서린을 번갈아 바라보는 파밀리엔. 그런 그들을 힐긋힐긋 훔쳐보는 주위의 시선들.

그 사이에서 캐서린의 머릿속이 빠르게 요동치기 시작했다.

가정 1. 퍼시빌을 무시한다.

이에 예상되는 퍼시빌의 행동.

'어이, 염소똥. 쪽팔리는 일 당하기 싫으면 곱게 따라오지? 우리가 나눴던 뜨거운 속삭임을 여기서 다 까발려 봐?'

아니야. 죽어도 안 돼.

가정 2. 나중에 다시 이야기하자고 퍼시빌을 설득한다.

'하? 목이 빠져라 기다렸다는 말은 귓등으로 들었나? 우리가 나눴던 뜨거운 속삭임을 여기서 다 까발려 봐? 응?'

이런 제길. 이것도 안 돼.

가정 3. 같이 황제 폐하를 알현하러 가자고 한다.

'싫어.'

뻔한 대답이지. 그렇다면 남은 수는…….

"폐하께서 기다리고 계셔. 지금은 짧게 이야기하고 나중에 다시 만나는 게 어때?"

퍼시빌의 반응은 의외로 시큰둥했다.

"그러든지 말든지."

기다려 주겠다는 거야, 아니면 그냥…….

"아."

캐서린의 몸이 허공으로 가볍게 들렸다. 눈 깜빡할 사이에 그녀의 두 다리는 땅이 아닌 말안장 뒤쪽에 닿아 있었다.

그래, 퍼시빌이 순순히 기다릴 리가 없지!

그리고 둘을 태운 말은 길게 울부짖으며 끝없는 정원이 펼쳐진 서쪽으로 내달리기 시작했다.

캐서린은 낙마하지 않기 위해 어쩔 수 없이 퍼시빌의 허리를 붙잡을 수밖에 없었다.

정말 어처구니가 없는 짓거리였다.

"너 미쳤어? 아니면 그사이 귀가 먹은 거야? 폐하를 알현해야 된다니까?"

고개를 돌려 그녀를 바라본 퍼시빌이 혀를 찼다.

"목청 크기는. 멀쩡한 귀가 무려 두 개나 달렸으니까 그만 소리 쳐."

"너는 귀가 다섯 개여도 말귀를 못 알아먹을 거잖아!"

하필이면 퍼시빌이 천 옷 따위가 아닌 단단한 갑주를 걸친 상태라 꼬집을 수도, 주먹질할 수도 없었다.

퍼시빌은 그녀를 골리듯 대답했다.

"그런 헛소리는 나머지 세 개의 귀도 붙여 주고 나서 지껄……."

진짜 말 안 통하네. 퍼시빌의 팔과 허리 사이로 고개를 내민 캐서린이 미친 듯이 몸을 흔들었다.

"당장 내려 달라고, 이 사회 부적응자야!"

"이걸 진짜!"

그때였다. 고작 몇십 미터를 앞에 두고, 푸르렀던 정원 바닥에 흐릿한 구멍이 나타났다.

구멍 속에는 푸른빛의 화려하고 고풍스러운 성이 보였다. 파헨리힌 왕성이었다.

'설마 나를 파헨리힌 성에 가두려는 거야?'

이러려고 내게 서신을 보냈던 거구나! 진실을 깨닫기 무섭게 퍼시빌이 캐서린의 몸을 구멍 안으로 내던졌다.

"다 널 위해서야. 당분간 얌전히 파헨리힌에 박혀 있어, 캐서린."

이게 말이야 똥이야?

캐서린은 가까워지는 구멍을 향해 두 눈을 크게 떴다.

닫혀라.

릴리스의 권위를 담되, 그 누구도 눈치채지 못할 수준으로. 그녀의 마법에 회오리치던 구멍이 거울 조각처럼 산산이 깨져 사라졌다.

캐서린은 풀밭 위에 한 바퀴 굴러 착지했다. 조금만 주춤했어도 얼굴이 뭉개질 뻔했다.

'단에게서 단기 집중 강의를 받은 보람을 이런 데서 느끼게 될 줄이야.'

욕먹으면서 배우길 잘했다는 생각이 들었다.

"하?"

예상 못 했다는 듯, 멍하니 그녀를 응시하던 퍼시빌이 안장에서 내려 캐서린에게 다가갔다.

이 빌어먹을 망나니 새끼 같으니라고.

이따위 짓거리를 더 이상 얌전히 넘어갈 수 없다. 캐서린은 퍼시빌 앞으로 성큼성큼 다가가 오른손을 휘둘렀다.

"오."

퍼시빌은 아무렇지 않게 캐서린의 손목을 잡아챘다. 그리고 놀리기라도 하듯 가볍게 좌우로 흔들었다.

"아주 거침이 없으신데?"

무어라 입을 열려던 순간, 느슨하게 풀려 있던 퍼시빌의 눈길이 돌연 매서워졌다.

"……뭐냐? 너, 어쩐지 그때와 다른데."

그때라면.

'비튼블루.'

대악마의 계약자들 사이에 느껴지는 육감을 말하는 건가. 캐서린은 더 이상 계약자가 아니니, 당시 느꼈던 그 초감각이 더는 느껴지지 않을 터였다.

몰려오는 긴장감에 머리털이 쭈뼛 섰다.

'들켜 봤자 좋을 거 하나 없는데.'

이렇게 된 이상 다른 쪽으로 관심을 돌릴 수밖에 없다.

캐서린은 비교적 자유로운 왼손을 휘둘렀다. 분명히 막을 수 있었을 텐데, 퍼시빌은 웬일로 얌전히 뺨을 내주었다. 덕분에 손이 닿기 직전, 팔의 힘이 느슨하게 빠져 살짝 건드리는 꼴이 되어 버렸지만.

손목을 쥔 채 그녀를 응시하는 퍼시빌의 시선이 불꽃처럼 활활 타올랐다.

마주하고 싶지 않은 눈이다. 그의 눈빛은 늘 캐서린의 마음 안쪽을 은근히 불편하게 만들었다.

갖은 힘을 다해 손을 뺀 캐서린이 두어 발자국 물러서며 말했다.

"무슨 목적인지 모르겠지만, 날 위한다는 말로 참견하려 들지 마."

이런 날, 이런 장소에서 이런 상대방에게 이런 말까지 하게 될 줄은 몰랐는데.

"안 지겹니? 네 아이 같은 집착을 다 받아 주던 시절의 나로 생각하지 말란 소리야."

차분했던 퍼시빌의 눈썹이 꿈틀거렸다. 하지만 그것도 아주 잠시의 일이었다. 그는 곧 평정심을 되찾고 입술을 뗐다.

"묵시록."

이어서 들려온 단어에는 자연스레 캐서린의 입이 닫혔다.

설마 저 이름을 퍼시빌에게 직접 듣게 될 줄은 몰랐다. 그는 눈을 얇게 뜨고 캐서린의 반응을 살폈다.

"표정을 보니 뭔지 아는 모양이야? 서신에 이어서 나는 두 번 경고했다, 캐서린. 너는 이 일에 참견하지 마. 이걸로 세 번 경고하는 셈이 됐지만."

캐서린은 그 대단한 물건에 관심이랄 것이 없었다.

'하지만 최근 대악마들과의 만찬에서 나온 주제이기는 하니까.'

퍼시빌은 캐서린이 릴리스란 사실을 아직 모르는 듯했다. 그렇다면 만찬에서의 일을 어떻게 알고 있는 걸까.

'……베헤모스인가.'

퍼시빌은 그녀가 아직 그와 같은 대악마의 계약자일 것이라 여기고 있을 터였다.

"대답은?"

캐서린은 조용히 가운뎃손가락을 들어 줬다.

픽. 바람 빠진 웃음을 내뱉은 퍼시빌이 어깨를 으쓱였다.

"그래. 네가 내 말을 들을 위인은 아니지. 역시 괜한 짓거리였어."

그는 어쩔 수 없다는 듯 다시 안장에 올랐다.

"아, 이 말을 잊을 뻔했어."

고삐를 당기기 직전, 퍼시빌이 고개를 틀어 그녀를 내려다봤다. 그리고 환한 웃음을 짓다 입술을 비틀었다.

"'네 아이 같은 집착을 다 받아 주던 시절의 나'라고? 꼴불견처럼 느껴지는 착각은 거기까지만 하는 게 좋겠군. 지금의 나는 네게 집착할 일이 없다. 그거 하나는 알아 두라고."

캐서린이 반박하기 전, 거칠게 흩날리는 말총이 저만치 멀어진다.

뭐? 집착할 일 없다고? 말과 행동이 달라도 너무 다르지 않은가.

'그런데 혼자 남은 나는 어쩌라고?'

성문으로 다시 데려다주든가, 저 망나니 새끼가.

가만히 가방 속에 숨어 있던 야옹이가 고개를 쑥 내밀며 말했다.

「사람이 안 하던 짓을 하면 죽을 때가 된 거라고 했지. 내 생각에 저 미친놈은 요절할 운명이지.」

캐서린은 야옹이의 말을 부정하지 않았다. 요절은 몰라도 안 하던 짓거리를 하는 건 맞았으니.

'무슨 심경의 변화지?'

따지고 보면 변화가 없는 편이 더 이상하기는 했다. 릴리스호에서의 퍼시빌은 베헤모스와 일절 관련이 없는 듯했으니까.

만약 베헤모스와의 계약이 타의에 의한 결정이었다면, 퍼시빌의 세상은 완전히 변하고도 남았을 터였다.

'하지만 퍼시빌이 타인의 꾐에 쉬이 넘어갈 성격도 아닌데.'

됐다, 됐어.

내가 신경 써서 뭐 해? 대악마라고 해도 사람 머릿속을 읽을 수 있는 것도 아니고.

퍼시빌은 잘생긴 데다가 돈 많고 능력 좋으니 알아서 잘 먹고 잘 살겠지.

"아가씨!"

왔던 길을 돌아가는 도중에 다급하게 뛰어오는 두 명의 기사와 재회했다.

데미안은 그 스토커 납치범을 당장 때려눕혀야겠다며 으르렁댔지만, 그가 오체분시 당하는 꼴을 보고 싶지 않던 캐서린은 대충 타일러 본성 쪽으로 향했다.

황성은 외부만큼 내부도 금빛으로 넘실거렸다.

너른 홀과 긴 계단을 중심으로 적잖은 인원들이 마치 연회를 벌이듯 삼삼오오 모여 있었다. 내국인보다는 다른 언어를 하고 낯선 의복을 갖춘 외국인들이 더 자주 보였다.

2층은 1층보다 훨씬 조용했다. 오히려 약간의 긴장감이 감돌 정도였다.

딱딱한 공기를 읽은 파밀리엔이 괜히 더 밝아진 목소리와 얼굴로 캐서린을 돌아봤다.

"저, 파냐 양?"

데미안과는 비교도 안 될 정도로 자상한 사람이구나.

"폐하와의 알현 후에도 회의 일정이 끝날 때까지는 제가 파냐 양을 호위할 예정입니다. 황성 밖까지 동행하게 될 텐데, 불편해도 참아 주셨으면 합니다. 이런 시기에는 폰 이테라나에 위험 분자들이 득실거리니까요."

"고마워요. 저야말로 데미안과 가까운 분이 도와주시니 다행… 아, 데미안?"

캐서린의 부름에 사냥감을 찾는 짐승처럼 쉴 틈 없이 주위를 살피던 데미안이 고개를 돌렸다.

"예?"

"개인적인 볼일이 있다고 하지 않았어요? 이렇게 내 옆에 있어도 되는 거예요?"

애초에 데미안은 캐서린의 동행이 아닌 체보크 황자와의 대면을 위해 입성하지 않았는가. 데미안이 괜찮다는 듯 고개를 끄덕였다.

"제가 왔다는 소식은 이미 그분 귀에 들어갔을 겁니다. 얼굴 보기 싫으니까 최대한 늦게 가렵니다."

흠.

'아버지한테 쩔쩔맬 줄 알았는데. 딱히 그런 것도 아니구나.'

파밀리엔이 눈을 커다랗게 깜빡이며 데미안에게 물었다.

"그분? 그게 무슨 소리냐, 데미안. 혹시 내가 아는 그분이라면……."

"시끄러워. 관심 갖지 말고 네 할 일이나 잘해, 파밀리엔. 네놈은 오지랖이 너무 넓어서 탈이야. 적당히 흘려 넘기라고.”

“너는, 인마. 말을 해도…….”

데미안이 차갑게 받아치자 파밀리엔이 다소 분한 얼굴로 그를 노려봤다. 하지만 결국 아무 말도 않고 다시 그들을 알현실로 안내했다.

표현하지 않았으나 캐서린은 내심 놀랐다.

「데미안 같은 망나니에게도 친구가 있는 거지? 놀랐지. 역시 세상에는 퍼 주기만 하는 호구들이 많지.」

내 말이 그 말이야.

그들은 곧 거대한 중문 앞에 도착했다.

족히 3m는 되어 보이는, 화려한 이그드라실이 음각된 문을 마주하자 내내 평온했던 마음에 은근한 긴장감이 떠올랐다.

‘이그드라실이라.’

마법사의 나라다운 환영 인사였다.

파밀리엔이 문 앞에서 외쳤다.

“폐하! 캐서린 파냐와 데미안 로드리아가 도착했습니다.”

얼마 지나지 않아, 굳게 닫혀 있던 중문이 부드럽게 열렸다. 그러나 안에서는 그 어떤 인기척도 느껴지지 않았다.

사람도 없는데 어떻게 열린 거지?

‘역시 대마법사의 알현실!’

알현실은 1층 홀에 비견될 만큼 넓었으며, 화려한 카펫이 길게 깔려 있었다.

한 발자국 뒤에서 걷는 데미안의 풍채가 평소와 달리 더 곧고 다른 듯한 기분이 드는 건 착각이 아닐 테다.

캐서린은 알현실 입구에 멈춰 선 파밀리엔을 지나쳐 저 높이 솟아 있는 황좌까지 빠르지도, 느리지도 않게 나아갔다.

황좌를 감싼 금빛 융단 아래로 촘촘하게 올라선 계단이 가까워졌다. 그 계단 한가운데, 본 적 없는 어린아이가 가만히 앉아 있었다.

고작 열 살쯤 되어 보이는 남자아이였다. 황제, 샤그위드와 같은 짙은 은발에 하얀 피부. 선명한 녹색 눈동자. 어쩐지 세상에 초연한 표정까지.

캐서린은 자신보다 열 살은 더 어려 보이는 아이로부터 강렬한 위화감을 느꼈다.

'설마 저 어린아이가?'

이윽고 그녀는 망치로 뒤통수를 후려 맞은 듯한 느낌에 두 눈을 번쩍 떴다.

'역시 샤그위드 2세쯤 되는 대마법사는 청년도 아닌 아동 수준의 젊음을 유지하는구나!'

두 손을 가지런히 모은 캐서린이 조심스럽게 허리를 숙였다.

"이테라나에 무한한 영광을. 만나 뵙게 되……."

"저런. 한스부르크의 아이야, 지금 어디를 보고 인사하는 것이냐?"

응?

열 살 아이에게선 절대 나올 수 없는 목소리에, 캐서린이 번쩍 고개를 들었다.

가장 먼저 보인 것은 녹색 자수가 놓인 화려한 황금색의 망토와 너른 등이었다. 망토의 주인은 허리를 숙여 계단에 앉아 있던 아이를 안아 들었다.

"설마 짐의 손자의 손자를 짐으로 착각한 건 아닐 테지. 한스부르크의 아이가 그런 귀여운 착각을 했을 리가."

손자의 손자? 너무 먼 거 아니야?

금빛 망토의 주인은 아이를 안은 채 천천히 계단 위를 올랐다.

그 끝은 목을 한참 꺾어야 올려다볼 수 있는 높이였으나, 캐서린의 눈은 남자가 황좌에 자리하는 일련의 과정을 단 한 순간도 놓치지 않았다.

퀸 사이즈 침대보다 너른 황좌에 느긋하게 자리한 남성은, 고작 서른이 조금 넘어 보이는 외모였다.

가슴께까지 길게 자란 은발은 달빛에 반짝이는 다이아처럼 은은했고, 눈동자는 비튼블루의 청량한 바다처럼 푸르렀다.

반지르르 윤기가 나는 얼굴에 연륜을 가늠할 수 없는 오묘한 미소가 떠올랐다.

고운 인상과 달리 목 아래로 자리한 육신은 단련된 기사가 부럽지 않을 정도로 강직해 보였다.

'체자레와 비슷하면서도 너무 달라.'

사진으로만 봤을 때는 특별한 감흥을 느끼지 못했다.

하지만 직접 마주한 남자는 막연하게 상상했던 분위기와 많은 부분이 달랐다.

눈을 감은 얼굴에는 체자레가 보였고, 눈을 뜬 얼굴에는 피도 이어지지 않은 완전한 남이 보였다.

혈연이 아닌데 이토록 닮으면서 닮지 않을 수가 있을까?

돌연 가시 넝쿨에 심장이 옥죄는 듯한 답답함이 일었다.

'이테라나의 황가에는 체자레의 피가 흐르는구나. 혼인하지 않고 뛰어난 인재에게 황위를 넘겼다고 들었는데.'

대악마인 체자레가 어떻게 저 남자와 형제일 수 있는지는 알지 못한다.

하지만 저 둘은 누가 봐도 혈연이었다. 그 말은 즉 마르스든 아니든, 체자레가 이테라나 황가에 핏줄을 남겼다는 의미였다. 그렇지 않고서야 저 남자에게서 체자레의 모습이 비춰질 수 없었다.

"아가씨."

그때였다. 뒤에 선 데미안이 캐서린의 허리를 살짝 건드렸다.

'아.'

캐서린이 자신의 실수를 깨닫기 무섭게, 황금 망토의 주인이자 이테라나의 군주인 황제 샤그위드 2세가 묘한 웃음을 띠며 입을 뗐다.

"넋이 빠진 것을 봐라. 짐에게 한눈에 반하기라도 한 게냐? 너는 그런 무례한 점까지 한스부르크를 꼭 빼닮았구나."

캐서린은 급히 고개를 숙였다.

"이테라나에 무한한 영광을. 만나 뵙게 되어 영광입니다, 폐하. 캐서린 파냐가 인사드립니다."

"데미안 로드리아가 인사드립니다."

뭔가 얼떨떨했다.

샤그위드 2세는 황실 연회에는 물론 국가 행사에도 잘 참여하지 않아 얼굴을 보기가 유독 힘들었다. 그녀가 기억하는 황제는 황금색 융단 뒤에서 무료한 얼굴로 포도주를 들이켜는 장면이 다였다.

그래서 그런 것일까? 한평생 이테라나의 국민으로 살아온 그녀에게 이토록 생동감 넘치는 샤그위드 2세는 무척이나 낯설었다.

"데미안."

"예."

데미안이 기개 넘치는 눈으로 고개를 들었다. 정정하겠다. 이쪽이 황제보다 열 배는 낯설어서 소름이 확 돋았다.

"이 매정한 강아지 같으니라고. 네가 몇 년 만에 짐을 찾아온 거지?"

강아지?

「우웩.」

캐서린은 한쪽 어깨로 티 나지 않게 귀를 쓸었다.

"3년 정도 되었습니다."

"그사이 거짓말쟁이가 다 되었구나. 너는 무려 짐을 4년 동안이나 찾아오지 않았다. 증조할아버지에게 너무하단 생각은 안 들더냐?"

저 얼굴로 증조할아버지라니, 턱도 없는 소리였으나 엄연한 진실이었다.

데미안이 눈에 띄게 당황한 얼굴로 말을 더듬었다.

"이, 일로 바빴습니다."

"하루가 멀다 하고 사고 치기 바쁜 녀석이 바쁘기는 무엇이 바빠? 다른 녀석들은 아양 부리느라 매일같이 찾아와서 귀찮게 만드는데 데미안 너는 얼굴을 보고 싶어도 밖으로 나도니 볼 수가 없구나. 심지어는 몇 달간 돌아오지도 않더군. 이제는 이곳이 싫어진 게냐?"

"아니요! 아닙니다. 최근에는 체자레 님의 명령을 이행하느라 돌아오지 못했습니다."

"흐음."

황제의 눈이 얇아졌다. 그는 돌연 오른쪽으로 고개를 돌리곤 허공에 대고 말했다.

"나의 소중한 형제여. 매정한 강아지가 형제의 이름을 거론하는군. 대체 그간 얼마나 괴롭혀 왔던 것인가?"

데미안이 바짝 얼었다. 실수가 자명하다는 얼굴 위로 식은땀이 한 방울 떨어졌다.

그의 긴장에 대응하듯, 천장에 걸린 기다란 녹색 장막 뒤에서 늘씬한 다리가 느릿하게 걸어 나왔다.

"괴롭히기는 누가 괴롭혔다는 겁니까. 겁도 없이 제 이름을 거론하는 걸 보면 오히려 괴롭힘이 필요하다고 생각됩니다만."

"감히 짐의 핏줄을 괴롭히겠다고 선언하는 건가?"

"뭐, 선언으로 부족하시다면 신문 기사로도 싣겠습니다. 아니면 황성에 대형 현수막을 걸든가요. 〈이번 주는 체자레 크리스토퍼 대공이 데미안 로드리아를 괴롭히는 주간〉 정도면 될는지요."

황좌 옆에 선 체자레가 웃음기라곤 하나도 없는 표정으로 데미안을 내려다봤다.

'하대를 받고 높임말을 쓰는 체자레라니.'

물론 높임말이 높임말처럼 느껴지지는 않지만, 캐서린은 새삼 그가 '체자레 대공'이란 역할에 퍽 진지하게 임하고 있음을 다시금 깨달았다.

황제가 고개를 내저으며 체자레를 타박했다.

"짐의 마법사와 기사들 중 형제의 이름을 듣고 태연한 자가 하나도 없다. 오히려 짐보다 형제를 더 두려워하더구나."

"폐하께서는 나이가 들고 급한 정무가 아니면 한가롭게 강아지풀을 뜯거나 한스부르크 파냐 후작의 뒤꽁무니만 쫓으시잖습니까. 아직 현역에서 뼈를 가는 저를 더 두려워하는 게 옳지요. 폐하께서 원하신다면 저도 일선에서 물러나 대륙을 유랑하며 남은 일생을 즐기겠습니다."

황제가 혀를 찼다.

"아니지, 아니지. 짐이 특히 사랑하는 형제 자식은 죄다 매정하기 짝이 없구나. 형제여, 대체 그 천 년 된 빙하처럼 차가운 성정은 언제 고칠 것인가? 이테라나를 위해서라도 형제의 뛰어난 재능은 후계를 남겨야 하거늘."

순간 사막 위의 모래 한 줌처럼 바짝 메말라 있던 체자레의 시선이 캐서린을 향했다. 그는 툭 던지는 투로 황제의 한탄에 답했다.

"저도 상냥하고 싶은 사람 앞에선 나름대로 상냥합니다. 그렇지 않습니까, 캐서린 양?"

대뜸 지목당한 캐서린이 한 박자 늦게 대답했다.

"아, 그렇죠."

"허?"

황제가 믿을 수 없다는 눈으로 캐서린을 향해 길게 목을 뺐다.

"워낙 놀라운 소식이라 형제로부터 직접 확인하기는 했다만… 소녀여, 체자레 대공이 제대로 된 스승 노릇을 하던가? 과거에도 몇 번 아카데미의 초대 교수로 밀어 넣은 적이 있으나, 번번이 욕설만 내뱉고 돌아왔었다."

소녀라니, 고작 한 번이지만 영 익숙해지지 않는 호칭이었다. 하지만 황제 입장에선 소녀는커녕 갓난아기 취급해도 이상하지 않을 일이었기에 곱게 고개를 끄덕였다.

"전하께선 항상 제게 다정하세요. 위험한 행동을 자처하지 않는 이상 화내신 적이 한 번도 없으세요."

"호오. 그렇담 소녀가 이테라나의 차세대 대마법사인 건가? 그래, 스승에게는 잘 배우는 중이고?"

아니, 냉전 중이다. 두루뭉술하게 둘러대려던 캐서린보다 체자레의 대답이 더 빨랐다.

"캐서린 양과 저는 사제지간이 아닙니다."

"흠? 일전에는 분명 제자로 받아들였다고······."

"그때는 그랬지만 지금은 아닙니다."

"형제가 그렇다면 그런 거겠지. 허면 이제 한스부르크의 아이와는 어떤 관계인 게냐?"

체자레는 대답하지 않았다. 뒤늦게 살짝 입술이 열리기는 했으나, 아무 일도 없었다는 양 금세 다시 닫혔다.

캐서린은 자신도 모르게 입을 삐죽 내밀었다.

'치사해.'

나이도 먹을 만큼 먹었으면서. 대충 그렇다고 넘어가면 될 걸.

그가 끝까지 대답하지 않자, 황제의 시선이 캐서린을 향했다. 도통 이해되지 않는다는 표정이었다.

"소녀여, 짐의 형제와 대체 어떤 일이 있었던 것인가? 이렇게 뚱한 얼굴은 생전 처음 보는구나."

분위기가 싸하다. 캐서린 뒤의 데미안도, 저 멀리 선 파밀리엔도 뚱하다는 표현에 절대로 동의하지 않는 분위기였다.

「체자레는 삐쳤지.」

그때, 야옹 하는 아기 고양이의 울음소리가 알현실을 울렸다.

「남녀 간의 흔한 다툼이지. 그러니까 자꾸 캐묻는 건 예의가 아니지. 으휴, 눈치가 있으면 거기서 그만하지.」

캐서린의 가방에서 튀어나온 야옹이가 꼬리를 살랑이며 카펫 근처를 오고 갔다. 그 갑작스러운 행동에 캐서린이 조심스레 황제의 반응을 살폈다.

황제는 묘한 웃음을 지으며 턱을 쓸었다.

"가고일인가? 마물의 기운이 느껴지기는 했지만, 설마 가고일 중에서도 순혈 가고일일 줄이야. 너는 누구기에 소녀의 가방에서 튀어나온 게냐?"

「냥! 이 몸은 밤의 지배자이자 캐서린의 파트너인 야옹이지! 캐서린을 지켜 주기 위해 여기까지 따라왔지.」

"순혈 가고일을 길들이다니. 짐의 형제가 눈독 들일 만하군."

딱히 길들인 건 아닌데. 황제가 더없이 진지한 얼굴로 말을 이었다.

"소녀여, 아주 영특한 종을 데리고 다니는구나. 노란 야옹이여. 그래서 짐의 소중한 형제와 소녀가 어떤 관계라고?"

흠흠. 야옹이가 가슴을 내민 채 기세등등한 표정으로 대답했다.

「이번에만 말해 줄 테니 비밀로 해야 하지. 캐서린과 체자레는 칼로 물 베는 싸움 중이지. 남녀의 치정은 아무도 막을 수…….」

"주절주절 말이 많아. 입을 좀 꿰매 놔야 조용해지는 건가?"

무표정의 체자레가 짜증스러운 한마디와 함께 가볍게 손을 휘두르자, 야옹이의 입 위로 작은 마스크가 덧씌워졌다.

「우읍! 읍읍!」

"주둥이 잘 관리해라. 예전에도 말했지만 나는 그리 참을성 있는 편이 아니야."

끼잉. 거친 경고에 꼬리를 만 야옹이가 가방 안으로 몸을 숨겼다.

캐서린은 훌쩍이는 아기 고양이의 머리를 쓸며 위로했다.

그래, 한 번쯤은 혼날 때가 됐지. 대악마인 체자레가 이제껏 야옹이의 깐족거림을 참아 온 게 용했다. 캐서린이야 귀여워서 넘어간다고 쳐도.

"폐하, 지오반느 버스퍼필드가 입성했습니다."

알현실 내 보이지 않는 미지의 목소리가 황제에게 새로운 손님이 왔음을 알렸다. 지오반느는 캐서린보다 조금 더 늦게 도착한 모양이었다.

"소녀여."

음. 어쩐지 어색하게만 느껴지는 부름에, 캐서린은 큰마음 먹고 요구했다.

"폐하, 그냥 캐서린이라고 불러 주시면 안 되나요?"

황제가 피식 웃었다. 다행히도 그는 캐서린의 요구를 손녀의 투정쯤으로 여기는 듯했다.

"누굴 닮았는지 참으로 기개가 넘치는구나. 캐서린이여, 오늘 저녁에 이테라나의 대표와 각 보좌관들이 모여 짧게 식사를 가질 예정이다. 부디 한스부르크와 함께 참석해 주었으면 하는구나. 미처 나누지 못한 이야기를 듣고 싶단다."

"저야말로 영광입니다, 폐하."

"데미안."

멍하니 서 있던 데미안이 급히 고개를 들었다.

"예."

"체보크가 네 혼인처에 관심이 많은 듯해 보이더구나."

"안 그래도 오늘 아버지와 그 사안에 대해 대화 나눌 예정입니다."

"네 의사와는 일절 관계없음을 안다. 아무리 소원하더라도 부자 사이에 크게 다투지는 말거라."

"노력하겠습니다."

황제는 집안일에 관심이 있는 걸까, 없는 걸까.

체보크 황자와 다투지 말라는 그의 전언이 그리 살갑게 느껴지지만은 않았다. 데미안의 대답 역시 진정성이 엿보인 건 아니었지만.

알현실을 벗어나기 직전, 캐서린은 체자레를 바라봤다. 그의 차가운 눈길 또한 캐서린에게 고정되어 있었다.

언제 만나러 갈 수 있느냐고 물어보려다가 꾹 참았다. 안 그래도 바빠 보이는데 신경 쓰이게 하고 싶지 않았다.

'예전이었으면 아무런 눈치도 보지 않고 물어봤을 텐데.'

아니, 그 전에 체자레가 넌지시 알려 줬으려나. 거리낄 것 없는 마음과 달리 점차 소극적으로 변해 가는 스스로가 달갑지 않았다.

그들은 파밀리엔의 안내를 따라 자연스럽게 후원으로 향했다. 황제 알현 이후의 일정은 아무래도 황성 견학인 모양이었다.

하지만 캐서린에게는 이미 만남을 계획한 인연이 있었다.

"마학부 말입니까?"

"네, 그곳에 아는 사람이 있어서요."

그 사람이 누구인지에 대한 설명은 데미안이 알아서 떠맡았다.

"파밀리엔, 퐁파두 마담이라고 들어 봤냐? 수명이 다해 가는 네피림이야. 계약자를 수소문하기 위해 마학부에 등록했을 텐데."

"퐁파두 마담? 흠. 글쎄다."

"외양은 30대 초반, 시끄럽고, 오지랖 넓고, 예쁘기는 한데 첫인상은 싸한 여자."

묘하게 정확한 설명이 통했는지, 파밀리엔이 뒤늦게 아는 척을 했다.

"아아!"

정말 그 정도의 묘사만으로 알아들은 거야?

파밀리엔의 걸음은 거침이 없었다. 이내 그들이 도착한 곳은 기대했던 마학부의 본부가 아니었다.

시끌시끌하고 세련됐던 황성 남문에 비해 다소 후미진 분위기인 서문 입구였다.

"어머! 이게 누구야!"

캐서린이 퐁파두 마담을 알아보는 것보다 퐁파두 마담이 그녀를 알아보는 게 더 빨랐다.

서너 명 옹기종기 모여 있던 공무원들 틈에서 유독 화려하게 머리를 장식한 여인이 뛰어나온 것이다.

"세상에나 세상에. 잘 지냈어, 아가씨? 어째 얼굴 살이 조금 빠진 것 같은데? 마음고생을 좀 했구나? 안 좋은 일이라도 있었어? 그런데 묘하게 분위기가 바뀐 것 같기도 하네? 그간 무슨 일들이 있었던 걸까?"

풍파두 마담은 대답할 틈도 없이 우수수 질문을 쏟아 냈다. 가만히 듣던 데미안이 픽 웃으며 고개를 저었다.

"여자들의 눈썰미란."

그런데 왜 다른 공무원들이랑 같은 복장을 하고 있담.

그간 문제없이 잘 지냈는지, 마담의 안색은 꽤 밝았다. 성공적으로 계약자를 찾아냈나 싶을 정도였다.

캐서린이 물었다.

"여기서 뭐 하고 있는 거예요?"

"으응. 단기간으로 황성 호위 임무를 돕기로 했어. 어휴! 마탑 후배들이 부탁하니까 도무지 거절할 수 없겠더라고. 회의 기간에 하루만 황실 소속 마법사가 되기로 한 거지."

아. 이 삭막한 복장이 황실 마법사 복장이구나. 새삼 황실 소속 마법사도 공무원 신분이란 사실을 깨닫게 되는 순간이었다.

풍파두 마담은 강렬한 인상과 달리 타인의 부탁을 잘 거절하지 못했다.

처음에는 지극히 개인적으로 보여도 알면 알수록 이타적인 사람이라, 발이 넓은 데는 마땅한 이유가 있구나 싶었다.

"지오반느가 황성에 도착한 모양이에요. 괜찮겠어요?"

릴리스호 내의 가구 전시회에서 둘이 엎치락뒤치락했던 게 고작 몇 달 전의 일이지 않은가?

풍파두 마담은 특별할 것 없다는 양 어깨를 으쓱였다.

"괜찮지 않을 건 뭐야? 난 당분간 이테라나 마학부의 비호를 받을 예정이라구. 그는 내게 손가락 하나도 댈 수 없어."

"마땅한 계약자는 찾으셨어요?"

이번 질문에는 표정이 단번에 어두워졌다.

"하아. 계약자라……."

못 찾은 건가.

'그럴 리가 없는데?'

이테라나는 마법사의 나라였다. 풍파두 마담이 제아무리 대단한 네피림이라고 해도 이테라나 제국에 그녀를 감당할 마법사는 충분히 존재할 터였다.

한 발자국 뒤에 서 있던 데미안이 넌지시 입을 뗐다.

"뭐, 대충 그림이 나오기는 하네. 아줌마 혹시 세이프란 황태자 전하를 추천받은 거 아니야? 그쪽에서 눈에 불을 켜고 찾을 인재이기는 해."

넘겨짚은 소리는 아닌가 보다. 풍파두 마담이 한숨을 내쉬었다.

"그쪽에서 찾아오기는 했는데… 아무리 황태자라고 해도 미혼남은 영 별로라. 평생 총각으로 살 남자 아니면 여자 쪽이 나아."

"총각……."

데미안이 별꼴을 다 본다는 표정으로 바라보자, 풍파두 마담이 급히 손을 내저었다.

"참 나. 그 표정은 뭐니? 이 풍파두 마담이 음흉한 속내라도 있는 줄 알아? 여자가 있는 남자와 계약하면 나중에 엄청 귀찮아진 단 말이야. 이쪽도 여러모로 눈치가 보일 거고. 아예 그럴 싹이 없는 쪽이랑 계약하는 게 마음 편해."

"그래서 거절하셨어요?"

퐁파두 마담은 고개를 끄덕였다.

"큰마음 먹고 거절하기는 했는데… 어떻게 될지 모르겠어. 오히려 일이 더 복잡해진 건 아닌가 싶네."

"그렇담 얼른 다른 마법사 잡아서 내빼면 되겠네. 여자에 관심 없고 마법에만 일평생을 바쳐 온 할아방구나 할망구를 찾아봐."

데미안의 말투가 조금 거칠기는 해도 틀린 소리는 아니었다. 하지만 퐁파두 마담은 꿈도 꾸기 싫다는 듯 손을 내저었다.

"흥. 그건 내가 싫다, 얘. 이왕이면 잘생기거나 예뻤으면 좋겠어. 우리 캐서린 아가씨처럼 말이지!"

"예시가 잘못된 거 같은데, 아줌마."

"아, 맞아! 데미안 로드리아. 황실 태생이라며?"

데미안이 입을 닫았다. 조금은 활기차게 시시덕거리던 그의 표정이 단번에 냉랭해졌다.

그런 데미안의 변화를 알아채지 못한 퐁파두 마담이 품을 뒤적여 작은 유리 반지를 꺼냈다.

"자아. 이건 내가 우리 정원사 씨를 위해 특별히 준비한 마도구야. 상대 찻잔에 손끝이 살짝 닿기만 해도 설사병을 일으키는 아주 끔찍한 반지이지. 체보크 황자가 너를 괴롭히면……."

"남의 가족사에 상관하지 마."

순간, 데미안답지 않은 냉랭한 어투에 분위기가 단번에 싸늘해졌다.

'가족 이야기 하는 걸 싫어하나.'

충분히 그럴 만하지. 마담은 데미안과 체보크 황자의 관계를 잘 모를 테니까.

몇 초 만에 버거운 한숨을 뱉어 낸 데미안이 장난스러운 얼굴로 으름장을 내놨다.

"아줌마, 오지랖도 정도가 있다는 걸 몰라? 앙? 본인 일이나 잘하시라고."

그러고는 풍파두 마담의 어깨를 툭, 건드렸는데 유리 반지가 떨어져 두 동강이 나고 말았다.

"아. 이런."

잠깐이었다지만 데미안의 차가운 반응에 얼어 있던 풍파두 마담이 표정을 와락 구겼다.

서운함과 억울함 그리고 미안함이 한데 뒤섞인 복잡한 눈으로.

"이… 이 못돼 처먹은 녀석 같으니라고! 싫으면 싫다고 하지, 이 귀한 걸 깨뜨려?"

"그러니까 누가 그딴 걸 준비하래? 빌어먹을, 어디서 그딴 이상한 소릴 듣고 와선 뭐? 설사약이라고?"

야단났다.

'어쩌지?'

선택지 1번. 데미안 편을 든다.

'이성적인 판단이지만 풍파두 마담이 많이 삐칠 거야.'

선택지 2번. 풍파두 마담 편을 든다.

'데미안이면 더 심하게 삐칠지도 몰라.'

선택지 3번.

"워워, 데미안. 진정해. 제발 성질 좀 죽여라."

파밀리엔에게 떠넘긴다.

"마담, 마담도 진정하세요. 데미안 이놈이 워낙 물불 안 가리는 성격이지 않습니까?"

흠. 이 선택지는 꽤 괜찮은 것 같지?

퐁파두 마담이 서운해 죽겠다는 얼굴로 두 손을 부르르 떨었다.

"아무리 그래도 그렇지. 기껏 저를 위해 준비해 줬더니!"

"이야, 이게 누구야?"

그런 마담의 한탄을 가로막고 끼어드는 이가 있었으니. 모두의 시선이 그쪽으로 향했다.

익숙한 황실 기사단의 정복. 건들건들한 표정으로 달라붙어 있는 세 명의 기사. 그중에는 낯설지 않은 얼굴도 껴 있었다.

'릴리스호에서 데미안을 비웃던 기사들 중 하나잖아.'

이런 삼류 소설 같은 상황이 두 번이나 전개되다니. 열 발자국 너머에 선 기사들이 데미안을 향해 코웃음 쳤다.

"데미안 로드리아? 체자레 전하께 된통 걸려서 어디 처박혀 있었다더니, 이제 복직했냐?"

"하여간 사건 사고가 끊이질 않아요. 반쪽짜리 태생이 황실 기사단 명예는 다 실추하고 다닌다니깐."

좀 더 새롭게 자극할 생각은 없는 걸까? 너희 아빠 희귀한 백색 곰치라든지.

기사들의 조롱은 계속됐다.

"평생 나가서 살지 왜 돌아온 거냐?"

"저 녀석에게 돌아올 곳이 황성밖에 더 있겠어? 그나마도 엊혀 사는 거지."

캐서린은 자신도 모르게 긴 하품을 내뱉었다. 뒷목을 벅벅 긁는 그녀와 달리 파밀리엔은 아주 진지해 보였다.

"어이. 잠깐, 잠깐만. 너도 알지, 데미안? 네가 워낙 상부의 신뢰를 받으니 일부러 자극하는 거라고."

저들끼리 낄낄 웃던 기사들 중 한 명이 커다랗게 소리쳤다.

"거기 아가씨들! 데미안 로드리아는 멀리하는 게 좋다고. 저게 핏줄만 문제인 줄 알아? 무려 죄 없는 사람을 죽인 살인자야, 살인자! 황실 기사라는 이름이 아까운 범죄자라고!"

살인자.

한참 씩씩대던 퐁파두 마담조차 화내는 걸 잊고 데미안을 쳐다봤다.

파밀리엔이 입술을 깨물었다.

"가자, 데미안. 저런 어린애 같은 자극에 일일이 반응할 필요 없다는 거 알잖냐."

하. 데미안은 고개를 숙인 채 헛웃음을 지었다. 그리고 이전에 보인 적 없던 살벌한 미소를 지으며 다시 고개를 들었다.

"그럼 원하는 반응을 해 줘야지."

"야, 잠깐!"

주먹을 꽉 쥔 데미안이 섬광처럼 달려 나가는 순간이었다.

화악!

허공에서 생성된 불꽃이 기사들을 후려쳤다.

세 명의 기사 모두 갑작스러운 공격에 뒤로 나자빠졌다. 문제는 기사들뿐만 아니라 앞에 선 데미안까지 쓰러뜨렸다는 점이지만.

"이런 되바라진 것들!"

불꽃을 거둔 퐁파두 마담이 기사들을 호되게 혼냈다. 캐서린은 마담의 호전적인 행동에 내심 깜짝 놀랐다.

외부인이 황성에서 마법을 사용하면 붙잡혀 갈 텐데?

'아. 임시 황성 마법사라 붙잡혀 갈 일은 없겠구나.'

역시 세상은 그럴싸한 지위를 한두 개 정도 가지고 있어야 한다니까.

그들의 앞을 막아선 퐁파두 마담이 위협적인 목소리로 외쳤다.

"이 몸이 누구인 줄 아느냐? 바로 퐁파두 마담이시다! 내가 느그들 기사단장이랑 맥주 열 잔은 한 사이야! 당장 꺼지지 않는다면 느그들 단장에게 작금의 상황을 고해 똥구멍에 삼지창을 박아 버리는 벌을 내리겠다!"

기세등등한 호언장담에 옆에 선 파밀리엔이 어깨를 덜덜 떨었다. 듣기만 해도 공포스러운 형벌이기는 했다.

엉거주춤 일어서는 기사들로부터 눈을 돌린 퐁파두 마담이 파밀리엔을 바라봤다.

"그쪽의 잘생긴 기사! 이 꼬꼬마만도 못한 것들이 정말 황실 기사가 맞아? 동네 깡패인 거 아니니? 내가 한때 하렘에서 만난 아이들도 이만큼 천박하지는 않았는데!"

졸지에 꾸지람을 듣게 된 파밀리엔이 식은땀을 흘리며 변명했다.

"하아. 면목 없습니다. 저놈들이 워낙 예전부터······. 기사단이라고 해서 서로 사이가 좋은 건 아니라서 말입니다."

그보다 데미안을 데려와야 하는 거 아니야? 미동도 없이 누워 있는 걸 봐선 기절한 것 같은데.

캐서린이 힘없이 널브러진 데미안의 몸을 바로 할 때였다.

"당신은 누구요!"

퐁파두 마담의 살벌한 으름장을 듣고도 도망치지 않은 기사가 이를 갈며 다가왔다.

그들은 마치 위협이라도 하듯, 퐁파두 마담의 지척에서 가슴을 펴고 섰다.

"우리는 황제 폐하께서 친히 기사 서임을 내리신 황실 기사단의 단원이다. 제아무리 황실 마법사라고 해도 우리를 위협할 권리는 없다!"

파밀리엔이 한쪽 팔로 퐁파두 마담을 보호하며 섰다.

"볏짚 머리, 이 머저리 같은 녀석아. 일을 키워서 어쩌겠다는 거야? 너는 반복 학습도 없어? 데미안이 정신 차리면 그 풍성한 볏짚 머리가 허허벌판이 될 수도 있다고."

데미안은 아무도 걱정을 안 하는구나.

하기는. 데미안의 돌 머리면 쓰러져도 큰일 날 위험은 없겠다. 볏짚 머리라고 불린 기사가 노성을 터트렸다.

"볏짚 머리라고 부르지 마라, 파밀리엔 경! 오늘의 치욕을 잊지 않겠다. 반드시 갚아 주겠어. 마법사, 당신의 이름을 밝혀라!"

퐁파두 마담이라고 밝힌 걸 벌써 잊은 걸까.

「싸우지! 싸우지! 나는 아줌마가 이긴다에 다이아몬드 밥그릇

두 개를 걸겠지.」

그래 봤자 다 내 돈으로 사는 거면서. 젊은이의 호기에 평정심을 잃었는지, 퐁파두 마담의 미간이 다시금 일그러졌다.

"이것들이 아직도 정신을 못 차리고……!"

이러다 정말 피곤해지겠어.

결국 캐서린이 나섰다.

"잠깐. 진정해요, 마담."

묘하게 힘 빠지는 목소리에 모두의 시선이 캐서린에게로 모였다. 캐서린은 데미안의 몸을 바르게 눕힌 후 볏짚 머리에게로 다가갔다.

솔직하게 말해서, 기분이 더러웠다. 황실 기사단의 면식도 없는 녀석들이 그녀의 정원사를 깔보는 게 마음에 들지 않았다.

더군다나 최근에는 열심히 일해서 보너스를 주려던 참이었는데!

'그러니까… 왼손이었던가? 아니면 오른손?'

기억나지 않는 걸 봐선 오른손이 분명해. 캐서린은 목에 두르고 있던 녹색의 고운 스카프를 풀었다. 그리고 오른손을 이용해 볏짚 머리 기사에게 던지며 선언했다.

"결투를 신청한다, 볏짚 머리."

첫 반응은 야옹이에게서 터져 나왔다.

「싸우지! 싸우지! 나는 캐서린이 이긴다에 내 인생 전부를 걸겠지!」

이미 전부를 걸었으면서.

멍하니 서 있던 볏짚 머리가 '하아? 허어?' 하는 요상한 헛웃음을 지으며 배꼽을 잡았다.
"하! 하하하! 이보십시오, 캐서린 파냐 양. 결투가 무슨 어린아이 놀이인 줄 아십니까? 종이 검으로 몇 번 휘두르는 결투를 말씀하신 건 아니겠지요?"
내 이름을 알아? 아, 하기는. 파냐 후작의 보좌관인데 얼굴 정도는 당연히 외워 뒀을 테다.
"아니. 결투를 신청한다, 볏짚 머리."
볏짚 머리는 짐짓 그녀를 혼내기라도 할 것처럼 허리에 양손을 올린 채 엄중한 표정을 보였다.
"장난치지 마십시오, 파냐 양. 아무리 체자레 대공 전하의 제자라고 한들, 황제 폐하께서 임명한 황실 기사인 나를……."
"됐고, 결투를 신청한다."
「찌질하게 말이 많지.」
야옹이의 첨언에 볏짚 머리의 이마 위로 핏줄이 솟았다.
"체자레 대공 전하와 파냐 후작 각하의 명성을 등에 업고 기세등등하다더니. 결투는 상대방의 목숨을 취할 수도 있는 기사들의 고귀한 전투요. 정말 크게 혼쭐나고 싶은 겁니까?"
"시끄럽고, 결투를 신청한다."
이 녀석은 같은 말을 대체 몇 번 반복해야 알아듣는 거지?
짜증이 난 캐서린은 바닥에 떨어진 스카프를 주워 볏짚 머리에게 다시 던졌다. 닥치고 결투나 하자니까?
「원래 허약한 놈들이 가장 시끄럽지. 빈 수레가 요란하단 격언이 괜히 있는 게 아니지.」
으드득. 볏짚 머리의 이가 살벌하게 씹혔다. 역시 우리 야옹이가 남 골리는 일 하나는 특출하단 말이지.

"이 브라운 엡솔루를 모욕하지 마십시오, 캐서린 파냐! 고작해야 수습 마법사인 당신과 나의 결투를 그 누가 인정한단 말입니까!"

"내가 증인이 되지."

갑자기 난입한 음성은 데미안의 것치고는 차분하고, 파밀리엔의 것치고는 다소 냉랭했다.

목소리만 듣고도 누가 다가왔는지 진작 눈치챈 캐서린이 홀로 생각했다.

'백마 탄 기사님 같아.'

결투할 수 있도록 도와주는 백마 탄 기사님.

모두의 고개가 목소리의 주인에게로 향했다.

"……체자레 전하?"

외투는 어디에 벗어 두고 왔는지, 체자레는 남색 베스트와 단추를 몇 개 푼 셔츠만 걸친 상태였다.

그는 바지 주머니에 손을 꽂은 채로 설렁설렁 걸어와 캐서린과 볏짚 머리 사이에 섰다.

"결투란 서로의 명예가 걸린 일. 당신은 무엇을 명예로 내세울 겁니까?"

코발트색 눈동자가 캐서린에게로 향했다.

'기회다!'

기존의 계획은 '볏짚 머리 자식이 데미안에게 더는 깝죽거리지 못하게 하기'였지만, 체자레가 나선다면 이야기는 달라진다.

캐서린은 두 눈을 부릅뜬 채 대답했다.

"체자레의 하루! 결투에서 이기면 나한테 줘요."

체자레가 한쪽 눈썹을 들썩였다. 그게 무슨 개 풀 뜯어 먹는 소리냐는 표정이었다.

뒤에 서 있던 파밀리엔이 조심스럽게 입을 뗐다.

"데미안의 명예 말고 말입니까?"

그에 화들짝 놀란 퐁파두 마담이 파밀리엔의 뒤통수에 꿀밤을 먹였다.

"이봐, 잘생긴 기사. 눈치 없이 끼어들래? 닥치고 따라와."

파밀리엔과 퐁파두 마담이 사라지자, 횅한 황성 서문 입구에는 세 명의 남녀 그리고 소수의 구경꾼만이 남게 되었다.

"장난치지 말고 제대로 된 걸 거는 게 어떻습니까, 파냐 양. 나와의 하루가 당신의 명예는 아닐 텐데."

죽어도 안 된단 소리는 안 하는 걸 봐선 조금만 조르면 허락을 구할 수 있을 듯했다.

요구의 당위성을 높이기 위해 쓰러진 데미안의 도움이 필요했다. 캐서린은 쓰러진 데미안의 옆구리를 쿡쿡 찌르며 물었다.

"데미안, 체자레의 하루를 걸어도 되죠?"

대신 복수해 준다는데 괜찮겠지. 대답을 듣지는 못했으나(쓰러졌으니 당연했다), 곧 아무렇지 않게 체자레를 향해 몸을 돌렸다.

"된대요. 대신 지면 제 하루를 저 볏짚 머리 기사에게 바칠게요."

이번에는 체자레의 양쪽 눈썹 모두가 들썩였다.

"누구에게 뭘 바친다고?"

"저 기사분에게 제 하루를요."

그래야 공정하지.

'물론 볏짚 머리가 다른 걸 요구하면 어쩔 수 없지만.'

체자레의 고개가 볏짚 머리를 향해 돌아갔다.

그와 시선을 마주한 볏짚 머리의 안색이 시시각각으로 변해 갔다. 파래지다가 또 하얘지다가……. 체자레는 뒤통수만 보여서 어떤 표정인지 알기 힘들었다.

볏짚 머리는 이전과 달리 군기가 빡 든 모습으로 차렷 자세를 했다.

"저는 명예로운 황실 기사단입니다! 하지만 정식 마법사도, 정식 기사도 아닌 숙녀와 겨루는 건 명예롭지 않은 행위입니다!"

대악마에게 명치를 한번 맞아 봐야 정신 차릴 것 같다.

"하지만 끝까지 거부하는 것 역시 명예롭지 않은 행위라고 생각합니다! 파냐 양의 하루를 온전히 가져, 장래에 소문만 무성하게 만들 흑심은 없습니다! 그 대신 다른 대가를 요구하고 싶습니다!"

이윽고 그는 생사를 넘어온 지옥귀 같은 얼굴이 되었다.

"데미안……."

으득. 볏짚 머리가 이를 갈며 외쳤다.

"체자레 전하! 제가 결투에서 승리한다면, 부디 데미안 녀석의 머리와 눈썹을 빡빡 밀어 버리게 해 주십시오!"

"경이 진다면?"

"제 머리는 물론 아래 털까지 밀도록 하겠습니다!"

서로 정말 싫어하는구나. 괜히 끼어들었나 싶었지만, 체자레가 허락할 것 같으니 무조건 직진하기로 했다.

"머리는 그렇다 쳐도 아래는 어떻게 확인해요?"

캐서린의 의문에 체자레가 곧장 대답했다.

"내가 하지. 당신은 확인할 생각 하지도 마."

별로 관심 없는데.

"날짜는 내일 이 시간이 좋겠어요. 장소는 어떻게 할까요, 볏짚 경?"

"저는 볏짚이 아니라 브라운 엡솔루입니다, 파냐 양. 장소는 기사단 본관이 편할 겁니다. 구경꾼들이 몰려와 당신의 패배를 조롱하더라도 부디 울지 마시길."

그의 비웃음에 캐서린은 모욕감보다 미약한 흥분을 느꼈다.

역시 결투에는 말싸움도 포함되지! 캐서린 역시 질세라 한마디 붙였다.

"경이야말로 똥구멍에 삼지창이 꽂혀도 울지 마세요."

브라운은 질린 얼굴로 고개를 돌렸다. 팔짱을 낀 채 가만히 듣고만 있던 체자레가 그를 향해 턱짓했다.

"좋아. 이제 끝난 건가? 브라운 경은 주어진 자리로 다시 돌아가도록. 경의 담당이 곧 제도에 도착할 예정이다."

"예."

브라운이 떠나자 힐끔힐끔 관심을 표하던 구경꾼들도 잽싸게 거리를 벌리며 제자리로 돌아갔다.

음.

둘만 남게 된 상황에서, 캐서린은 눈동자만 도르륵 굴려 체자레를 훔쳐봤다. 어쩐지 잔소리를 듣게 될 것만 같은…….

"또 사고를 쳤군요. 눈만 떼면 기다렸다는 듯이 일을 만든단 말이지. 당신이 열 살짜리 애입니까?"

역시는 역시지.

주위를 크게 둘러본 체자레가 캐서린의 손을 잡고 걸음을 옮겼다.

이게 얼마 만에 잡아 보는 손이지? 물론 예전이라고 해서 밥 먹듯 잡아 본 건 아니었지만, 괜히 감개무량했다.

"악마식으로 따지면 애가 맞기는 하죠. 그러는 체자레는 할아버지의 할아버지잖아요."

더 정확하게 말하자면 할아버지의 할아버지의 할아버지의 (중략) 할아버지 나이잖아.

체자레는 골이 아프다는 듯 이마를 짚으며 톡 쏘아 대답했다.

"할아버지의 할아버지랑 깍지 끼고 손잡아서 좋겠어?"

"할아버지랑 손잡는 걸 싫어하는 아이가 어디 있어요?"

한참 잘 걷던 체자레가 돌연 캐서린의 손을 놔 버렸다. 그냥 놓은 것도 아니라 길바닥에 쓰레기 내버리듯 홱 내팽개치곤 저만치 앞서 걸음을 이었다.

'지금 내가 할아버지의 할아버지라고 해서 삐친 거야?'

캐서린은 웃음도 울음도 나오지 않는 기묘한 기분으로 체자레의 뒤를 쫓았다.

"왜 갑자기 놓고 그래요? 계속 잡아요!"

다리가 길기는 엄청 길어서 체자레가 한 걸음 걷는 동안 캐서린은 두세 걸음 뛰어야 했다.

"그럴 마음 없으니 캐서린 양은 지금부터 다섯 걸음 떨어져서 따라오세요."

"……세 걸음은요?"

"안 돼."

"네 걸음은?"

"한 번만 더 물어보면 열 걸음으로 늘릴 겁니다."

말은 저래도 그러지 않을 거란 걸 안다. 체자레는 그런 악마였다. 적어도 캐서린 앞에서는.

심장은 이전처럼 거세게 요동쳤으나 이상하게도 두 손의 상태는 훨씬 평온했다. 몹시 기꺼운 변화였지만, 그 원인에 대해선 당사자인 캐서린도 확신할 수 없었다.

'체자레가 해하지 않을 거란 사실을 알아서?'

하지만 그 사실은 이전에도 충분히 느끼고 있지 않았던가.

으음. 그렇다면 역시…….

'내가 천재라서 그런 건가!'

천재라서 체자레에게서 풍겨져 나오는 강자의 오라를 버틸 수 있었던 거구나! 역시 천재란 신비로운 존재다. 딱히 뭔가를 한 것 같지도 않은데, 한 수준 진화되어 있다니.

만족스러운 기분이 된 캐서린은 멀찍이 뒤따라오라는 체자레의 요구에 순순히 따르기로 했다.

만찬에 참석하기 직전.

캐서린이 야옹이와 놀아 주며 빈둥거리던 때였다. 제도에 도착한 파냐 후작이 캐서린을 찾아왔다.

파냐 후작은 파냐에서 늘 보았던 완전 무장이 아닌 제복 차림이었는데, 특유의 연륜과 여유가 묻어 나와 근사한 분위기를 풍겼다.

언뜻 체자레가 연상되는 걸 보면 초월자들은 다 비슷한 느낌을 주는 건가 싶었다.

"그래도 긴장해 보이지 않는군."

걱정되어 찾아오신 건가? 캐서린은 뺨을 매만지며 고개를 끄덕였다.

"긴장되지는 않아요. 문제 일으키지 않고 조용히 있을게요. 걱정하지 마세요."

이 정도로 긴장하기엔 그간 겪어 온 사건들이 너무 굵직굵직했다.

"너나 네 어미나 대범한 성정인 건 똑같아. 칭찬할 만한 기개다."

릴리스라서 그렇다곤 대답할 수 없는 터라, 그냥 입을 꾹 닫기로 했다.

파냐 후작이 느릿하게 말을 이었다.

"킬홀더가의 장남은 내일 입성한다더구나. 다른 말은 하지 않으마. 그래도 한 가문의 후계자이니 목숨은 붙여 놓거라."

그 말은 즉 고자로 만들어도 된다는 건가. 체자레에게서도 비슷한 소리를 들었던 것 같은데. 아무래도 무인들의 말 습관 중 하나인 것 같았다.

샤를로스, 샤를로스라…….

'얼마 만에 만나는 거지.'

오를레앙을 떠난 지 벌써 긴 계절이 지났다. 떠날 때는 막 낙엽

이 쌓이는 초가을이었는데, 이제는 발가벗은 조경으로 뒷산이 빼빽한 초겨울이 오고 말았다.

시간이란 참 빠르게 흐른다니까.

"그 정도로 괴롭힐 생각은 없어요. 사실 어느 정도는 고맙게 여기고 있거든요."

거짓말이었다.

물론 샤를로스 킬홀더와 앤이 눈 맞지 않았더라면 캐서린 역시 지금의 자유를 누릴 수 없었겠지.

'하지만 자유는 자유고 복수는 복수잖아.'

복수에 열과 성을 다하진 않을지언정, 없던 일로 넘어가선 안 된다.

그게 캐서린의 지론이었다.

그녀의 말을 가만히 듣고 있던 파냐 후작이 나직한 음성으로 입술을 뗐다.

"너도 알다시피, 이 할미는 오래전부터 황제 폐하를 도와 제국을 수호해 왔다. 게다가 가문에 사람이라곤 나 하나뿐이라 긴 시간 사교계를 신경 쓰지 못했단다. 손을 놨다는 표현이 더 맞을 테지. 그런 점에서는 너를 신경 써 주지 못해 항상 미안한 마음뿐이구나."

"그런 소리 마세요. 할머니의 호의를 거절한 건 오히려 저인 걸요."

파냐 후작은 캐서린의 사교 생활을 남 일 보듯이 하지 않았다. 오히려 캐서린이 파냐 후작의 배려에서 멀어지려 했다면 모를까.

어머니가 사라진 직후, 캐서린은 파냐 가문의 지원을 전부 거절했다.

매해 한 계절은 파냐에서 보냈지만 그곳에서 보내는 평화롭고 호화로운 삶을 오를레앙까지 끌고 가려 하지 않았다.

혼자서도 충분히 버틸 수 있을 거라 여겼기 때문이다.

'그때는 내가 많이 어렸지.'

실제로 캐서린은 꽤 잘 지냈다. 오를레앙 가문에서는 찬밥 신세였어도, 잘나가는 귀부인들로부턴 적잖은 애정 공세를 받았다.

오를레앙 안에서는 목소리가 커지고, 밖에서는 어깨를 움츠리고 살아가던 앤.

그런 그녀와 정반대의 캐서린.

'은연중에 그런 차이를 즐기고 있었을지도.'

그래서 앤이 유독 더 캐서린을 싫어하는 것일 테다.

사춘기 시절의 캐서린은 좋게 말해도 유순한 편은 아니었다. 나름대로 '오를레앙 내에선 얌전한 장녀' 노릇을 하는 걸 제외하고는.

파냐 후작의 눈에 옅은 그늘이 졌다. 억지로라도 캐서린의 뒷바라지를 하지 못했던 점을 후회하는 눈이었다.

"아니. 네 부모와 내 잘못이 맞다. 네 어미도, 아비도, 나도 각자의 일에 눈이 멀어 긴 시간 네게 무신경했어. 무정했던 건 네가 아니라 우리였음을 안단다."

할머니가 이렇게 감성적인 분은 아니신데. 짧은 정적 끝에 캐서린이 질문했다.

"아버지를 만나셨군요?"

파냐 후작이 고개를 주억이며 긍정했다.

"그래. 네 아비가 직접 나를 찾아왔다. 앞으로 너를 잘 부탁한다는 시건방진 소리도 하더구나. 네가 파냐의 후계자가 될 거라 여기는 것 같았다."

"전 가주는 싫어요."

책임지는 일은 딱 질색이었다.

캐서린은 놀고 쉬고 먹는 게 좋았다. 같은 이유로 공허의 유지를 잇지 않으려 했던 것이고.

"안다. 편하고 안락한 삶에 가주라는 지위가 반드시 필요한 건 아니지. 그래서 이 할미가 양자를 들이려는 게 아니겠느냐?"

파냐 후작의 눈빛이 날카롭게 돌변했다. 그에 캐서린의 뒤쪽 멀찍이 앉아 있던 데미안이 작게 헛기침을 했다.

"크흐흐흠."

데미안을 짧게 흘겨본 파냐 후작이 캐서린에게 넌지시 물었다.

"캐서린, 너는 이 할미가 언제쯤 되어야 원하는 대답을 들을 수 있을 거라고 생각하느냐?"

캐서린의 고개가 정확히 데미안에게로 돌아갔다.

"데미안, 할머니께서 언제쯤 원하는 대답을 들으실 수 있을까요?"

데미안은 보는 이가 다 불편할 정도의 완벽한 정자세가 되어 더듬더듬 대답했다.

"이, 일주일 내로 들으실 수 있을 거라 생각됩니다."

"이 할미는 나흘 이상 못 기다리겠다고 전해 주거라."

"그렇대요."

데미안의 이마에서 식은땀이 흘렀다.

"예, 예. 물론입니다……."

며칠 전까지만 해도, 캐서린은 데미안이 파냐의 일원이 될 거라 확신에 차 있었다.

하지만 퐁파두 마담이 체보크 황자를 짧게 언급한 것만으로도 예민한 반응을 보였던 것을 봐선 파냐 후작의 제안을 거절할 수도 있겠다 싶었다.

'물론 할머니가 그리 안 두실 것 같지만.'

아닌 척해도 파냐 후작은 데미안을 퍽 마음에 들어 하고 있었다. 이리 굴려지고 저리 굴려지더니, 파냐의 국경 수비대에 상당히 좋은 평판을 남기고 떠났나 보다.

"하여간… 이 할미가 하려던 말은, 앞으로 이테라나 제국 그 어디서든 절대 눈치 보지 말란 소리였다. 무엇이든 네가 하고 싶은 대로 하거라. 너를 업신여겼던 자들에게 복수하는 것도 나쁘지 않겠지. 이 할미도 물심양면으로 도우마."

"감사합니다. 그럼 저는 할머니를 빽으로 두고 여기저기 편하게 들쑤시고 다닐게요."

"네가 잘도 그러겠어."

이후 파냐 후작은 캐서린과 담소 몇 마디를 더 나누다가 방을 나갔다. 그제야 긴장으로 굳어 있던 데미안이 한숨을 쉬며 몸을 일으켰다.

"저는 이만 기사단으로 가 보겠습니다. 그래도 얼굴은 한번 비춰야 할 것 같아서요."

그가 나간 후, 캐서린은 『초고등 마법 이론』을 보며 느긋하게 시간을 때웠다.

그렇게 서너 시간을 보내다가 깊게 잠든 야옹이를 침대 안에 눕혀 두고 만찬장으로 향했다.

✉

샤그위드 2세.
체자레 크리스토퍼 대공.
한스부르크 파냐 후작.
세이프란 황태자.
모나트 황녀.
비록 보좌관 한 명이 결석했으나, 이름만 나열해도 감탄이 절로 나오는 목록이었다. 졸지에 그 사이에 끼게 된 자칭 소시민 캐서린은 조용히 포도주만 홀짝였다.
그리 늦지 않은 저녁. 이테라나 제국의 대표로서 참석한 만찬은 분에 넘칠 정도로 풍족했다.
그윽한 꽃향기. 은은하게 비추는 촛불의 빛. 모든 부분이 만족스러웠으나, 딱 하나가 부족했다.
"다시 한번 말씀드릴게요. 오라버니께서 자꾸 이런 식으로 굴면 저도 더럽게 나갈 수밖에 없어요. 그 여우 같은 계집애를 폰이테라나 밖으로 내쫓아 내든 뭐든, 제 기사의 눈에 띄지 않게 해 주세요."
"여우 같은 계집애? 네 기사가 들으면 서운해할 소릴 아무렇지 않게 하는구나. 남녀 간의 정을 내가 어찌할 수 있다고 그런 소릴 하는 것이냐. 남작 영애는 내 손님이시다. 네 기사의 정조가 불안하다면 네 기사를 다그치면 될 일이야.”

"제가 그자를 어찌 다그치겠어요? 오라버니가 파 놓은 쥐덫에 걸린 우둔하고 불쌍한 기사에 불과한 것을. 큰마음 먹고 그자의 인생을 망쳐 놓으려 하는 것 같은데, 저라고 해서 못할까요?”

"계속해서 내 탓 해 봐야 달라질 건 없다. 남작 영애가 그 황실 기사와 결혼하겠다고 하면 친히 축복해 줄 것이고, 아니면 아닌 거지.”

"아하. 좋아요, 곧 두고 보죠. 오라버니께서 애지중지하는 인재들이 어떤 식으로 망가질지 지켜보세요.”

아무래도 이 집안에는 화기애애라는 게 존재하지 않는가 보다. 모나트 황녀와 세이프란 황태자 사이의 말다툼을 듣고 있자니 있던 입맛도 뚝 떨어지는 기분이었다.

하필이면 둘이서 캐서린의 건너편 자리와 오른쪽 자리에 나란히 앉은 터라, 듣기 싫어도 안 들을 수가 없었다.

상석에 앉은 어른들에게 피해를 안 준답시고 조용히 속삭이는데, 덕분에 캐서린만 조금도 궁금하지 않던 둘 사이의 정쟁을 알게 되었다.

'황족 간의 말다툼은 좀 더 고상하고 조용할 줄 알았는데.'

살롱의 귀부인들과 별다를 것 없지 않은가. 아니, 오히려 직설적이라면 더 직설적이었다.

세이프란 황태자가 모나트 황녀에게 일갈을 날렸다.

"즐거운 만찬 자리에서 투정은 거기까지만 하는 게 어떠니, 모나트. 캐서린 파냐 영애께서 많이 불편해 보이시는구나.”

알면서 그랬어?

캐서린 맞은편에 자리한 모나트 황녀가 사나운 눈빛으로 고개를 들었다.

올해 20대 후반이 되는 모나트 황녀의 분위기는 예상했던 것과 많이 달랐다. 좋게 말하면 날이 잘 벼려진 칼처럼 예리했고, 나쁘게 말하자면 지랄맞았다.

'예전에 연회에서 봤을 땐 이런 분위기가 아니었는데.'

당시만 해도 모나트 황녀는 온실에서 자란 화초처럼 고고하고 정숙한 인상을 지닌 여인이었다.

'대외에서만 보인 이미지일 수도.'

능청스럽고 수완 좋은 세이프란 황태자를 상대하는 과정에서 자연스레 불같은 성격으로 발전했을 수도 있었다.

모나트 황녀의 유일한 동복동생이 세이프란 황태자에 의해 목숨을 잃었단 소문은 유명무실했으니.

'하여간 저놈의 콩가루 집안.'

현재 이테라나 황실의 실세는 2세대가 아닌 4세대가 장악했다. 황제가 2세대와 3세대에 황위를 넘기지 않겠다고 선언한 직후, 체보크 황자를 포함한 극소수를 제외하곤 기존 황족 대개가 황성에서 쫓겨난 실정이었다.

그들의 후계 싸움은 세이프란 황자가 황태자 직위를 이어받으면서, 현 황제의 증손자뻘인 4세대까지 이어지고 있었다.

황제는 대체 얼마나 완벽한 황위 후계자를 기다리고 있는 것일까. 역시 타고난 천재의 머릿속은 이해하기 힘든가 보다.

캐서린을 길게 훑어본 모나트 황녀가 명백한 비웃음을 흘렸다.

"파냐 영애께선 당연히 불편하셔야 하지 않을까요? 대단한 명성도 없이 우리와 함께 어깨를 나란히 하게 되었는데. 내가 파냐 영애라도 황실의 눈치를 볼 것 같네요."

"파냐 영애는 폐하께서 선택하신 분이다. 그분께서 전부 듣고 계신단 사실을 잊지 말거라."

이것들이 아닌 척 내 뒷담을 하네.

"오라버니야말로 없어 보이게 폐하의 이름 뒤로 계속 숨으려 하지 마시죠? 폐하께선 우리가 어떤 우스운 장난을 하든 상관하지 않으시잖아요? 서로 개처럼 물고 뜯는 걸 장려하신다면 모를까."

심지어 또 싸워? 지겹지도 않나 봐. 캐서린은 한마디 대꾸하려다 입을 다물었다.

'할머니 덕으로 들어왔단 사실이 틀린 건 아니니까.'

게다가 무려 전 약혼자를 엿 먹이겠다는 불순한 의도로 참석하지 않았는가? 욕먹어도 싸다.

경험상 이럴 때는 얌전히 앉아 있다가 빛의 속도로 사라지는 게 편했다.

냅킨으로 조심스럽게 입가를 두들긴 모나트 황녀가 캐서린에게 말했다.

"말이 나왔으니 물어보죠, 파냐 양."

그러시든가.

"체자레 대공의 학생 자리는 어떻게 꿰찬 거죠? 역시 그것도 한스부르크 후작의 은덕이었나요?"

그 뻔하디뻔한 질문에 캐서린의 마음이 한결 가벼워졌다.

'모나트 황녀도 주위에 흔한 체자레의 열성 팬 중 한 명이었구나.'

어지간히 궁금한지 모나트 황녀의 눈매가 금세 샐쭉해졌다.

"침묵을 고수하는 건 긍정의 뜻인가요? 사실은 둘 사이에 아무런 진심도 없는 거지요? 역시 그랬네요. 역시 한스부르크 후작의 덕을 봤던 것에 불과했던 거야."

모나트 황녀가 분한 표정으로 입술을 짓이겼다.

"아주 더러운 수법이군요. 혈연을 이용해 이 시대의 위대한 대마법사이신 체자레 대공과 사제 관계를 맺다니."

아직 대답도 안 했는데 혼자 노래하고 춤추고 다 하느라 바빠 보인다.

캐서린은 작게 고개를 저으며 대답하길 포기했다. 알아서 오해하게 놔두는 것도 손해는 아닐 듯싶었다.

"아이 같은 시기와 질투는 거기까지만 하거라, 모나트. 대공께서 고작 인척의 혈연이라는 이유 하나로 제자를 들이실 분은 아니지 않느냐."

그런 캐서린을 옹호하며, 세이프란 황태자가 부드러운 미소를 지었다.

"모나트의 말을 너무 새겨듣지 마십시오, 파냐 영애. 어릴 때부터 체자레 대공을 존경하던 아이라 삐뚤어진 존경심에 그러는 겁니다."

캐서린은 노골적으로 불편한 티를 내며 세이프란 황태자를 응시했다.

이 남자가 내게 상냥하게 굴 이유가 있었나?

······아아. 없지는 않구나.

"감사합니다, 전하. 마기는 잘 지내나요?"

따지고 보면 세이프란 황태자는 마기의 직속상관이지 않은가?
그는 몹시 만족스러운 미소를 지으며 긍정했다.

"물론입니다. 마기가 파냐 영애의 이야기를 자주 합니다. 언니를 아주 사랑하는 것 같더군요. 그래서 꼭 한번 실제로 만나 뵙고 싶었습니다."

캐서린을 향해 활짝 핀 웃음은 이상할 정도로 호의가 한가득했다.

마기라.

'아주 먼 상하 관계에 불과할 줄 알았는데. 편히 부를 만큼 가까운 사이였던 건가.'

상대가 황태자씩이나 되는 인물이라 그런지 영 찝찝했다. 마기, 너 정말 잘 지내고 있는 거 맞지?

그때, 상석에서 오가던 긴밀한 대화가 뚝 끊겼다. 샤그위드 2세가 그들을 지긋이 바라보며 상냥한 미소를 지었다.

"우리의 보좌관분들께서 사이좋아 보이니 다행이구나."

이게 사이좋아 보인다고? 초월자인 황제의 시력에도 문제가 하나쯤은 있는 모양이었다.

황제는 나긋한 미소를 입가에 띤 채 말을 이었다.

"이런 분위기에 미안하지만, 세이프란."

"예, 폐하."

"단도직입적으로 물으마. 청동의 지배자의 소환을 도운 이유가 무엇이냐?"

오.

순식간에 가라앉은 분위기 속에서, 캐서린은 조용히 생각했다.

'나는 전혀 궁금하지 않은 이야기인데.'

그렇다고 급한 일이 생긴 척 자리를 비울 수도 없었다. 파냐 가문의 비화를 듣던 데미안이 이런 기분이었을까?

기다렸다는 듯 식기를 내려놓은 모나트 황녀가 황제를 거들었다.

"폐하께서 정말 아무것도 모르실 거라 생각한 건 아니겠죠, 오라버니. 이건 황실의 수치예요."

주위는 고요했다. 그 고요함이 길어도 너무 길어, 한참 후 황제가 재차 입을 뗄 정도였다.

"세이프란, 언제 대답할 거냐? 짐이 네게 곤란한 질문을 한 것이냐?"

가만히 제 손만 쳐다보고 있던 세이프란 황태자가 한 박자 느리게 대답했다.

"죄송합니다. 괜한 오해를 불러일으키고 싶지 않아, 적당한 표현을 고르고 있던 중입니다."

"그렇게 조심스럽게 굴 것 없다. 청동의 지배자가 목적이었던 게냐?"

"그런 계약이기는 했습니다. 하지만 신성 아그리파 교황청이 끼어들 줄은 몰랐습니다."

단호한 부정에 모나트 황녀가 코웃음을 쳤다. 세이프란 황태자의 얼굴을 훑는 눈에는 지워지지 않는 혐오가 담겨 있었다.

"신성 왕국 파헨리힌과 은밀하게 협력한 사람은 오라버니예요. 한데 교황청이 끼어들 걸 예상하지 못했다뇨? 그런 멍청한 사람은 아니지 않나요? 속이 훤히 보이는 거짓말이네요."

"그렇다면 마땅한 이유가 있었겠구나. 어느 쪽이 먼저 움직인 게냐."

거참. 이런 중요한 대화를 굳이 만찬에서 나누는 이유가 뭔데? 황실 사람들끼리 비밀스럽게 만나서 이야기하면 좀 좋아?

물론 이 자리에서 이테라나 황실의 일원이 아닌 가문은 파냐 가문이 유일했지만.

"파헨리힌 측이 먼저 저에게 제안했습니다. 연말에 신성 왕국 연합에서 탈퇴할 예정이라 하더군요. 이미 준비는 완료했고, 교황청의 압박을 버티기 위한 방패가 필요하다 했습니다."

"그래서 파헨리힌 왕녀를 데려오겠다고 한 거였군."

"예. 카나벨 소백작과 파헨리힌 왕녀의 염문설을 뿌린 것도 그쪽입니다. 소백작과 파헨리힌 왕녀가 열정적인 사랑에 빠졌고, 세이프란 황태자가 그들의 결혼을 적극적으로 추진하려 한다… 정도가 주요 내용이었지요."

잘은 모르겠지만, 파헨리힌 왕녀와 염문설이 난 카나벨 어쩌고가 세이프란 황태자의 최측근인 듯싶었다.

"왕자에게 릴리스호를 선물한 것도 그 이유에서입니다. 재물로 압박하는 모양새를 보이기 적당하다고 판단했습니다. 설마 그 위에서 청동의 지배자를 소환해 가로채 갈 줄은 몰랐지만."

잘은 모르겠지만, 릴리스호는 세이프란 황태자가 청동의 지배자를 얻는 대가로 파헨리힌 왕자에게 준 선물인가 보다.

"본인의 사리사욕을 위해 천문학적인 돈을 들이셨군요. 정말로 대단하세요, 오라버니. 대단하게 멍청한 짓거리를 하셨어요."

모나트 황녀의 이죽거림에 세이프란 황태자가 픽 웃음을 흘렸다. 부드러운 인상과 정반대되는 염세적인 미소였다.

"네 말이 맞다, 모나트. 결과적으로 아주 멍청한 짓거리였지. 바다 한가운데에서 누구의 방해도 없이 대악마를 소환할 기회를 갖다 바치고 말았구나."

잘은 모르겠지만, 세이프란 황태자가 신성 연합의 꿀 발린 거짓말에 홀라당 넘어가 대악마를 갖다 바치게 되었나 보다.

"그래도 다행이었지. 릴리스호에 오른 자들 중……."

천천히 좌중을 훑던 세이프란 황태자의 눈길이 체자레에게 고정됐다. 황태자의 눈에 이전에 없던 불꽃이 튀었다.

'세이프란 황태자가 체자레를 열렬히 사랑한다더니.'

평생의 라이벌을 바라보는 눈빛 같기도 했고, 원하는 것을 갖지 못해 안달 난 어린아이 같은 눈빛이기도 했다.

정작 그 눈길을 받아 내는 체자레는 무감각한 표정이었지만.

"종증조부께서 계셨으니 말이야."

종증조부?

'이렇게 안 어울리는 명칭이 있을 수가.'

힐긋 체자레의 얼굴을 살폈다.

장님도 눈이 트일 수준의 압도적인 미모. 저 미모에 종증조부라니? 역시 초월자는 인간 범주에 두어선 안 된다.

황제가 말했다.

"파헨리힌의 국보 중에는 청동의 지배자의 피가 담긴 작은 유리병이 존재하지. 네가 혹한 것도 이해하지 못하는 건 아니다. 하지만 너무 서둘렀구나."

잘은 모르겠지만, 세이프란 황태자가 홀라당 넘어간 데는 납득할 만한 이유가……. 됐다, 됐어.

"죄송합니다, 폐하."

"마법사로서의 네 욕망은 당연하단다, 세이프란. 강력한 마법사는 더욱 강한 악마를 원하는 법이니."

캐서린이 식기 위의 채소를 괴롭히는 동안에도 이테라나 황실의 궁금하지 않은 가족회의는 계속됐다.

그동안 캐서린의 머릿속에는 베헤모스의 목소리와 세이프란 황태자의 목소리가 번갈아 울렸다. 둘의 주장에는 미세하지만 확실한 차이가 있었기 때문이다.

'세이프란 황태자는 파헨리힌 왕가와 교황청이 손을 잡았다고 했지.'

하지만 릴리스호에 올랐을 때, 심연 속 체자레와의 대화에서 베헤모스는 분명…….

'세이프란 황태자와 마르파쿠스 3세가 자신을 불러냈다고 콕 집어서 말했어.'

그렇다는 건 세이프란 황태자와 베헤모스, 둘 중 하나는 거짓말을 하고 있단 소리였다.

둘 중에 누가?

순간, 이테라나 황성에 도착하자마자 그녀를 들고 튀려 했던 퍼시빌의 발언이 떠올랐다.

'표정을 보니 뭔지 아는 모양이야? 서신에 이어서 나는 두 번 경고했다, 캐서린. 너는 이 일에 참견하지 마. 이걸로 세 번 경고하는 셈이 됐지만.'

더해서 대악마의 만찬에서 보았던 베헤모스의 노기까지.

'릴리스는 분명 묵시록을 찾았을 거야. 분명 내게 그리 말했었어.'

흠.

'릴리스를 찾기 위해 에덴으로 온 건데, 너 때문에 전부 물거품이 되어 버렸어!'

마르파쿠스 3세의 총아인 퍼시빌과 베헤모스. 그리고 둘 사이에 존재하는, 묵시록이라는 절대 흔하지 않은 공통분모.
'교황청과 파헨리한 왕국 그리고 베헤모스의 목적이 같은 건가.'
아무래도 거짓말을 하는 쪽은 세이프란 황태자가 아니라 베헤모스인 듯했다.
그렇다면 베헤모스는 왜 체자레를 속이려 한 것일까?
굳이 신경 쓸 필요 있을까, 싶기도 하지만…….
'이제는 나도 엄연히 공허의 지배자가 되었으니까.'
마냥 상관없는 일로 치부하면 안 된다고 생각했다. 멍하니 토마토의 사지를 분쇄하던 캐서린은 가족회의에 끼어들 틈도 없겠다 싶어, 체자레에게 전음을 보냈다.
― 체자레.
무료하게 정면을 향해 있던 코발트색 눈동자가 그녀를 바라봤다.

느리게 흔들리는 촛불 너머, 짙게 음영 진 그림 같은 낯을 정면으로 마주하니 순간 말문이 막혔다. 뭐라고 운을 떼야 하지?

— 퍼시빌이 나를 찾아왔었어요.

싸늘했던 체자레의 얼굴에 오뉴월의 꽃처럼 환한 미소가 그려졌다.

— 언제?

— 낮에 당신을 만나기 직전에요.

— 왜 안 죽였습니까?

……농담인가?

체자레가 더 밝은 웃음을 지으며 답을 재촉했다.

— 왜 안 죽였느냐고.

안 죽여서 미안하다고 대답할 수도 없고. 데구루루 눈동자를 굴리던 캐서린은 그냥 자신의 할 말만 하기로 했다.

— 퍼시빌이 묵시록을 언급했어요.

그의 하얀 이마가 미세하게 일그러지다 말았다. 무슨 반응인지 확신할 수 없었다. 예상했다는 얼굴인 것 같기도 하고.

"캐서린이여."

그러나 기다렸던 대답은 체자레가 아닌 황제에게서 들려왔다.

"형제에게 전음을 보내다니, 무슨 문제라도 있는 것인가?"

어라.

캐서린은 당황한 눈으로 황제를 바라봤다. 전음을 알아챘다고? 대악마인 나와 체자레의 전음을?

캐서린의 의문은 금방 잠식되었다.

'계약 여부의 차이인가.'

캐서린과 체자레는 현재 계약자가 없었다. 아무리 날고 기는 대악마라고 해도, 계약자가 없는 상태에선 대마법사의 간섭에서 자유로울 수 없는 듯했다.

'에덴은 악마가 살기에 생각보다 번거로운 곳이구나.'

이래서 악마들이 죄다 계약자를 찾는가 보다.

캐서린은 당황한 표정을 재빨리 갈무리하며 사죄했다.

"죄송합니다, 폐하. 분위기를 흐릴 생각은 아니었습니다. 체자레 전하께 개인적으로 드릴 말씀이 있었는데, 마음이 급해 실수한 것 같습니다."

끼어들기 좋아하는 모나트 황녀가 이 순간만을 기다렸다는 듯 밉살맞게 빈정거렸다.

"파냐 양은 기본적인 소양도 모르는 건가요? 대마법사이신 폐하 앞에서 시건방지게 전음을 시도하다니. 체자레 대공께서는 그리 쉬운 분이 아니십니다. 알아 두세요."

다른 건 몰라도 네가 혼자 발작한다는 건 알겠다.

"그런 것치고는 형제의 얼굴이 상당히 살벌했던 것 같구나."

체자레가 냅킨으로 손을 닦으며 대수롭지 않은 투로 캐서린을 두둔했다.

"별일 아닙니다. 내게 몇 가지 질문을 했을 뿐."

"질문?"

파냐 후작이 죽어도 그 질문이 어떤 것인지 들어야겠단 얼굴로 캐서린을 바라봤다.

캐서린은 터져 나오려는 한숨을 목 안쪽으로 삼켰다.

'조금만 참을걸.'

쓸데없이 친절한 황제가 흥미로운 눈으로 캐서린을 닦달했다.

"캐서린이여, 괜찮다면 그 질문이 무엇인지 알려 줄 수 있겠는가? 한 명의 마법사로서 그대를 돕고 싶은 마음이로구나."

"정말 별것 아닙니다. 감히 폐하의 조언을 받을 만한 질문이 되지 못합니다."

말은 그렇게 했어도, 계속된 거절이 예의가 아님을 안다. 캐서린은 체자레를 따라 냅킨을 쥐며 대충 변명했다.

"정확히는 질문이 아니라… 체자레 전하께 용서를 구하고 있었습니다. 저 때문에 삐치셨거든요."

끼아악. 가까운 자리에서 까마귀 우는 듯한 울음이 들렸다.

"미친 거 아니야?"

누가 우는 건진 얼굴을 확인하지 않아도 뻔했다.

"체자레 대공께서 삐치셨다니? 대공께선 그럴 분이 아니에요, 파냐 영애. 그 대단한 착각에서 한시라도 빨리 벗어나세요!"

캐서린은 대답하지 않고 물로 입 안을 축였다.

그렇게 호들갑 떨 발언까지는 아니지 않나.

체자레에게 홀딱 빠져 시끄럽게 구는 모습은 동생 같기도 한데, 막상 나이는 그녀보다 대여섯 많은지라 귀여워할 마음이 들지 않았다.

식탁 위로 한차례 적막이 내려앉았다.

당사자인 캐서린과 체자레가 무덤덤한 반응인 반면, 체자레의 얼굴을 가만히 지켜보던 황제가 어처구니없다는 듯 미묘하게 입꼬리를 치켜올렸다.

"허어. 형제여, 캐서린 양의 주장을 부정하지 않는군. 대체 어쩌다 저 어린 아가씨에게 그 삐침이란 걸 당하게 된 거지?"

본인의 입으로 말하고도 믿기지 않는단 얼굴이었다.

하지만 정작 체자레는 만인지상의 황제가 어떤 소릴 하든 조금도 관심 없는 표정이었다. 고개를 돌려 캐서린을 스윽 한번 보더니 황제에게 말했다.

"보아하니, 이 자리의 모두가 나의 시답잖은 개인사에 관심을 보이는 것 같은데. 만찬의 쓸모가 다한 것 같으니 슬슬 파하는 게 어떻겠습니까?"

그 제안에 황제의 두 눈이 갸름하게 접혔다. 마치 흥미로운 염문설을 듣게 된 살롱의 귀부인처럼.

"이거, 아주 즐거운 일이 생긴 것 같구나."

"원하신다면 제가 먼저 일어날 수도 있고."

"아니, 그럴 필요 없어. 형제의 말이 옳다. 만찬은 여기까지 즐기도록 하지. 세이프란 그리고 모나트?"

황제의 부름에 사이 나쁜 이복 남매가 고개를 들었다.

"예."

"예, 폐하."

"회의가 열리는 사흘 후까지는 부디 사건 사고 없이 조용히 지내기를 바라마. 세이프란? 너는 짐과 함께 나가자꾸나. 더 자세한 이야기를 들어 봐야겠다. 형제와 한스, 둘 역시 함께하지."

"예."

지목된 인물들이 황제와 함께 우르르 나가고, 너른 만찬장에는 캐서린과 모나트 황녀만이 남았다.

'하필이면.'

정말 하필이면 이런 최악의 조합으로 남다니. 예의를 차리느라 먼저 일어날 수도 없고.

살이 다 에일 듯한 어색한 공기 속, 먼저 입술을 뗀 건 모나트 황녀였다.

"파냐 영애."

"네."

"체자레 대공께서 파냐 영애를 챙기신다고 너무 우쭐하지 마세요."

"네."

"이 모나트 황녀는 체자레 대공과 무려 스무 해가 넘도록 알고 지낸 사이입니다. 그분은 남을 가르치는 데 금방 싫증을 느끼시는 분이에요. 조언해 두지만, 나중에 내쳐지더라도 너무 실망하지 마세요."

"네."

"한 가지 경고를 더 덧붙이도록 하죠. 체자레 전하는 여인을 곁에 두지 않……."

"네."

"……습니다. 불온한 마음을 가졌다면 조용히 접는 게 당신을 위한……."

"네."

바라는 대로 얌전히 고개만 끄덕였을 뿐인데, 모나트 황녀가 세모눈을 하며 캐서린에게 윽박질렀다.

"지금 그게 무슨 태도지요? 내 말이 듣기 싫단 건가요?"

그럼 듣기 좋겠냐?

하지만 캐서린은 아닌 척 진실한 표정으로 고개를 저었다.

"그럴 리가 있습니까? 전하의 조언이 백 번 옳습니다. 뼈에 사무치도록 새겨 두어야겠어요. 오늘부터 잠들기 전에 백 번씩 되새기며 잠들도록 하겠습니다."

가문의 가훈으로 새기겠다는 말은 과한 것 같아서 뺐다.

그러나 캐서린의 순종적인 대답에도 모나트 황녀의 엉덩이는 의자에서 떼어질 줄 몰랐다. 그녀의 적의 가득한 시선은 캐서린의 얼굴을 뚫어 낼 기세였다.

'내 기를 누르고 싶은 모양인데.'

기 싸움은 귀부인들 사이에서도 흔했다. 가진 자들 사이에서 서열 정리는 본능이나 다름없었다. 로열패밀리 중의 로열패밀리인 모나트 황녀도 심하면 심했지 덜하지 않을 것이다.

현재 이테라나 제국에서 모나트 황녀보다 고귀한 여인은 없다. '인간 시절의 캐서린'이었다면 알아서 자신을 낮추었을 게 분명했다.

하지만 '대악마가 된 캐서린'에겐 통하지 않는 이야기였다. 샤그위드 2세처럼 위험한 대마법사라면 모를까.

이번에는 캐서린이 먼저 입술을 뗐다.

"안 들어가시나요?"

모나트 황녀의 목에 핏대가 섰다. 엉덩이 말고, 핏대만.

"파냐 양은 제대로 된 예법을 배워야 할 것 같군요."

여기서 더 예의 바르게 행동하라고? 무리한 요구였다. 그냥 싸가지 없는 X으로 소문나고 말지…….

"저 역시 그렇게 생각합니다. 지금 당장 방으로 돌아가서 예법 공부에 매진해야겠어요. 그런 의미에서 먼저 실례하겠습니다, 전하. 좋은 밤 보내세요."

나름 격식을 차린 인사를 남기고, 캐서린은 뒤도 돌아보지 않은 채 만찬장을 벗어났다.

확신하건대 모나트 황녀에게 밉보인 대가는 작지 않을 것이다. 앞으로 참석할 크고 작은 연회에서 따돌림을 당할 수도 있었다.

하지만 '대악마가 된 캐서린'에겐 신경 쓸 가치가 없는 이야기였다.

'어차피 다신 돌아갈 일 없는 세계니까.'

개 같으면 만찬장을 한번 무너뜨리지 뭐.

이럴 때는 인간이길 포기당해서 참 잘됐다는 생각이 든다.

그날 밤, 캐서린은 체자레를 자신의 꿈속으로 불렀다.

머릿속으로 막연히 그려 낸 만남의 장소는 익숙한 심해의 한구석이었다.

하지만 캐서린이 눈을 감았다 떴을 때, 그녀의 눈앞에는 어두운 바닷속이 아닌 가지만 남은 겨울 꽃나무들이 광활하게 펼쳐져 있었다.

어쩐지 익숙한 이 풍경. 은하수가 부서져 내리는 천구 아래에서 캐서린은 소리 없이 경악했다.

'여기는… 퍼시빌과 도망치자고 했던…….'

그때 등 뒤에서 부스럭거리는 소리가 들렸다.

「왜 안 죽였지?」

캐서린은 목소리가 들려오는 방향으로 몸을 돌렸다.

싸늘한 겨울바람 사이에 날렵한 초록빛 날이 보였다. 그 위의 동그란 눈동자, 단단해 보이는 갸름한 턱은 분명…….

「리바이어던.」

「말해라.」

「너 사마귀가 됐어.」

「그러는 넌 강아지풀이 되었군.」

천천히 다가오는 사마귀의 형상이 그렇게 흉측할 수가 없었다. 캐서린은 안구 보호를 위해 팔랑거리는 잎사귀로 눈(으로 추측되는 부분)을 가렸다.

왜 하필 사마귀인 거야?

설마 예전에 고양이로 변하느니 사마귀로 변하겠다고 마음먹은 일 때문에? 그런 결심이 이런 순간에 체자레에게 적용될 필요는 없는데!

쯧. 체자레가 짧게 혀를 찼다.

「뭐 하자는 거냐? 애들 장난하는 것도 아니고. 왜 안 죽였냐는 물음에 대답이나 해.」

농담이 아니었던 모양이다.

「그만 좀 물어봐. 베헤모스의 계약자를 어떻게 죽이라는 건데?」

「빌붙는 스토커 한 명 죽인다고 세상이 무너지지는 않아.」

「알았어. 다음에는 시도라도 할 테니까 거기까지만 재촉해.」

사마귀가 날카로운 앞발로 그녀를 가리키며 으름장을 내놨다. 진심으로 두려운 광경이었다.

「계속 그렇게 빈말만 하다간 내 손으로 직접 곤죽을 내 버릴 거다. 알아 둬.」

누구를? 설마 그 곤죽의 주어가 나는 아니겠지?

「변해도 하필 손가락만 한 잡초 같은 걸로 변하고선.」

그와 동시에 체자레의 외형이 백색 까마귀로 바뀌었다. 해양동물 외에는 다 혐오하는 줄 알았는데, 딱히 그런 것도 아니었구나.

두 다리로 총총 다가온 그는 밤바람에 가만히 흔들리고 선 캐서린에게 말했다.

「멍하니 서 있지 말고 올라타. 아니면 직접 물고 가 줘?」

까마귀 부리에 물려 비행하는 상상을 하려니 속이 다 메슥거렸다.

캐서린은 작은 멧밭쥐로 변해 체자레의 등 위로 올라타 깃을 쥐었다. 까마귀가 거침없이 날아올랐다.

별빛 아래에 펼쳐진 겨울의 땅은 차갑고 한적했다. 어디로 가는 걸까?

「이 근방에서 어비스랜드의 냄새가 나는군. 파냐 영지라 이곳으로 부른 거냐?」

캐서린은 긍정하는 척 입을 다물었다. 이곳에서의 기억을 체자레에게 말할 일은 죽어도 없을 것이다.

하늘을 가르는 까마귀의 꽁지깃 뒤쪽으로 까만 어둠이 뒤따랐다. 하필 보름달이 뜬 날이라 그런지, 빛이란 빛은 모두 집어삼키는 듯한 칠흑의 길이 더더욱 눈에 띄었다.

「리바이어던, 네가 지나간 하늘이 까맣게 젖고 있어.」

「다가오지 말란 의미로 내 흔적을 남기는 거다. 하찮은 것들이 뭣도 모르고 기웃거리면 귀찮아지니까.」

체자레가 조용히 뒷말을 덧붙였다.

「너는 아직 그런 것도 할 줄 모르는 건가.」

순간 욱하는 심정이 들었다. 그런 것도 할 줄 모른다니?

「할 줄 알거든? 잘 봐.」

캐서린은 꽃나무 가지보다 얇고 작은 맷밭쥐의 손을 펼쳐 하늘을 가리켰다.

'뒤쪽으로 공허의 기운을 조금… 조금 맞나? 조금 흩뿌리면 되겠지.'

이어서 체자레의 것과 유사한, 그림자처럼 어둡고 새까만 장막이 허공에 새겨졌다.

그리고 새겨진 동시에 바닥으로 추락했다.

'응?'

이윽고 지상에 떨어진 공허의 기운이 커다란 폭발을 일으켰고…….

콰아앙!

발가벗을 듯 밋밋한 겨울 산등성이에 커다란 구멍이 생겨났다. 황성 부지가 두어 개는 가뿐히 들어갈 어마어마한 크기로.

오. 재앙을 목격한 체자레가 감흥 없는 감탄사를 내뱉었다.

「나쁘지 않아. 폭력적이고 좋군. 악마들의 좋은 귀감이야.」

캐서린의 뺨이 드물게 발간빛으로 물들었다.

원래는 이런 일로 수치를 느끼지 않았는데. 꼴에 악마가 되었다고 없던 자존심이 쑥쑥 자라난 걸까.

다행히 체자레의 놀림은 거기까지였다.
「만찬에서 했던 이야기나 계속해 봐.」
캐서린은 순식간에 행해진 산등성으로부터 미련 없이 고개를 돌렸다. 좋아, 느낌 알겠어. 다음번에는 성공할 수 있을 거야. 아마도.

짧은 자기 위로를 끝내고, 황성에서의 만찬 이후 내내 생각했던 바를 입 밖으로 꺼냈다.
「이건 단순히 내 추측에 불과한데, 베헤모스가 우리를 속이고 있는 것 같아.」
체자레가 어떤 반응을 보일지 조금 긴장됐다. 대악마 사이에서 가장 어리숙한 그녀가 감히 이런 발언을 해도 되나 싶었기 때문이다.

하지만 까마귀의 반응은 담백했다.
「머리가 꽤 잘 굴러가.」
「누가?」
「너.」
아무래도 잘 때려 맞춘 모양이다.
「아. 음. 고마워.」
체자레가 픽 웃었다.
새대가리였기에 직접 두 눈으로 확인할 수 없었지만, 어쩐지 감격적으로 느껴지는 웃음이었다. 공허의 유지를 이은 후 처음으로 듣는 체자레의 웃음이었으니까.

그는 한참 만에 다시 입을 열었다.
「600년 전에 네게 했던 경고, 기억하나?」

체자레가 아닌 리바이어던의 입에서 600년 전의 이야기가 나오다니. 기분이 조금 오묘했다.
「떠나기 전에 반드시 부르라고 했던 말?」
「아니. 교황청을 조심하라고 했던 말.」
「기억나.」
어떻게 잊을 수 있겠는가? 아직도 바로 어제의 일처럼 눈앞에 생생한데.
「물론… 그때 네가 당부했던 것처럼 멀리 도망치지는 못한 것 같지만.」
생각해 보니 도망치지 못한 걸로도 모자라 선전 포고까지 해 버리고 말았다. 역시 악마의 인생은 마음대로 되지 않나 보다.
「그건 네가 인간이었을 때 해당되는 경고다. 공허의 지배자가 되었으니 놈들의 머리를 깨부숴도 모자라.」
조금은 난폭한 위로였다.
「체자레, 설마 600년 전부터 지금의 일을 예견했었던 거야?」
「예견이라 하기에는 조금 그렇군. 그 이야기는 나중에 하지.」
그들은 어느새 검푸른 밤바다 위를 날고 있었다. 바람이 거세, 하얗게 부서지는 파도가 먼 하늘에서도 보였다.
캐서린은 목적지도 모르는 채 유유히 항해하는 기분도 나쁘지 않다고 생각했다.
바닷바람의 틈새에서 체자레의 목소리가 들렸다.
「너도 알겠지만, 베헤모스는 이상하리만치 묵시록에 집착하고 있다. 그는 한때 묵시록을 소유했던 전 릴리스를 찾기 위해 적극적으로 소환에 임했지.」

캐서린은 체자레의 말에서 대악마들과의 만찬에서 눈에 핏발을 세운 채 윽박지르던 베헤모스를 떠올렸다.

'나만 없었으면 어머니로부터 묵시록의 이야기를 들을 수 있었을 거라고 소리쳤었지.'

베헤모스와 교황청의 목적은 동일하다.

묵시록을 얻는 것.

혹은 그에 관한 정보를 얻는 것.

더군다나 교황청의 경고를 되새긴 시점에서 베헤모스를 언급한다는 건…….

「역시 베헤모스와 교황청은 한 몸이었구나.」

설마가 악마 잡는다더니. 체자레는 가볍게 긍정했다.

「그래. 내가 릴리스호에 초대받은 이유는 그럴싸한 변명거리를 만들기 위해서였다. 굳이 내 비위를 건드리는 방법으로 소환된 것 또한 같은 이유라 할 수 있겠군.」

「그게 무슨 이유인데?」

「에덴에 발을 딛자마자 나를 만나 의심을 덜려 했던 거겠지. 오직 릴리스 때문에 소환에 응했단 주장을 피력하기 위해서.」

그러니까, 의심받지 않기 위해 선수 쳐서 변명했다 이거였다.

'너무 본격적인 것 같은데.'

베헤모스가 교황청과 손을 잡았다는 것도 놀랍지만, 계획을 위해 체자레까지 이용하려 했다는 점이 더 놀라웠다.

목숨이 안 아깝나 보다.

「다 알고 있었구나.」

새삼 감탄이 나왔다.

캐서린은 체자레(까마귀)의 목덜미로 기어 올라가 귀(로 추측되는 부위)에 대고 떠들었다.

「정말 똑똑해, 리바이어던. 어떻게 그렇게 똑똑할 수 있는 거야? 오래 살면 자연스럽게 지능이 올라가는 건가?」

내가 이토록 대단하다고 여긴 존재는 어머니와 할머니가 전부였는데.

심지어 체자레는 그보다 더 위였다. 아직까지 멀쩡히 살아 있고, 더 오래 살아갈 예정이니까.

체자레는 당연한 소리를 한다는 듯, 힐끔 눈동자만 굴려 그녀를 바라보다가 잔소리했다.

「떨어지니까 얌전히 좀 있어. 파도에 휩쓸리고 싶은 거냐?」

「저 파도도 리바이어던이라고 볼 수 있잖아. 전혀 무섭지 않아.」

이번에는 대답이 없었다. 고도가 조금 더 높아진 걸 봐선 기분 좋아진 것 같기도 했다.

갈수록 바닷바람이 강해져 눈을 뜨기 어려웠지만, 기분이 좋아 보이니 참기로 했다.

「그것 때문에 교황청을 멀리하라고 경고했던 거야?」

「아니.」

'그럼?'이라고 묻기 직전, 잘게 부서지는 파도 사이로 커다란 바위섬이 모습을 드러냈다.

체자레는 천천히 하늘길의 높이를 낮추었다.

점점 가까워지는 바위의 한가운데 작은 동굴 입구가 보였다. 세찬 파도가 칠 때마다 새까만 바닷물이 구멍 안쪽으로 밀려들어 갔다가 빠져나왔다.

이곳은…….

「익숙한 기운이 느껴져. 마치 마르구스 위에 선 기분이야.」

「나의 악마 소환진이 존재하는 구역이니까.」

몰아친 파도가 빠지는 사이, 날개를 뒤로 좁힌 체자레가 동굴 안으로 날아들었다.

고요하고 어두운 통로 끝에 한눈에 담기도 어려운 넓고 웅장한 공간이 나타났다.

신비로운 공간이었다.

천장에 뚫린 구멍으로 떨어진 달빛이 동굴 내부에 흐르는 물길을 비추었고, 수면에 반사된 빛은 동굴의 온 사방을 비추었다.

'마치 고대 유적지에 온 것 같아.'

군데군데 세워진 드높은 드래곤 형상의 조각상은 금방이라도 날개를 퍼덕일 것처럼 현실감이 넘쳤다.

함부로 발을 떼기엔 퍽 긴장되는 비밀스러운 영역이었다.

'그를 불러낸 건 나인데 어쩐지 이런 곳으로 끌려오게 됐네.'

이곳에 무슨 볼일이 있는 걸까?

본래의 모습으로 돌아온 체자레가 저만치 앞서 걸으며 재촉했다.

"릴리스. 이리로."

캐서린 역시 본래 모습으로 돌아가 그를 따랐다. 이윽고 그가 멈춰 선 땅 아래에 언뜻 익숙한 문양이 나타났다.

불길함을 자아내는 붉은빛의 마법진. 체자레의 악마 소환진이었다.

곧 소환진 위로 자그마한 무언가가 두둥실 떠올랐다. 체자레는 그 물건을 잡아채 캐서린에게 던졌다.

"받아라."

엉겁결에 받은 물건의 정체는 바로 반지였다.

그냥 반지가 아니라, 릴리스로부터 받았던 새하얗게 탈색되어 버린 장미 크리스털 은반지.

"네가 공허의 유지를 이은 후 계속 내 영역에서 벗어나려고 하더군. 너와 반지 사이에 인력이 생긴 것 같다. 새로운 릴리스를 주인으로 인식하는 모양이지. 도로 가져가."

쓸모도 다한 마도구를 어디에 쓰라고.

'하지만 시공간을 이동할 수 있는 물건이었으니까.'

마나의 뿌리는 이그드라실이다. 따라서 마나를 소모하는 모든 마법은 이그드라실이 정한 진리에 따라야 했다.

이그드라실은 마나의 시공간 이동을 금지시켰으므로, 시공간을 이동하는 마법은 존재할 수 없었다.

진리에 따르면 어머니의 반지는 상식적으로 세상에 존재할 수 없는 반지였다.

쓸모가 다하기는 했어도 가지고 있는 편이 좋을 것이다.

"이걸 주려고 데려온 거야?"

"겸사겸사."

순간, 동굴 내부를 비추었던 은은한 달빛이 자취를 감추었다. 얼마 지나지 않아 암흑으로 물든 공간에 작은 반딧불이 하나둘 모습을 드러냈다.

불빛은 허공을 떠돌며 거대한 그림을 그리기 시작했다.

거대한 에덴.

그 에덴을 지탱하는 커다란 뿌리와 가지.

그 가지와 뿌리로 이루어진 나무, 이그드라실. 그 나무가 자라난 세계…….

'우주구나.'

캐서린의 시선이 닿는 공간 곳곳에, 우주가 그려지고 있었다.

체자레는 우주 속 반짝이는 별을 응시하며 입을 뗐다.

"5천 년에 딱 한 시기. 묵시록이 세상에 모습을 드러낼 때가 있다."

이그드라실 위로 작고 하얀 별이 떠올랐다.

저게 묵시록인가 봐.

"이 시기에 세상은 한차례 큰 격변을 맞이하게 돼. 에덴과 불구덩이 그리고 공중 정원을 잇는 모든 통로가 강제로 개방되기 때문이지. 우리는 이 시기를 라그나로크라고 부른다."

라그나로크.

처음 듣지만 낯설지만은 않은 단어이다. 아마, 아직 완전히 흡수하지 못한 공허의 유지 속에 각인된 단어일 터였다.

윗세대의 유지를 완벽하게 받아들이기 위해서는 적잖은 시간이 필요하다. 때문에 체자레의 말을 이해하기 위해선 여러 번 머리를 굴려야 했다.

캐서린이 도통 납득하기 힘들다는 눈으로 질문했다.

"이그드라실이 그걸 허용한다는 거야?"

"묵시록은 이그드라실보다 상위 정신체다. 존재가 우주 그 자체이기 때문에 제아무리 이그드라실이라고 해도 복종할 수밖에 없어."

5천 년에 한 번씩 일어나는 대재앙.

이런 불안한 정보를 갑작스레 알리는 이유는 하나밖에 없을 것이다.

"곧 일어나는구나."

"그래. 마몬의 계산에 의하면 앞으로 5년 내에 이 라그나로크가 일어난다. 평화로운 에덴이 악마와 천사가 활보하는 살육의 땅으로 변하는 거지."

마몬이 그런 것도 계산할 줄 알아? 식물식 대화나 할 줄 아는 지독한 컨셉충인 줄 알았는데.

"교황청과 베헤모스의 목적은 바로 이 시기에 나타나는 묵시록을 얻는 걸 거다. 그리고 우주가 정한 운명에 관여하려 들겠지. 마치 자신들이 전지전능한 신이라도 된 양."

전지전능한 신.

'신이라.'

신이란 무엇일까?

어릴 때는 막연히 '무엇이든 할 수 있는 존재'로 인식했었는데, 체자레를 알게 된 뒤로는 마땅히 정의하기가 어려웠다.

사실, 캐서린에게 있어 신에 가장 가까운 존재는 눈앞의 체자레였다.

가장 강하고.

가장 똑똑하고.

가장 아름답고.

가장 부유하고. 물론 이쪽은 확신하지 못하지만.

모든 분야에서 최고라는 수식어를 갖다 붙여도 절대 어색하지 않을 존재.

그 이름 체자레 장 울드 크리스토퍼 어쩌고 저쩌고…. 양심상 인성 분야는 제외해야겠지만.

체자레는 캐서린이 조금의 위기감도 느끼지 못하고 있음을 알아챈 듯했다. 짧은 고뇌 끝에 가장 현실적인 예시를 들었다.

"그들이 운명에 관여하면 대악마라는 존재 자체가 사라질 수도 있다, 릴리스."

예시는 캐서린에게 가장 그럴싸하게 와닿았다.

앞으로 신은 체자레를 없앨 수 있는 존재로 정의해 두면 될 듯했다. 그리 여기자, 확실히 쥐똥만큼도 없던 위기감이 마음 한구석에서 슬그머니 솟아났다.

'교황청을… 불태워야 하나?'

그런데 태울 수 있기는 할까? 그게 가능하다면 진작 태워 버렸을 것 같은데.

그때, 바람 빠지는 웃음소리가 들렸다. 무슨 생각을 하는지 훤히 보인다는 투로 체자레가 말했다.

"그런 복잡한 표정은 관둬. 네게 뭘 하라고 말하고 있는 게 아니야. 그저 알아 두라는 거지."

어쩐지 한번 들어 본 소리 같은데.

성큼성큼 걸음을 옮긴 체자레가 코앞에 당도했다. 리바이어던의 냉혹한 시선이 아닌, 체자레의 온기 어린 시선이 그녀를 응시했다.

그는 캐서린의 머리, 그 근처 어딘가를 향해 자연스럽게 손을 뻗었다. 하지만 하얀 손가락 끝은 머리칼에 닿기 직전 우뚝 멈췄다.

이내 무슨 일이 있었냐는 듯, 아슬아슬하게 닿아 있던 손이 느릿하게 거두어졌다.

아쉬운 마음이 든 캐서린은 체자레를 올려다봤다.

무어라 표현하기 힘든, 미묘한 표정으로 굳어 있던 그는 곧 뚝뚝 끊기는 어조로 입을 뗐다.

"이상한 짓거리 할 생각 마. 그 스토커 새끼가 멀쩡히 살아 숨 쉬는 이상 널 계속 귀찮게 할 거 같으니, 미리 경고하는 거다."

아까까지만 해도 인간일 때 해당되는 경고라고 했으면서.

600년 전 마르스가 그녀에게 당부했던 말이 떠올랐다.

'그런 건 다른 녀석들이 알아서 하겠지. 너는 짐 싸 들고 어디 멀리 도망이나 가. 그러라고 알려 준 거니까.'

지금 체자레가 보이는 행동은 그때와 조금도 다를 바 없었다. 그때나 지금이나 캐서린을 걱정하는 것이다.

눈도 안 마주치려 했던 체자레가 이런 식으로 잔소리하는 때가 다 오다니!

'정말 많이 발전했다, 캐서린. 노력한 보람이 있었어!'

캐서린은 뿌듯한 마음으로 고개를 끄덕였다.

"경고 고마워. 여러모로 유익한 수업이었어."

묵시록. 아직도 정확하게 뭔지는 모르겠지만 무섭고, 그 묵시록을 노리는 자들도 조심해야겠다는 건 알겠다.

체자레는 바지 주머니에 손을 꽂은 채 말없이 캐서린을 바라봤다.

어쩐지 지독하게 평온한 표정이라 캐서린 역시 아무 말 하지 않고 눈을 마주했다.

평소와 조금 다른 반응이라고 생각했다. 본래 이쯤이면 가소롭다는 듯 혀를 찬 체자레가 제멋대로 사라질 타이밍일 텐데.

"솔직히 오늘은 네게 꽤 놀랐다, 릴리스."

그 말에 더 놀란 캐서린이 반사적으로 되물었다.

"어느 부분에서?"

"강함."

한 발자국 더 깊게 다가온 체자레가 천천히 허리를 숙였다.

고작 손바닥 반 뼘 되는 거리에서 그의 얼굴이 멈추었다. 체자레의 코끝이 얼마나 유려하게 생겼는지 확인할 수 있을 만큼 가까운 거리였다.

"이것 봐. 나를 코앞에 두고도 그다지 겁을 집어먹지 않잖아?"

그는 두 눈을 얇게 뜨고 탐색하는 캐서린의 얼굴을 훑었다.

"딱 너 때의 다른 녀석들은 이 정도만 다가와도 몸이 바짝 굳어 꼼짝하지 못했지."

캐서린 또한 입술이 굳어 꼼짝하지 못했다.

그의 지적대로 캐서린의 몸은 이전처럼 사시나무 떨리듯 떨지 않았다. 물론 압박감이라는 게 여전히 존재하기는 했다.

하지만 이전처럼 숨이 틀어막힐 정도로 고통스럽지는 않았다. 목숨에 위협을 가할 존재가 아님을 알아서일까? 캐서린은 그 압박감조차 점점 익숙해지고 있었다.

"너는 달라. 공허의 유지가 갖는 특이성인가? 힘을 기르기까지 앞으로 200년은 더 기다려야 할 줄 알았는데, 바보 같은 생각이었군."

천천히 팔을 뻗은 체자레가 캐서린의 어깨를 감싸 안듯, 부드럽게 당겼다.

기다란 손가락이 어깨선을 타고 올라가 그녀의 뒷목을 잡아끌었다. 절대 놓치지 않을 거란 의지가 만연한, 그답지 않게 우악스럽고 단단한 손길이었다.

"하지만 아직도 멀었어. 멀어도 한참 멀었지."

온몸의 털이 쭈뼛 서는 기분이었다. 늪의 바닥에서 기어 올라온 진득하고 거친 음성이 귓가에 때려 박혔다.

"너는 더 성장해야 해, 어리숙한 악마여. 내가 머리부터 발끝까지 씹어 삼키려 해도 멀쩡히 버틸 수 있을 때까지."

그의 엄지가 귀 뒤쪽을 부드럽게 쓸어내렸다.

귓불에 닿아 오는 한기가 가슴을 울렁거리게 했다. 본능적으로 한 발자국 물러서려 했지만, 단단하게 고정된 체자레의 팔이 한 치도 허용하지 않았다.

금방이라도 체자레의 눈 속으로 집어삼켜질 것 같았다.

다만 이 위기감은 대악마로서 느꼈던 본능적인 경계와 조금 달랐다.

조금 더 깊고 음습하며, 마치 캐서린이라는 존재 자체의 소유권을 빼앗아 가려는 것처럼…….

"너 하나만 보고 600년이나 기다렸는데 고작 앞으로의 몇 년을 문제라 할 수 있을까."

돌연 손을 놓은 체자레가 캐서린에게서 멀어졌다.

한 발자국 뒤로 물러선 그는 이 음산한 공간과 어울리지 않게 퍽 산뜻한 미소를 짓고 있었다.

이 꺼림칙한 느낌은 체자레를 처음 보았을 때 느낀 감정과 유사했다. 습관처럼 보이는 그림 같은 미소. 그 미소 너머에서 풍겨오는 속을 알 수 없는 저의.

지금의 체자레는, 마치 그날의 낯선 체자레처럼 보였다. 그래서 캐서린은 묻지 않을 수 없었다.

"네게 있어 나는 뭐야?"

체자레는 망설임 없이 일축했다.

"말 못 해."

그의 형체가 안개처럼 흐릿해지기 시작했다. 도망가는 거냐고 묻고 싶었지만, 그리하지 않았다.

체자레는 상대가 그 무엇이든 겁먹고 도망갈 악마가 아니었다. 캐서린을 위해 참는 것이라면 모를까.

"그럼… 부디 평안한 밤 보내기를. 캐서린 파냐 양."

흩어지는 체자레의 웃음이 조금은 씁쓸해 보인다고 생각했다.

다음 날.

폰 이테라나에는 그해 첫눈이 내렸다. 전날과 확연히 다른 우중충한 빛의 하늘과 회색빛 먹구름에서 하얀 눈이 쏟아져 내렸다.

그래. 그야말로 평평 쏟아져 내렸다. 정오가 되기 전, 손가락 한 마디 두께의 눈이 쌓일 정도로.

캐서린의 주위를 빙글빙글 돌던 야옹이가 고심 어린 눈으로 고개를 저었다.

「흠. 이 정도로는 안 되지. 뼈도 못 추릴 것처럼 허약해 보이지. 좀 더 강력하고 무섭게 보여야 하지!」

오늘은 볏짚 머리와의 결투가 예정된 날이었다.

당사자인 캐서린이 고뇌에 빠져 있을 동안, 느긋하게 늦잠을 잔 야옹이가 부산스럽게 움직였다.

「이쪽이 더 삐죽삐죽해야 하지. 으휴. 목숨을 건 대결에서 기선제압이 얼마나 중요한데, 캐서린은 유유자적하기만 하지. 으휴. 내가 신경 써서 그나마 좀 나은 거지. 으휴. 캐서린은 나 없으면 아무것도 못 하지.」

"맞아, 야옹아. 신경 써 줘서 고마워."

「으휴. 으휴. 으휴.」

야옹이는 한숨을 쉬며 캐서린의 뒷머리를 끝없이 그루밍했다. 덕분에 차분했던 머리가 갈수록 망가지고 있었는데, 정성 때문이라도 차마 그만두라 할 수 없었다.

정확히는 신경 쓸 여력이 없었다는 게 더 맞는 표현일 테다.

어젯밤 체자레에게서 돌려받고, 잠들기 직전 마르구스에게 맡겨 두었던 그 반지의 정체가 너무나도 꺼림칙했기 때문이다.

체자레는 말했다.

'묵시록은 이그드라실보다 상위 정신체다. 존재가 우주 그 자체이기 때문에 제아무리 이그드라실이라고 해도 복종할 수밖에 없어.'

그리고 어머니가 준 반지에는 우주의 법칙을 거슬러 시공간을 초월하는 힘이 있었다.

그 말은 즉, 이그드라실보다 상위 정신체의 마도구라는 의미였다.

'설마 이 반지…….'

어쩐지 싸늘하다. 가슴에 비수가 날아와 꽂힌다.

'설마 이 반지가 묵시록인 거 아니야?'

꽤 그럴싸한 가정이었다. 하지만 체자레를 생각하면 확신할 수 없었다.

베헤모스와 교황청의 음모를 알리기 위해, 지극히 개인적인 공간으로까지 초대한 체자레였다.

캐서린을 이제 막 털갈이를 시작한 병아리쯤으로 여기는 그가 묵시록처럼 위험한 물건을 맡길 리 없었다. 아닌 척 빼앗아서 깊은 지하에 숨긴다면 모를까.

'묵시록과 관련된 무언가라면 몰라도, 묵시록 그 자체는 아니야.'

그래서 캐서린은 어머니의 반지를 마르구스 안에 처박아 두었다. 아무도 찾지 못하도록.

적어도 당분간은 괜찮겠지.

「짜잔! 이 정도면 꽤 멋지지. 어디 가서 기죽을 일은 없을 거지.」

기세등등한 야옹이의 말을 듣고 거울 앞에 섰다.

흠. 개털이네.

"좋아. 이제 갈까?"

「쿵쿵. 볏짚 머리의 고통에 차 우는 목소리가 벌써부터 들리지.」

캐서린은 야옹이를 가방에 넣고 방을 나왔다.

문이 열리자마자 바로 앞에 서 있던 데미안이 꽤액 하며 울었다. 캐서린과 볏짚 머리의 결투를 뒤늦게 전해 들은 모습이었다.

"아가씨, 미치셨습니까? 예? 삶이 너무 지루해서 미친 짓거리를 하지 않고는 살 수가 없으세요? 역시 그러신 거죠?"

「조용히 좀 하지. 촌닭 데미안은 궁중 예절이 없지.」

"브라운 엡솔루가 비록 개새끼에 주제 파악 못 하는 등신이라고 해도, 아가씨가 몸소 상대할 필요는 없단 말입니다. 놈은 엡솔루 백작 가문의 장남이에요. 멍청하게 생겼어도 무려 황실 기사단의 일원……."

"데미안."

고개를 돌려 데미안과 얼굴을 마주했다.

그거참 시끄러워 죽겠네. 불안함을 감추지 못한 채 졸졸 쫓아오기 바쁜 이 갈색 머리 똥개를 안심시켜야 할 것 같았다.

"버스퍼필드에서의 일을 벌써 잊었어요? 나 캐서린 파냐예요. 어디 가서 뒤처지는 실력의 마법사가 아니야."

데미안은 드물게 당황한 낯으로 더듬더듬 반박했다.

"항상 제 얼굴만 보셔서 착각하시는 것 같은데, 황실 기사단은 제국의 정예 기사단입니다. 아무리 그래도 아직 입문 마법사인 아가씨가……."

"입문 마법사가 아니라 초보 마법사."

"예에, 예. 초보 마법사인 아가씨가 브라운 엡솔루를 이길 수는 없단 말입니다."

"걱정 마요, 데미안. 나를 믿어요. 곱게 줘 패서 기사단 문 앞에 거꾸로 매달아 둘게요."

허억. 데미안이 숨을 집어삼키며 고개를 저었다.

"그, 그것도 문제라면 문제입니다. 녀석은 엡솔루 백작 가문의 장남이라고요. 유서 깊은 가문의 후계자인데……."

"나는 무슨 부모 없는 고아인 줄 알아요? 내 뒤에도 파냐 가문이 있어요. 데미안이 좋아 죽는 북부 사신이 내 조모란 사실을 잊은 건 아니죠?"

"물론 알고 있습니다. 하지만……."

"뭐가 문제예요, 데미안."

걸음을 멈춘 캐서린이 데미안과 시선을 마주했다. 이토록 안절부절못하는 데미안은 처음이었다.

그들은 어느새 연무장 코앞까지 도달해 있었다. 눈이 펑펑 내리는 탓인지, 손님들로 북적북적했던 어제에 비해 황성의 분위기가 고요했다.

"내가 당신을 대신해 나서는 게 미안해서 그래요?"

데미안은 길게 한숨을 내쉬었다.

좋으면 좋은 대로, 싫으면 싫은 대로 흘러가는 게 일상이었던 그가 이토록 열심히 캐서린을 붙잡다니.

"솔직히 말하면 그렇습니다."

마른세수를 한 데미안이 축 처진 목소리로 말을 이었다.

"비록 짧은 기간에 불과하지만, 아가씨는 제가 지켜야 할 분입니다. 고귀한 파냐 영애께서 고작 호위 기사를 위해 나선단 소문이 돌면 얼마나 많은 사람들이 조롱하겠습니까?"

지금 누가 누구를 지킨다는 건지.

단련된 최정예 기사, 브라운 엡솔어쩌고.

사실 캐서린에겐 조금도 특별한 일이 아니었다. 솔직하게 말하자면 오늘의 이벤트는 복수를 위한 초석이나 다름없었다.

"내가 남들의 시선을 신경 썼다면 오를레앙에서 나오지도 않았을 거예요."

캐서린은 활짝 열린 연무장의 문 안으로 발을 디뎠다.

"그러니까 그냥 닥치고 구경이나 해요. 난 내가 하고 싶은 일은 반드시 해야겠으니까."

구경꾼은 다소 아쉬운 마음이 들 정도로 적었다. 군데군데 떨어져 앉은 머릿수를 다 세어도 일곱을 겨우 넘겼다.

'그때 퐁파두 마담과 함께 있던 마법사들이 열심히 떠들고 다녔을 거라 생각했는데.'

황성 사람들의 입이 생각보다 더 무거운 건지, 아니면 구경꾼의 수를 제한한 건지 알 수 없었다.

볏짚 머리는 연무장에 가장 가까운 좌석에 앉아 같은 황실 기사단으로 보이는 남자와 시시덕거리고 있었다.

「원래 죽기 직전이 가장 행복할 때지.」

"죽이지는 않을 거야."

「엥? 죽음 없는 결투는 결투가 아니지! 인간들은 정말 겁쟁이 찐따지!」

찐따라는 말은 대체 어디서 배운 거야?

뒤늦게 따라 들어온 데미안이 한숨 섞인 목소리로 대신 대답했다.

"죽일 수 있었으면 내 손으로 죽여 놓고도 남았다, 고양아."

그는 설득하기를 포기한 듯했다. 원래 똥고집은 똥고집을 알아본다고, 캐서린이 마음을 바꿀 일은 없다는 걸 깨달은 모습이었다.

캐서린 일행을 알아본 볏짚 머리가 이상하리만치 뻣뻣하게 굳은 자세로 다가왔다.

그는 앞에 선 캐서린이 아닌 데미안을 바라보며 이죽거렸다.

"어이, 데미안. 너는 쪽팔리지도 않냐? 곱게 자란 파냐 양을 방패로 삼은 주제에 뻔뻔한 낯짝을 잘도 들이민다? 응?"

데미안은 보란 듯이 볏짚 머리를 무시하고 캐서린을 향해 따봉을 했다.

"파이팅입니다, 아가씨! 아까 말씀드리지 못했지만, 제 진심은 저놈이 고자가 되는 겁니다. 그냥 알아만 두시라고요."

"뭐? 기사의 수치나 다름없는 새끼! 어디 가서 황실 기사단이라고 떠들 생각 마……."

볏짚 머리의 목청이 커질 무렵, 무거운 음성이 그들 사이를 가로막았다.

"그만."

황실 기사단 정복을 걸친 남자는 데미안보다 아주 살짝 작았다.

가볍게 묶어 어깨 아래로 흘러내린 검은 장발은 언뜻 기사보다는 학자에 가까워 보이는 인상을 남겼다.

남자는 슬금슬금 걸음을 옮기는 데미안을 향해 일갈을 날렸다.

"골칫거리 데미안 경, 거기서 한 발자국 더 움직이면 두개골을 양쪽으로 쪼개 주마."

그 한마디는 캐서린에게 꽤 깊은 인상을 남겼다.

리바이어던만큼 위협을 잘하는 인간이 있었다니!

살기 어린 눈빛으로 데미안의 자리를 원상 복구해 놓은 남자가, 곧 부드러운 미소를 지으며 캐서린과 눈을 맞추었다.

"만나게 되어 반갑습니다, 파냐 영애. 저는 황실 기사단장 베르세르트 윌리암입니다."

샤그위드 2세의 검, 초월자 베르세르트 윌리암.

'설마 이 남자가 끼어들 줄이야.'

그의 명성은 귀가 닳도록 들었다. 베르세르트는 가장 최근에 초월자의 경지에 오른 인물로, 파냐 후작보다 스무 살은 많았지만 서른 후반의 외모를 유지하고 있었다.

"저야말로 만나게 되어 반가워요, 윌리암 경."

베르세르트는 캐서린의 손등에 짧게 입을 맞추며 말했다.

"베르세르트라 부르셔도 됩니다. 그 작던 파냐의 아가씨가 이리 장성해 어엿한 숙녀가 되다니, 제가 다 감개무량하군요. 모자란 데미안의 보호자 노릇을 하고 계신다고 들었습니다. 그의 상관으로서 감사드린단 말밖에 드릴 말씀이 없습니다."

귀족 세계에는 캐서린은 모르지만 캐서린을 아는 어른이 꽤 많다. 특히 파냐 후작과 가까운 고위 귀족은 열이면 열 베르세르트와 똑같은 안부 인사를 건네곤 했다.

머리가 큰 이후부터는 제도가 아닌 오를레앙 근방의 큰 도시에서만 사교 활동을 했으니, 당연한 일이었다.

"아니에요. 데미안 경은 부족하지만 든든한 기사인 걸요. 지금

이 아니면 제가 언제 부족한 황실 기사를 호위 기사로 부릴 사치를 누리겠어요? 데미안 경은 부족한 기사이지만 저의 좋은 친구이기도 해요."

"부족하단 말을 대체 몇 번 강조하시는 겁니까? 제가 이래 봬도 나름 대졸자란 말……."

"입 닫아라, 데미안 경. 경을 대신해 결투에 나선 파냐 영애께 어디 감히 말대답이냐? 저기 가서 조용히 찌그러져 있어."

역시 기사단장! 데미안은 찍소리도 못 하고 좌석 쪽으로 도망갔다. 캐서린은 그가 자리를 옮기기 전에 급히 야옹이가 든 가방을 건넸다.

누구 하나 죽일 듯한 표정으로 데미안을 꾸짖은 베르세르트가 천사 같은 얼굴로 캐서린을 바라봤다.

"오늘 결투는 이례적으로 비공개로 진행하려 합니다. 다른 이유는 없고, 회의 일정에 따른 미연의 사고를 방지하기 위해서니 이해해 주시길 바랍니다."

아, 그래서 사람의 수가 적었구나.

"감사합니다, 베르세르트 경. 황성 수호로 바쁘실 텐데 나와 주실 줄 몰랐어요."

"부득불 참관하겠다는 분들이 계신 터라, 차마 모른 체할 수 없더군요."

말을 하며 그가 좌석 쪽으로 고개를 틀었다.

데미안을 포함한 황실 기사 두 명 외 세 명의 외부인이 참관한 상태였다.

체자레 장 울드 크리스토퍼 대공.

지오반느 버스퍼필드.

낯선 금발의 남성.

평범한 귀족 영애와 황실 기사단 결투의 참관인 목록치고는 쓸데없이 화려했다.

'볏짚 머리가 딱딱하게 굳어 있던 이유가 있네.'

캐서린은 안 보는 척, 곁눈질로 체자레와 지오반느 사이를 훑었다. 거의 반대편에 앉은 수준으로 멀찍이 떨어져 있었지만 신경전이 치열했다.

'지오반느는 대체 왜 온 거야? 괜히 신경 쓰이게.'

한숨이 절로 나왔다. 베르세르트는 그런 캐서린의 반응을 긴장으로 받아들인 듯했다.

"너무 떨지 마십시오, 파냐 영애."

"안 떠니까 걱정 마세요. 어차피 3분이면 끝나요."

자신이 가꾼 기사단이 모욕당한 것이나 마찬가지인데, 베르세르트는 호쾌한 웃음으로 답했다.

"역시 파냐 후작 각하의 핏줄다운 대범함입니다. 우리 기사들이 보고 배웠으면 좋겠군요."

격려를 마친 베르세르트가 다시 딱딱하게 굳은 표정으로 볏짚 머리를 바라봤다.

"이 결투를 마지막으로 더 이상 데미안 경과 마찰이 없기를 바란다, 브라운 엡솔루 경. 내 말을 이해했겠지?"

"예, 단장. 명심하겠습니다."

"자리로 가도록."

캐서린을 한 번 노려본 볏짚 머리가 쌩하니 등을 돌렸다.

사실 이 자리에서 잃을 게 가장 많은 사람은 누가 봐도 볏짚 머리였다.

제국에서 단 33명만이 서임받을 수 있는, 청년 귀족 최고의 명예인 황실 기사.

그런 명예를 등에 업고 앞으로 5분 안에 역대 최고의 수치심을 만끽할 예정이지 않은가?

캐서린이 지정된 자리로 도착하자, 근방에 앉아 있던 체자레가 그녀 곁으로 다가왔다. 캐서린은 연무장과 분리된 벽 위로 턱을 괸 체자레를 향해 다소 어색한 첫마디를 건넸다.

"설마 직접 보러 올 줄은 몰랐어요."

어젯밤, 귓가에 달라붙던 나직한 저음이 아직도 머릿속을 울리는 듯했다.

평소라면 신경 쓰지 않았을 텐데 오늘은 이상하게 체자레의 얼굴을 마주하기 껄끄러웠다.

부끄러운 건지, 아니면 단순히 낯설게 느껴지는 건지. 캐서린 본인도 확신할 수 없었다.

체자레는 부드럽게 대답했다.

"이 결투의 증인인 내가 안 오면 누가 옵니까?"

"그것도 그러네요."

"게다가 무려 내 하루가 걸린 내기인데, 모르쇠로 일관할 순 없지."

자연스레 올라가는 입꼬리가 어쩐지 낯설다.

이제 캐서린을 밀어 내기는 포기한 것일까? 예전의 체자레처럼 장난스러우면서 상냥한 미소였다.

느릿하게 눈을 감았다 뜬 체자레가 캐서린에게 시선을 고정한 채 물었다.

"지오반느 버스퍼필드는 당신이 초대한 겁니까?"

캐서린은 극구 부인했다.

"아니요. 나는 결투에 대해 떠들고 다니지 않았어요."

지오반느는 높은 확률로 캐서린의 정체를 알고 있는 인물이었다. 그토록 꺼림칙한 자를 초대할 정도로 캐서린의 담이 큰 건 아니었다.

"스승으로서, 라는 건가."

나직한 혼잣말과 함께 체자레의 미소가 더 짙어졌다.

"당신 주위에는 마음에 들지 않은 것투성이군요."

그렇다니 미안하네.

체자레를 뒤로하고 볏짚 머리를 향해 몸을 돌렸다. 둘 사이에 선 베르세르트가 양쪽을 향해 고개를 끄덕이고 멀리 비켜섰다.

명예를 건 결투.

'정말 안 떨린다.'

별 해괴한 일들을 다 겪어 왔기 때문일까? 차라리 야옹이의 눈썹 털을 미는 게 더 긴장될 것 같았다. 한 발자국 앞으로 나온 볏짚 머리가 선심 쓴다는 듯 말했다.

"명예로운 황실 기사단의 단원으로서, 파냐 영애께 선제공격을 양보하겠습니다."

캐서린은 곧장 고개를 끄덕였다.

"좋아요. 난 호의는 거절하지 않는 주의라."

무언 마법으로 팬티까지 발가벗겨 버릴까 고민하던 캐서린은 곧 적당히 인간스러운 마법을 사용하는 쪽으로 마음을 바꾸었다.

초월자인 베르세르트가 함께하는 자리인 만큼 가능한 조심하는 게 좋을 거라 여겼다.

"마르구스"

연무장 바닥 위로 흑색 마법진이 나타났다. 마법진을 뚫고 뻗어 나온 칠흑 같은 안개로 이루어진 사슬이 볏짚 머리를 구속했다.

악마와 계약한 마법사는 크게 두 가지 분류의 마법을 구사한다.

계약한 악마를 소환하는 것이 첫 번째, 계약한 악마의 마나를 이용해 직접 마법을 사용하는 것이 두 번째였다.

혹시나 싶었는데, 악마 소환진 또한 계약된 악마로 분류되는 모양이었다.

체자레가 밥 먹듯 부리는 무언 마법은 일정 이상의 경지를 이룬 상위 마법사만이 보일 수 있는 힘이다.

그나마도 얼마 없는지라, 그 이상의 마도학적 재능을 보이는 자를 보통 반초월자의 경지에 이르렀다고 표현한다.

마법사 중에선 자신의 힘을 과시하기 위해 악마의 진명을 최대한 작게 읊어 무언 마법인 척하는 경우도 적잖았다.

"흐읍!"

우렁찬 기합과 함께, 횡으로 그어진 검날이 흑색 사슬을 베어냈다.

틈이 생길 때마다 거리를 좁히려는 볏짚 머리에게 지속적으로 군중 제어 마법을 걸었다.

캐서린을 향해 뛰어든 두 다리는 끊임없이 기어 나오는 사슬에 붙잡혔고, 거침없이 뻗어진 검은 보호막에 가로막혔다.

볏짚 머리의 검술은 군더더기 없이 깔끔했다. 하지만 캐서린에게 닿는 건 거친 기합과 숨소리가 전부였다.

기사와 무위를 겨루는 건 이런 느낌이구나.

'어떻게 이렇게 지루할 수가 있지?'

이 상태로 5분이 더 흐르면 쥐도 새도 모르게 잠들 수 있을 것 같은데.

당장 데미안이 결투 상대일 때의 그림을 상상해도 이 정도로 무료하진 않을 듯했다. 아무리 기사단 내에서도 실력 차이가 극심하다지만, 상대는 무려 황실 기사단이지 않은가?

'상대가 데미안이었다면 훨씬 즐거웠을 것 같은데.'

그런 생각이 들고 나서야 캐서린은 자신이 예상한 것 그 이상으로 인간이 나약한 존재임을 인지했다.

그녀는 볏짚 머리의 얼굴을 면밀히 살폈다.

볏짚 머리는 당황하고 있었다.

이토록 흔하고 뻔한 군중 마법과 방어 마법을 뚫어 내지 못하는 스스로를 믿지 못하는 것 같기도 했다. 예리함이 사라진 움직임은 시간이 흐를수록 더 거칠어지기만 했다.

'데미안이었다면 더 침착하게 관찰했을 텐데.'

기사와의 대결이라는 게 어떤 느낌인지 충분히 알았으니, 이 이상 시간 끌 필요는 없을 듯했다.

"그럼, 이제… 「**마르구스**」."

사슬의 굵기가 배로 두터워졌다.

캐서린은 마력을 쏟아 넣어 사슬의 강도를 높였다. 통나무 굵기만 해진 사슬은 볏짚 머리의 몸을 옴짝달싹 못 하게 끌어안았다.

"커헉!"

데미안보다 나은 부분이라곤 기껏해야 자만심밖에 없는 주제에, 이토록 거슬리게 굴다니.

"지금부터 복창하세요, 볏짚 머리 경."

짜증이 났다.

"나는 앞으로 캐서린 파냐 앞에 나타나지 않는다."

크윽. 볏짚 머리가 덜덜 떨리는 손으로 미끄러지려는 검 손잡이를 다시 그러쥐었다.

캐서린은 어깨를 으쓱이며 볏짚 머리의 전신을 더 강하게 옥죄었다.

"안 들리는 것 같은데."

챙강. 기사의 손에서 떨어진 검이 바닥을 굴렀다.

볏짚 머리는 새하얘진 안색으로 더듬더듬 입술을 뗐다. 굴욕적인 표정이었다.

"나, 나는 앞으로 캐, 캐서린 파냐 앞에 나타나지 않는다."

캐서린은 잘했다는 의미로 대충 고개를 주억였다.

"나는 앞으로 데미안 로드리아 앞에서 깔짝대지 않는다."

볏짚 머리가 입술을 악물며 고개를 푹 숙였다.

자존심이 무너진 눈이었다. 데미안의 다리 사이를 네 발로 기어가라 해도 저런 표정은 짓지 않을 것 같았다.

너무 갔나 싶었지만 무를 마음은 없었다. 솔직히 말해서, 데미안도 이 정도로 짓밟으면 부담스럽게 여길 수…….

"하하하하! 더 크게 말해 이 자식아! 이 패배자 새끼! 촉수에 걸린 볏짚 머리 개똥벌레!"

괜한 걱정이었다. 고객 만족 100%인가 보다.

'좋아하니 더 마음껏 괴롭힐 수 있겠네.'

울음인지 아닌지 분간하기 어려울 정도로 빠르게 숨을 몰아쉰 볏짚 머리가 한참 만에 입을 열었다.

"나, 는…….''

옳지, 옳지.

"나, 나는 앞으로……."

대답이 느리다. 캐서린은 사슬의 강도를 조금 더 높였다.

볏짚 머리의 몸이 뭍에 나온 생선처럼 퍼덕였다. 울분에 차 있던 눈동자가 서서히 초점을 잃기 시작했다.

"나는… 앞으로… 데미안 로드리아 앞에서 깔짝대지…….''

"캐서린 파냐 영애."

볏짚 머리가 말을 마치기 직전이었다. 조용히 그들을 관망하고 있던 베르세르트가 나직한 음성으로 캐서린을 불렀다.

나 참. 이제 막 다 말하려던 시점에.

베르세르트는 미약한 동요도 느껴지지 않는 시원시원한 표정으로 캐서린에게 제안했다.

"승자가 정해진 것 같습니다. 승자의 권한인 자비를 베풀어 주시는 게 어떻습니까?"

자비.

시선을 돌려 볏짚 머리의 상태를 확인했다.

축 늘어진 모습이 마치 바닷바람에 건조 중인 육포 같았다.

'기절한 건가?'

캐서린은 군말 없이 마법을 해제했다.

뭐, 바라던 결과는 얻었으니까. 굳이 고집 부려서 초월자인 베르세르트의 적의를 얻고 싶진 않았다.

"우우우!"

베르세르트는 데미안의 야유 소리를 듣는 척도 하지 않으며 곧장 볏짚 머리의 상태를 확인했다.

"대단하군."

자존심은 죽었어도 사지는 멀쩡하단 사실을 확인했는지, 캐서린의 어깨를 두들기며 그녀의 무위를 정중하게 치켜세웠다.

"과연, 체자레 전하께서 탐내실 만한 인재로군요. 이테라나 제국에 새로운 별이 뜨는 것도 머지않은 일 같습니다."

진중하던 눈에 언뜻 생기가 도는 걸 봐선 무인들은 역시 거기서 거기구나, 하는 생각이 들었다.

바닥에 엎어진 볏짚 머리에게선 그 어떤 인기척도 느낄 수 없었다. 그 꼴을 다시 한번 눈에 담은 캐서린은 묘한 기분을 느꼈다.

'내가 정말로 악마가 되긴 했구나.'

타인의 신체를 훼손해 놓고 아무런 죄책감이 들지 않는다니.

예전이었다면 상상도 못 했을 일이었다.

'나 스스로도 변했다는 게 느껴지는데, 데미안에게는 더 낯설게 느껴지겠어.'

캐서린은 힐긋 데미안의 표정을 확인했다.

그는 파냐 후작을 만났을 때와 비슷한, 부담스러울 만큼 반짝이는 눈으로 캐서린을 바라보고 있었다. 이리 오라고 손짓하면 금방이라도 꼬리를 흔들며 달려올 것 같았다.

역시 괜한 걱정이었네.

그때였다.

집중하지 않으면 인지하지 못할 작은 웃음이 캐서린의 귓등을 때렸다. 그 단 한 번의 웃음에 캐서린의 미친놈 판별 레이더가 바짝 곤두섰다.

이런 또라이 같은 웃음소릴 가진 사람은 캐서린이 알기로 딱 두 명밖에 없었다.

대악마 루시퍼 그리고 퍼시빌.

"흐음. 꽤 하는데?"

해당 인물이 전자가 아닌 후자임을 다행이라 여겨야 할지, 아니면 더 최악이라 여겨야 할지 판단하기 어려웠다.

딱히 큰 목소리가 아니었음에도 퍼시빌의 음성은 연무장을 한가득 채우고도 남았다.

대체 어디서 나타난 것일까.

느긋한 걸음으로 쓰러진 볏짚 머리 옆에 선 남자가 캐서린을 향해 턱을 까딱였다.

"어때, 파냐 영애. 나도 영애의 놀라운 무위를 경험해 보고 싶어서 말이지. 한 수 배워도 될까?"

되겠냐?

'집착할 일 없다더니.'

개소리인 건 진작 알았지만, 아무리 그래도 하루 만에 태도를 바꿀 줄이야.

지끈거리는 관자놀이를 누르는 동안, 등 바로 뒤쪽 좌석으로 후다닥 다가온 데미안이 목을 길게 뺀 채 속삭였다.

"그, 아가씨? 이건 단순히 제 의견입니다만… 튀는 게 어떻습니까?"

「미친놈이 죽지 않고 또 왔지.」

캐서린 역시 그럴 참이었다. 예로부터 미친놈은 상대하는 쪽이 손해라고, 특히 퍼시빌처럼 오라 자체가 다른 진통 또라이는…….

'……아.'

한탄하느라 잠시 잊고 있던 존재가 뇌리를 스쳤다. 캐서린은 고개를 확 젖혀 체자레를 확인했다.

다리를 꼰 채 미동도 없이 연무장을 내려다보는 체자레의 얼굴은 캐서린에게 사뭇 낯설었다. 어쩌면 릴리스로서 체자레를 마주했던 날보다 더. 무감정한 푸른색 눈동자가 오롯이 퍼시빌에게 고정되어 있었다.

"침묵은 긍정. 맞지?"

퍼시빌의 얼굴 위로 서늘한 미소가 떠올랐다. 누가 미친놈 아니랄까 봐 논리 회로도 제정신이 아니었다.

가만히 상황을 지켜보던 베르세르트가 연무장 중앙으로 나서며 퍼시빌을 제지했다.

"베네딕토 경, 캐서린 파냐 양과 브라운 엡솔루 경은 명예를 걸고 결투에 임한 것이오. 시기가 시기인 만큼, 황실 기사단장으로서 이유 없는 무력 사용은 용납하지 않겠소."

그의 경고에 퍼시빌이 김빠진 표정으로 목을 젖혔다.

"이유? 고작 몇 수 오가는 정도에 그딴 것도 필요하다고?"

"이곳이 이테라나 황성이란 사실을 잊지 말아 주시오."

베르세르트의 음성에는 성기사인 퍼시빌을 향한 미세한 경계가 녹아 있었다.

하지만 그런 경계에 주눅 들 미친놈이 아니었다.

그는 어쩔 수 없다는 듯, 번거로움이 한가득한 표정으로 앞머리를 털곤 쓰러진 볏짚 머리의 가슴팍 위로 발을 올렸다.

"좋아. 그렇담 이 머저리의 명예 회복을 위해서라고 해 두지."

'이 정도면 괜찮지?' 하며 들썩이는 눈썹이 철판으로 만들어진 듯 뻔뻔했다.

역시 이상하다.

퍼시빌이 원체 이상하단 사실은 알고도 남았지만, 그래서 더 이상했다.

'이렇게 무리하면서까지 날 괴롭히려 하는 성정이 아닌데.'

눈앞의 퍼시빌은 그녀가 아는 퍼시빌과 미세하게 어긋나 있었다.

어디가 문제인 거지?

— 이 기회에 목을 뽑아 버리면 되겠군.

그때, 무시하기 힘든 살벌한 목소리가 머릿속으로 흘러 들어왔다.

캐서린이 고개를 돌려 체자레를 바라봤다. 시선이 마주치자 뻣뻣하게 굳어 있던 눈매가 싱긋 미소 지었다.

— 당신만 허락한다면 내 손으로 직접 죽여 줄 수도 있고.

그런 상황이 발생한다면 내일 일간 신문에 어떤 헤드라인이 뜰지 눈에 훤했다.

「개판 3분 전. 대륙평화유지회의에서 이테라나의 대표와 교황청의 대표가 격돌」
「이 시국에 정말 치정 싸움? 체자레 대공과 백합의 성기사가 검을 맞댄 이유는?」
「여자에 미친 두 남자. 선을 넘다」

상상만으로 눈앞이 아찔했다.
"어서, 캐서린. 사람 좀 애타게 하지 말자고."
"베네딕토 경."
"하. 남의 이름을 사랑에 눈이 먼 아가씨처럼 불러 싸 재끼는데 말이야. 인내심을 가지고 조금만 기다려 주는 게 어때, 베르세르트 단장?"
느릿느릿하게 이어지는 어투에서 묘한 기시감이 느껴졌다.
"아아… 내가 볏짚 머리를 밟고 있어서 그런 건가? 지금 당장 발을 떼고 패배자에게 예의를 표하도록 하지."
엎어진 볏짚 머리로부터 발을 뗀 퍼시빌이 양쪽 바지 주머니에 손을 꽂은 불량한 태도로 비죽 웃었다.
베르세르트가 정중하게 경고하든 말든, 퍼시빌의 눈은 오직 캐서린을 따라서만 움직였다. 덕분에 연무장의 분위기는 갈수록 싸늘해지고 있었다.
'어릴 적 방만하게 굴었던 벌을 이런 식으로 받는구나.'
선택지는 세 가지였다.

퍼시빌의 제안을 받아들이느냐.

체자레에게 맡겨 난장판이 되도록 손을 놓느냐.

데미안의 말대로 도망가느냐.

세 번째는 힘들다. 이 자리를 만든 당사자로서 책임감 없이 모르쇠 할 수 없었다. 같은 이유로 두 번째 역시 고민할 가치가 없는 선택지였다.

캐서린은 호흡을 가다듬고 천천히 눈을 감았다가 떴다.

이럴 때 도움받으려고 선생님이 있는 법. 아닌 척 힐끗, 눈동자만 굴려 지오반느에게 전음을 보냈다.

─ 선생님, 저 어떡하죠?

그녀의 전음에 의외라는 듯, 눈을 크게 뜬 지오반느가 씨익 웃었다.

─ 그거야 제자님 손에 달렸겠지? 한데 이해가 안 되는군. 교황청의 미친개와 대체 무슨 사이기에 이런 상황이 벌어진 거야?

상황이 상황인 만큼 빙 두르지 않고 직접적으로 대답했다.

─ 예전에 잠깐 만났던 사이예요.

─ 하?

스물이 넘는 여인을 파트너로 둔 남자답게, 지오반느는 캐서린의 축약을 단번에 이해했다.

헛웃음을 지은 것도 잠시. 곧 어처구니없다는 눈빛으로 입꼬리를 올렸다.

─ 사랑에 미친 남자는 상식이 안 통한다더니. 이거 제자님이 한 방 먹여 주지 않으면 나중엔 납치까지 하겠는데? 실력 행사 해 보는 것도 나쁘지 않겠어. 물론 퍼시빌 베네딕토 파헨리힌이 손

쉽게 당해 주지는 않겠지만.

 손쉽지는 않아도, 결국 우위를 점할 쪽은 캐서린이란 소리였다.

 '역시 내 정체를 아는 거야.'

 여기도 문제, 저기도 문제. 힘을 숨긴 찐X 노릇이 이렇게 힘들 줄이야.

 ─ 캐서린.

 그때, 오금이 저릴 정도로 살벌한 목소리가 뇌를 뒤흔들었다.

 캐서린은 의식적으로 고개를 틀지 않았다. 체자레가 어떤 표정을 짓고 있을지 보지 않아도 훤했기 때문이다.

 ─ 나 외의 다른 자의 개소리를 들을 필요는 없어 보이는데.

 전신의 털이 바짝 솟는 것 같은 경각심을 느꼈다.

 머리를 더 굴릴 시간이 없다. 캐서린은 결국 마지막 선택지를 뽑아 들었다.

 "좋아, 제의를 받아들일게. 대신 조건이 있어."

 퍼시빌이 얼씨구, 하는 표정으로 입을 열었다.

 "조건을 건다? 그사이 꽤 똑똑해졌는데? 말해 봐."

 "내가 1분 동안 버티면, 너는 내가 하는 세 개의 질문에 거짓 없이 대답해야 해."

 "내가? 아니면 네가?"

 "누구겠어?"

 캐서린은 자기 객관화가 꽤 잘된 편이라고 자부했다. 그런 면에서 봤을 때, 지금의 그녀는 '꽤' 기교를 부릴 줄 아는 초대용량 마나 보관 창고나 다름없었다.

이제 막 대악마로서의 본능을 되찾아 가는 그녀였다. 수많은 전투에서 날고 긴 것으로 모자라, 베헤모스의 가호까지 받는 퍼시빌에게 이기려면 더 많은 시간이 필요했다.

아니면 인간 노릇을 그만하고 릴리스로서 강력한 마법력을 발휘하든가.

'더 열심히 공부할걸!'

단의 말대로 6666시간 닥치고 공부했으면 퍼시빌을 얼굴만 멀쩡한 곤죽으로 만들어 줄 수 있었을 텐데.

"그 정도야 애교지. 원한다면 더한 것도 걸 수 있는데. 내 몸이라든가."

"네 말은 못 믿어. 이미 나를 속인 전적이 있잖아?"

퍼시빌이 오묘한 표정을 지었다. 무어라 대답하기 위해 입을 연 그는 아무런 말도 못 하고 다시 입술을 오므렸다.

그는 뒤늦게 캐서린에게 제안했다.

"맹세를 건다면?"

캐서린에게 고정된 붉은 눈동자가, 스스로에게 절대 풀어낼 수 없는 족쇄를 걸었다.

"내 영혼을 걸고 캐서린 파냐와의 약속을 지키겠다. 이 정도면 되겠어? 응?"

제멋대로 난입한 그는 이제 제멋대로 맹세의 마법까지 걸었다. 고작 한순간의 유희를 위해 자신의 영혼까지 걸다니.

'맹세까지 건다는데, 내 쪽이 손해 볼 건 없지.'

하지만 불편했다. 그래, 확실하게 불편했다. 퍼시빌이라는 인물 그 자체가.

이윽고 연무장에는 짧은 침묵이 내려앉았다.

찰나가 한 시간처럼 느껴지는 짧으면서도 긴 순간. 비웃듯 입꼬리를 구긴 퍼시빌의 인영이 순식간에 흐릿해졌다.

캐서린은 본능적으로 수호 마법진을 펼쳤다. 단탈리온으로부터 매 맞아 가며 배운 마법이라 자각 없이도 곧장 사용할 수 있었다.

끼기기기긱.

사라졌던 퍼시빌의 그림자는 두어 발자국을 코앞에 둔 거리에서 다시 모습을 드러냈다. 은빛 검날이 불투명한 막에 가로막혀 불꽃을 튀겼다. 방어막 위에 생긴 얇은 균열이 빠르게 번져 가고 있었다.

퍼시빌이 만족스러운 눈으로 캐서린을 바라봤다.

"쓰레기 같은 마법사들의 구정물 같은 마법과는 확실히 차원이 달라. 밀도가 훨씬 높고 촘촘하단 말이지."

그다지 고맙지 않은 감탄을 한 귀로 흘린 캐서린이 그에게 물었다.

"하루 만에 마음이 바뀌어서 또 졸졸 쫓아온 이유가 뭐야?"

이그드라실이 하루빨리 '한 입으로 한 말하기'라는 진리를 만들어 줬으면 싶었다.

퍼시빌은 당황하지 않고 혀를 놀렸다.

"그거, 혹시 첫 번째 질문?"

캐서린 역시 당황하지 않고 제 할 말만 떳떳하게 했다.

"너 요즘 이상한 거 알아?"

"그건 두 번째 질문?"

역시 말이 안 통한다. 사람이 아닌 또라이에게 너무 많은 걸 바랐던 모양이다.

"곱씹어 보니 상당히 서운한데. 아무리 그래도 많고 많은 표현 중에서 이상하다는 말을 쓰다니. 실례라는 생각 안 들어?"

들겠냐고.

퍼시빌의 단단한 손이 반쯤 무너진 방어막을 움켜쥐었다. 그의 손놀림 한 번에 푸르스름한 막이 가루가 되어 부서졌다.

어처구니가 없었다.

'이걸 손으로 부순다고?'

퍼시빌의 손끝이 뺨에 닿기 전, 캐서린은 볏짚 머리에게 사용했던 군중 제어 마법을 펼쳤다. 하지만 이 마법 역시 서너 번의 깔끔한 검격으로 힘을 잃고 말았다.

캐서린은 순수한 마음으로 감탄했다.

'황실 기사단인 볏짚 머리와 이 정도로 격이 다를 수 있다니.'

반초월자의 경지도 들지 않은 퍼시빌이 이 정도의 수준인데, 초월자는 대체 얼마나 더 강인하단 말인가?

"대답이 없는 걸 봐선 그런 마음이 안 드나 봐?"

퍼시빌이 가진 특유의 음울한 음성이 귓등을 때렸다.

두렵거나 압박감을 느끼지는 않았다. 오히려 없던 호승심이 차올랐다. 심장이 빠르게 뛰고 피가 뜨겁게 타오르는 낯선 이 감각. 캐서린은 공허의 지배자, 릴리스로서 눈앞의 적을 압도하고 싶은 욕구를 가까스로 참아 냈다.

그리고 캐서린이 본성을 억제하던 일순간의 틈.

"그럼 이쪽도 똑같이 실례를 해야 균형이 맞겠어."

퍼시빌의 예리한 감은 순간의 틈을 놓치지 않았다. 멀어졌던 거리가 순식간에 좁혀졌다. 검사의 거친 손이 캐서린의 얼굴을 덮쳤다.

'어?'

처음에는 가감 없이 바닥에 내리꽂나 싶었다.

그러나 시야를 가리고 있던 퍼시빌의 손바닥은 돌연 방향을 틀어 캐서린의 뒤통수를 잡아끌었다. 멈춰 서 있던 상체가 앞으로 당겨졌다. 장난스럽게 빛나는 적안이 빠른 속도로 가까워졌다.

그의 손가락은 살갗을 파고들 기세로 우악스럽고 거칠었다.

눈 깜빡할 사이. 퍼시빌의 뜨거운 숨이 입술 위로 내려앉으려던 길고도 짧은 한 순간.

눈앞이 까맣게 암전했다.

'응?'

아니, 암전한 게 아니라 이전에 없던 너른 등이 그녀의 앞을 가로막고 있었다.

데미안의 등이었다.

멍하니 서 있던 캐서린은 주위를 살피며 한 발자국 물러섰다.

숨을 헐떡이던 데미안이 몸을 돌려 캐서린의 양쪽 어깨를 움켜잡았다. 이어서 품평이라도 하듯, 그녀의 몸 이곳저곳을 살피더니 노한 얼굴로 속삭였다.

"앞으로는 그냥 원숭이 가면이라도 쓰고 다닙시다. 예? 그리고 지오반느 버스퍼필드에게 부탁해서 미친놈 레이더기도 마련하는 게 좋겠어요. 저 새끼가 전방 200m 내로 다가오면 경보가 울리는 레이더기로요."

"뭘 그렇게 호들갑이에요?"

"호들갑이요? 지금 아가씨가 뭔 일을 당할 뻔한 줄 알고 그런 소릴 합니까? 하마터면 이, 이… 입……."

"입 맞출 뻔했다고? 그게 호들갑이지 뭐야."

혀를 섞는 것도 아니고, 입술 한 번 내주는 게 뭐가 대수라고. 달라붙는단 건 전력으로 후려칠 수 있는 기회이기도 하지 않은가.

데미안이 경악하는 눈으로 캐서린의 어깨를 뒤흔들었다.

"절대 안 됩니다. 저어얼대 안 돼요. 자기 몸을 소중히 합시다. 예? 아무리 아가씨의 몸이라지만, 이, 이, 입……."

"입술."

"하여간! 저 미친놈은 안 됩니다! 재앙이 일어날 거야!"

뭐라는 거야, 이 바보가.

데미안이 저 혼자 충격에 빠질 동안 가방 속 야옹이가 고개를 빼꼼 내밀며 한마디 거들었다.

「체자레를 생각하면 재앙이 일어나긴 할 것 같지.」

그 말에 캐서린과 데미안의 고개가 연무장 반대편을 향해 돌아갔다.

퍼시빌은 자취를 감춘 후였다. 정확하게 말하자면 자취를 감춘 것처럼 보였다. 벽에 처박혀 있었으니까.

연무장 벽에 이전에 없던 거대한 균열이 그림처럼 새겨져 있었다. 그 한가운데에 피로 엉망이 된 퍼시빌이 박제가 된 매처럼 걸린 모습이 보였다.

흙먼지에 휘날리는 은발이 그 앞에 신기루처럼 서 있었다.

퍼시빌은 체자레에게 목이 졸린 채 미친놈처럼 웃음을 흘렸다.

"뭐야. 죽이기라도 하려고?"

퍼시빌이 짓는 익숙하고도 낯선 표정. 익숙하고도 낯선 목소리. 익숙하고도 낯선 어투.

어쩐지 기시감이 들었다.

'또?'

체자레는 아무런 말이 없었다. 등을 돌린 상태라 어떤 표정을 짓고 있는지도 알 수 없었다. 그런 그를 상대로, 퍼시빌은 묘한 말을 내뱉었다.

"오랜만이네, 그 눈. 수백 년이 지나도 그대로야. 역시 필멸자 따위와는 격이 다르다, 이건가?"

체자레와 퍼시빌 사이에 오랜 인연이 있었던 걸까. 하나 아무리 길더라도 수백 년씩 되지는 못할 텐데.

데미안이 다소 불안한 시선으로 캐서린을 바라봤다.

내일 아침 신문 헤드라인이 다시 한번 눈앞에 아른거렸다.

「개판 3분 전. 대륙평화유지회의에서 이테라나의 대표와 교황청의 대표가 격돌」

"체……."

캐서린이 신문 헤드라인의 참사를 막으려던 그 순간.

닫혀 있던 연무장의 문이 덜컥, 열리면서 시종 두 명과 외국인 한 명이 급히 뛰어 들어왔다. 외국인은 그대로 지오반느에게 달려가, 그를 이끌고 연무장을 나갔다.

체자레 뒤로 도착한 시종은 살벌한 분위기에도 주춤하지 않고 허리를 깊이 숙였다.

"전하, 마르파쿠스 3세가 역사에 도착했습니다."

미카엘라교의 성지, 신성 아그리파 교황청의 교황 마르파쿠스

3세.

못 박힌 듯 서 있던 체자레가 천천히 손을 거두었다. 그에 따라 벽에 박혀 있던 퍼시빌의 몸이 스르륵 바닥으로 주저앉았다.

나이스 타이밍. 캐서린은 얼굴만 아는 천적을 향해 감사의 마음을 전했다. 역시 평화의 수호자.

대답 없이 등을 돌린 체자레가 캐서린에게로 걸음을 옮겼다. 그는 부드러운 손길로 캐서린의 뺨을 쥐고 그녀의 얼굴과 목덜미 곳곳을 살폈다.

입맞춤하듯 깊게 눈을 맞춘 체자레는 한숨 같은 한마디를 남기고 캐서린을 지나쳤다.

"당신과 관련된 일은 뭐 하나 쉬운 게 없어."

체자레는 시종을 따라 연무장을 벗어났다.

덕분에 큰 사달은 일어나지 않았지만… 마음 한구석이 답답했다.

"데미안 경."

곧이어 또 다른 시종이 데미안에게 다가와 조용히 속삭였다.

"체보크 전하께서 데미안 경을 급히 부르십니다."

데미안의 눈이 차갑게 내려앉았다. 그에게서 이런 냉랭한 얼굴을 보기는 쉽지 않다.

어깨를 한 번 으쓱인 그가 캐서린을 바라봤다.

"먼저 가 보겠습니다, 아가씨. 오늘 저를 위해 나서 주신 은혜는 나중에 반드시 갚겠습니다."

음. 죽기 전, 마지막으로 듣는 다짐처럼 느껴지는 건 왜일까.

데미안은 시종을 앞질러 성큼성큼 멀어져 연무장을 벗어났다.

그 등을 가만히 응시하던 캐서린은 뒤늦게 야옹이가 든 가방이 데미안과 함께 사라졌단 사실을 깨달았다.

'내가 반드시 옆에 있어야 하는데.'

비록 황성의 허락을 받긴 했으나, 주인인 캐서린이 동행하지 않은 상태로 외부에 노출되면 황족 위협죄로 황성 재판을 받을 수도 있었다.

더군다나 제국 대표의 보좌관인 그녀였기에 특히 몸가짐을 조심히 해야 했다.

'달려가면 금방 따라잡겠지.'

뛰쳐나가기 직전, 캐서린의 시선이 퍼시빌의 흔적을 찾았다.

방금 전까지만 해도 피를 흘리고 쓰러져 있던 그의 모습은 온데간데없이 사라져 보이지 않았다.

공허한 연무장에 남은 사람이라곤 캐서린과 베르세르트 그리고 세상모르고 기절해 있는 볏짚 머리가 다였다.

베르세르트가 말했다.

"뒷마무리가 어수선하기는 했으나 충분히 멋진 실력이었습니다."

"감사합니다. 귀한 시간을 내주셔서 감사합니다, 베르세르트 경."

"몸조심하시기를."

누구를 겨냥한 당부인지는 고민하지 않아도 명확했다. 캐서린은 어색한 웃음을 남기고 데미안을 뒤쫓기 위해 연무장을 나갔다.

그런데…….

'1분 이상 버텼으려나?'

✉

그래.

캐서린은 분명 데미안을 뒤쫓기 위해 연무장을 나갔었다.

더 정확하게 표현하자면, 데미안이 아닌 야옹이의 뒤를 쫓기 위해서.

"싫습니다."

그녀의 목표는 단순했다. 데미안으로부터 귀엽고 깜찍한 야옹이와 가방을 건네받은 후 방으로 돌아가는 것.

그 이후에는 드디어 얻게 된 '체자레와의 하루'를 어떤 식으로 보람차게 활용할지 계획하려 했었다.

"대체 언제까지 아이처럼 굴 생각인 게냐!"

"어떤 식으로 말씀하셔도 제 결정은 변하지 않습니다. 클라라 백작과 결혼하는 일은 절대 없을 겁니다."

이런 식으로 궁금하지 않은 남의 집안 사정에 꼽사리 끼는 게 아니라.

캐서린은 복도 창가에 바짝 붙어 창문 너머로 펼쳐진 새하얀 눈밭에 온 정신을 집중했다. 그래 봤자 데미안과 체보크 황자의 대화가 귓구멍에 쏙쏙 박히는 상황은 변하지 않았다.

체보크 황자가 도합 일곱 번째 노기를 터트렸다.

"모두 널 위한 결혼이라 말하지 않았느냐! 비록 첫 결혼이 아니기는 해도, 클라라 백작 정도면 네게 과분한 상대다. 그자처럼 부유하고 명예로우면서 안팎으로 큰 문제 없는 상대를 또 만날 수 있을 것 같으냐?"

"전하."

나는 궁금하지 않다. 나는 궁금하지 않아.

궁금하지 않지만, 일단 데미안의 음성이 계속 들려오기는 했다. 가족의 정이라곤 개미 눈곱만큼도 느껴지지 않는 목소리였다.

"저는 이 자리까지 저 혼자만의 힘으로 올라왔습니다. 물론 입단 초기, 기사단에 적응하던 시기에 전하의 도움을 받았던 사실을 부정하지 않겠습니다. 하지만 황실 기사단 입단 시험에 통과한 것도, 입단 후 몇몇 동기의 모욕과 차별을 견딘 것도 모두 저 홀로 행한 일이지요."

「우리 데미안 장하지. 바보 같긴 해도 건강하게 잘 컸지.」

야옹이 딴에는 속삭이듯 제 감상을 표현했지만, 복도의 공기가 워낙 차분해 10m 밖의 외부인에게도 들릴 듯했다.

눈치껏 못 들은 척한 데미안이 분노로 이를 악물며 체보크 황자를 질타했다.

"지금껏 전하와 저는 남남처럼 지내 왔고 앞으로도 그럴 생각이었습니다. 한데 왜 이제 와 제 미래를 결정하려 하십니까?"

"아니다, 데미안. 나는……."

「구구절절 맞는 말이지.」

"저는 자유로우며, 제 미래는 제 손으로 결정할 겁니다. 아무리 전하께서 제 친부라 하셔도 제 결혼까지 멋대로 결정하실 수는 없습니다!"

「옳지, 옳지.」

톡톡톡. 야옹이가 두 솜방망이로 감격의 갈채를 보냈다.

하아. 무거운 한숨을 쉬며, 체보크 황자가 반듯하게 정리된 앞머리를 쓸어 올렸다.

"그렇담 네 생각을 말해 보거라, 데미안. 오직 청년만 황실 기사단의 일원이 될 수 있으니, 너는 장래에 필히 은퇴하게 될 게다. 그 이후에는 어쩌려는 생각이냐?"

"아직 생각해 본 적 없습니다."

아니, 죽어도 결혼하기 싫으면 대충 없는 말이라도 꾸며서 미래 계획이 창창한 척해야 하는 거 아니야?

"그렇다면 이번 제안을 긍정적으로 여길 수……."

"싫습니다."

"데미안, 그런 식으로 굴면 우리 대화는 계속 원점으로 돌아갈 거다. 이제 나이도 먹었는데 마냥 어린아이처럼 굴면 안 돼."

이를 뿌득뿌득 갈던 데미안이 이제는 눈가가 벌게진 채 외쳤다.

"아직도 제 말을 못 알아들으신 겁니까? 저는 아이처럼 구는 게 아니라, 전하가 제 삶에 관여하는 게 싫은 겁니다. 이제껏 저를 없는 자식 취급했듯, 앞으로도 뭘 하든 상관하지 말란 말입니다!"

체보크 황자의 얼굴이 충격으로 굳었다. 진심으로 상처받은 눈이었다.

그는 숨도 제대로 못 쉰 채 미간을 일그러뜨리다가, 겨우 한마디를 내뱉었다.

"너는 자식이 되어서 어찌 그런 소릴……!"

그때, 뚱한 표정으로 부자의 대화에 귀를 기울이던 야옹이가 번쩍이며 날아갔다.

아, 안 돼!

「완전 멋진 짐승 펀치!」

복슬복슬한 솜방망이가 체보크 황자의 뺨을 치고 바닥에 안착했다. 무겁게 내려앉은 정적 속에서, 캐서린의 머릿속이 그 어느 때보다 빠르게 회전했다.

'황족 상해죄. 황족 기만죄. 또 무슨 죄가 성립하지?'

이성이 앞서는 캐서린과 달리, 본능이 우선인 야옹이는 체보크 황자 앞에 자리 잡고 커다란 목소리로 질타했다.

「데미안 아빠 나쁘지. 우리 아빠도 데미안 아빠처럼 꼰대였지. 해 주는 것도 없이 구속하려고만 해서 가출했지! 데미안 아빠는 아빠도 아니… 읍, 읍!」

"죄송합니다, 전하. 미안해요, 데미안. 이 아이가 워낙 짓궂어서… 제가 잘 교육하겠습니다."

어색한 웃음을 보이며 쫑알대는 야옹이의 몸을 집어 황급히 주둥이를 막았다. 데미안 부자의 황망한 시선이 캐서린의 행동을 따라 움직였다.

황족 잔소리죄도 있나? 없겠지?

「읍, 읍!」

캐서린은 애완 마물의 무례한 행동을 사죄하기 위해 허리를 숙였다.

"저희는 먼저 자리를 뜨도록 하겠습니다. 내내 귀를 닫고 있었으니 걱정하지 마세요. 그럼 두 분, 편하게 대화…….”

그때, 묵묵하게 서 있던 체보크 황자가 그녀의 말을 끊고 자책했다.

"후우. 알 만큼 알고 있다. 그래, 모를 수가 없지. 네게 있어 내가 얼마나 몹쓸 아버지였는지 말이야."

캐서린의 두 눈이 도르륵 굴러갔다. 한층 차분해진 얼굴의 데미안이 체보크 황자의 발치를 내려다봤다.

"데미안. 너도 알겠지만, 이테라나에서 강력한 황위 후계자가 되지 못하는 황족은 변방의 작은 영지를 가진 귀족만도 못하단다. 고귀한 피를 지닌 값비싼 장식품과 다름없지. 바로 나처럼 말이다."

고개를 쳐든 데미안이 급히 체보크 황자의 발언을 부정했다.

"전하는 장식품이 아닙니다."

"아닌 게 아니다. 우리는 모두 황제 폐하의 장식장에 놓인, 그분의 소유물이다. 제아무리 노력한다 한들 그분께 가치를 인정받지 못한다면 구석에서 먼지만 쌓이다 영원히 잊히고 말 장식품."

그리 말하는 체보크 황자의 표정은 다소 황망했다.

"너를 가졌을 때 나는 너무 어리고 무지했으며 나약했었다. 집시였던 네 어머니가 나를 믿지 못하고 떠나 버린 것도 그 이유에서였겠지. 이런 나를 아비 취급하지 않아도 상관하지 않으마. 하지만 네 결혼은 오롯이 널 위한 제안임을 알아주었으면 한다."

그는 침을 삼켰다.

"결혼이라는 게 꼭 구속을 뜻하는 것만은 아니야. 사람은 안정되어야 진정한 자유를 느낄 수 있는 법이다."

한 발자국 앞으로 나선 체보크 황자가, 데미안의 어깨를 두들기며 말을 이었다.

"이 볼품없는 아비의 처음이자 마지막 부탁이란다, 데미안. 클라라 백작과 결혼해라. 그래야 네가 황성에서 벗어나 더 큰 세상을 마주하며 진정한 자유를 누릴 수 있어."

그때, 무엇이 마음에 들지 않는지 내내 꼬리를 휘젓던 야옹이가 빼액 소리쳤다.

「흥! 흥이지! 아무리 그래도 요즘 같은 때 억지로 결혼시키는 건 구시대적인 행동이지! 차라리 캐서린 할머니가 바라는 것처럼 캐서린 할머니의 양자가 되는 게 훠어어얼씬 개이득이겠지!」

야옹이의 말에 체보크 황자가 납득할 수 없다는 표정으로 데미안을 돌아봤다.

"캐서린 할머니의 양자? 그게 무슨 소리냐, 데미안?"

"그……."

당황하는 데미안을 대신해 야옹이가 자신의 전매특허, 끼어들기를 사용했다.

「캐서린 할머니가 데미안을 파냐의 후계자로 삼고 싶어 하지. 그렇지 캐서린! 내 말이 맞지!」

체보크 황자는 야옹이의 발언을 쉬이 믿지 못하는 눈치였다.

그럴 만도 했다. 북부 사신이 자신의 아들을 입적하고 싶어 한다는데, 그 누가 곧장 고개를 끄덕일 수 있을까?

"……이런! 아가씨가 캐서린 파냐 영애로군요. 인사가 늦었습니다."

하지만 금세 정신을 차린 그는 무슨 일이 있었냐는 듯, 평온한 얼굴로 캐서린에게 인사했다.

황성에서 긴 시간 버텨 온 황자다운 기품이었다.

"데미안의 친부 되는 사람인 체보크 이테라나입니다. 파냐 후작께서 아주 아리따운 숙녀분을 데려오셨군요. 못난 데미안을 돌봐 주셔서 정말 감사합니다."

역시 그 누구도 데미안이 그녀를 돌볼 거란 헛된 예측은 하지 않는 듯했다.

"저야말로 만나 뵙게 되어 영광입니다, 체보크 전하. 데미안 때문에 고생 많으셨을 듯해요."

체보크 황자는 씁쓸하게 웃었다.

"그저 못난 아비에 불과하지요. 한데, 파냐 영애. 이 고양이의 말이 사실입니까?"

"네. 제 할머니께서는 데미안 경이 파냐 가문으로 입적해, 가문의 후계자가 되길 원하세요. 물론 친부이신 체보크 전하의 허락이 필요하겠지만요."

그제야 불신의 눈길을 거두고 고개를 주억인 체보크 황자가 멀뚱하게 선 데미안을 나무랐다.

"왜 내게 말하지 않은 거냐?"

데미안의 표정은 여러 감정이 뒤섞여 복잡했다. 하지만 캐서린은 그가 어떠한 관념에서 벗어나지 못하는지 알 수 있을 것 같았다.

체보크 황자에게 아무리 거친 말을 쏟아 냈어도, 그는 데미안에게 하나뿐인 가족이었다.

가족이란 이름은 족쇄인 동시에 그 어떤 곳에서도 얻을 수 없는 안정감을 준다. 아무리 밉고 아무리 오랜 시간 반목해 왔을지라도, 데미안은 유일하게 남은 가족을 완벽하게 버릴 자신이 없는 것이다.

'또 그 정도까지 사이가 나쁘지는 않았던 거지.'

물론 캐서린의 경우는 정반대였지만.

체보크 황자는 복잡한 얼굴로 마른세수를 했다.

"데미안, 파냐 후작이 어떤 사람인지 잊은 게냐? 그분의 비호 아래라면 억지로 결혼할 필요도 없다. 네가 원하는 자유는 물론 제국의 모든 부와 명예를 누리면서 살 수 있어."

"물론 그렇겠……."

"그것뿐이랴? 기사단의 그 누구도 네 태생을 무시하지 못할 거야. 떨거지 체보크 황자의 아들이 아니라, 이테라나 제국의 검인 파냐 가문의 후계자로 살아갈 수 있단 말이다."

그 말에 데미안이 주먹을 쥐며 반문했다.

"어떤 자식이 전하를 떨거지라고 말합니까? 얼굴을 좀 봐야겠습니다! 그리고 비록 전하께서 저를 신경 써 주지 못하셨다고 해도, 저는 전하의 자식……."

"머저리 같은 놈! 지금 중요한 건 그게 아니다! 안 되겠어. 아무래도 파냐 후작의 말을 들어 봐야겠군. 당장 따라오너라."

데미안을 한바탕 나무란 체보크 황자가 그의 등을 밀며 캐서린을 지나쳐 갔다.

긴 통로를 건너 계단을 내려가는 와중에도 데미안 부자의 말다툼은 끊일 줄을 몰랐다.

'그 아빠의 그 아들이라더니.'

어깨를 으쓱인 캐서린은 제 다리에 머리를 부비기 바쁜 야옹이의 몸을 조심스럽게 들어 올렸다.

시간도 남아도는데 바깥 구경을 조금 해야겠다, 싶었다.

「바보가 따로 없지. 속내를 꽁꽁 숨기니까 오해가 쌓이고 싸우게 되는 거지. 나와 캐서린처럼 매일매일 떠들면 자연스럽게 해결되는 문제지.」

"너는 웬만한 사람보다 똑똑한 거 같아, 야옹아."

「흠흠. 위대한 밤의 지배자는 원래 똑똑해야 하는 법이지.」

그녀의 예상이 맞는다면, 오늘 내에 데미안의 행방이 정해질 것이다.

캐서린은 결과에 상관없이 데미안과 체보크 황자 사이의 깊은 골이 메워지길 바랐다.

가벼운 점심 식사가 끝난 후, 캐서린은 방에 틀어박혀 대륙평화유지회의 진행 일정을 상세히 살폈다.

첫 회의의 시작은 모레 오전 10시부터였지만, 진정한 시작은 내일 저녁 6시에 마련된 각 국가 및 단체 대표의 만찬이라 할 수 있었다.

해당 만찬은 보좌관인 캐서린조차 참석할 수 없는 진짜배기 만찬이었다.

샤그위드 2세, 마르파쿠스 3세, 신성 왕국 연합 대표인 펜달혼 왕국의 국왕, 마도 연합 대표인 대마법사 어쩌구, 어디 대표 저쩌구, 체자레 크리스토퍼 대공, 지오반느 버스퍼필드 등 대륙을 좌지우지하는 인물들이 한자리에 모이는, 그야말로 에덴 최고의 몸값 전시회인 것이다.

'교황 마르파쿠스 3세와의 만남은 최대한 피하는 게 좋겠지.'

마음 같아선 댁인 교황청에 피해를 입힌 것에 대한 심심한 사과의 말을 전달하고 싶었지만, 불가능하단 사실을 알고 있었다.

'미친개 퍼시빌을 버틸 정도면 얼마나 자비롭고 인자한 사람일까?'

로제가 말하기를, 마르파쿠스 3세의 용안은 마치 천사가 축복을 내린 것처럼 따사롭고 황홀하다 하였다.

'아가씨, 다른 이들은 몰라도 교황 성하의 미모는 반드시 확인하고 오셔야 해요! 체자레 님이 얼음 장미(도저히 믿기지 않지만 체자레의 가장 대중적인 별칭이라고 한다), 퍼시빌 경이 백합의 성기사, 지오반느가 네피림의 왕(파인애플의 왕이 아니란 사실에 놀랐다), 샤그위드 2세가 철혈의 성군이라면 마르파쿠스 3세는 다이너마이트 섹시라고 불리니까요!'

'다이너마이트… 뭐라고요?'

'다이너마이트 섹시요! 아름다운 이두박근과 끝내주는 삼두박근. 웬만한 기사는 명함도 못 내밀 단단한 어깨! 거기에 잘록한 허리 곡선까지. 하아. 성하의 미모는 퍼시빌 경과 더불어 교황청 최고의……'

캐서린은 그 뒤로 몇 분 동안 마르파쿠스 3세와 퍼시빌의 미모

찬양을 들어야 했다.

듣자 하니 마르파쿠스 3세는 체자레와 지오반느의 뒤를 이어 대륙에서 가장 위험한 인물 3위에 올랐다나 뭐라나. 개인 화보까지 내서 수익금 전액을 전 대륙 보육원과 요양원에 기부했다고 한다.

직접 만나 본 적은 없어도 대단한 인물임은 분명했다. 벨라쿱스 추기경의 명함이 그 모양 그 꼴이었을 때부터 알아봤다.

가만히 로제와의 대화를 상기하던 캐서린은 벽 타기에 몰두 중인 야옹이에게 물었다.

"오늘 마르파쿠스 3세가 황성에 도착했잖아. 회의가 끝날 때까지는 내 방에 머무는 게 어때?"

악마의 불결한 기운이 느껴진단 이유 하나로 저택에 제멋대로 침입하던 성기사의 행태가 아직도 눈앞에 선명했다.

그들의 우두머리 격인 교황이 등장했는데, 아무리 샤그위드 2세의 비호가 있다고 해도 불안한 마음이 드는 건 어쩔 수 없었다.

야옹이는 눈을 똥그랗게 뜬 채 고개를 갸웃했다.

「교황 할배랑 이 위대한 밤의 지배자가 숨어야 하는 게 무슨 상관이지?」

'교황 할배…….'

하기는. 얼굴이 번지르르해서 그렇지, 나이로 치면 교황이나 체자레나 비슷한 세대니까.

"무슨 상관이기는? 널 위협할 수도 있잖아."

「교황 할배는 우리한테 별 관심 없지. 우릴 볼 때마다 눈에 불을 켜고 달려드는 사제들이 휘어얼씬 많기는 하지만, 교황 할배의 부하들은 조금 다르지. 즐거운 인간 사냥만 자제하면 모르는 척해 줄 때도 있지!」

야옹이의 말은, 교황청 내에도 마물 토벌에 적극적인 부류와 그렇지 않은 부류로 구분되어 있다는 뜻이었다.

「그래서 울 아빠도 인간 사냥을 할 때 교황 할배의 사람들은 살려 보내곤 했지.」

"너희 아버지는 자비로운 분이셨구나."

「흥. 멋지긴 내가 더 멋지지. 흥.」

흥미가 가신 야옹이는 다시 벽 타기에 집중했다.

교황이 마물 토벌에 큰 관심을 두지 않는다는 건 의외의 사실이었다.

'생각해 보면 교황의 양팔이라는 퍼시빌과 벨라쿱스 추기경도 야옹이를 보고 시큰둥하기는 했어.'

교황청도 내부 사정이 퍽 복잡한 편인가 보다. 물론 캐서린은 밀알만큼의 관심도 없었지만.

그렇게 얼마의 시간이 흘렀을까.

회의 참석자의 신원을 살피는 와중에 까무룩 잠이 들었던 것 같다. 캐서린은 몽롱한 와중에도 자신이 자각몽 속에 들어왔단 사실을 인지했다.

그간 체자레와 만나 왔던 현실과 꿈을 연결한 꿈이 아닌, 진짜 꿈이란 사실을.

'한창 불러도 오지 않는다고 했더니, 또 이곳에 있었던 건가?'

말끔하게 차려입은 남자가 새카만 안개를 헤치고 점차 가까워진다. 기다란 팔로 의자를 당겨 앉는 모습에서 오랜 익숙함이 느껴졌다.

곧 시야를 가리던 안개가 모두 걷히고, 가려져 있던 지하 공간이 눈앞에 나타났다.

오랜 기름 냄새와 쇠 냄새, 덜컹거리는 기계 소음으로 정신이 다 어지러워지는 곳이었다.

단단한 쇠 벽으로 이루어진 지하는 넓고 차가웠다. 가장 안쪽에는 벽의 한 면을 반 이상 차지하는 거대한 유리관이 고정되어 있었다.

유리관을 바라보고 있던 여인이 남자를 향해 천천히 등을 돌렸다.

벨리알이었다.

'지오반느.'

지오반느?

캐서린은 다시 고개를 돌려 의자에 앉아 있는 남자를 확인했다.

멋들어진 쓰리피스 정장 차림이라 못 알아봤을 뿐, 남자는 지오반느가 맞았다.

'근래에 네가 이곳에 박혀 있는 시간이 더 늘어나는 기분이야. 내 착각인 건가?'

'아니. 네 말이 맞아. 이제는 이곳의 톱니바퀴 굴러가는 소음마저 평화롭게 느껴질 정도니까.'

나른한 음성을 끝으로, 벨리알의 시선이 유리관을 향했.

유리관은 열다섯쯤 되어 보이는 어린 소년을 위한 공간이었다.

의식의 유무는 알 수 없었다. 투명한 액체 안에 둥둥 떠 있는 모습은 흡사 박제된 나비 같기도 했다.

소년의 육신은 수십 개의 유리 파이프와 연결되어 있었다.

파이프를 통해 빠져나간 소년의 마력은 탁한 흑색의 액체로 바뀌어 수백 개의 밸브로 나누어졌다.

그 밸브는 또 수백, 수천 개의 파이프로 액체 마력을 나누어 보냈으며, 마력을 통해 가동되는 거대한 기계 장치들은 서로 모이고 모여 하나의 거대한 존재를 이루었다.

구름 위에 떠오른 섬, 공중 정원.

다른 이름으로는 버스퍼필드.

네피림의 도시, 버스퍼필드는 한 소년의 마력을 동력으로 작동하고 있던 것이다.

'앞으로 10년이면 이 마력도 전부 동이 나겠지.'

마법으로 티 포트와 찻잔을 불러낸 지오반느가 느긋하게 차를 음미했다. 짧게 한숨을 내쉰 벨리알이 몸을 틀어 지오반느에게로 다가갔다.

'지오반느, 이곳에도 슬슬 부하가 오기 시작할 거야. 버스퍼필드를 유지하려면 지금부터라도 새로운 동력원을 찾아야 해.'

'이 육체를 대체할 수 있는 동력원이 에덴에 존재하기는 할지 모르겠군.'

'없지는 않아.'

테이블 위에 앉아 다리를 꼰 벨리알이 지나가는 음성으로 뒷말을 덧붙였다.

'예를 들자면… 묵시록의 조각이라든지.'

지오반느의 의뭉스러운 시선이 벨리알의 얼굴을 향했다. 캐서린이 알아 온 지오반느란 인물과는 한참 동떨어지게 느껴지는, 서늘하고 냉정한 시선이었다.

캐서린은 그 장면을 마지막으로 꿈에서 깨어났다.
너무나 황당한 내용이었기에 한동안 멍하니 앉아 있어야 했다.
'이게 얼마만의 꿈이지?'
꿈도 꿈이지만, 그 안에 지오반느와 벨리알이 등장했다는 게 영 찝찝했다.
'음.'
「고기… 음냐. 가슴살 싫지… 인간은 역시 팔뚝 살… 음냐…….」
캐서린은 살벌한 잠꼬대를 하기 바빠 보이는 야옹이를 지나쳐 방에서 나왔다.
아주 찰나 동안 잠들었던 건지, 바깥 하늘은 아직 환했다.
체자레와 만날 방도를 고민하던 캐서린은 일단 무작정 황성을 누볐다. 이렇게 많은 손님들이 머물고 있으니, 체자레도 바쁠 게 분명했다.
'마법을 사용하기에는 시기가 안 좋아. 그렇담 사람들이 가장 많이 모여 있는 곳으로 가면 되려나.'
황성의 가장 명소가 과연 어디일까?
'황성이 아니면 구경할 수 없는 것.'
황실 기사단.
그곳이라고 해서 만날 수 있을 것 같진 않았으나, 딱히 다른 방도가 있는 것도 아니었기에 황실 기사단 본부로 향했다.

아니나 다를까, 황실 기사단 본부 앞은 시장 바닥이라도 된 것처럼 여러 사람들로 득시글득시글했다.

개중에는 특히나 한껏 차려입은 여인들의 비중이 컸다.

새하얀 토끼털 머플러나, 아직은 시기상조인 두터운 모피 코트를 입고 삼삼오오 모여 한곳을 바라보곤 저들끼리 속삭이고 있었다.

캐서린은 은근슬쩍 그 뒤로 다가가 오고가는 대화에 두 귀를 쫑긋 세웠다.

"어떻게 짧게 인사라도 나눌 수 없을까요?"

"오늘이 아니면 기회가 없을지도 몰라요. 지금도 저리 바빠 보이시는데 내일부터는 얼굴 뵙기도 힘들 수 있다구요."

"하지만 갑작스레 얼굴을 들이대면 당혹스러워하지 않으실는지……."

언뜻 들어 보면 잘나가는 연극배우의 팬들이 나누는 대화 같기도 했다.

누구 이야기를 하는 거지?

캐서린은 목을 길게 빼고 여인들의 선망 어린 시선을 한 몸에 받고 있는 남자를 확인했다.

"경멸스럽다는 눈으로 쳐다보시면 어떡하죠?"

"저는 그것도 그거 나름대로 좋네요."

"드, 듣기로는 몹시 다정하시다네요."

티끌 없이 투명한 은발.

곧고 가지런하지만 한쪽 바지 주머니에 꽂힌 손 때문인지 미묘하게 나른해 보이는 자세.

남자는 두 명의 황실 기사와 대화를 주고받고 있었다. 뒷모습에 불과했지만 인기인의 정체가 누구인지는 금방 알 수 있었다.

"저, 저쪽이 먼저 움직이는데요?"

다급함이 느껴지는 음성에 캐서린 역시 고개를 반대쪽으로 틀었다. 서너 명의 여인들이 빠른 걸음으로 어딘가를 향해 돌진하고 있었다.

"일단 우리도 가요!"

"사인 받을 수첩을 못 들고 나왔는데……!"

아, 다들 체자레를 노리고 있던 거구나.

앞쪽에 모여 있던 여인들이 상대편에 질세라 앞으로 튀어 나갔다. 몇 초도 되지 않아, 체자레는 젊은 아가씨들로 구성된 성벽에 갇혀 버리고 말았다.

'그런 것치곤 담담한 얼굴이네.'

역시 한두 번 있는 일이 아니라, 이건가.

아니꼬운 기분이 들었으나 금방 체자레를 찾은 건 다행이었다. 캐서린은 뒤늦게 여인들을 따라 체자레에게로 다가갔다.

전혀 당황하지 않고 얼굴에 띤 미소는 흡사 진리를 터득한 현자의 자애로운 표정과도 같았다. 하지만 자세히 보면 호선을 그리는 입가와 달리 눈은 조금도 움직이지 않았다.

'저택에서 처음 만났… 아니, 재회했을 때도 저런 웃음만 지었었는데.'

영업용 미소 같은 건가.

잠깐 사이에 체자레를 둘러싼 벽이 세 배쯤 두터워져 있었다.

설렘이 가득한 얼굴로 조곤조곤 떠드는 여인들의 모습이 조금은 귀엽다고 생각하며, 그들 틈새로 몸을 집어넣었다.

'윽.'

아니야. 귀엽다는 말 취소.

천사 같은 얼굴 밑에 숨겨진 강력한 가드가 사람을 이리 치이고 저리 치이게 했다.

다들 어디서 몸을 이렇게 단련한 거야? 팔꿈치에 찍히면 그대로 환생 열차에 오르겠는데?

캐서린은 첫 번째 방어선도 뚫지 못한 채 튕겨져 나왔다. 어처구니가 없었다.

"체자레는 왜 그리 인기가 많아서."

속삭임과도 다름없는, 혹은 참새의 날숨처럼 몹시 미세하고 작은 읊조림이었다.

그 정도로 조용한 목소리였는데, 무료하게 깜빡이던 눈꺼풀 아래의 코발트색 눈동자가 정확히 캐서린을 찾아냈다.

딱딱했던 눈매가 살포시 풀어지는 모습이 보였다. 전시장에 놓인 먼지 쌓인 석고상처럼 틀에 박힌 채 올라가 있던 입술이 옅게 벌어지는 게 보였다.

'……뭐야, 그게.'

정말 뭐지?

어떻게 이름 한 번 불렀다고 그런 표정을 할 수 있는 거야?

캐서린은 심장을 콕콕 쑤시는 간지러운 감각을 참지 못하고 두 손으로 숨통을 부여잡았다.

성벽 사이를 가로질러 성큼성큼 다가온 체자레가 그런 캐서린의 행태를 보고 묘한 표정을 지었다.

"이번에는 심장병 컨셉입니까?"

심장병 컨셉?

무슨 소리인가 싶었던 것도 잠시, 곧 릴리스호에서 외국인인 척 어색하게 제국어를 구사했던 기억이 떠올랐다.

캐서린은 괜히 민망해진 기분으로 고개를 저었다.

"아니에요. 이건 그냥… 아, 상담하고 싶은 게 있어서 그런데 혹시 시간 괜찮아요?"

대답은 체자레가 아닌 한 발자국 물러서 둘을 살피는 여인들에게서 들려왔다.

'누구지?'라든지 '신문에서 본 기억이 있어. 캐서린 파냐 양이야. 왜, 그 체자레 전하의 제자분이라는……'라든지 '아아. 배움을 요청하러 오셨구나. 부럽다.'라든지…….

마지막 감상에는 진심으로 공감했다. 암. 이렇게 잘생긴 얼굴을 마음대로 볼 수 있는 점은 부러울 만하지!

그사이 체자레에게 몇 가지 말을 전해 들은 기사가 정중하게 고개를 숙였다.

"예, 전하. 말씀대로 진행하겠습니다."

기사들이 떠난 후, 다시 곁으로 다가온 체자레가 캐서린의 어깨를 살짝 끌어당겼다.

"가시죠."

아무래도 기사들과의 볼일을 뒤로 미루거나, 빠르게 매듭지은 듯했다.

"괜찮은 거 맞아요? 나는 지금 당장이 아니라, 오늘 밤 꿈속에서 만나도 괜찮아요."

캐서린은 체자레의 손길에 이끌려 깔끔하게 정돈된 정원 입구로 들어섰다. 한동안 대답이 없던 그는 캐서린의 얼굴을 살피곤 살포시 웃었다.

"왜요?"

체자레는 가볍게 어깨를 으쓱이며 대수롭지 않은 투로 대답했다.

"그렇게 표현하니까 낭만적으로 들리는 것 같아서."

"돌고래나 곰치가요? 아니면 민들레 홀씨와 강아지풀이요?"

체자레가 김빠지는 웃음소리를 냈다.

"둘 다지만 없던 소리로 하지."

일부러 바보 같은 소리를 한 건데. 막상 웃어넘기니까 괜히 시원섭섭했다.

"그래서 나와의 하루는 어떤 식으로 보낼지 생각해 봤습니까?"

사실 막 생각하려다 잠들어 버린 거였다. 하지만 캐서린은 기대하라는 듯 자신만만한 표정을 보이며 긍정했다.

"했지만, 비밀이에요. 그래서 지금 당장 시간은 괜찮다는 거죠?"

그녀의 물음에 진지하게 턱을 쓸던 체자레가 고개를 끄덕였다.

"괜찮다 못해 당신의 용건이라면 앞으로 한 천 년 동안은 여유롭게 받을 수 있을 것 같기도 하고."

왜 자꾸 낯간지러운 소릴 하는 걸까. 어디 아프냐고 묻고 싶었지만 실제 그리하지는 못했다. 정색하면서 앞으로 안 그러겠다고 하면 어떡해?

캐서린은 자연스레 웃어넘기며 화제를 전환했다.

"잠깐 졸면서 꿈을 꿨는데요. 그 꿈이 조금 이상해서……."

"꿈? 우리는 꿈을 꾸지 않습니다, 캐서린."

어라.

'그러고 보니…….'

예전에는 종종 꿈을 꿨지만, 각성한 이후부턴 꿈을 꾼 적이 단 한 번도 없었다.

그렇다고 대낮에 꾼 꿈이 환상은 아니지 않은가.

머릿속을 정리한 캐서린은 차분하게 대답했다.

"하지만 그건 꿈이 맞아요. 감각도 꿈을 꿀 때와 똑같았는걸요. 벨리알과 지오반느가 서로만 아는 이야기를 나누었는데, 내가 그 모습을 지켜보고 있었어요."

가만히 귀 기울여 듣던 체자레가 한 박자 늦게 입을 뗐다. 대충 감을 잡았다는 얼굴이었다.

"그건 인력입니다. 며칠 전에도 말했었죠? 반지와 당신 사이에 없던 인력이 생겨서 내가 돌려주지 않았습니까."

"그 말은… 나도 모르는 무언가가 날 부르고 있단 소리예요?"

둘의 걸음은 어느새 녹지 않은 눈이 소복하게 쌓여 있는 산책길을 따라 거닐고 있었다.

눈이 멈춘 지 얼마 되지 않아, 아직 이곳까지는 눈을 쓸어 내지 못한 듯했다.

"대체 무엇이요?"

"글쎄… 거기까지는 알 수 없군. 가장 그럴싸한 추측은 전 릴리스의 유산이 당신을 부른다, 정도가 되겠군요."

버스퍼필드에 어머니가 남겨 주신 유산이 남아 있기는 했다.

코드 네임 비둘기인지 뭔지 포함해서.

나란히 걷던 체자레가 코를 찡긋하며 캐서린을 돌아봤다.

"확실한 건 그 인력이 당신이 꿈에서 봤다는 지오반느와 연관되어 있다는 겁니다. 불쾌하게."

벨리알이 아닌 지오반느만 콕 집어서 말하는 게 왜 그럴까 싶기는커녕 좋았다.

캐서린은 좋아 죽는 티를 숨기기 위해 체자레의 입관식에 참석한 상상을 하며 표정을 굳혔다.

"걱정 마요. 지오반느와는… 아니, 지오반느 씨와는 심해의 해초 무리나 호숫가에서 놀지 않았어요. 지켜보기만 했다고요."

"그거 퍽 안심되는 변명이네요."

일말의 진심도 담기지 않은 목소리였다.

"한데 당신은 왜 이렇게 간수가 안 됩니까?"

"꿈을 어떻게 간수하란 거예요?"

우뚝, 걸음을 멈춘 체자레가 이제는 완전히 몸을 틀어 캐서린의 얼굴을 정면으로 바라봤다.

내리뜬 은색 속눈썹이 발아래 쌓인 눈보다 하얬다.

"그거 말고. 내가 말하는 건 여기부터."

유연하게 뻗은 손가락이 캐서린의 발끝을 가리키곤 천천히 위로 향했다. 이윽고 그의 검지가 멈춘 곳은 캐서린의 정수리였다.

"여기까지."

체자레는 반박할 틈도 주지 않았다. 뻗은 손을 다시 거두어 엉거주춤 열리려는 캐서린의 윗입술과 아랫입술을 꽉 붙잡았다.

"특히 이거. 이걸 말하는 겁니다. 누가 가져가든 말든 상관없다는 거야, 뭐야?"

살벌한 눈으로 코웃음을 내뱉은 체자레가 엄지와 검지 사이에 잡힌 캐서린의 입술을 살살 흔들었다.

"그 새끼 목을 분질러 버릴 뻔한 게 아직 반나절도 안 된 일인데. 뭐? 이제는 버스퍼필드의 총사령관이 꿈에 나와? 정말 가지가지 하는군."

누가 보면 지오반느를 제발 내 꿈에 데려와 달라고 기도라도 한 줄 알겠네.

"놔여."

"놓으라고? 나와 약속하면 놓아주지."

"또 머를여?"

"내가 어느 날 갑자기 퍼시빌 베네딕토 파헨리힌의 목을 떼서 어비스랜드에 던져도 서운해하지 않기."

"그럴게여."

망설임 없는 대답에 체자레가 미간을 구겼다. 그리고 한없이 의심스럽다는 눈으로 되물었다.

"진담입니까?"

입술을 잡은 손가락의 힘이 약해졌다. 이때다 싶어 얼굴을 멀찍이 떼어 내곤 고개를 끄덕였다.

그는 여전히 의심스러운 눈이었지만, 지금 수준의 대답으로도 만족스러웠는지 자연스레 걸음을 이었다.

사각사각 밟히는 눈의 느낌이 싫지 않았다. 체자레의 걸음 뒤로 살포시 찍힌 발자국에 맞춰 걷던 캐서린은 조용히 그의 이름을 불렀다.

"체자레."

힐긋 그녀를 응시한 체자레가 그녀에게 맞춰 보폭을 좁혔다. 캐서린은 두어 걸음 앞서 있던 그의 어깨가 나란해진 후 지나가듯 말했다.

"다시는 예전처럼 차갑게 굴지 않는 거죠?"

무관심이 뚝뚝 떨어지는 눈을 볼 때마다 얼마나 서운했던지.

의식해서 대수롭지 않은 척 언급했는데, 체자레가 어떤 식으로 받아들일지는 알 수 없었다.

"나와 알은체하기도 싫은 사람처럼 엄청 까칠하게 굴었잖아요."

"까칠?"

처음에는 생략된 문장을 파악하지 못하는 눈치였다.

체자레는 이내 눈을 얇게 뜨곤 비웃는 음성으로 반박했다.

"언제는 까칠한 나도 좋다며? 그럴싸한 빈말이었던 건가?"

'내가 언제?'라고 발뺌하기엔 좋아한다고 말한 기억이 너무나 생생했다.

캐서린은 모르는 척할 수 없다면 당당해지기로 했다.

"아니요. 진담인데요. 옆으로 새지 말고 대답이나 해 줘요. 언제든 다시 까칠해질 수 있다는 거예요?"

체자레는 대답 대신 고개를 다시 정면으로 돌렸다. 빈틈없이 다물어진 입술 모양으로 그의 심정을 유추할 수 있었다.

"조금 억울해 보여요."

대답은 조금 늦었다.

"억울하지는 않고. 언어가 가진 힘에 다시 한번 놀라서 말입니다. 나의 행동이 까칠하다는 표현 하나로 모두 설명될 수도 있군요.”

"그게 억울한 거예요.”

"뭐, 납득 못 하는 건 아닙니다. 당신 입장에서는 딱히 틀린 소리도 아니니까.”

점차 흐려지는 목소리가 수상하다.

그게 억울한 건데. 억울하다 못해 삐친 것 같기도 한데. 하지만 캐서린은 말을 아꼈다. 이럴 때는 추궁하기보단 타일러야 했다.

수천 년 먹은 에덴의 역사 그 자체를 타이르는 날이 올 줄이야.

"내가 걱정돼서 그랬다는 건 알아요. 마음은 여전히 가까운데, 몸은 더 이상 그렇지 못하니 당신이 알아서 거리를 벌린 거잖아요.”

그러다 이쪽이 더 억울해서 한 번 소리쳐 주기도 했다.

"그래도 조금만 더 친절하게 설명해 줬다면 이해했을 텐데!”

조금 난처한 얼굴이 된 체자레가 아닌 척 캐서린의 손을 잡아끌며 말끝을 흐렸다.

"그건 고민을 조금 하느라.”

"무슨 고민이요? 어서 말해 봐요. 고민은 나눌수록 가벼워진대요.”

마주 쥔 손은 차가웠다. 하지만 어쩐지 깍지 낀 손가락 사이로 여름의 열기가 전달되는 듯했다.

캐서린이 잡힌 손에 제대로 힘을 주지 못하는 동안, 체자레는 유연하게 그녀의 망에서 빠져나갔다.

"내 고민을 나누기에는 캐서린 양이 너무 어리네요. 당신이

200살 정도 더 먹으면 상담받겠습니다.”

뭐? 200살? 누가 대악마 아니랄까 봐 뒤로 미루는 스케일도 남다르네.

"200년을 어떻게 기다리란 거예요?”

"우리가 살아갈 시간에 비하면 소박하고 사랑스러운 시간 아닌가.”

"그러는 체자레는 몇 살인데요?”

"2천 이후로 세기를 멈추었다는 것만 기억해 두세요.”

2천이라면 또 할 말이 없지.

이성적인 캐서린은 됐으니 어서 말하라고 투정 부리기보단 체자레와 깍지 낀 손을 매몰차게 뺐다.

하지만 체자레는 기분 상하기는커녕 XXX XXX다는 눈으로 캐서린의 손을 다시 빼앗아 잡았다.

꾸며 낸 감정도, 캐서린의 착각도 아닌 귀여워 XXX다는 감정이 여실히 느껴지는 눈이었다.

내가 귀여워 죽겠대.

캐서린은 먼 하늘로 시선을 돌리며 마인드 컨트롤을 했다.

'아니야. 캐서린, 너는 전혀 귀엽지 않아. 체자레처럼 2천 년쯤 살다 보면 나무껍질에 사는 유충도 귀여워질 수밖에 없어.’

다행히도 캐서린의 심장이 터지지 않게 중재해 줄 남성이 나타났다.

귀족으로 보이는 젊은 청년은 정중하게 고개를 숙이며 양해를 구했다.

"전하, 말씀 중에 죄송합니다. 회의 관련 문제로 잠시 시간을 내주실 수 있으실까요?"

남성은 아닌 척 둘의 깍지 낀 손을 내려다보다가 황급히 시선을 올렸다.

왜 남의 손잡는 모습을 훔쳐보는 거야? 물론 나야 보든 말든 상관없지만!

캐서린은 체자레의 등을 밀어 내며 한시라도 빨리 떠나길 재촉했다.

"어서 가요, 어서."

아무리 밀어 내도 땅에 박히기라도 한 듯 꼼짝 없이 서 있던 체자레가 한숨을 푹 내쉬었다.

"인간 놈들은 일생에 도움이 안 돼."

그는 곧 다분히 못마땅한 얼굴로 남성의 뒤를 따라 자리를 떴다.

그들이 자리를 떠서 완전히 사라지기 전에 캐서린은 몸을 틀어 오던 길을 돌아갔다. 등 뒤에서 전혀 궁금하지 않은 대화가 들려왔다.

"전하, 저 여성분은······."

"관심 끄고 용건이나 말해."

캐서린은 더, 더 빠른 걸음으로 멀어졌다.

그렇게 얼마나 걸었을까?

주위를 둘러보니, 어느새 황실 기사단 본부 근처로 돌아와 있었다. 밝았던 하늘이 서서히 흐린 빛으로 물들어 가는 것을 보니 슬슬 해가 지려는 듯했다.

'근방에서 조금 쉬다가 돌아가자.'

그렇게 한적한 벤치에 앉아, 황실 기사단 본부 근방을 오고 가기 바쁜 사람들에게 시선을 돌릴 즈음.

낯설지 않은 옆모습이 캐서린이 앉은 벤치를 스쳐 지나갔다.

저 웃음소리.

저 손짓.

익숙한 외양의 남자는 한눈에 봐도 연인으로 보이는 여인의 허리를 감싸 안으며 황실 기사단 본부의 정문 앞 분수대에 자리를 잡았다.

다정하게 웃고 떠드는 모습이 무척이나 행복한 모습이었다.

나를 앞에 두고서, 그렇게 즐겁게 웃는다고?

'샤를로스 킬홀더.'

너무 과분한 행복을 만끽하고 있구나.

"어디를 그렇게 열심히 노려봅니까?"

그때, 갑작스러운 음성이 캐서린의 옆자리로 끼어들었다. 놀라지 않고 익숙하게 눈동자만 굴려 인기척의 주인을 확인했다.

데미안이었다.

"원수? 아니면 옛 친구?"

"나를 어떻게 찾은 거예요?"

"여기서 외투도 안 입고 돌아다니는 여자는 아가씨밖에 없습니다만."

그의 말대로, 따뜻하게 챙겨 입은 사람들 가운데 가을 차림을 한 인물은 캐서린밖에 없었다.

'너무 계절감 없었나.'

하지만 이젠 일부러 자각하지 않는 이상 더위와 추위가 잘 느

꺼지지 않는걸. 사람 껍질을 뒤집어쓰는 것도 쉬운 일은 아니구나.

체보크 황자와의 이야기는 잘 끝난 걸까? 언뜻 확인하니 표정이 꽤 쾌활해진 것 같기는 했다.

캐서린은 대충 고개를 주억이며 대답했다.

"전 약혼자예요."

데미안이 믿을 수 없다는 표정으로 목청을 높였다.

"예에? 저 남자가 말입니까? 아가씨의 전 약혼자라고요? 하지만 너무……."

크흐음. 데미안은 어색하게 뒷말을 삼키며 말을 이었다.

"저는 아가씨 눈이 굉장히 높으실 줄 알았는데 말입니다. 체자레 님과 교황청의 미친개 그리고 저 부지깽이 같은 오소리라니요? 도저히 같은 선상에 놓을 수가 없는데요."

같은 선상에 두면 나머지 둘에게 크나큰 실례이기는 했다.

하지만 샤를로스 킬홀더는 캐서린의 전 약혼자였으며, 그 열정의 정도와는 무관하게 가장 오래 교제한 사이이기도 했다.

고작 두어 달 뜨겁게 타올랐던 퍼시빌과 달리 1년 가까이를 함께했으니까.

"나는 평범한 자작 가문의 영애였어요, 데미안. 자작 가문의 딸이 대단해 봤자 얼마나 대단한 남자와 결혼할 수 있겠어요?"

이테라나 제국에서 자작은 세습이 불가한 작위이다.

따라서 당사자가 아닌 이상 그 식솔들은 사교계에서 작위는 없으나 그럭저럭 부유한 사람 정도로 취급받았다.

"반대로 킬홀더 가문은 명망 좋은 핏줄에 속하니, 자작 영애 입장에선 퍽 운이 좋은 편이라 할 수 있었죠. 샤를로스는 외동아들이라서 식만 치르면 그대로 백작 부인에 오를 수 있는 거니까."

애초부터 그녀를 좋게 봐주던 귀부인들이 소개해 준 상대였으니 어중이떠중이일 수가 없었다. 티 내지는 않았어도, 캐서린 나름대로는 진지하게 관계를 이어 가던 남자였다.

우습게 들릴 수도 있으나 그녀에게는 정착의 꿈이 있었다.

어느 한곳에 눌러 앉아 평범한 가정을 이루고, 아이를 낳고, 평화롭게 살아가는 그런… 다소 시시하기는 해도 남들과 똑같은 그런 꿈이.

'그런 면에서는 샤를로스와의 결혼이 적절하다고 생각했는데.'

결혼에 사랑은 필요충분조건이 아니다. 그 사실은 어머니와 아버지를 통해 진득이 배워 왔다.

샤를로스는 조용하고 차분한 성격이라 나쁘지 않았다.

재미는 더럽게 없었지만 너무 재밌어서 100명의 정부를 곁에 두는 것보단 사건 사고 없이 평온한 게 최고로 여겼다.

백작 출신이니 검소라는 덕목을 챙길 필요도 없고. 잘생기지는 않았지만 못 봐 줄 외모는 아니고.

그래도 결과적으론 꽝이었지만.

'나는 남자 보는 눈이 없나 봐.'

혼자 중얼거리며 샤를로스를 노려보던 데미안이 그녀에게 물었다.

"그래서 복수는요?"

복수?

깊게 숨을 들이쉰 캐서린이 느릿하게 몸을 일으키며 대답했다.

"말 나온 김에 지금 하면 되겠네요."

애초에 이 순간을 위해서 볏짚 머리를 이용했던 거니까.

일어선 방향 그대로 망설임 없이 직진하자, 데미안 역시 엉거주춤 몸을 일으켜 뒤따랐다.

가을 차림으로 당당하게 활보하는 모습이 눈에 띄었던 것일까.

샤를로스는 금방 캐서린의 존재를 알아챘다.

그의 따스한 가을빛 눈동자와 마주친 찰나의 순간. 마치 세상이 멈춘 듯한 착각… 같은 건 절대 일어나지 않았고, 긴 시간 잠들어 있던 짜증이 무럭무럭 성장하기 시작했다.

거리가 가까워지자, 멍하니 앉아 있던 샤를로스가 다급히 몸을 일으켰다.

이윽고 그는 아련한 시선과 음성으로 그녀를 불렀다.

"캐서린……."

이름 한 번으로 주먹이 울게 만드는 능력은 가히 제국 최고인 듯했다.

"안녕, 샤를로스."

캐서린이 아무렇지 않게 인사하자, 저 혼자 그리움에 젖어 있던 얼굴이 대번 환해졌다.

"오랜만이오, 캐서린 양. 잘 지냈소? 그대는 여전히 어여쁘군."

살랑거리는 바람에 흔들리는 머리칼. 길지 않은 이별의 시간 동안 성숙해진 우리.

캐서린은 샤를로스의 미소로부터 과거의 추억을 회상… 할 수 있겠냐고.

'이게 지금 뭐라는 거야. 혹시 그사이 미쳐 버린 건가?'

샤를로스의 목표는 안구 테러일 수도.

샤를로스의 정신병 여부를 추측하는 캐서린을 대신해서, 데미안이 시기적절한 반응을 보여 주었다.

"뭐? 여전히 예쁘군? 오… 주둥이 뚫렸다고 아주 잘 씨불인다?"

퉤. 샤를로스의 발치로 침을 뱉는 행태가 크리스토퍼의 흑주먹 그 자체였다.

데미안은 어떻게 이리도 시정잡배 같을까?

"허? 캐서린 양, 이 무례한 자는 대체 누구입니까?"

위기감을 느낀 샤를로스가 여인을 자신의 등 뒤로 숨겼다. 캐서린은 입꼬리만 올리며 대답했다.

"농담이 조금 거칠지? 이쪽은 내……."

"호위 기사이자 황실 기사이시다. 휘이, 휘이! 너는 우리 아가씨한테서 두 발자국 더 떨어져. 안 그러면 뒈진다."

보란 듯이 흔들리는 주먹이 샤를로스의 얼굴만 한 듯한 착각이 인다. 하지만 샤를로스는 쉬이 물러설 마음이 없어 보였다.

"캐서린 양의 친우로 보여 웃어넘기려고 했으나, 말이 너무 거친 거 아니오? 황실 기사의 명예가 그것밖에 안 되는 거요?"

"응. 안 돼. 그딴 거 옛적에 버렸어."

캐서린은 조금도 미안하지 않은 얼굴로 데미안 앞에 섰다.

"미안해, 샤를로스. 이쪽은 크게 신경 쓰지 마. 그런데 옆에 계신 분은?"

"아……."

샤를로스의 얼굴에서 멈칫하는 기색이 보였다.

그러나 이내 곧 피할 수 없는 상황이라면 맞부딪치겠단 표정으로(재수 없었다는 뜻이다) 숨어 있던 여인의 손을 끌어당겨 내보였다.

금발의 작고 사랑스러운 여인이었다.

"여기는 로잘리테. 결혼을 전제로 만나고 있소. 로잘리테? 이쪽은 나의… 친우인 오를레앙 가문의 캐서린 오를레앙 영애입니다. 간만의 재회라 반갑게 인사를 나누던 참이지."

"아, 안녕하세요. 신문에서 여러 번 뵈었어요. 실제 만나 봬서 영광이에요."

역시 연인이었구나.

'귀족 가문 출신은 아닌 건가?'

이쯤 되니 샤를로스 취향을 조금이나마 이해할 수 있을 것 같았다.

볼품없는 자작 가문의 장녀.

그다음은 사교계에서 멸시받는 하녀의 딸.

그다음의 다음은 귀족 태생이 아닌 여인.

모두 그의 동정심을 자극할 법한 여인들이지 않은가?

캐서린은 전 약혼자의 새로운 여자를 보고도 이토록 아무렇지 않을 수 있단 사실에 깜짝 놀랐다. 사실 그 누구를 데려와도 파냐 후작이나 샤그위드 2세가 아닌 이상 아무런 감흥이 없을 것 같았다.

캐서린은 여인을 향해 고개를 까딱여 인사했다.

"만나서 반가워요. 정확히는 샤를로스의 친우가 아니라 옛 연인이지만."

"캐서린."

샤를로스가 난처한 눈으로 캐서린을 나무랐다. 캐서린은 그의 복장을 터트릴 밝은 웃음을 지으며 대꾸했다.

"왜? 난 옛 연인과는 우정 안 나눠. 그런데 너는 눈치 없게 나를 오를레앙 가문의 캐서린이라 소개하는구나. 내가 출가했단 이야기를 전해 들었을 텐데도."

"아니오, 캐서린 양. 나는……."

"아아, 그래. 전해 들은 수준이 아니지. 내가 쫓겨난 그 순간에도 바로 옆에 있었잖아?"

사람들의 시선이 힐끔힐끔 그들을 살피기 시작했다.

최대한 부드러운 어조로 말한 것 같은데, 역시 인간들은 소란스러운 사건에 환장한다니까.

옆에서 한참 으르렁대던 데미안이 경악하며 샤를로스를 손가락질했다.

"옆에 있었다고요? 이 빌어먹을 탈모 초기의 주먹코 오소리 난쟁이가 말입니까?"

탈모 초기의 주먹코 오소리 난쟁이가 노성을 터트렸다.

"기사로 뵈는데, 그런 천박한 어투를 사용하다니!"

캐서린은 탈모 초기의 주먹코 오소리 난쟁이가 뭐라 하든 전혀 상관하지 않으며 손가락으로 눈물 훔치는 체를 했다.

"맞아요. 당시 샤를로스는 내 동생인 앤과 불륜 관계였는데, 둘이서 함께 나를 밖으로 몰아내는 데 일조했지. 아아… 다시 떠올려도 가슴 아픈 과거야."

졸지에 전 연인 사이에 끼게 된 로잘리테가 흔들리는 눈으로 샤를로스의 옷깃을 부여잡았다.

"샤, 샤를로스? 이게 대체 무슨 이야기인가요?"

"아니오! 저 요사스러운 소리는 들을 가치가 없습니다, 로잘리테. 가문에서 쫓겨난 탕아의 헛소리에 귀 기울이지 마십시오."

샤를로스는 이를 악물고 캐서린을 노려봤다. 소심하기만 했던 그에게선 단 한 번도 본 적 없는 적의 어린 시선이었다.

"없는 소리를 잘도 지어내는구나. 내가 쫓아냈다고? 너는 네 발로 직접 오를레앙 가문을 나간 거야. 이 말에는 한 치의 거짓도 없다. 사실은 누구보다 네가 가장 잘 알 테지!"

뭐, 확실히 내 발로 나가기는 했어.

캐서린은 일일이 따지기보단 고개를 끄덕이며 대충 흘려 넘기기로 했다. 그것보다 더 중요한 사안이 있었기 때문이다.

"그래서 앤이랑은 어쩌다 헤어진 거야? 나는 그 애가 킬홀더 백작 부인이 아닌 첸 백작 부인이 됐다는 소식에 깜짝 놀랐지 뭐야. 멀쩡한 날 두고 눈까지 맞았는데, 적어도 백년가약은 할 줄 알았거든."

역시 앤은 순전히 캐서린을 조롱하기 위해 샤를로스를 빼앗아 간 것일까?

샤를로스가 분노 어린 노성을 터트렸다.

"이제야 날 알은체한 이유를 알겠군. 하! 그렇게까지 해서 로잘리테에게 상처를 주고 싶은 거였소? 오래전의 케케묵은 이야기를 꺼내, 나와 로잘리테의 사랑을 방해하려는 속셈이겠지! 참 보기 추한 질투로군."

아니, 오래라기에는 고작 몇 달 전의 일이지 않나.

짝짝짝. 캐서린은 샤를로스를 빼앗아 간 앤을 위해 박수라도 쳐 주고 싶은 심정이었다.

'너도 이 언니 좋은 일을 하기는 했구나!'

조금 다른 방향의 피해 의식에 빠진 샤를로스는 1절을 넘어서 2절까지 가기 시작했다.

"하지만 이거 어쩌나? 로잘리테는 캐서린, 당신과 달리 매사에 날 가르치려 들지 않는 온화하고 상냥한 여인이라 서로 마음 상할 일도 없어서 말이지. 우리의 신뢰는 당신의 이간질로 어긋날 일이 없을 것이오."

얘가 그동안 내게 쌓인 게 많았구나.

캐서린은 귀를 후비적거리며 순순히 긍정해 주었다. 바람피운 새끼의 3절까지는 듣고 싶지 않았다.

"알았으니 앤이랑은 어떻게 이별……."

"게다가 로잘리테는 낯부끄러운 뒷소문에 휩싸이지 않는 정숙한 숙녀라고! 이 남자 저 남자 건들고 다니는 그대와는 차원이 달라!"

이럴 수가. 이번만큼은 캐서린도 놀란 마음을 숨기기 어려웠다.

'촌 동네 중에서도 촌 동네인 오를레앙 내에서만 돌았던 창의적인 소문을 아직도 믿고 있었구나.'

심지어 그 소문들의 출처는 죄다 앤이었는데. 이별했어도 앤에 대한 신뢰는 여전한가 보다.

우려했던 대로, 샤를로스의 화풀이는 4절까지 계속됐다. 그에게 큰 수치심을 안겨 줄 예정인 만큼 과연 어디까지 가나 싶은 심정으로 귀를 기울여 주었다.

"따지고 보면 내가 당신과 이별하기를 결심한 것도 어쩔 수 없는 일이었소. 아마 내가 아닌 다른 남자여도 그러했겠지! 귀부인들의 예쁨을 받는단 이유로 시건방지고, 대단한 외가를 뒷배로 두어 은근히 무시하는 당신 같은 여자를 어떤 남자가……."

"나."

그 목소리는 데미안도 캐서린도, 하물며 로잘리테의 것도 아니었다.

이전에 없던 무게가 어깨 위로 내려앉았다. 캐서린은 기울어지려는 무게 중심을 바로 하며 고개를 돌렸다.

꿈에서 봤던 미끈한 귀공자의 콧날이 한 뼘도 안 되는 거리에 뻗어 있었다.

"나는 좋다고. 흐음. 이야기만 들어도 내 마음에 쏙 들어서 미칠 지경인데? 구경꾼들만 없다면 지금 당장 천 개의 금괴를 바쳐서 구애하고 싶을 정도야."

지오반느였다.

씨익 웃은 그가 반대쪽 손으로 진정하라는 듯, 데미안의 등을 가볍게 두드렸다.

그에 데미안은 깊게 숨을 들이켜고 천천히 눈을 감았다가 떴다. 캐서린의 입장에 과하게 몰입한 모양이었다.

"하지만 허락해 주진 않을 것 같아. 이미 여러 번 차였거든. 아아, 그 이름 캐서린 파냐! 차갑기로는 한겨울의 메론 셔벗보다 차가운 여인이여!"

지오반느는 수치심도 모르나 봐. 덕분에 아닌 척 훔쳐보던 구경꾼들이 대놓고 모이기 시작했다.

캐서린은 어깨에 걸쳐진 팔을 밀어 내며 불만을 표했다.

"지금 뭐 하는 거예요?"

지오반느는 이상하리만큼 멀쩡하게 차려입은 모습이었다.

검붉은 타이에 격식 있는 새까만 코트까지 갖춰 입은 그는 캐서린이 아는 파인애플 셔츠의 지오반느 버스퍼필드보다 더 정상적인 사람처럼 느껴졌다.

마치 대단한 비밀이라도 밝히는 양 고개를 숙인 그가 팔짱을 낀 채 속삭였다.

"지나가다 들렀어, 제자님. 심장이 두 다리를 이곳까지 이끌었달까? 내가 또 이런 이야기에는 환장하거든."

혼자 시공간 이동 대서사시 로맨스 소설을 쓸 때부터 알아봤다.

"샤, 샤를로스. 이만 돌아가요. 이곳에 더 머물러서 좋을 건 없어 보여요."

다분히 이성적인 로잘리테가 샤를로스의 팔을 잡아끌었다.

예전의 샤를로스였다면 순순히 꼬리를 말고 자리를 비켰겠지만, 활활 타오르는 눈을 봐선 전혀 그럴 생각이 없어 보였다.

"예나 지금이나 남자들에게 꼬리 치는 건 여전하군, 캐서린. 이제는 그 유명한 지오반느 버스퍼필드 씨까지 꼬신 건가? 박수가 절로……."

짜악!

샤를로스의 5절은 길게 이어지지 못했다. 듣기만 해도 소름 돋는 타격음이 분수대 앞에 울려 퍼졌다.

캐서린이 샤를로스의 뺨을 내려치는 소리가 아니라, 데미안의 허리띠가 허공을 날아 샤를로스의 면상을 후려치는 소리였다.

"네놈 자식에게 결투를 신청한다. 지금 당장 무장하고 따라와! 고자로 만들어서 뒈질 때까지 홀아비로 살아가게 해 주지. 혀는 곱게 다져서 노릇노릇한 소시지로 만들어 주마."

데미안은 일단 뭐든 던지기만 하면 결투 신청이 된다고 생각하는 것일까?

위협적으로 다가가는 데미안의 모습에 샤를로스가 몸을 움츠리며 대답했다.

"나, 나는 기사가 아니오. 그러니 결투는……."

"아앙? 이게 지금 뭐라 씨불이는 거야? 크게 말해, 이 탈모 초기의 주먹코 오소리 난쟁이 새끼야!"

"진정해, 데미안 경."

이제 막 나서려는 캐서린에 앞서, 지오반느가 데미안을 불렀다. 그는 팔짱을 풀고 까만 가죽 장갑을 벗을락 말락 하며 조언했다.

"탈모 초기의 주먹코 오소리 난쟁이 군이 경에게 결투 신청을 한다면 모를까, 정식 기사인 경이 기사 서임을 받지 않은 자에게 결투를 신청할 수 없다고."

"기사학과 출신인 제가 그것도 모를 것 같습니까?"

"음? 기사학과 출신이었나? 자네라면 당연히 길바닥 깡패 출신인 줄 알았는데?"

듣는 척도 안 한 데미안이 다시 샤를로스를 노려봤다. 결투 신청이 불가하다면 눈빛으로라도 태워 죽일 기세였다.

이 정도면 됐겠지.

데미안의 곁으로 다가간 캐서린이 그를 차분히 진정시켰다. 자신의 일처럼 나서 주는 게 사뭇 고맙게 느껴졌다.

"됐으니 그만둬요, 데미안."

"그만두기는 뭘 그만둡니까? 이런 자식들은 코를 한번 납작하게 눌러 놔야……!"

"당신이 아니라 내가 나서면 되니까. 이것 좀 잠시 빌릴게요, 선생님."

캐서린은 반쯤 벗겨진 지오반느의 가죽 장갑을 빼앗아 샤를로스의 코를 후려쳤다.

짜악!

경쾌한 소리와 함께 샤를로스의 얼굴에서 가죽 장갑이 주르륵 흘러내렸다. 빨개진 면상에 대고 차분하게 입을 열었다.

"결투를 신청할게, 샤를로스 킬홀더. 이 많은 사람 앞에서 날 조롱한 대가를 받아야겠어."

이 순간을 위해 볏짚 머리와의 결투로 경험을 쌓고 샤를로스의 조롱을 참았다.

귀족 간의 결투는 현대에 이르러 점차 없어지는 추세였으나, 그렇다고 완벽하게 사라진 것은 아니었다.

명예 회복이나 두 명의 남성이 한 명의 여인을 두고 치러지는 결투는 종종 입소문을 타고 사교계에 퍼지곤 했다.

즉, 캐서린의 요구는 귀족 사회에서 충분히 납득될 만한 관례였다.

샤를로스는 당황한 눈치였다.

"무슨 말도 안 되는……."

"왜 말이 안 돼? 난 파냐 가문의 명예를 위해서라도 네게 한 방 먹여야겠어. 남자에게 꼬리 치느니 뭐니 했던 말을 잊은 건 아니겠지? 설마 도망칠 거야?"

"도망치기는 누가 도망친다는 것이냐!"

"너 말이야, 너. 내가 로잘리테 양이라면 전 약혼녀가 겁이 나 도망치는 남자에겐 개미 똥만큼의 매력도 못 느낄 거야. 그렇죠?"

캐서린의 물음에 로잘리테의 얼굴이 금방이라도 울음을 터트릴 것처럼 일그러졌다.

'괴롭힐 생각은 아니었는데.'

그래도 별수 있나? 캐서린에게는 이름만 아는 여인의 행복보다는 샤를로스에게 쪽을 주는 게 훨씬 중요했다.

첸 백작에게 그러했듯, 로잘리테에게도 위로금 몇 푼 쥐어 주면 괜찮아질 것이다. 아니, 괜찮아져야 했다. 대략… 2층 저택 두 채쯤 살 수 있는 돈으로.

샤를로스가 붉으락푸르락한 얼굴로 거칠게 숨을 내쉬며 외쳤다.

"좋다! 그 결투를 받아들이지!"

오오! 둥그렇게 둘러싼 이들이 작게 환호했다.

사람들의 관심은 질색인 캐서린이었지만, 이번에는 조금도 불편하지 않았다. 많은 사람이 모일수록 샤를로스의 명예 역시 지하 바닥에 추락할 테니까.

"호오. 이거 재밌는데? 좋아, 두 사람의 결투는 이 지오반느 버스퍼필드가 증인이 되도록 하지."

손짓 한 번으로 결투의 희생양이 된 가죽 장갑을 되찾은 지오반느가 기다렸다는 듯 결투를 옹호했다.

'필요 없는데.'

그래도 유명 인사가 가세하면 소문이 더 일파만파 퍼져 갈 테니까.

샤를로스의 눈은 위태로웠다. 뒤늦게 캐서린의 출신이 북부 사신의 땅, 파냐임을 인지한 듯했다.

귀족 간의 결투는 실질적으로 기사가 대신한다. 하지만 파냐처럼 기사단을 소유한 가문은 상당히 드물었기 때문에 대개 이름난 방랑 기사나 용병을 고용했다.

파냐의 기사단과 국경 수비대는 제국에서도 워낙 악명 높은 곳이라, 황실 기사단이 아닌 이상 고작 며칠 내에 대등한 무인을 고용하는 건 불가능에 가까웠다.

'황실 기사단은 애초에 손을 빌릴 수도 없으니까.'

캐서린은 샤를로스를 위해 자비를 베풀기로 했다.

"너무 걱정하지 마, 샤를로스. 파냐 성의 기사에게는 부탁하지 않을 테니까."

샤를로스는 어지간히 자존심이 상한 얼굴이었으나, 캐서린의 자비를 거절하지는 않았다.

오히려 거기서 한 발 더 나아갔다.

"듣기로는 네가 크, 크리스토퍼 대공……."

"대공 전하는 물론, 그분의 지인들에게도 부탁하지 않을 거야. 이것으로도 부족해? 더 약속해 줘?"

"하! 애초에 결투란 본인의 능력으로 임하는 것이다. 스승이나 가문의 힘을 빌리는 건 부끄러운 행위이지."

뚫린 입이라고 말은 많다.

캐서린은 이 이상 대화를 끌고 싶지 않아, 마지막 한마디로 일단락했다.

"날짜는 내일모레 오전 9시. 장소는 황실 기사단 연무장에서."

"꼬리 말고 도망치지나 마라."

샤를로스는 로잘리테의 어깨를 끌어안고 도망치듯 자리를 벗어났다.

캐서린 역시 지대한 관심을 보이는 인파를 제치고 황실 기사단 정문을 벗어났다.

두어 걸음 뒤에 붙은 지오반느가 웃음기 서린 목소리로 물었다.

"이전의 결투는 이걸 위해서였군. 그렇지, 제자님?"

"맞아요."

역시 지오반느는 눈치가 빠르다. 그는 즐거움이 한가득 밴 음성으로 제안했다.

"필요하다면 이 능력 좋은 스승님께서 아주 훌륭한 기사를 빌려주지."

"괜찮아요. 누구를 데려올지는 이미 생각해 뒀거든요."

조금 더 안온한 공기가 감도는 실내에 들어서며, 지오반느가 한탄하듯 말했다.

"이 스승님은 몹시 걱정이야. 제자님의 남자관계가 퍽 복잡한 것 같아 눈을 뗄 수가 없으니, 원."

이제까지의 장난스러운 음성과 달리 진심으로 걱정하는 투였다.

하긴. 퍼시빌이 얼마나 질긴 또라이인지 두 눈으로 직접 확인하면 걱정이 안 되기도 어렵지.

"저도 그렇게 생각해요."

"전 약혼자라는 자와 교황청의 미친개를 떠올리면 남자 운도 없는 것 같고."

그것도 옳다.

"스토커를 쫓는 마도구라도 선물해 줄까? 멀리하고 싶은 인물을 각인해 두면 전방 500m 안으로 나타날 때마다 경고 알람이 울리는 마도구야."

캐서린은 진지한 표정으로 지오반느와 시선을 맞추었다.

데미안과 체자레도 같은 소릴 했었는데. 하나쯤 지니고 다녀도 나쁘지 않을 것 같았다.

"고민 좀 해 볼게요."

지오반느는 만족스레 고개를 끄덕였다.

그는 캐서린이 계단을 따라 올라가는 내내 조용했다.

어디까지 뒤따라올 참인 걸까?

둘로 나뉜 길목에서 오른쪽으로 걸음을 옮기기 전, 걸음을 멈추고 지오반느에게 말했다.

"할 말 있으세요?"

너무 자연스러워 잊고 있었는데, 지오반느는 캐서린이 예의 주시해야 하는 인물이었다.

교황청과의 관계가 파국에 달해 가는 와중에 캐서린의 정체를 아는 유일한 인간일 수 있었으니까.

하지만 눈앞의 지오반느는 그런 사실 따위 조금도 마음에 두지 않고 있단 눈으로 느리게 입을 뗐다.

"나의 제자님은… 아직도 체자레 대공을 지키고 싶으신가?"

진심으로 궁금하다는 얼굴이기에, 캐서린 역시 진심으로 대답했다.

"아니요. 대공께선 제가 감히 지킬 수 있는 분은 아니죠."

인간 시절의 걱정은 릴리스로 각성하는 동시에 모두 분홍색 천 조각으로 만든 테디베어 수준의 깜찍한 우려가 되어 버렸다.

캐서린은 리바이어던이 대마법사인 체자레에 비견해 얼마나 대단하고 위협적인 존재인지 몸소 부대끼면서 배웠다. 지킨다는 소리는 그녀가 더 강해지기까진 어불성설이었다.

"얼마 전과 말이 바뀌었어."

"그동안 이곳저곳을 돌아다니며 많이 배웠거든요."

지오반느는 특유의 여유롭고 잘난 미소를 지으며 고개를 끄덕였다.

"그런가? 아. 이제 도착했군."

눈앞의 통로를 돌면 바로 캐서린의 방이었고, 이 통로는 이미 아까부터 도착해 있었다.

지오반느는 남은 한쪽 가죽 장갑도 벗었다. 이윽고 그는 캐서린의 어깨를 부드럽게 두들기며 당부했다.

"오늘은 고생했으니 편안히 쉬도록 해. 캐서린 제자님."

그러고는 미련 없이 등을 돌려 왔던 길로 걸음을 옮겼다.

'날 생각해서 데려다준 건가.'

의심스러운 눈으로 지오반느의 등이 사라질 때까지 자리를 지킬 동안, 저 멀리서 데미안이 뒤늦게 쫓아왔다.

"캐서린 아가씨!"

코앞에 도착한 그는 호들갑스럽게 자신의 생각을 늘어놨다.

"아가씨, 생각을 좀 해 봤는데, 제가 대머리 가발과 수염을 이용해 변장하면 그 자식이 못 알아보지 않을까요?"

그 고민을 하느라 늦었던 거구나. 캐서린은 고개를 저었다.

"됐어요. 나도 다 생각이 있으니까 걱정 마요."

"뭐, 아가씨야 당연히 걱정 안 되는데. 그 주먹코 새끼를 확실히 좀 교육시키고 싶어서 말입니다. 제 안에 잠들어 있던 훈육자로서의 피가 뜨겁게 끓더군요."

샤를로스가 좀 교육시켜 주고 싶게 생기기는 했지.

마음은 이해하지만 허락할 수 없었다. 캐서린은 극구 사양하는 대신 그의 팔을 두들기며 고마움을 표시했다.

"나 대신 화내 줘서 고마워요."

데미안이 머리를 긁적이며 어색하게 웃었다.

"크흠. 뭐, 고마울 것까지야……."

"아, 맞아. 할머니께 오늘 이야기 좀 대신 전해 주세요. 황실 기사단 연무장이 필요하단 말도 꼭 함께요."

파냐 후작의 힘이라면 황실 기사단 연무장을 두어 시간은 빌릴 수 있을 테니까.

데미안에게 긍정적인 답을 받아 내고 방문을 닫았다. 어느 순간부터 전등으로 불을 켜지 않으면 눈앞이 깜깜할 만큼 날이 어두워져 있었다.

단을 부르려던 캐서린은 야옹이 앞에서 걸음을 멈칫했다.

「커어어. 커어어.」

"……참 잘 자네."

코까지 골아 가며 깊은 잠에 빠진 야옹이를 깨우고 싶진 않았다.

'뭐. 내일 오전에 불러도 충분하겠지.'

길게 하품한 캐서린은 잠든 야옹이의 꼬리를 가지고 놀다가 평소보다 조금 이르게 잠들었다.

다음 날 이른 오전.
아직 9시도 되지 않은 시간이었건만, 파냐 후작에게서 쪽지가 도착해 있었다.
이제 막 준비를 마친 캐서린은 쪽지를 전달한 시종을 내보내고 내용을 확인했다.
그곳엔 턱이 빠질 만한 놀라운 사안이 적혀 있었다.

사랑하는 캐서린.
할미다.
황제 폐하께서 데미안 로드리아의 입적을 허하셨다. 데미안 로드리아는 대륙평화유지회의 일정이 끝나는 즉시 황실 기사단 정기사직을 사퇴하고 파냐로 올라올 게다.
많이 놀랐으리라 본다. 너 역시 이렇게 빨리 진행될 줄은 몰랐겠지. 혹시 몰라 미리 언질을 해 둔다.
데미안 로드리아와의 관계는 이 할미가 관여하지 않을 테니, 둘이 알아서 정리하거라.

와아. 이토록 놀라운 소식이라니!

마법으로 쪽지를 태운 캐서린은 짧은 한숨을 쉬며 미간을 짚었다.

"삼촌 혹은 오라버니."

싫다.

"가주님 아니면 데미안 님."

미안하지만 더 싫다.

아아, 고민이로다.

데미안이 파냐 가문에 입적하면 캐서린은 그를 무엇으로 불러야 하는 것인가?

「흐아아암. 캐서린, 늦장 부리지 말고 빨리하지! 낮부터 이곳을 나가서 잔혹한 인간 사냥을 해야 한단 말이지!」

야옹이가 꼬리로 침대를 탁탁 치며 심기의 불편함을 토로했다.

"아, 미안. 혹시 지금 바로 불러 줄 수 있어?"

「그거야 나도 모르지. 함 해 봐야 알지.」

캐서린이 옆에 자리 잡자, 방방곡곡에 털을 묻히며 나뒹굴던 야옹이가 몸가짐을 바로 했다.

「자자. 이제 집중하겠지.」

야옹이는 동그란 유리구슬 같은 눈을 부릅뜬 채 몸을 굳혔다.

「흡!」

그러고는 미동도 없다.

'……된 거야?'

얼마 지나지 않아, 생기발랄했던 야옹이의 표정이 순식간에 시건방진 분위기로 뒤바뀌었다.

「음. 무슨 일이십니까?」

어투만 들어도 알 수 있었다. 단이 야옹이의 몸을 차지한 것이다. 다른 걸 떠나서 이런 식으로 호출된단 사실이 놀라웠다.

"단, 지금 시간 괜찮아? 네게 부탁할 게 있어."

「부탁이라니… 황성을 깨부술 생각이신지?」

"아니, 할파스가 필요해. 악마 할파스가 아니라, 인간 할파스."

캐서린은 그녀를 대신해 결투에 임할 대리인으로 할파스를 염두에 두고 있었다.

다만 폰 이테라나에서 할파스 수준의 악마를 소환하면 번거로운 일에 휩싸일 것 같아 단을 통해 손쉬운 경로를 찾으려던 것이다.

「그렇다면 할파스를 직접 부르시면 되지 않습니까?」

"그 방법을 물어보려고 부른 거야."

흐음? 고개를 갸웃한 단이 미처 생각지 못했다는 투로 대답했다.

「아, 생각해 보니 아가씨와 저흰 충성의 맹세만 오갔지, 주종 서약을 나누지 않았군요. 하하하! 죄송합니다. 귀찮아서 미루다가 그만.」

주종 서약이란 걸 나누면 일일이 소환하지 않아도 단과 할파스를 부를 수 있는 모양이었다.

「귀가하시면 바로 주종 서약을 올리겠습니다. 다행히도 할파스를 부르는 건 어려운 일이 아니니 바로 움직이면 될 것 같네요. 이미 폰 이테라나에 도착해 있거든요.」

예상치 못한 정보에 캐서린이 반문했다.

"제도에? 무슨 일로?"

「일단 절 안으시죠. 황성을 나가야 찾을 수 있으니까요.」

캐서린은 당당하게 두 다리를 딛고 일어선 야옹이의 몸을 안아 들고 방을 나섰다.

회의가 열리는 바로 전날이라 그런지, 황성의 분위기는 살얼음판을 걷는 것처럼 살벌했다.

현재 캐서린의 신분은 이테라나 제국의 보좌관이었기 때문에 황성 밖으로 벗어나려면 호위 기사를 거느려야 했다. 그러나 파밀리엔을 옆구리에 끼고 할파스를 대면할 수는 없었기에 황성을 우회해서 벗어나야 했다.

'이럴 때를 대비해 미리 알아 뒀지.'

캐서린은 머물던 성에서 장장 20분가량을 이동해야 도착할 수 있는, 작은 침엽수림을 끼고 둘러진 성벽으로 향했다.

덩굴이 바짝 메말라 있는 벽 앞에 서서 『가이드북』에 적힌 팁대로 행동했다.

드래곤 머리 모양 바위 앞에 서서 동쪽으로 12번째, 위쪽으로 7번째 벽돌.

『가이드북』이 가리킨 벽돌을 양손으로 밀어 내니, 기름칠한 바퀴처럼 쑤욱 빠져나갔다.

근방의 벽돌 서너 개를 빼내자 캐서린의 몸이 통과할 수 있을 정도로 공간이 확장됐다. 캐서린은 개구멍을 통해 유유히 황성을 빠져나갔다.

「호오. 이런 장소가 있었다니.」

"『가이드북』에 적혀 있었어."

「그럴 줄 알았습니다.」

생각보다 엄청 유익하다니까?

산세를 빙 둘러 내려오면 폰 이테라나의 유일한 할렘가가 나온다.

오전이라 그런지, 할렘가 바로 옆의 유흥가는 바람에 휘날리는 쓰레기만 한 무더기였다.

캐서린은 다른 곳에 비해 유독 음침하고 어두운 골목을 지나, 구석 한쪽에 자리 잡은 펍 앞에 섰다.

얼마나 오래된 가게인지 삐걱거리는 나무 간판의 곳곳이 썩어 있었다.

"할파스가 이런 곳에 있다고?"

「예. 혹시 모르니 이곳에서는 필립이라고 부르세요. 그의 인간식 이름은 아마 필립이 맞을 겁니다.」

필립. 생각하면 할수록 안 어울리는 가명이었다.

「참고로 이곳에선 방문한 그 자체만으로 별별 정보가 다 나도는 곳이니 조심하…….」

공교롭게도 단의 당부는 확실한 끝을 맺지 못했다. 그 전에 캐서린이 망설임 없이 가게 문을 밀어 내고 안으로 들어선 탓이다.

끼이익.

오래된 나무 문이 음산한 소음을 내며 닫혔다. 펍의 내부는 캐서린이 상상한 바와 정반대의 분위기였다.

조용했으나 머릿수가 많았고, 어두웠으나 차분하지는 못했으며, 테이블 군데군데 자리 잡은 남성들에게선 살벌한 기운이 풀풀 풍겼다.

누구 하나 잘못 걸리면 그대로 손에 쥔 술잔을 뒤통수에 내리꽂을 분위기였다.

「이곳은 용역소입니다. 평범한 용역소는 아니고, 주로 뒷일과 관련해 의뢰받는 곳이죠. 오고 가는 거래금이 워낙 큰 곳이라, 몸값이 비싼 용병들도 심심찮게 오가곤 합니다.」

겨우 들릴 음성이 속사포로 정보를 전달했다.

아, 용역소. 나는 또 사람 사체라도 배달하는 곳인 줄 알았지. 뒷일과 관련된 거래라면 잘못된 추측도 아니려나.

문 앞에 멀뚱멀뚱 서 있을 순 없었기에 일단 바 앞에 자리를 잡았다. 애꾸눈의 바텐더가 위협적인 어깨를 펴며 눈을 번뜩였다.

"주문은?"

깊은 고민에 빠지게 만드는 질문이었다.

'암호문 같은 거겠지?'

뭐라고 대답해야 한담. 캐서린은 가방 안의 단과 눈을 마주하며 도움을 요청했다.

하나 단은 어째서인지 캐서린의 시선을 모르는 체하며 순진한 고양이의 눈을 했다. 아무리 기다려도 도통 답이 없기에, 능력껏 답을 내놓는 수밖에 없었다.

"필립."

바텐더의 반응은 냉담했다.

"이곳에 필립이란 술은 없소."

그에 캐서린은 다시 한번 고민에 빠졌다. 머리를 싸매고 이 퍼즐을 통과할 방도를 찾아보려 해도 마땅한 수가 떠오르지 않았다.

'당연히 안 떠오르지. 나는 이런 곳이 처음이잖아.'

어쩔 수 없이 바텐더를 설득하는 쪽으로 방향을 틀었다.

"잘 생각해 보세요. 분명히 필립이라는 술이 있을 거예요."

"없소."

"부드러운 금발에 190m가 훌쩍 넘는 거구예요. 몸이 좋지만 인상은 선하고, 객관적으로 몹시 잘생긴 순박한 청년… 아니, 술이에요."

무표정으로 일관하던 바텐더의 얼굴이 해괴한 소리를 들었다는 양 흉하게 일그러졌다.

'아. 할파스가 아닌 필립은 조금 다른 외양이려나?'

밀짚모자를 눌러쓴 채, 바의 가장자리에서 가만히 듣고 있던 남성이 캐서린을 불렀다.

"이봐, 어린 아가씨. 이곳은 어린 아가들이 장난치는 곳이 아니오. 못 볼 꼴 보기 전에 어서 나가시오."

남성의 경고를 듣고 가장 먼저 든 생각은 누구 하나 잡아 X칠 것 같은 공기와 달리 꽤 친절한 장소란 점이었다.

"그렇다는데?"

단은 여전히 평범한 아기 고양이 역할에 몰입한 듯했다.

냥.

'하기는, 폰 이테라나에서도 내로라하는 용병들이 모인 펍이라고 했으니까.'

단 입장에서도 전음을 보내기 어려울 수 있겠다. 어쩌면 전음을 감지하는 마도구가 숨겨져 있을 수도.

다시 나가서 물어보기도 귀찮았던 캐서린은 그냥 계속 우기기로 했다.

"필립을 불러 주세요. 캐서린이 왔다고 하면 알아들을 거예요."

기다리다 보면 나오겠지.

"다시 한번 말하지만 우리 가게에서 그런 술은 취급 안 하오."

"얼굴은 다를 수 있는데, 이름이 필립인 건 확실해요."

"글쎄 없다니까? 영업 방해로 내쫓기 전에 썩 꺼지시오."

"그럼 캐서린이 아니라 주인님이 왔다고 전해 주세요."

이번에는 반응이 조금 달랐다.

아닌 척해도 바텐더의 오른쪽 눈썹이 살짝 떨렸던 것이다. 사교계에서 귀부인들의 나 빼고 다 X년 대화법을 단련해 온 캐서린이었기에 알아챌 수 있는 변화였다.

이렇게 평화롭고 인간적인 공간에서 힘을 사용하고 싶지는 않았다.

캐서린은 정중한 자세로 재차 부탁했다.

"필립이 정말 아무런 언질도 없었나요? 20대 초반의 붉은 머리와 푸른 눈을 지닌 여인이라든지. 혹시 언급했었다면 제가 확실할 거예요."

"가시오."

물을 흐리고 있다 여겨진 탓일까? 펍 내의 시선들이 곱지 않다.

작게 한숨을 내쉰 캐서린은 더 거친 시선이 오가기 전에 최후의 방법을 사용하기로 했다.

"필립!"

바로 모습을 보일 때까지 소리쳐 부르는 방법이었다.

"네 주인님이 왔어, 필립! 나중에 한 소리 듣기 싫으면 좋은 말 할 때 곱게 나와! 단이 나를 이곳까지 안내했다고!"

손님들의 눈총이 따갑다. 하지만 캐서린은 주눅 들지 않고 두어 번 더 필립의 이름을 외쳤다.

얼마 지나지 않아 썩어 문드러지기 일보 직전인 계단 위에서 한바탕 구르는 소리가 났다.

쿵, 쿵. 몇 번 쓰러지는 소음이 난 후 계단 위에서 금발의 남성이 모습을 드러냈다.

그는 상체를 홀라당 벗은 상태였다. 석고상으로 빚은 듯 균일한 근육이 흰 맨살 위로 훤히 드러나 있었다.

남자는 멍한 얼굴로 캐서린을 불렀다.

"주인님?"

저 표정을 과연 뭐라고 표현해야 할까.

"그, 잠시… 잠시만 기다려 주시면…….”

감격스럽기도 하고 부끄럽기도 하고 행복하기도 하고 수치스럽기도 한.

게다가 목 근처에 진하게 남은 붉은 립스틱 자국까지.

확실한 건, 위에서 거사를 치르다 내려온 것으로 판단되는 저 남자가 바로 그녀의 시종, 할파스란 점이었다.

'좋은 시간을 방해하고 말았네.'

몇 세기를 살아온 악마가 대낮에 사랑을 나눈다는 사실이 놀라운 일은 아니지.

캐서린은 문 쪽으로 걸음을 옮기며 말했다.

"일 끝내고 나와. 바깥에서 기다리고 있을게."

"아니요, 아닙니다! 지금 당장 나가겠습니다!"

아니, 그럴 필요는 없는데.

정신을 차렸을 때 캐서린의 몸은 이미 펍 바깥의 찬 공기를 맞고 있었다.

인적 없는 골목 어귀, 캐서린의 허리를 한 팔로 두르고 있던 할파스가 조심스럽게 그녀를 내려놓았다.

"늦게 마중 나와 정말 죄송합니다. 주인님을 뵐 면목이 없습니다."

할파스, 아니 필립은 캐서린 앞에 한쪽 무릎을 꿇고 사슴 같은 눈망울로 올려다봤다.

"저를 벌해 주십시오, 주인님."

캐서린은 자연스레 가슴으로 내려가는 눈길을 필립의 얼굴에 고정하기 위해 애먹어야 했다.

됐으니까 그런 꼴로 있지나 마…….

"이왕이면 아주 고통스럽게 벌해 주십시오. 주인님이 내리시는 고통은 그 무엇이든 달게 받겠습니다."

그거 벌 맞아? 너에게는 선물이지 않을까?

캐서린은 무어라 설명하기 오묘해진 표정으로 가볍게 손가락을 휘둘렀다.

콜로세움의 검투사처럼 용맹했던 차림이 단정한 신사 차림으로 뒤바뀌었다.

필립이 놀란 눈으로 손뼉 쳤다.

"역시 이해심이 하해와 같은 주인님이십니다. 종의 옷을 손수

갈아입혀 주시다니."

배시시 웃는 낯이 너무 멀쩡해서 문제였다.

저 잘생기고 순박한 얼굴로 오는 여자 안 막고 가는 여자 안 막는다, 이거구나.

'목장 일을 한다기에 건전한 시골 청년 컨셉인 줄 알았더니.'

조금 놀랐을 뿐 문제 될 건 없었다.

귀족들의 더러운 꼴을 종류별로 하나하나 경험해 본 캐서린이었다.

방년 2n인 캐서린이 훈계하는 것도 우스운 모양새일 터였다. 살아도 필립이 더 살아 보고, 해 봐도 필립이 더 해 봤을 터인데.

"너는 왜 이런 곳에서 죽치고 있던 거야?"

「필립은 원래 임무가 없을 땐 아가씨의 뒤를 졸졸 쫓아다닙니다. 개새끼처럼.」

단의 축약에 필립이 또 한 번 표정을 굳혔다.

"말이 심하다, 단. 내가 비록 주인님의 개는 맞으나, 개새끼란 조롱은 듣기에 껄끄럽군."

필립은 이중인격인 게 아닐까? 때와 장소와 사람에 따라 성격이 천차만별로 변한다.

"마침 잘됐어, 필립. 네게 부탁할 게 있었거든."

"이 할파스. 주인님의 명령이라면 무엇이든 복종하겠습니다."

캐서린은 부담스럽게 반짝이는 시선을 반쯤 피하며 자신의 용건을 알렸다.

"어려운 일은 아니야. 나를 대신할 기사가 되어 결투에 나가 주면 돼."

"결투라면… 귀족의 명예 결투를 말씀하시는 겁니까?"
"응."
필립이 내내 꿇고 있던 무릎을 펴며 출전 의지를 다잡았다.
"최선을 다하겠습니다. 놈의 사지를 절단하여 머리통은 주인님께, 오른팔은……."
워, 워. 캐서린은 흥분한 뿔소를 안정시켰다.
"그 정도까지는 아니야. 승리만 하면 돼."
"알겠습니다. 혹여 실례가 되지 않는다면, 누가 감히 주인님의 명예를 실추시켰는지 여쭈어도 되겠습니까?"
"전 약혼자."
샤를로스는 누구를 데려오려나.
그의 코를 납작하게 눌러 버리는 기분 좋은 상상을 하며 뒷말을 이었다.
"내 동생이랑 눈이 맞아서 파혼했는데, 이번에 황성에서 재회했거든."
필립의 눈이 차갑게 번뜩였다.

제9장
결투

필립과 연락이 닿은 것까지는 괜찮았으나 문제는 그 이후였다. 황성에는 신분이 보증된 인물만이 입성할 수 있는데, 악마인 필립의 신분을 어떻게 입증할지 고민이었던 것이다.
 그에 필립은 걱정 말라는 듯 듬직한 미소를 지었다.

'릴리스 님을 보좌하려면 보증된 인간 신분은 필수입니다. 황성 출입은 문제 될 것 없으니 걱정 마십시오.'

캐서린은 그 말만 믿고 단과 함께 황성으로 귀성했다.
 그리고 평소와 같이 야옹이와 사냥 놀이를 하다가, 할머니와 잠시 티타임을 갖고, 회의 당일 일정과 행동 수칙을 전달받은 후, 방에 틀어박혀 마법 공부에 매진했다.
 늦은 밤 잠들기 직전에는 퍼시빌의 얼굴이 아주 잠깐 떠올랐다.

체자레와 대면하던 순간의 그 얼굴.

낯설면서도 기이하게 익숙했던 그 얼굴이 머릿속에 잔상처럼 남아 선명했다.

'내가 누구와 겹쳐 보고 있는 거지.'

세상에 퍼시빌 같은 사람이 더 있지는 않은데. 대체 누가 떠오르지 않고 있는 것일까.

그렇게 눈을 가볍게 감았다 떴을 때, 대륙평화유지회의 당일이 밝아 있었다.

캐서린은 멍하니 하늘을 올려다봤다.

하늘이 도왔는지 며칠 오락가락했던 날씨가 놀랍도록 청명했다. 부유하는 비행선 아래에 걸린 〈대륙평화유지회의에 오신 걸 환영합니다〉가 바람에 휘날려 펄럭였다.

드디어 날이 밝았다.

샤를로스를 혼쭐내 줄 날이.

오늘을 위해서 어제는 무려 저녁 9시에 잠들었다. 조금이라도 더 확실하게 피로를 풀기 위해!

쾅쾅.

"아가씨! 허, 참. 오늘 같은 날 웬 늦잠입니까? 그 메기 자식은 벌써 연무장에서 대기 중이랍니다. 약속 시간까지 한 시간밖에 남지 않았다고요!"

흠. 피로를 너무 과하게 푼 모양이다.

빠르게 준비를 마치고 마지막으로 야옹이가 든 가방과 함께 방을 나섰다. 야옹이가 가방 안에서 머리를 빼꼼 내민 채 어깨를 으쓱였다.

「엣헴. 이 몸도 완전 무장했지.」

열심히 그루밍했다는 뜻인가.

"너는 왜?"

「캐서린의 기사가 패배하면 이 몸이 바로 간지 나는 모습으로 돌아가서 한입에 콱! 하는 거지.」

"아쉽지만 그런 일은 없을 거야."

「그럼 캐서린의 기사가 승리해도 이 몸이 바로 콱! 하면 되지.」

캐서린이 야옹이의 턱 아래를 살살 만지며 계단을 내려갈 동안, 문 앞까지 찾아와 보좌를 자청한 데미안이 하나하나 꼬치꼬치 캐물었다.

"그래서 대리로 내세우실 기사는 누굽니까?"

"내 지인이에요."

"왜 모습이 안 보이는데요? 설마 못 구하신 겁니까? 일단 제가 대머리 가발이랑 염소수염을 가져오긴 했거든요?"

"가면 알 수 있어요, 가면."

"후우……. 알겠습니다. 아가씨를 믿겠습니다. 절대 긴장하지 마시고 천천히 호흡을 들이쉬세요. 하나 하면 쓰읍, 둘 하면 후우. 자, 하나!"

"긴장은 내가 아니라 데미안이 한 것 같은데요."

황성은 어제보다 훨씬 더 살벌한 분위기였다.

그간 모습을 보이지 않았던 기사들과 마법사들이 황성 곳곳에 배치되어 만일의 사태에 대비하는 모습이었다.

캐서린은 그들을 지나쳐 황실 기사단 본부로 걸음을 옮겼다.

연무장에는 꽤 많은 사람들이 모인 상태였다. 분수대 앞에서 보란 듯이 말다툼한 보람이 있었다.

'지오반느의 얼굴을 보기 위해 온 사람도 적잖을 테고.'

그녀가 등장하자 웅성거림이 커졌다. 회의 당일 이런 이벤트를 벌여 주다니, 캐서린 본인이 생각해도 우습기는 했다.

「오소리 친구는 우락부락하지. 돌문어 아저씨 주먹의 크기가 오소리 대가리의 두 배는 되는 것 같지.」

먼저 도착한 샤를로스 곁에는 민머리의 거구가 가볍게 몸을 풀고 있었다. 야옹이의 말대로 주먹 하나 크기가 샤를로스의 머리만 했다.

고개를 틀다 마찬가지로 먼저 도착해 있던 지오반느와 눈이 마주쳤다.

다소 넋을 뺀 표정으로 캐서린을 응시하던 그는 눈이 마주치자 장난스럽게 윙크했다.

관중석 근처에서 이것저것 훔쳐 듣던 데미안이 상대 기사의 정보를 입수해 왔다.

"저쪽 기사는 주먹왕… 릴프? 라는데요."

"누구인지 알아요?"

"아뇨. 뭐, 그럭저럭 이름 날리는 용병 중 한 명이겠죠."

"흑사자 데미안만큼이요?"

"크흐으음."

가래가 들끓나 싶을 정도로 크게 헛기침한 데미안이 못 들은 척 주위를 살폈다.

캐서린의 기사를 찾는 듯했다.

다행히 그는 오래 찾아 헤맬 필요가 없었다. 마침 연무장 입구에서 익숙한 실루엣이 등장했기 때문이다.

"피의 마검사 필립!"

한동안 고요했던 관중석이 거세게 술렁이기 시작했다.

"이, 이럴 수가. 그 필립이 귀족 결투에 등장하다니."

주위를 샅샅이 살핀 필립은 캐서린을 발견하자마자 활짝 핀 얼굴로 다가왔다.

'필립의 별칭이 피의 마검사라고?'

듣기만 해도 등줄기에 소름이 이는 충격적인 작명 센스.

경험에 의하면 충격이 클수록 명성이 높았다.

'얼음 장미, 백합의 성기사, 네피림의 왕.'

그에 버금가는 피의 마검사!

피의 마검사 정도면 그 어감과 존재감이 반초월자에 비할 만하다.

캐서린은 필립의 별칭을 들은 것만으로도 대중에 알려진 필립의 무위가 어느 수준일지 짐작할 수 있었다.

「우웨에에엑. 피의 마검사라니 다들 뇌가 꽁꽁 얼어 버린 게 분명하지.」

야옹이의 혹평이 캐서린의 판단에 더욱 큰 자신감을 심어 주었다.

"필립이 유명해요?"

데미안이 어처구니없다는 표정으로 되물었다.

"허. 지금 그걸 저한테 물으시는 겁니까? 누구인지도 모르면서 어떻게 고용하신 건데요?"

현명한 답을 내놓으려 해도 도통 현명하게 설명할 도리가 없다. 만나자마자 무릎을 꿇었다고 할 수는 없잖아.

휘적휘적 걸어온 필립이 캐서린 앞에 섰다.

"혹시 늦었다면 사죄드리겠습니다, 주인님."

"……주인니이이임?"

캐서린은 주인님이란 호칭에 공황 상태에 빠진 데미안을 무시하고 필립에게 물었다.

"들어오는 데 문제 될 건 없었어?"

황성은 유명세 높은 인물이라 해서 함부로 문을 열어 주지 않는다.

당연히 캐서린의 이름을 팔 거라 생각했는데, 오전 내내 그녀를 찾아온 시종이 없는 걸로 봐선 그것도 아닌 것 같았다.

"고작 황성 출입 따위의 일로 주인님을 번거롭게 할 순 없습니다. 따로 인연이 있는 자의 이름을 빌려 입성했습니다."

"누구?"

"황실 기사단장 베르세르트 윌리엄입니다. 인간 필립과 같은 스승을 둔 사형이지요."

대체 어떻게 하면 '시종이랍시고 복종을 맹세한 악마의 인간 신분이 이테나 황실 기사단장의 사제'일 수가 있을까.

의문만 가졌을 뿐 놀라지는 않았다. 몇백 년 살다 보면 그런 일도 생기나 보지.

필립이 믿음직한 눈으로 캐서린을 내려다보며 말했다.

"저는 준비되었으니 언제든 시작하셔도 됩니다."

고마워, 라는 대답을 목구멍 안으로 삼켰다. 필립이라면 당치도 않다며 무릎을 꿇을 수도 있었으니까.

곧장 지오반느에게 준비 완료 상황을 알렸다.

그 낌새를 느꼈는지 멀찍이서 저 혼자 잔뜩 경계하던(피의 마검사가 등장한 후로는 창백해졌지만) 샤를로스가 걸어오는 모습이 보였다.

느긋이 기다리던 지오반느가 지나가는 투로 입을 열었다.

"캐서린 제자님의 인맥이 어디까지 뻗어 있을지 궁금한걸?"

"피의 마검사가 그렇게 유명해요?"

지오반느의 시선이 '그런 명청한 질문을 하다니 어이가 없다.'라는 뜻을 대신했다.

하지만 캐서린은 과거에도 지금도 이런 부분에선 영 젬병이었던 터라, 무지할 수밖에 없었다.

"흐음. 순수한 유명세로는 에덴의 검사 중에서 적어도 열 손가락 안에 들 텐데? 버스퍼필드의 검을 수련하는 네피림들 사이에선 퍽 자주 거론되는 편이지."

"생각했던 것보다 더 대단하네요."

"친구에게 관심이 없어도 너무 없군. 그 정도는 간단하게 알아 두라고, 캐서린."

찡긋해 보인 지오반느의 웃음은 샤를로스가 도착함과 동시에 각설탕처럼 녹아 사라졌다.

불안으로 점철된 음성이 그녀를 불렀다.

"캐……."

"말 걸지 마."

듣기 싫었던 캐서린은 냉랭하게 그의 부름을 잘라 냈다.

하핫. 진실한 웃음이 사그라들고, 지오반느가 나름 진중한 얼굴로 둘 사이에 섰다.

"그럼, 캐서린 파냐 양과 샤를로스 킬홀더 소백작. 서로를 존중하고 결과에 승복하는 결투가 되기를."

지정된 자리로 돌아온 캐서린은 관중석에 등을 기대고 선 필립에게 당부했다.

"빨리 끝낼수록 좋아. 1분이면 적당하지?"

"1분 말입니까?"

고개를 갸웃한 필립이 되물었다.

"주인님의 자애로운 마음은 이해합니다만, 너무 깁니다."

음. 자신만만하니 괜찮네.

필립이 연무장 중앙으로 떠난 후, 야옹이가 의심 서린 투로 중얼거렸다.

「쿵쿵. 저 피의 뭐시기, 위험한 냄새가 나지. 단 집사 냄새랑 비슷하지.」

"너 코가 좋구나."

"그런데 말입니다. 저자는 어째서 아가씨를 주인님이라고 부르는······."

캐서린은 데미안의 질문을 무시하고 결투에 집중했다.

"그 유명한 피의 마검사, 필립 경과 검을 맞댈 기회가 올 줄이야. 부디 잘 부탁하오, 필립 경."

필립은 주먹왕 릴프의 호기 어린 인사를 가볍게 무시했다. 검은색 검을 바닥에 늘어뜨려 놓은 채 가만히 서 있던 그는 릴프가 긴 탐색 끝에 선공하고 나서야 첫발을 뗐다.

"큭."

그리고 그 자리에서 결투가 끝났다.

어쩐지 말장난처럼 들리는 전개였으나, 농담이 아니었다.

주먹왕 릴프가 깔끔하게 횡으로 베어진 복부를 움켜쥐며 무릎을 꿇었다.

"이게 무슨… 어떻게 이 정도의 전력 차가…….'"

두터운 손가락 사이로 새빨간 피가 쿨럭이며 쏟아져 내렸다.

그 모습을 내려다보던 주먹왕 릴프가 비참한 표정으로 고개를 떨구었다.

"내가… 졌다."

창백해진 샤를로스의 낯빛을 보며, 캐서린은 미약한 아쉬움을 느꼈다.

'더 제대로 쪽을 줘야 하는 건데.'

그녀의 한숨 소리를 들은 것일까?

제자리에 우뚝 서 검을 갈무리한 필립이 천천히 몸을 틀어 걸음을 옮겼다.

그 끝에는 샤를로스가 서 있었다.

"고작 이따위 약해 빠진 멸치가 이테라나의 귀족? 터무니없이 하찮군."

필립은 샤를로스의 턱을 우악스럽게 잡아채 양옆으로 흔들었다. 그리고 모두가 들을 수 있게 커다란 목소리로 조롱했다.

"주인님에게 패배한 기분이 어떠냐? 스스로 목을 긋고 싶어 미치겠냐? 원한다면 내가 그 바람을 이루어 주지."

"나, 나, 나는 키, 킬홀더 소…….'"

"닥쳐. 네 주둥이의 똥내가 주인님에게까지 닿을까 두렵다."

필립은 차갑게 굳은 얼굴로 샤를로스의 얼굴을 밀어 냈다. 결 좋은 귀공자의 턱에 붉은 자상이 남겨졌다.

다시 한 발자국 다가선 필립이 이번에는 샤를로스의 목 줄기를 쥔 채 위협했다.

"자, 어서 말해라. 어서 죽고 싶다고 말해. 지금 당장 실현시켜 줄 테니."

"놓, 놓아… 나는… 샤……."

제국 귀족을 업신여기는 행태에 울분한 자가 몸을 일으켰지만, 끝내 입을 열지 못하고 다시 자리에 앉았다.

지오반느는 제지할 마음이 눈곱만큼도 없는지, 멀뚱히 서서 바라보기만 했다.

그리고 캐서린은 속으로 방긋 웃었다.

"흐."

단련하지 않은 자는 필립처럼 완벽에 가까운 무인의 압박을 버티기 힘들다.

샤를로스라고 해서 다를 바 없었다. 그는 백작가의 귀한 외동 아들이었기 때문에 검술 실력이라고 해 봤자 교양 수준에 불과할 것이다.

목이 졸린 그는 힘이 쭉 빠지며 매달리는 모양새가 되더니, 결국 일을 치르고 말았다.

사타구니가 축축하게 젖어 버린 것이다.

"끄읍… 끄으읍……."

눈을 얇게 뜬 필립이 빠르게 손을 털어 냈다. 지탱할 힘을 잃은 샤를로스의 몸은 힘없이 고꾸라지고 말았다.

"약해 빠지고 하찮은 것으로 모자라, 이젠 더럽고 냄새나기까지?"

그 말을 들은 관중들이 목을 길게 빼며 샤를로스의 사타구니를 구경했다.

"앞으로 주인님께 네놈의 면상을 보이지 마라. 같은 건물은 물론 같은 도시에도 발을 들이지 마라. 내 경고를 어겼다간 지옥 끝까지 따라가 네 그 더러운 몸뚱아리에 500개의 구멍을 내 줄 것이다."

고기 씹듯 한 자, 한 자 뱉은 필립이 몸을 돌려 캐서린 앞으로 다가왔다.

그는 한쪽 무릎을 꿇고 부드러운 미소를 짓곤 캐서린의 손등에 입을 맞추었다.

"승리의 명예를 나의 주인님께."

마무리가 워낙 만족스러웠던 터라, 캐서린은 필립을 나무라지 않고 마주 웃어 주었다.

그제야 중앙으로 걸음을 옮긴 지오반느가 정중하게 외쳤다.

"깔끔하군. 결투의 승자는 캐서린 파냐 양!"

고요했던 관중석이 소란스러워졌다.

"그 오만하다는 피의 마검사가 무릎을 꿇다니!"

"방금 전에는 주인님이라고까지 불렀어. 이거, 이거. 특종감이군."

"에구머니나. 다 큰 사내가 볼일을 지려? 이보게. 저 청년이 어디의 누구라고?"

"킬홀더 백작가의 외동아들인 샤를로스 킬홀더라고 합디다.

하나뿐인 아들이 참으로 볼품없네요. 킬홀더 백작의 가슴이 얼마나 아플꼬.”

암. 아프고도 남지.

피의 마검사 어쩌구 주인님 저쩌구는 귀에 들어오지도 않았다.

내일 오전 신문에「샤를로스 소백작, 결투 중에 실례하는 실례를 범하다!」라는 기사만 올라온다면, 캐서린은 충분히 만족할 수 있었다.

'필립을 데려오길 잘했어.'

날이 날인 만큼 관중의 해산은 재빨랐다.

패배한 주먹왕 릴프는 지인의 부축을 받으며 연무장을 떠났다. 한데 무슨 볼일인지, 샤를로스는 자리에 꼼짝 않고 선 채 굳어 있었다.

당장 폰 이테라나에서 도망쳐도 이상하지 않을 만큼 쪽을 당했는데, 무슨 의도이지?

샤를로스의 의중을 살피는 그녀의 곁으로 지오반느가 다가왔다.

“제자님.”

“네.”

“지극히 개인적인 질문이 있는데. 혹시 답해 줄 수 있겠나?”

그는 답지 않게 느릿느릿한 투로 뒷말을 이었다.

“얼마나 개인적이기에 사전에 허락까지 받아요?”

씨익 올라가는 입꼬리와 함께, 지오반느는 마치 시라도 읊듯 유연한 음률의 목소리로 캐서린에게 말했다.

“만약에 말이야. 제자님 혼자만의 힘으로는 어찌할 도리가 없는,

완벽하게 밀폐된 새장 안에 갇히게 된다면… 탈출할 방법을 찾을 수 있겠어?"

고개를 갸웃할 수밖에 없는 질문이었다. 밀폐된 새장. 밀폐된 새장이라니?

"나 혼자만의 힘으로 어찌할 도리가 없다는 의미는, 제3자의 도움으로는 탈출할 수 있단 건가요?"

"그렇지. 아마도."

캐서린은 지오반느의 의중을 파악하기 위해 열심히 머리를 굴렸다.

너 같은 애도 친구가 있냐고 비꼬는 걸까? 설마.

"방금 결투 보셨잖아요. 제게도 기꺼이 발 벗고 도와줄 친구 정돈 있어요."

"피의 마검사 외의 다른 이도?"

"물론이죠."

이제라도 친구가 있다는 걸 알았다면 다행이었다.

하지만 이대로 의뭉스럽게 넘기기엔 밀폐된 새장이란 단어가 마음에 걸렸다.

"그건 왜요?"

지오반느의 금빛을 두른 여명의 눈동자가 지그시 눈꺼풀을 감았다가 떴다. 캐서린은 그의 눈 안에 비친 자신의 모습을 바라봤다.

'내가 이렇게 눈을 동그랗게 떴었나.'

어쩐지 표정도 너무 천진난만해 보인다. 거기까지 인지하자 고개를 들고 있을 수가 없었다.

캐서린이 지오반느의 뾰족한 코끝 부근으로 시선을 내릴 즈음, 듣기 좋은 중저음이 닫힌 입술 사이로 부드럽게 들려왔다.

"방금 말했듯 개인적으로 궁금해서야. 흐음. 나의 사랑스러운 제자님에게 소중한 친구가 많다는 건 참 즐거운 일이야. 암. 살아가면서 친구만큼 중요한 인연이 또 없지."

무슨 말을 하려는 거지?

"만족스러운 대답이었어, 캐서린."

부드러운 미소가 이상하게 찝찝했다.

설마 아직도 남아 있을까, 하는 생각으로 샤를로스가 서 있던 자리를 확인하려던 그 시점에.

시간이 멈추었다.

정확히는 그녀와 지오반느가 머물고 있는 연무장의 시간이.

"내 말은 귓등으로도 듣지 않아."

등 뒤에서 들린 익숙한 음성에, 캐서린은 자신이 서서 잠든 건가 싶었다.

꿈속으로 착각할 만큼 모든 상황이 너무나 급작스럽게 뒤바뀌었기 때문이다.

"몸 간수를 잘하라고 당부한 게 고작 이틀 전의 일인데. 사흘도 되지 않아 집어치웠군그래."

캐서린은 예고 없이 나타난 남자와 눈을 맞추며 조심스럽게 그의 이름을 불렀다.

"체자레."

"왜 부릅니까."

"어. 그거야 갑자기 나타났으니까요?"

그는 평소와 달리, 물론 평소에도 항상 그랬던 것은 아니나 유독 더 유쾌하지 않은 분위기였다.

무언가 다소 급해 보이기도 하고, 단단히 뿔이 난 것 같기도 했다.

캐서린 앞에서 이런 모습을 내보인 적은 드물다.

"무슨 일이에요?"

그녀의 물음에 체자레는 망설임 없이 손가락을 들었다.

"정확하게 말하자면 내 볼일은 저쪽에 있고."

잘생긴 엄지가 가리킨 '볼일'은 정확히 샤를로스를 향해 있었다. 아직도 저기에 있었어?

"따라서 이쪽은 사라져 줘도 될 것 같군."

두 번째로 가리킨 '이쪽'은 캐서린 옆에 선 지오반느였다.

긴 정적이 내려앉았다.

두 남자 사이로 오가는 교류라곤 시선밖에 없었다.

누구 하나 분개하거나 짙은 감정을 내비친 것도 아니었다. 체자레는 무표정했으며, 지오반느는 옅은 미소를 띠고 있었다.

그런데 왜 이렇게 숨 막히는 공기가 흐르는 건지.

'질투인가.'

질투치고는 너무 살벌한 것 같은데.

고요함을 깨뜨린 쪽은 지오반느였다. 그는 답지 않게 한쪽 입꼬리를 올리며 코웃음을 치더니 캐서린을 향해 고개를 돌렸다.

"오늘 즐거웠어, 제자님. 물론 어제도 즐거웠고. 아마 내일도 즐겁겠지?"

힐긋, 체자레의 반응을 살피며 감사 인사를 전했다.

"오늘 결투의 증인이 되어 주셔서 감사해요. 덕분에 더 손쉬웠어요."

"뭐. 이 정도는 되어야 스승 노릇을 한다고 할 수 있지 않겠어?"

그는 캐서린의 어깨를 가볍게 두드리고 몸을 돌렸다. 하지만 열 발자국을 채 떼지 않고 다시 그녀를 마주했다.

"음, 웬만하면 그냥 빠져 주려 했는데, 이 말만은 꼭 전해야 할 것 같아서."

정확히 캐서린에게만 고정된 눈이 짙은 웃음을 그려 냈다.

"남자는 골라 가며 사귀는 게 이로울 거야. 이 스승님의 눈에는 교황청의 그 친구나 제자님 앞의 그분이나 똑같아 보이거든."

그러고는 미련 없이 연무장에서 사라졌다.

이어지는 정적 속에 머릿속으로 많은 사념이 회오리쳤지만, 전부 입 밖으로 나오지 못하고 사그라지기만 했다.

캐서린은 고민 끝에 가장 평범한 서두를 뗐다.

"내 눈에는 전혀 똑같지 않아요, 체자레. 그러니까 귀담아듣지 마요."

"뭘 말입니까?"

체자레의 낯은 생각보다 아주 멀쩡했다.

"지오반느 씨가 했던 말이요."

그는 지독하게 관심 없는 소식을 들은 사람처럼 얼굴의 온 긴장을 풀어내며 말했다.

"또 무슨 개소리를 지껄이고 간 모양이지. 관심 없으니 신경 쓰지 않아도 됩니다."

듣지도 않은 거야?

'대놓고 또라이라고 욕한 지오반느냐, 그 욕을 한 귀로 흘린 체자레나.'

그래도 조용히 넘어가 다행이라고 생각한 순간. 캐서린의 앞을 유연히 지나친 체자레가 샤를로스에게 다가갔다.

아.

캐서린은 샤를로스를 내려다보는 체자레의 옆선에서 말로 표현하기 힘든 묘한 기분을 느꼈다.

"샤를로스 킬홀더?"

이름이 불린 샤를로스는 공포에 질린 눈동자만 이리저리 굴리며 딱딱하게 굳어 있었다.

이제 보니 상태가 영 이상하긴 한데.

"잊고 있었군. 마법을 풀었으니 대답해 보도록."

그때, 연무장을 정지된 시간 속에 가두었던 마법이 해제됐다.

'샤를로스를 못 나가게 하려는 목적이었구나.'

고작 그런 데 이용하기에는 아까운 마법이었다.

창백한 낯으로 거칠게 숨을 내쉰 샤를로스가 기어가는 목소리로 입을 뗐다.

"예. 제, 제가 샤를로스……."

하지만 그 음성은 체자레가 휘두른 주먹에 가루가 되어 사라지고 말았다.

그야말로 인정사정없는 폭력이었다. 샤를로스는 태풍에 휘말린 허수아비처럼 바닥을 구르며 엎어졌다.

이게 무슨 일이래.

멍하니 서 있던 캐서린은 한 박자 늦게 달려갔다.

"체자레!"

깜짝 놀란 마음을 잠재우며 일단 큰 문제가 없는지부터 확인했다.

"주먹 괜찮아요? 세게 때리던데, 아프지 않아요?"

"고작 이런 일로 통증을 느끼면 쪽팔려서 혀 씹고 죽어야 할 겁니다."

물론 그렇기는 한데.

캐서린에게 극도의 안도감을 선사한 그가 널브러진 샤를로스에게 물었다.

"방금 왜 처맞았는지 알겠나?"

입 안이 터졌는지, 샤를로스는 오른쪽 뺨을 감싼 채 부들부들 떨며 대답했다.

"모, 모르……."

"몰라?"

살벌한 반문을 건넨 체자레가 손목에 차고 있던 시계를 천천히 풀었다.

흰 소매가 접힐 때마다 샤를로스의 떨림도 점차 심해져 갔다.

"모르면 알 때까지 맞아야지. 가문의 영광으로 알게, 킬홀더 소백작. 지금부터 내가 소백작에게 결투를 신청할 예정이거든."

"그, 그게 무슨……."

"거절하면 가만 안 둘 테니 그냥 얌전히 고개만 끄덕여. 쉴 틈 없이 맞아서 반죽이 된다고 해도 이 연무장을 나갈 땐 원상 복구시켜 준다고 약속하지. 뼈든 뇌든 영혼이든 뭐든."

읍, 읍!

"안 나갑니까, 캐서린? 대륙평화유지회의가 곧인데."

그거야말로 캐서린이 할 말이었다. 보좌관에 불과한 그녀와 달리 체자레는 무려 국가의 대표자이지 않은가?

하지만 그녀는 체자레를 다그치기보단 더 간절한 궁금증을 해소하고 싶었다.

"체자레, 왜 샤를로스에게 결투 신청을 하는 건지 물어봐도 돼요?"

그는 샤를로스 킬홀더가 캐서린의 전 약혼자임을 알고 있다. 어쩌면 그녀는 앤의 결혼식 때와 마찬가지로, 체자레의 지위와 능력을 이용해 샤를로스를 더 확실히 밟아 줄 수 있었을 것이다.

하지만 캐서린은 그리하지 않았다.

체자레에게 샤를로스를 보이고 싶지 않았기 때문이다.

조금도 부끄럽게 여긴 적 없던 과거가, 그의 앞에서는 조금 수치스러울 수 있을 것 같다고 생각했다.

체자레와는 고민과 아픔을 공유하고 싶었지만 반대로 가능한 지울 수 없는 흠을 내보이고 싶지 않았다.

캐서린도 이 모순된 감정이 익숙하지 않았다.

"친근하게도 부르는군요. 샤를로스가 아니라 샤를로스 킬홀더겠지. 아니면 킬홀더의 머저리나, 킬홀더의 오줌싸개도 나쁘지 않군."

조금은 무거워진 정신 상태가 그의 어처구니없는 말장난으로 살짝 가벼워졌다.

"내 일 때문에 그래요? 그러니까, 킬홀더의 오줌싸개가 내 여

동생과 바람이…….."

"사실."

체자레는 이를 데 없는 부드러운 목소리로 캐서린의 말을 가로막았다.

"인간 하나 땅에 묻는 건 대단한 일이 아닙니다. 당신도 알겠지만, 조금만 신경 쓰면 처음부터 없던 존재로 만들 수도 있지요."

힐끔 샤를로스를 바라봤다. 그는 체자레의 발언에 눈물까지 줄줄 흘리고 있었다.

캐서린의 관심이 엄한 데 머무는 게 마음에 들지 않았는지, 체자레의 손이 그녀의 턱을 잡아 정면을 향해 단단히 고정시켰다.

그는 망설임이 느껴지지 않는 완고한 눈으로 말을 이었다.

"내가 그리하지 않는 건 오로지 캐서린, 당신 때문입니다. 당신 때문에 이 개자식을 먼지 나도록 패 죽이려는 게 아니라, 당신 때문에 죽기 직전까지만 패고 살린다는 뜻이라고요. 알았습니까?"

그렇구나.

뭔가 굉장한 은혜를 입는 기분이라, 캐서린은 온 힘을 다해 고개를 끄덕일 수밖에 없었다.

"고마워요."

"고마우면 방으로 돌아가 오늘 있을 회의의 안건을 미리 살피세요. 따뜻한 커피를 마시며 한숨 자고 일어나는 것도 좋고."

그래야겠다.

질질 짜고 있는 샤를로스의 안위가 어찌 될지 궁금하기는 하지만……. 그래도 뼈든 뇌든 영혼이든 뭐든 원상태로 복구시켜 놓는다고 했으니까. 상관할 필요가 없어 보였다.

"너."

체자레의 눈동자가 연무장 입구 근처를 짧게 머물렀다.

"네 주인을 잘 모셔라."

필립이 서 있는 장소였다.

'어디 있나 했더니, 거기 있었구나.'

알아서 빠져 있었던 것 같다.

캐서린은 멋쑥한 체자레의 얼굴을 한 번 더 확인하고 필립과 함께 걸음을 옮겼다.

필립은 가타부타 말없이 깔끔하게 황성을 떠나려는 모양이었다.

"그럼, 주인님. 나중에 뵙겠습니다."

항상 근처에 머물고 있으니 언제든 불러 달라 말하는 걸 봐선 앞으로도 계속 쫓아다닐 생각인 듯했다.

'번거롭게 그럴 필요는 없지. 어차피 곧 저택에 한 자리가 비워질 테니까.'

연무장을 벗어나 황성을 나가는 동안 그 누구도 필립에게 달려들지 않았다.

다들 멀찍이 떨어져 그 유명하다는 피의 마검사가 누구인지 구경만 했다. 체자레 때와는 180도 다른 양상이었다.

'바텐더가 그런 표정을 지었던 게 이런 의미였구나.'

선한 인상이라는 표현과 순박하다는 표현에 뒷목이 당겼던 듯했다.

「우리도 이제 돌아가지. 뱃가죽이 등에 달라붙었지.」

"그래."

필립도 배웅했으니, 슬슬 방으로 돌아가 주린 배를 채울 때였다.

하지만 캐서린의 바람은 곧장 이루어지지 못했다.

"안녕하십니까, 캐서린 파냐 영애."

멀끔하게 차려입은 남성이 그녀를 불러 세운 탓이다.

캐서린은 남자와 눈을 맞췄다. 그녀의 기억이 잘못되지 않았다면 익히 아는 얼굴이었다.

"기억하실지 모르겠습니다만. 헨센 백작 부인의 보좌관인 루스입니다. 백작 부인께서 파냐 영애께 선물을 보내셨습니다. 오랜 친구와 재회할 수 있게 되어 기쁘다는 말씀도 전하셨습니다."

캐서린은 자신을 향해 내밀어진 화려한 꽃다발을 쳐다봤다. 한겨울에 보기 힘든 붉은 메리골드가 풍성하게 피어 있었다.

헨센 백작 부인은 캐서린이 오를레앙에서 지내던 시절, 그녀의 사교 활동을 후원해 주던 귀부인이었다.

'황성에서 재회할 거라 예상하기는 했지만.'

설마 결투가 끝나자마자 접촉해 올 줄은 몰랐다. 캐서린은 보좌관이 내민 꽃다발을 받아 들었다.

"고마워요."

보좌관은 부드러운 미소를 짓곤 고개를 숙이고 사라졌다.

방에 도착한 캐서린은 꽃다발 사이에 꽂혀 있던 편지지를 꺼내 들었다. 다가온 야옹이가 두 앞발로 코를 틀어막으며 경악했다.

「크웨에엑. 향이 너무 도캐서 머리가 어지럽디. 대테 느가 보낸 거디?」

"옛날에 신세를 조금 졌던 분."

헨센 백작 부인이 향수를 사랑하기는 했지. 캐서린은 빳빳한 봉투에서 조심스럽게 편지지를 꺼내어 펼쳤다.

사랑스러운 캐서린 파냐 양에게.

잘 지냈나요, 캐서린?

그간 연락이 닿지 않아 많이 걱정했답니다.

개인적인 사정이 있었을 거라 생각되어, 함부로 타박하지 못하겠네요.

그래도 이렇게 다시 인연이 닿았으니 다행입니다.

오늘 결투 잘 봤어요.

내가 아는 캐서린의 호탕하고 쿨(♥)한 모습을 다시 볼 수 있어서 기뻤어요.

언론을 통해서도 많은 이야기가 들려오던데, 한시바삐 당신의 입으로 직접 듣고 싶은 마음뿐이네요.

빠른 시일 내 다시 만날 수 있으면 좋겠어요. 캐서린이라면 언제든 환영이니 답장 기다릴게요.

               신뢰를 담아, 로제토 헨센.

고개를 빼꼼 내밀고 함께 서신을 읽어 내리던 야옹이가 캐서린에게 물었다.

「친한 아줌마지? 하트가 좀 징그럽지.」

"가깝기는 해도 편한 사람은 아니야."

「가까운데 어떻게 안 편하지? 말이 안 되지.」

그 말에 캐서린은 헨센 백작 부인과 함께했던 시간들을 상기했다.

제국 동남부 지역에서 사교계의 여왕이었던 귀부인. 상냥하고 사랑스럽지만 웃는 낯으로 사람 심장을 파내는 여자.

"직접 만나 보면 알아."

헨센 백작 부인은 캐서린에게 나 빼고 다 X년 화법을 가르쳐 준 여자였다.

많은 도움을 받았던 귀부인이었으니, 겨울이 다 가기 전에 찾아가야겠다고 마음먹었다.

회의까지 남은 시간은 그리 많지 않았다.

캐서린이 구겨진 의복을 마법으로 말끔하게 펴는 동안, 파밀리엔이 그녀를 데리러 왔다.

"회의장으로 안내해 드리겠습니다."

그의 곁에는 견습 기사로 보이는 기사 두어 명이 더 함께했다. 캐서린은 그들의 삼엄한 호위를 받으며 대회의장으로 이동했다.

대회의장은 연무장과 비견될 크기로 넓고 높았다.

중앙에 위치한 거대한 원탁에는 30개의 의자가 준비되어 있었는데, 각 국가 및 단체의 대표들을 위한 자리였다.

의석 뒤로는 다수의 책상이 더 큰 지름의 원 형상으로 자리 잡고 있었다. 각 대표의 보좌관이 자리할 공간이었다.

그 뒤로 약 10층에 다다르는 좌석은 참관인을 위한 자리였다. 못해도 500명은 채워질 크기로 보였다.

'졸지 않고 잘 들을 수 있을까.'

1차 회의는 통상 휴식 시간을 포함해 아홉 시간 가까이 진행된다고 들었다. 엉덩이에 땀이 배지 않으면 다행일 테다.

참관인 좌석은 거의 대부분이 채워져 있었고, 보좌관석 역시 반 이상이 차 있었다.

캐서린은 모나트 황녀의 옆자리로 안내되었다.

"회의가 끝날 때까지 제가 뒤에서 호위할 예정입니다. 문제가 생긴다면 언제든 제게 말씀해 주시면 됩니다."

그 말을 끝으로, 파밀리엔은 두어 발자국 떨어진 곳에 가슴을 내밀고 자리 잡았다.

그를 비롯한 다수의 황실 기사들이 보좌관 좌석과 참관인 좌석 사이를 채우며 대회의실에 무게감을 더했다.

분위기가 분위기인 터라, 모나트 황녀와는 가벼운 묵례만 오갔다.

그간 옷자락 한번 보지 못했던 모르기치 황자와도 가벼운 눈인사를 나누었다.

세이프란과 쏙 닮은 외모였으나 훨씬 유들유들한 인상의 남성이었다. 세이프란 황태자는 의장을 보좌해야 했기에 그들과 멀찍이 떨어진 자리에서 대기하고 있었다.

나머지는 누가 누군지도 몰라서 알은체도 못 했다.

'괜히 나까지 긴장되는 것 같기도 하고.'

그렇게 보좌관석과 참관인석이 모두 채워지고 나서 몇십 분이 흘렀던가.

덜컥.

굳게 닫혀 있던 중앙 문이 열리면서 한눈에 봐도 화려하고 무거워 보이는 의복을 걸친 인물들이 하나둘 들어서기 시작했다.

끼이익.

아닌 척, 서로를 재고 있던 보좌관들이 기다렸다는 듯 자리에서 일어섰다. 캐서린 역시 당황하지 않고 그들을 따라 자리에서 일어나 예의를 차렸다.

'결국 퍼시빌은 오지 않았구나.'

캐서린은 보좌관석에 자리한 성기사와 사제 사이의 텅 빈 의자를 응시했다.

'결투 때문은 아닐 테고. 무슨 이유에서 불참했을까.'

총 30명의 대표가 각 의석에 자리를 잡은 후, 보좌관들이 뒤따라 앉았다.

곧이어 세이프란 황태자의 목소리가 대회의장 내에 크게 울려 퍼졌다.

─ 제9회 대륙평화유지회의를 시작하겠습니다.

"모두 반갑소. 올해 대륙평화유지회의 의장을 맡게 된 신성 왕국 연합 소속 펜달혼 왕국의 대표인 호올 펜달혼이올시다. 5년 만에 다시 만나니 다들 신수가 훤하군."

펜달혼 왕국의 국왕은 머리가 하얗게 센 노인이었다.

"먼저 각 국가 및 단체의 대표를 소개하는 시간을 갖겠소. 의장인 내가 속한 신성 왕국 연합의 대표부터 소개하겠소."

─ 신성 왕국 연합 소속 파헨리힌 왕국의 글로리홀 파헨리힌 대표, 이하 같은 연합 소속 노스트후드 왕국의…….

호명된 대표는 자연스럽게 자리에서 일어나 가볍게 목례했다.

대륙평화유지회의 자체가 샤그위드 2세의 제의로 결성되었기 때문에, 이후 국가 및 단체는 제국어 알파벳 순서로 언급되었다.

― 버스퍼필드 소속 지오반느 버스퍼필드, 이하 같은 소속 벨샤프랑…….

지오반느와 벨리알의 의복은 교황청 소속과 더불어 대회의장에서 가장 세련되고 심플했다.

캐서린과 눈이 마주친 벨리알이 매혹적인 미소를 지으며 알은체했다. 본체에선 볼 수 없었던 오른쪽 입가의 검은 점이 매력적이게 도드라졌다.

'역시 지오반느는 벨리알의 계약자인 건가?'

이테라나 소속 대표들과의 만찬 후, 캐서린은 샤그위드 2세가 체자레의 정체를 알고 있으리라 확신했다.

같은 상황에 대입했을 때 대마법사인 지오반느가 벨리알의 정체를 모를 거라 생각되지 않았다.

캐서린을 대하는 그의 태도를 떠올리면 더더욱.

지오반느 버스퍼필드.

오롯이 자신의 힘으로 네피림을 모으고 그들의 성지인 공중 정원, 버스퍼필드를 설립한 대마법사.

따지고 보면 이 자리에서 지오반느만큼 비밀스러운 남자가 또 없을 것이다.

― 신성 아그리파 교황청 소속 마르파쿠스 3세, 이하 같은 소속 벨라쿱스 추기경, 호르펜쿱스 추기경.

고민에 빠져 있던 캐서린은 퍼뜩 정신을 차리고 자리에 일어선 3명의 인물에게로 시선을 돌렸다.

'다이너마이트 섹시. 다이너마이트 섹시.'

교황은 영롱하게 번득이는 황금관을 쓰고 있었다.

30명의 대표 중 단연코 눈에 띄는 화려하고 거대한 관이었으나, 그보다 더 화려한 건 교황의 외양이었다.

'음. 로제의 표현대로 확실히…….'

마르파쿠스 3세는 사제보다 기사에 가까워 보였다.

백색 사제복에 금색 띠를 걸친 교황은 위엄 있고 성스럽기는커녕 호쾌하고 오만해 보였다.

사제복으로는 절대 가려지지 않는 너른 어깨와 큰 신장이 교황의 인상을 더욱 거칠어 보이도록 했다. 뚜렷하고 짙은 이목구비는 화보 하나 팔아서 얼마나 많은 보육원을 도왔을지 짐작케 했다.

밀색에 가까운 부드러운 금발. 움푹 꺼진 날카로운 금안은 금박을 입힌 양 서슬 퍼랬다.

'역시 초월자는 미남 미녀들만 도달할 수 있는 경지였어.'

세상은 불합리하다.

— 이테라나 제국 소속 샤그위드 이테라나, 이하 같은 소속 체자레 장 울드 크리스토퍼 모렐로 드윈카니발 체슬러 스투리스투… 이어지는 성함은 생략하겠습니다. 한스부르크 파냐.

캐서린 바로 앞쪽 상석에 앉은 세 명이 자리에서 일어났다.

특히 체자레의 뒤통수를 눈에 담았을 땐 샤를로스를 어떻게 처리했느냐고 묻고 싶어 입이 근질거렸다.

'초월자만 둘에 반초월자가 한 명.'

확실히 이름만 들어도 위압적인 조합이었다.

— 에덴 마도사 연합 소속…….

— 북대륙 동맹국 소속…….

그렇게 총 30명의 대표가 호명된 후 대회의장에는 한차례 침묵이 찾아왔다.

캐서린은 새삼스러운 기분으로 근엄하게 자리한 참석자들을 훑어봤다.

'이 자리에서 무려 세 명이나 대악마라니.'

이래서는 이 자리가 인간의 회의인지, 대악마의 회의인지 모르겠다.

"좋소. 소개도 끝났으니 슬슬 본론에 들어가도록 하지."

펜달혼 국왕의 서두가 시작되면서, 캐서린은 슬슬 무료함에 빠질 준비를 했다.

무려 사흘 동안 진행될 회의였다.

하루에 최소 여덟 시간은 진행된다고 하니, 당장은 멀쩡하더라도 졸음이 쏟아질 시간에 아닌 척 조는 방법을 생각해 두어야 할 것이다.

"그 전에. 이 자리에 참석한 우리의 존경스러운 보좌관들과 참관인들에게 전달해야 할 중요 사안이 있소. 신성 아그리파 교황청의 대표께서 설명해 주실 것이오."

아니면 차라리 공부하다 만 초고등 마도학 이론을 수첩에 옮겨 적어 오는 것도 나쁘지 않을 테다.

집중도가 떨어지면 공부라도 하면서 시간……

"마르파쿠스 3세의 이름으로 알린다. 오늘 우리는 이 자리에서 대악마 **「릴리스」**를 소환할 예정이다."

……시간을 효율적으로…….

"이는 어젯밤의 만찬에서 총 10표 중 7표의 동의를 얻어 진행하게 된 계획이다. 유사시를 위해 각 진영 최고 대표자 외 모든 참석자에겐 언질을 하지 않았다."

……뭐?

고개를 들어 올려 마르파쿠스 3세를 바라봤다.

그는 자신이 얼마나 황당무계한 소리를 했는지에 대해 자각하지 못한 것처럼 보였다.

오만한 어투와 눈빛이 마치 명령을 내리듯 당연하고 자연스러웠다.

"대륙평화유지회의와 이테라나 제국의 안보를 위한 결정이었으니 이해해 주길 바란다. 이 시간부로 대회의장의 출입이 전면으로 봉쇄된다. 그 어떤 희생자도 나오지 않을 테니 우려할 필요 없다."

체자레를 확인했다. 옆모습만 살짝 확인하는 수준이었으나 살얼음처럼 내려앉은 표정이 아주 잘 보였다.

전혀 예상하지 못했다는 얼굴이었다.

당연한 반응일 수밖에 없다. 예상했다면 그녀에게 미리 언질을 주도고 남았을 테니까!

'각 진영 최고 대표자라면 체자레나 벨리알이 참석했을 리 없어.'

마르파쿠스가 언급한 10표에는 샤그위드 2세와 지오반느의 것이 포함되어 있을 것이다.

이테라나의 샤그위드 2세.

버스퍼필드의 지오반느.

지오반느.

'만약에 말이야. 제자님 혼자만의 힘으로는 어찌할 도리가 없는, 완벽하게 밀폐된 새장 안에 갇히게 된다면… 탈출할 방법을 찾을 수 있겠어?'

그게 나를 위한 경고였구나. 두루뭉술하게 언급한 것을 떠올리면 금제가 걸렸을 수도 있겠단 생각이 들었다.
"우리를 대악마 소환의 제물로 쓰겠다는 겁니까?"
"지금 당장 문을 열어 주십시오!"
대회의장은 말 그대로 혼비백산이 되어 버렸다.
지극히 마땅한 혼란이었다. 걸쇠를 걸고 재앙 그 자체인 대악마를 소환하는데 과연 어떤 이가 좋다고 춤을 추겠는가.
누군가는 허겁지겁 출입구 쪽으로 뛰어나갔고, 누군가는 마르파쿠스 3세를 향해 손가락질하며 역정 냈다.
"정신 나간 미카엘라의 신도들 같으니라고! 마법사가 수호하는 폰 이테라나에서 이 무슨 해괴한 짓거릴 하는 거냐!"
마르파쿠스 3세가 답했다.
"이미 개최국 최고 대표자의 동의를 얻은 바다. 샤그위드 2세의 허락을 구했으니 다른 이의 허락은 불필요하다."
"폐하! 저자의 말이 사실입니까? 폐하께서 저희를 대악마 「릴리스」의 소환에 제물로 갖다 바쳤단 말씀이십니까!"
캐서린은 진명에 울렁이는 심장을 진정시켰다. 그러나 참관인의 해명 요청은 샤그위드 2세의 귀까지 닿지 못했다.
그는 양옆에 자리한 체자레, 파냐 후작과 긴밀한 대화를 나누는 중이었다. 다른 진영의 그림이라고 별다를 것 없었다.

쾅쾅.

"제발 부탁드려요! 제발 문을 열어 주세요, 베르세르트 경!"

출입문 쪽에서 잇따른 비명과 울음이 터졌다.

침착한 얼굴로 상황을 관찰하던 자들 역시 그러한 분위기에 감화되어 하나둘 불안으로 몸을 일으키기 시작했다.

"아니야. 이건 말도 안 돼."

모나트 황녀가 주먹을 꽉 쥐고 샤그위드 2세를 향해 외쳤다.

"이테라나의 아성, 그것도 그 중심인 황성에서 대악마를 소환한다니요? 폐하! 이게 대체 어찌 된 사태란 말입니까?"

모르기치 황자 역시 그녀를 도와 샤그위드 2세를 재촉했다.

"폐하, 제국민들이 공포에 떨고 있습니다. 조속히 입장을 표명하셔야 한다고 생각됩니다."

캐서린은 고민에 빠졌다.

초월자가 곳곳에 자리한 상황에서 섣부르게 마법을 사용할 순 없다. 그건 최후의 수단이었다.

그렇다고 가만히 지켜보기만 하는 게 맞는 것일까?

"폐하."

샤그위드 2세는 자신의 증손주를 돌아보며 인자한 미소만 보일 뿐이었다.

체자레 또한 언제 냉혹한 눈빛을 드러냈냐는 듯, 다시 평소의 여유를 되찾은 후였다.

혹시나 하는 심정으로 벨을 돌아봤다. 눈이 마주치자 싱긋 웃는 낯이 그녀가 아는 벨리알 그대로였다.

둘 모두, 작금 사태에 불안해할 필요가 없다는 무언의 알림이었다.

'그러니까… 이건 퍼포먼스와 다름없다는 거구나.'

릴리스를 소환하는 '척'만 한다는 건가?

도대체 무엇을 위해서?

"조용!"

마력이 담기지 않은 평범한 외침이었다. 하지만 그 외침 한 번에 소란스러웠던 장내의 관심과 시선 모두가 교황을 향했다.

마르파쿠스 3세가 엄숙히 선포했다.

"그대들의 영혼은 한낱 소환의 제물로 쓰이지 않는다. 그러니 공포에 떨지 않아도 된다. 우리는 그보다 더 현명한 방법을 사용할 것이다."

허공을 향해 뻗은 단단한 손가락 사이, 얇은 쇠사슬과 함께 둥그런 물건이 매달려 있었다.

암적색 유리 브로치.

'어?'

놀랍게도, 캐서린은 그 브로치의 가치를 단번에 알아챌 수 있었다.

'묵시록의 조각이라니?'

"이 브로치를 이용하면 그 어떤 희생도 없이 **「릴리스」**를 끌어올 수 있다."

위기감이 엄습했다.

어머니의 반지는 시공간을 초월하기까지 했는데, 대악마 소환이라고 해서 불가능할 이유는 없었다.

"또한 이 자리의 위대한 기사와 마법사들이 그대들을 지킬 것이다. 샤그위드 2세와 체자레 대공 그리고 지오반느 버스퍼필드와 나, 마르파쿠스 3세가 함께라면 제아무리 간악한 혀를 지닌 「**릴리스**」라고 하여도 고개를 숙일 수밖에 없다."

간악한 혀라니? 당사자가 듣기에 썩 만족스러운 묘사는 아니었다.

'아니야, 정신 차려. 지금 간악한 혀 따위는 문제도 되지 않잖아.'

마르파쿠스 3세가 좌중을 훑으며 이목을 집중시키는 진중한 음성으로 말했다.

"소환진은 준비되었다. 이테라나 제국의 훌륭한 마법사들이 심혈을 기울여 그려 놓은, 완벽한 소환진이다."

텅 비어 있던 원탁의 정중앙에 이제까지 보이지 않던 거대한 붉은빛의 소환진이 모습을 드러냈다.

오 마이 데빌.

"「**릴리스**」의 선전 포고는 비단 교황청에만 국한된 것이 아니다. 「**릴리스**」는 일곱의 대악마 중에서도 가장 무자비하게 살생을 즐기는 존재로 알려져 있다. 이는 각국 건국 신화 고서에 「**릴리스**」의 존재가 다수 언급되어 있음이 증명한다."

그건 그냥 캐서린의 어머니가 역대로 장수한 악마이기 때문이다.

"따라서 「**릴리스**」라는 재앙이 교황청의 수호진을 넘어, 대륙을 불바다로 만들기 전에 오늘 이 자리에서 처단하려 한다. 그대들은 이 대업적의 증인이 될 영광을 얻은 것이다."

암적색 유리 브로치가 허공으로 떠올랐다. 브로치는 당장이라도 그럴싸해 보이는 빛을 뿜어낼 기세로 달그락거리며 요동쳤다.

그래 봤자 퍼포먼스…….

쿠구구구.

……일 테니까 마음 편하게 구경하면…….

쿠구구구구구.

되는 게 아닌 것 같기도 하고.

발아래로 거세게 흔들리는 지면이 느껴졌다. 등줄기를 타고 식은땀이 흘렀다.

약속이라도 한 듯, 샤그위드 2세와 지오반느를 비롯한 위대한 지도자들이 몸을 일으켜 소환진 앞으로 다가갔다.

하지만 체자레만은 지정된 의석에 그대로 머물러 있었다. 날카로운 눈빛이 암적색 유리 브로치에 고정되어 있었다.

그 역시 이상 징후를 느낀 것이다.

'만약… 교황이 다른 최고 대표자들에게도 거짓말한 거라면?'

척이 아니라, 진정으로 릴리스를 소환하려는 의도라면?

그렇게 된다면 캐서린은 이 자리에서 꼼짝 없이 소환될 수밖에 없다. 그녀를 위해 준비된, 보좌관석에서 고작 스무 걸음 앞의 소환진으로.

물론 다분히 이성적으로 판단했을 때, 캐서린은 자신의 정체가 탄로 나더라도 손해 볼 일은 없었다.

그녀는 애초에 인간도 네피림도 아닌 악마였다. 악마의 시각에서 캐서린 파냐라는 이름은 한낱 유희를 위한 껍질에 불과했다.

새로운 신분과 새로운 얼굴로 새로운 삶을 시작하기란 대악마에게 있어 그리 어려운 선택이 아니다. 자본과 시간은 차고 넘쳤다.

원한다면 지금 당장이라도 소왕국의 왕녀를 죽이고 그 자리를 대신할 수도 있었다.

하지만…….

'할머니께서 너무 큰 충격을 받고 돌아가시면 어떡해? 데미안이나 로제도 다신 만날 수 없을 거 아니야.'

이대로 내버리기에는 캐서린으로서 살아온 시간과, 캐서린으로서 묶여 온 관계들이 아쉬웠다.

그르르르릉.

캐서린은 두 눈을 감았다.

이제껏 느껴 본 적 없는, 얼어붙을 듯 강렬한 한기가 혈관을 타고 흘렀다.

누군가가 그녀를 부르고 있다. 캐서린의 의사와 무관하게, 거부할 수 없는 강력한 강제성을 지닌 부름이.

묵시록의 조각을 제물로 한 대악마가 소환되려 하고 있었다.

― 캐서린.

체자레의 목소리가 들렸다. 벨의 시선 역시 선명하게 느껴졌다. 그들은 캐서린에게 선택을 종용하고 있었다.

저들의 부름에 소환되어 감히 대악마를 사냥하려 한 대가를 치르게 할 것인지.

― 복잡하게 생각하지 말고 편하게 움직이면 됩니다. 이 자리에는 나도, 벨리알도 있으니까.

아니면 이곳에서 도망칠 것인지.

― 당신만 원한다면 체자레 크리스토퍼로서 이룬 모든 것을 포기하고, 처음으로 돌아갈 수 있습니다.

그럴 수는 없지.

다행히 캐서린에겐 제3의 선택지가 존재했다.

'구슬.'

그녀는 동공 안에 숨겨 놓은, 단의 비상 대비 구슬을 떠올렸다. 교황청에서의 사건 이후 아직 네 개의 구슬이 남아 있었다.

구슬 표면에 적힌 추천 사용법을 빠르게 훑었다.

「잘생긴 단탈리온이 보고 싶을 때」
「상냥한 단탈리온이 떠올랐을 때」
「강력한 적을 상대하게 되었을 때」
「간절한 도움이 필요할 때」

사실상 두 개의 구슬만 남은 상태였다.

'잘 골라야 해.'

고작 한 개의 구슬을 사용해서 '릴리스가 교황청에 선전 포고 했다'는 불편한 부가 결과물을 얻게 된 그녀였다.

'재수 없으면 릴리스가 이테라나 제국에 선전 포고 했다도 추가될 수 있어.'

그렇다면 어느 쪽을 골라야 하는 거지?

"두려워하지 마라. 이곳, 대회의장에 자리한 각 진영의 대표들은 인류의 전력이라 표현해도 무방하다. 소환 즉시 **빠르게 목숨**을 앗아 가 대륙의 평화를 되찾을 것이다."

둘 중에 어느 쪽이야?

"참관인들은 그 역사적인 순간에 함께함을 영광으로 알라."

젠장, 모르겠어.

"「**릴리스**」를 부르겠다."

더는 고민할 겨를이 없었다. 캐서린은 「간절한 도움이 필요할 때」가 적힌 구슬을 깨뜨렸다.

착각이 아니라면 아주 잠시 시간이 멈추었던 것 같다. 장내가 놀라우리만치 고요해졌다.

땅의 울림이 사그라들었다. 이변을 알아챈 교황이 소환을 멈춘 것이다.

긴 정적을 뚫고, 다소 경박하게 느껴지는 욕설이 들려왔다.

「아, XX. 뭔데?」

잠깐. 왜 익숙한 목소리처럼 느껴지는 거지?

「어떤 XX 같은 새끼야? 어떤 새끼가 감히 우리 막내 동생을 귀찮게 하는 거냐?」

목소리는 회의장 바깥의 드높은 창공에서 들려오고 있었다.

누구인지 고민할 필요가 없었다. 캐서린은 '막내 동생'이라는 끔찍한 표현을 듣자마자 그 목소리의 주인이 누구인지 눈치챌 수 있었다.

'이럴 줄 알았으면 세 번째 구슬을 깼을 텐데.'

창공의 지배자, 루시퍼의 등장이었다.

"이런. 일이 커졌군."

짧은 침음을 낸 샤그위드 2세가 천장을 올려다봤다.

그 등 뒤로 천천히 걸음을 옮긴 지오반느의 시선이 바르르 몸을 떨다 멈춘 유리 브로치로 향했다.

"약속했던 바와 다른 것 같은데, 교황 성하."

그의 손짓 한 번에 허공의 브로치가 바닥으로 추락해 지오반느 쪽으로 당겨졌다.

"분명 미끼 수준으로 끝낸다고 하지 않았던가? 그런데 소환 의식을 끝까지 진행하겠다고?"

"치워라."

마르파쿠스 3세의 서늘한 눈빛에, 속절없이 끌려가던 브로치의 움직임이 다시 멈추었다.

지오반느의 멀끔한 얼굴 위로 비릿한 미소가 그려졌다.

"멋대로 굴면 안 되지. 덕분에 이름만 조금 다른 진짜가 나타나고 말았잖아?"

소환이 멈춘 건 다행인 일이었지만, 루시퍼의 등장은 차마 다행이라 여기기 힘들었다.

끼기기기이익.

그때, 크고 작은 돌 조각들이 천장에서 우수수 떨어져 내렸다.

천장화에 금이 가면서 한낮의 푸른 하늘이 대회의장 내부로 발을 들이기 시작했다.

"무, 문을 열어! 당장 문을 열라고!"

참관인석에 남아 있는 사람은 더 이상 없었다.

사람들이 우르르 출입구로 달려가는 동안, 무너진 천장에서 재차 루시퍼의 음성이 들려왔다.

「너희냐? 이 하찮은 벌레들아.」

난감한 얼굴의 지오반느가 보란 듯이 마르파쿠스 3세를 가리켰다.

"음. 맞기는 한데, 정확히는 우리가 아니라 이분의 자유의사로 인해……."

하지만 정작 마르파쿠스 3세는 소환의 성공 여부나 루시퍼의 등장엔 일말의 관심도 없는 듯 보였다.

그는 지옥의 한가운데 떨어진 양 소란스러운 인간의 무리를 샅샅이 훑기 바빴다.

마치 무언가를 찾아내려는 듯한 행동이었다.

「아주 옹기종기도 모여 있네? 응? 그리 한데 모여 있으면 내가 또 못 본 척 넘어갈 수가 없지.」

청명했던 하늘 위로 회색빛 먹구름이 몰려들었다.

그야말로 순식간에 벌어진 일이었다.

천둥 번개로 번쩍이는 흑색 구름 사이에서 다소 익숙한 외관의 시계탑이 모습을 드러냈다.

거꾸로 뒤집힌 형상으로.

저건…….

'만찬에서 무너뜨렸던 교황청의 첨탑이잖아.'

그제야 마르파쿠스 3세의 이목이 하늘로 돌아갔다.

거침없이 일그러진 이목구비가 그의 자존심이 한없이 뭉개졌음을 알렸다.

「막내 동생을 위한 선물이었지만. 너희에게 돌려주도록 하마.」

첨탑의 날카로운 모서리가 황성의 대회의장을 향해 날아갔다.

그와 동시에 굳게 잠겨 있던 출입문이 열리고, 우리 속의 동물처럼 갇혀 있던 참관인들이 비명을 지르며 썰물처럼 나가기 시작했다.

"절대 황성 밖으로 나가지 마십시오! 이 일대에서 황성이 가장 안전합니다! 다시 말씀드립니다, 절대 황성 밖으로…….”
 “황제 폐하를 지켜라! 각국 대표자와 보좌관을 엄폐호로 신속히 안내하라!”
 저 멀리 울려 퍼지는 기사의 외침이 귓전을 때렸다.
 조용히 상황을 주시하던 샤그위드 2세가 전면으로 나섰다.
 “샤그위드 2세가 명한다. 황성 수호 방어진 전개.”
 각양각색의 방어막이 생겨나 차례로 황성을 둘러쌌다. 그 겹이 너무 많아 태양 빛이 굴절할 정도였다.
 루시퍼가 한층 흥분한 목소리로 외쳤다.
「자아, 천천히 꼭꼭 씹어서 잘 처먹어야 한다!」
 구름 사이에서 거대한 첨탑이 떨어져 내렸다. 소름 끼치는 파열음이 터진 건 첨탑의 지붕이 황성의 방어진과 맞닿으면서였다.
 콰지지직.
 최전방의 방어진이 잇따라 종잇조각이 되어 흩어졌다. 꿰뚫을 기세로 박아 넣어지는 첨탑의 지붕 역시 우수수 갈려 나갔다.
 “파냐 영애!”
 다급히 다가온 파밀리엔이 캐서린의 어깨를 감싸 안아 보호했다.
 그를 따라 대회의장을 벗어나는 길목에서, 한데 모여 대응하려는 대표자들 사이의 체자레와 눈이 마주쳤다.
 노골적으로 못마땅한 표정이었다.
 ― 내가 아닌 루시퍼를 선택하셨다?
 오해의 소지가 다분한 표현이었으나, 크게 당혹스럽지는 않았다. 체자레의 논리 점프가 익숙해질 만큼 익숙해진 건가.

― 만일의 상황을 대비해 몇 가지 수를 구비해 두기는 했는데, 루시퍼가 나타날 줄은 꿈에도 몰랐어요.

― 이젠 귀여운 변명까지? 당신이 벌인 일을 당신이 모르면 누가 압니까? 이그드라실도 어처구니없어서 코웃음 치겠군.

단탈리온까지 언급하며 설명하기에는 상황이 너무 급박했다.

― 일단 내가 루시퍼와 이야기를 해 볼게요.

― 캐서린 파냐라는 역할에 계속 몰입하고 싶은 거라면 얌전히 숨어 있는 게 더 나을 겁니다. 당신이 루시퍼에게 전음을 시도하는 순간 의심 대상이 될 테니.

체자레의 푸른 눈이 그녀의 얼굴에 잠시 머물다 멀어졌다.

틀린 말은 아니었던 터라, 당장은 체자레의 조언을 따르기로 했다. 어찌 되었든 인간 캐서린 파냐는 보호받아 마땅한 귀족 영애였으니.

"무, 무서워라아……."

그래서 캐서린은 혼신의 힘을 다해서 평범한 귀족 영애 연기에 몰입했다.

"제가 목숨을 걸고 지켜 드릴 테니 천천히 따라오십시오."

보호하듯 그녀의 어깨를 감싸 안은 파밀리엔의 표정은 더없이 진지했다.

"황성에는 비상시를 대비한 200개 이상의 수호 마법진이 준비되어 있습니다. 그 잘난 대악마라 하더라도 절대 깨뜨릴 수 없는 방공 마법이니 걱정하지 않으셔도 됩니다."

200개라니. 마법의 제국은 달라도 확실히 다르다.

대회의장에서 뛰쳐나오자, 한여름의 장맛날처럼 어둑해진 하늘 위에 홀로 우뚝 선 금발의 사내가 보였다.

주먹왕 릴프도 기죽어 도망갈 늠름한 실루엣의 사내는 뒤로 보고 앞으로 봐도 루시퍼였다.

「이테라나의 아성은 꼭 한 번쯤 씹어 먹어 보고 싶지… 누구 때문에 건들기가 쉽지 않거든.」

체자레를 말하는 건가.

파밀리엔이 루시퍼의 발언을 호기롭게 비웃었다.

"저 대악마는 지금 사지로 걸어 들어온 거나 마찬가지입니다. 오래 살았다고 지혜롭지는 않군요. 이테라나 황성은 대마법사들이 대대로 걸쳐 쌓아 올린 첨예한 요새나 다름없는데 말이죠."

너무 단단하면 좀 그렇긴 한데.

「지금 이 육체는 너무 작나? 더 큰 육신이 좋을까? 으응?」

길게 기지개를 켜는 루시퍼의 몸이 풍선처럼 빠르게 부풀더니, 이내 한 마리의 웅대한 골드 드래곤으로 변했다.

「크흐흐흐.」

하늘의 반을 가릴 만큼 거대한 날개로 창공을 유영하던 루시퍼가 꼬리를 이용해 폰 이테라나의 광장 중앙에 솟은 석고상을 쳤다.

「꽁지를 말고 도망치는 개미들의 꼴을 구경하는 건 항상 흥미롭고 재밌는 유희이지. 옛다! 쓰리 쿠션!」

방어진에 부딪쳐 튕겨 나온 조각상이 다시 꼬리에 맞아 시계탑에 처박혔다.

별빛처럼 부상하는 수천만 개의 방어진 조각들이 폰 이테라나를 뒤덮듯 휘날렸다.

음, 놀이공원에 놀러 간 아이처럼 즐거워 보이는 것 같은데.

그러나 드래곤으로 변한 루시퍼는 덩치가 커진 만큼 황실 마법사들의 공격으로부터 자유롭지 못했다.

「허어. 꽤 따가운데?」

연달아 터진 불꽃이 루시퍼의 뱃가죽을 고깃덩이로 만들었다.

「하하하하! 인간이 주는 건 고통조차 재밌어! 더 해 보거라, 이 하찮은 벌레 녀석들!」

어째 그조차도 즐거워 보이는 건 착각이 아닌 듯했다.

「크라라라라~」

드래곤으로 변한 루시퍼가 울부짖었다.

그렇게 하염없이 울부짖다가, 뒤늦게 정신을 차리고 인간의 모습으로 돌아왔다.

"베르세르트! 베르세르트 황실 기사단장이다!"

"아아, 이리도 다행스러울 수가. 북부의 사신께서 우리를 구원하기 위해 오셨어!"

베르세르트 단장과 파냐 후작이 전방에 모습을 드러냈기 때문이다.

"**「시트리」**"

"나와라. **「파이몬」**"

불꽃처럼 타오르는 흑표범과 바람을 몰고 온 백사자가 하늘 위에 선 루시퍼를 노리고 쏘아졌다.

루시퍼의 입꼬리가 야비한 호선을 그렸다. 그는 자신을 향해 날아오는 악마들을 조롱했다.

「어리석은 불구덩이의 아이들아. 고작 너희 둘에서 내 상대가

될 성싶으냐?」

그러나 악마들을 개의치 않고 날카로운 주둥이를 벌렸다.

「왕께서도 나이를 드실 만큼 드셨으니 슬슬 새 시대가 도래하여도 되지 않겠소?」

「왕이여. 이 파이몬은 계약자의 명에 따를 뿐이오.」

강렬한 마나의 회오리를 따라서 새까만 먹구름이 요동쳤다. 천둥과 비바람이 몰아치며 정원이 쑥대밭으로 변했다.

두 짐승과 루시퍼의 신형이 서로 뒤엉켰다.

'모든 악마가 힘에 굴복하는 건 아니구나.'

파밀리엔이 개싸움을 구경하는 캐서린의 양어깨를 붙잡고 경고했다.

"이제 곧 황제 폐하와 대공 전하께서도 참전하실 겁니다! 그 전에 피신해야 하니, 어서 저를 따라오십시오!"

평범한 귀족 영애가 무얼 할 수 있으리.

캐서린은 하늘로부터 시선을 떼고 파밀리엔의 빽빽한 호위를 받으며 황제의 성이자 엄폐호인 본성 앞까지 도착했다.

하지만 그녀의 발걸음은 본성 내부까지 닿지 못했다.

"아."

눈 깜빡할 새에 일어난 일이었다.

짧은 어지럼 직후 정신을 차렸을 때, 캐서린의 시야는 한층 높아져 있었다.

거대한 무언가가 그녀를 물고 있었다.

"파냐 영애!"

절규하는 파밀리엔의 얼굴이 빠르게 멀어졌다. 힘겹게 상체를 돌려 확인하자 가고일 특유의 유리알 같은 눈동자가 시야에 들어왔다.

'야옹이… 는 아니야.'

그렇다면 답은 하나다.

'루시퍼가 부리는 마물이겠지. 이런 마물은 또 언제 심어 둔 것일까?'

그의 짓이라면 굳이 발버둥 칠 필요 없었다. 평범한 귀족 영애가 마물의 왕인 가고일을 이기지는 못할 테니까.

암. 조용히 끌려가는 게 옳지.

다만 몸 곳곳에서 전에 없던 통증이 느껴졌다.

'아파라.'

내달리는 땅 위로 누구의 것인지 모를 붉은 액체가 뚝뚝 떨어졌다.

복부와 등이 축축하다. 아무래도 마물의 이빨이 등가죽을 관통한 것 같았다.

"아가씨! 젠장, 캐서린 아가씨!"

머나먼 어디선가 데미안의 부름이 들렸다.

가고일은 가볍게 창공으로 날아 루시퍼 옆에 안착했다. 이제 보니 그녀를 문 가고일 말고도 세 마리가 더 루시퍼 근처를 배회하고 있었다.

인질이랍시고 끌려온 것 같은데, 캐서린 입장에선 감사한 일이었다.

초월자들의 영향력에서 벗어난 틈을 타, 사자의 갈기 사이로 손톱을 박아 넣고 있는 루시퍼에게 전음을 보냈다.

― 루시퍼, 여기서 더 일을 키우지 않고 돌아가 줄 수 있을까?

언뜻 날카로운 보랏빛 눈동자와 시선이 마주친 듯했다.

그 순간, 세상이 검게 침전했다.

흉포하게 몰아치는 태풍과 빗물이 눈 깜빡할 사이 증발하면서, 세상은 완벽한 고요에 휩싸였다.

심연으로 불려 온 것이다.

「그건 부탁이냐?」

다섯 걸음 앞에 루시퍼가 서 있었다.

표범, 사자와 치고받고 싸우던 직전과 달리 티타임을 즐기고 있던 건가 싶을 정도로 차분한 모습이었다.

'릴리스호에서 베헤모스가 소환될 때도 지금과 비슷한 순간이 있었던 것 같은데.'

그때는 체자레와 베헤모스 틈에 휩쓸려 심연으로 끌려갔다면, 지금 이곳에는 그녀와 루시퍼 단둘뿐이었다.

빠르게 상황을 파악한 캐서린이 고개를 주억였다.

「그래, 부탁이야.」

루시퍼는 과장된 몸짓으로 탄식을 내뱉었다.

「아아! 어리숙한 막내 동생이여. 내가 이곳에 온 건 전 릴리스의 빚을 갚기 위해서였다. 그런 나를 멋대로 돌려보낸다는 건, 네가 내게 또 다른 '빚'을 져야 한다는 뜻인 것을!」

빚이라니?

「막내 동생이라며 노래 부를 땐 언제고?」

억울했다. 루시퍼 호출용 구슬이라면 애초에 부수지도 않았을 것이다.

시종 하나를 잘못 둔 죄로 교황청과 적대 관계에 놓였는데, 이제는 루시퍼에게 빚까지 지라니!

루시퍼는 뻔뻔하게 미소 지었다.

「그건 그거고 이건 이거란다. 막내 동생이라고 뭐든 오냐오냐 해 줄 순 없지.」

부려 먹을 때만 막내 동생이고 도움이 필요할 땐 남남이라, 이거구나.

캐서린이 불신의 눈으로 쳐다보자, 그는 다소 민망하다는 듯이 웃으며 턱을 긁었다.

「너도 알겠지만, 우리는 불사여도 무적이지는 않잖아? 나는 나름대로 목숨을 걸고 이곳까지 온 거다. 대악마들 사이에는 초월자 셋이면 마몬도 깨진다는 속설이 있다고.」

이상하게 설득되는 속설이었다.

「이 루시퍼 님이라고 해서 다를 바 없어. 게다가 나는 계약자도 두지 않아서 다수의 초월자를 상대하는 건 힘에 부…….」

말을 멈춘 그가 두 눈을 지그시 감으며 길게 숨을 들이켰다.

입술 사이로 붉은 피 한 줄기가 주르륵 흘러내렸다.

심연은 영혼의 공간. 에덴에서 열심히 활약 중인 루시퍼의 본체에 문제가 생긴 것이다.

여유로웠던 루시퍼의 낯이 눈에 띄게 굳었다.

「이러다 정말 개싸움까지 가겠군. 시간이 없으니 당장 입장을 정해라, 릴리스. 네가 내게 빚을 지겠다면 바라는 대로 이 자리에서 꺼져 주겠다.」

고민 없이 그리하겠다고 대답하기에는 빚이라는 단어가 주는 압박감이 꽤 컸다.

「거절하면 어떻게 되는 거야?」

「어떻게 되기는. 우리 막내 동생께선 대악당 루시퍼에게 납치된 가련한 희생양이 되는 거지.」

아까부터 느꼈는데, 마몬이 지독한 식물 컨셉충이라면 눈앞의 루시퍼는 지독한 악당 컨셉충에 가까웠다.

「전 릴리스의 빚을 꼭 그런 방식으로 청산해야 하는 건 아니잖아?」

「네 말이 옳지만, 나는 꼭 그 방식을 이용해야겠어.」

「어째서?」

더없이 진지한 눈을 한 루시퍼가 더없이 진지한 음성으로 대답했다.

「그게 바로 악당의 '간지'니까.」

이쯤 되면 과몰입이 아니라 본성 같은데.

캐서린은 이 이상의 대화가 의미 없다고 판단, 세 번째 구슬은 죽어도 깨기 싫었기에 루시퍼의 제안을 받아들이기로 결정했다.

「부탁할게, 루시퍼. 이대로 이테라나 제국에서 물러나 줘.」

명색이 대악마 한 명을 물러나게 하는 약속인데, 이렇게 힘이 빠지다니.

한숨처럼 뱉어진 부탁에 루시퍼가 믿음직스러운 눈으로 고개를 주억였다.

「그러지. 그게 바로 대악마의 '의리'니까.」

빚이라고 할 때는 언제고. 잘도 포장한다.

루시퍼는 곧장 그녀와의 대면을 끊어 내지 않았다. 갈 듯 말 듯하며 눈을 얇게 뜬 채 캐서린을 살피더니 대뜸 한마디를 건넸다.

「어린 네게 조언이 필요할 거 같은데… 에덴에서의 생활을 더 원만하게 즐기고 싶다면 계약자를 구해라.」

「계약자?」

「우리는 머리부터 발끝까지 불구덩이에 속한 존재. 에덴에서 살아가려면 수많은 제약을 감당해야 해. 아아! 대악마의 자존심이 있지, 벌레 같은 인간들에게 위협받는 꼴이라니!」

루시퍼는 진정으로 수치스럽다는 양, 두 손으로 얼굴을 가렸다.

「하지만 계약을 하면 꽤 많은 족쇄에서 벗어날 수 있어. 너는 아직 그 차이를 실감할 수 없겠지만…….」

계약.

캐서린에게 있어, 아직은 낯설어도 너무나 낯선 단어였다.

지금의 그녀는 사소한 변화를 제외하곤 꽤 대단한 대마법사가 된 기분 정도만 누리고 있었다.

한데 진정으로 인간과 계약하게 된다면 영혼이란 것의 처리는 어쩔 것이고, 수십 번의 환생을 포함한 계약자의 소원은 어떤 방식으로 이루어 줄…….

'그러고 보니 퍼시빌은 어떤 소원을 빌었을까?'

벨리알의 계약자는?

아스모데우스의 계약자는?

……외젠은?

잊고 있던 번드레한 낯짝을 떠올리자, 목덜미 뒤로 얕은 소름이 타고 올라왔다.

베헤모스. 외젠. 묵시록의 조각. 교황청. 마왕.

진득한 기시감이 느껴졌다.

'뭐지? 이 사이에 연결 고리가 하나 있을 것 같은데.'

「어허! 이 형님이 돌아가시는 데 작별 인사 한번 하지 않고!」

캐서린은 짜증스럽게 고개를 쳐들었다.

조금만 더 고민하면 떠오를 것 같기도 했는데. 빚까지 내고 도와주려는 새끼가 나이 먹은 유세는 또 엄청나다.

「잘 가. 그런데 부탁 들어주는 김에 서비스 하나만 더 들어주면 안 돼?」

어차피 질 빚이라면 하나라도 더 뜯어먹어야겠다.

다행히 루시퍼에게도 미약한 양심은 남아 있었는지, 대수롭지 않게 수락받을 수 있었다.

「뭐. 귀여운 막내 동생을 위해서라면 서비스 한두 개쯤이야?」

「내 팔다리 한두 개만 부서뜨려 주고 가. 그래야 조금 안심될 거 같아.」

복부의 출혈이 크기는 했으나 이왕 피해를 받을 거면 제대로 피해를 받는 게 좋을 듯했다.

곤죽이 되어서 살아 있는 게 신기할 정도는 되어야 오해받을 일도 적겠지.

「좋다. 아주 제대로 부숴 주지. 한… 뼈 여섯 동강 정도면 되겠지?」

여섯 동강이면 너무 격렬한 것 같기도 하고.

「충분해. 고마워.」

자신만만한 미소와 함께 루시퍼의 인영이 자취를 감추었다.

얼마 지나지 않아 다시 눈을 떴을 때, 캐서린의 몸은 가고일의 입 안이 아닌 파릇파릇한 잔디 위에 널브러져 있었다.

머리가 어지럽고 토기가 올라왔다.

몸을 움직이려 해도 사지가 꼼짝도 하지 않았다. 시선을 살짝 내리니, 그녀가 처박힌 풀밭 위가 진득한 피로 붉게 물들어져 있었다.

아프다.

정말 진심으로, 아팠다.

"캐서린!"

머나먼 어딘가에서 그녀를 부르는 음성이 들렸다. 심해에 갇힌 듯 오감 모두가 먹먹하고 느렸다.

누군가 다급히 그녀의 몸을 들어 올렸다.

강렬한 태양 빛에 흔들리는 코발트빛 눈동자. 이런 환상적인 눈의 주인은 그녀가 알기로 체자레밖에 없었다.

'내가 멀쩡하다는 걸 알 텐데.'

알 텐데도, 체자레는 갈피를 제대로 잡지 못하는 얼굴이었다. 귓가에 닿아 온 그의 가슴에서 빠르게 뛰는 심장 소리가 들렸다.

역시 여섯 동강은 너무했나.

데미안과 파냐 후작의 파리해진 얼굴까지 나타나면서, 막연했던 정신이 점차 멀어졌다.

'두 번째 구슬도 실패야.'

도움받기는커녕 강제로 빚까지 졌다. 루시퍼는 악당답게 잘 사라졌을까 몰라.

집으로 돌아가면 남아 있는 세 개의 구슬을 가차 없이 깨부술 것이다.

단탈리온의 머리도.

✉

고요한 어둠이 내려앉은 너른 회의실의 내부.

원목 원탁과 의자, 각자의 자리를 지키는 열댓 명의 인원, 열 개의 찻잔과 그들의 면면을 밝히는 은은한 등불을 제외하곤 텅 빈 공간이었다.

그 흔한 시종 한 명도 없었다.

누군가는 지친 듯 한숨을 내쉬었고 누군가는 근심 어린 주름이 자글자글 밴 얼굴로 눈을 감았다.

짧지 않은 침묵 끝에 입을 연 이는 내내 흥분 어린 분노를 감추지 못했던 호르펜쿱스 추기경이었다.

"고민할 것 있습니까? 루시퍼의 의도는 명명백백합니다. 릴리스와 손을 잡고 우리 인류를 등지려는 게 아니라면 무슨 이유가 있겠습니까?"

그에 픽 웃은 지오반느가 찻잔의 손잡이를 매만지며 말했다.

"말은 똑바로 하는 게 좋을 듯하군. 인류가 아니라 교황청이겠지."

"버스퍼필드의 총사령관께서는 듣던 바와 달리 생각이 짧으십니다. 그들의 침략이 우리 신성 아그리파 교황청으로 끝날 것 같습니까? 아니요. 이건 시작일 뿐입니다."

가만히 듣고 있던 노년의 왕이 반문했다.

"그래서 호르펜쿱스 추기경이 하려는 말은 뭐요?"

"이 사안에 대한 대륙적인 관심이 필요합니다. 폰 이테라나가 루시퍼에게 침공받은 만큼, 올해 대륙평화유지회의는 이 자리에서 끝내면 안 됩니다. 빠른 시일 내 신성 아그리파 교황청에서 2차 회의 추진을 요청하는 바입니다."

호르펜쿱스 추기경의 제안에 내내 입을 닫고 있던 누군가 역정을 냈다.

"이 꼴을 당하고도 또 모이겠단 거요? 난 동의할 수 없소이다. 아무리 대국적인 의의를 지녔다 한들, 더는 이 위험한 회의에 동참할 수 없소."

"심지어 그 주최가 교황청인 것은 더더욱 위험한 행보이지 않겠소? 오늘이야 운이 좋아 모두가 무사했지만, 다음도 그러리란 법은 없지. 나는 이 일에서 빠지겠소."

"나 역시 그대들, 미카엘라교를 신뢰할 수 없겠구려. 설마 척이 아니라 진정으로 공허의 지배자를 소환하려 들 줄이야. 당당하게 거짓말을 한 주제에 바라는 것도 많군."

냉담하기만 한 반응에 호르펜쿱스 추기경이 의자에서 몸을 일으켰다.

그는 천둥처럼 커다란 목소리로 격분했다.

"다들 이 회의의 목적을 잊은 것입니까! 우리가 무엇 때문에 귀한 시간을 내서 한데 모였단 말입니까? 이 회의의 명명이 어찌 대륙평화유지회의겠습니까? 각 대표분들의 불안한 심정은 이해합니다. 하지만 이럴 때일수록……."

"그만."

마르파쿠스 3세가 한 손을 들어 추기경을 저지했다.

하지만 호르펜쿱스 추기경은 얌전히 저지당할 생각이 없는 듯했다. 그는 더 공격적으로 목소리를 높였다.

"성하, 저희는 도움을 요청하기 위해 이 자리까지 왔습니다. 대륙이 연합해 릴리스 토벌단을 꾸려야……."

"그만 좀 하라 하지 않았나, 호르펜쿱스 추기경."

턱. 커다란 손이 호르펜쿱스 추기경의 정수리 위로 올라왔다. 아이 대하듯 부드럽게 쓸어내리는 손길이었으나, 추기경의 안색이 급속도로 창백해졌다.

"머리가 좀 깨져 봐야 입을 닫을 건가? 여기서 조금만 더 힘을 주면 계란처럼 아작 날 것 같은데."

위협을 이기지 못한 추기경이 결국 입술을 꾸욱 닫았다.

다소 거칠게 들이쉬는 숨이 마치 적장 앞에 무릎을 꿇은 왕처럼 원통해 보였다.

그러한 반응에는 일말의 관심도 없는지, 천천히 손을 뗀 마르파쿠스 3세가 거리낌 없이 고개를 숙였다.

"면목 없군. 오늘 일은 이 자리를 빌려 다시 한번 사과하고 싶다. 든든한 지원군들이 한자리에 모이니 판단력이 쉬이 흐려지더군. 대악마쯤이야 손쉽게 목 줄기를 틀어줄 수 있을 거라 여겼어. 명백히 내 잘못이다."

그는 이어서 대표들을 향해 제안했다.

"차라리 영상을 이용한 회의가 낫겠다고 생각하는데. 다들 어떻게 생각하나? 그렇게 바라는 안전에서 벗어나는 행동도 아니다. 현 상황이 큰 문제인 것 역시 틀림없으니."

원탁 구성원들의 반응은 나쁘지 않았다. 극구 반대하던 대표들도 못마땅한 표정을 보일 뿐, 대거리하지는 않았다.

만족스레 웃은 마르파쿠스 3세가 대화 주제를 틀었다.

"그러고 보니 파냐 후작의 손녀가 크게 다쳤다고 들었는데. 몸은 어떠한지?"

그의 시선은 정확히 체자레를 향하고 있었으나, 대답은 샤그위드 2세에게서 나왔다.

"치료 중일 게요."

"다행이군. 대공이 그토록 당황하는 낯짝은 처음이라 내가 다 놀랐지 뭐야. 연인이라도 되나?"

체자레는 묵묵히 침묵을 고수했다. 이런 자리에 참석하는 것만으로도 무척 고되고 번거롭다는 의사가 분명한 얼굴이었다.

그럴 줄 알았다는 듯 한쪽 입꼬리만 비죽이 올린 마르파쿠스 3세가 커다랗게 공개적으로 비난했다.

"100살은 어린 여자를? 도둑놈 새끼."

긴 정적이 내려앉았다.

몇몇 대표가 샤그위드 2세를 훔쳐보며 중재를 요청했다.

그들의 성화를 못 이긴 샤그위드 2세가 가볍게 박수를 치며 시선을 집중시켰다.

"자자, 밤이 늦었으니 여기까지 하는 게 좋겠군. 황성은 이 샤그위드 2세의 명예를 걸고 수호하겠소. 다들 편히 쉬시오."

그의 중재에 하나둘 자리를 비우기 시작했다.

마지막으로 지오반느와 마르파쿠스 3세까지 등을 돌리면서, 응접실에는 샤그위드 2세와 체자레만이 남게 되었다.

샤그위드 2세는 느릿하게 일어서 문을 닫았다. 그리고 창가 쪽으로 몸을 틀며 입을 뗐다.

"리바이어던."

턱을 괸 채 한참 말이 없던 체자레가 조용히 눈동자만 굴려 그를 바라봤다.

"근래 그대의 친우들이 보이는 행보가 새삼스럽기는 해. 정말 걱정할 필요 없겠나?"

체자레의 친우라면 필히 대악마를 언급하는 것이리라. 특히 릴리스와 루시퍼를.

이테라나 제국은 대대로 건국 황제이자 대악마인 리바이어던의 수호를 받아 왔다. 황위 후계자는 황좌에 오르는 순간 제국의 오랜 수호자이자 위대한 비밀인 리바이어던과 조우하게 된다.

샤그위드 2세는 이제껏 체자레가 보아 온 황제 중에서 가장 넉살 좋고 현명한 황제였다. 그가 대공 직위를 받은 것도 샤그위드 2세의 뻔뻔한 요구에 의해서였다.

체자레는 별것 아닌 투로 지나가듯 대답했다.

"200년도 못 사는 인간의 눈에나 그리 보이지."

"호르펜쿱스 추기경이 릴리스 토벌단을 꾸릴 계획인 것 같던데."

"그 브로치만 소유하고 있다면 못 할 것도 없다."

"문제는 마르파쿠스 3세와 벨라쿱스 추기경일세. 도통 무슨 생각을 하는지 모르겠더군. 묵시록의 조각을 내보이며 소유 현황을 대대적으로 광고했으니."

호르펜쿱스 추기경은 정통 미카엘라교를 대표하고, 마르파쿠스 3세와 벨라쿱스 추기경은 신 미카엘라교를 대표한다.

전자가 악마 토벌에 열을 올린다면 후자는 그 행보가 상당히 오묘했다. 토벌에는 미적지근한 태도를 보였으나, 신앙 활동에는 정통 미카엘라교보다 훨씬 적극적이었다.

심지어는 릴리스의 선포를 받았으면서, 저리 유연한 태도를 보이다니.

교황의 목적은 도대체 무엇이란 말인가?

샤그위드 2세는 장시간 대답 없는 체자레를 향해 고개를 돌렸다. 그는 여전히 턱을 괸 채 심각한 표정을 짓고 있었다.

매일매일을 무료하게 살아가는 리바이어던답지 않게, 샤그위드 2세 본인도 위기감을 느낄 만큼 무거운 분위기였다.

"이봐, 선조님. 지금 제대로 듣고 있긴 한 겐가? 머릿속이 복잡한 후예를 위해 조언……."

"100살."

심각한 체자레에게서 그보다 더 심각한 목소리가 들려왔다.

턱에서 손을 뗀 체자레가 도무지 납득할 수 없다는 눈으로 샤그위드 2세의 답을 요구하고 있었다.

"2000살도 아닌 고작 100살 차이로 도둑놈 소릴 들어야 한다니. 너도 내가 염치없는 새끼라고 생각하나?"

샤그위드 2세는 할 말을 잃고 말았다.

그 사달이 나고 이틀 뒤.

감았던 눈을 처음 떴을 때, 캐서린은 파냐 후작가에 누워 있었다. 아무래도 크리스토퍼의 저택이 아닌 파냐 후작가로 곧장 이송된 듯했다.

두 번째로 눈을 떴을 때도 캐서린은 파냐 후작가에 누워 있었다.

세 번째도, 네 번째도 마찬가지였다.

조각조각 난 뼈나 복부의 출혈쯤은 대악마 특유의 괴물 같은 회복력으로 진작 완치된 그녀였다.

하지만 고작 인간 주제에 사나흘이 흘렀다고 쌩쌩해질 수는 없지 않은가?

그렇게 넋을 뺀 채로 누운 지 닷새가 되어 가던 날.

"오늘 저녁에 크리스토퍼 대공 전하가 오신다던데."

"기사분들이 말씀하시길, 아가씨를 뵈러 오시는 거래."

"어머나. 역시 연인 관계이신 건가? 그 대단하신 대공 전하가 연애하는 날이 다 오다니. 역시 사람은 어떻게 될지 모른다니까."

"아아. 전하께서 얼마나 마음이 찢어지실지. 아가씨께서 어서 회복되셔야 할 텐데."

캐서린은 날마다 서너 번씩 찾아와, 그녀의 청결과 건강 상태를 살피고 가는 하녀들을 통해서 체자레의 방문 예정 소식을 들을 수 있었다.

그야말로 가뭄의 단비 같은 손님이었다.

캐서린은 그날 이른 오전부터 목이 빠져라 체자레를 기다렸다. 그간 파냐 후작이 온 감각의 날을 세우고 그녀를 보살폈던 터라, 자리를 벗어나기가 애매했던 것이다.

다행히 체자레와는 저녁이 아닌 늦은 오후가 되어서 만날 수 있었다.

굳게 닫혀 있던 문이 열리고 두 사람의 발소리가 점차 가까워졌다.

"회복 속도는 빠르다고 합니다. 그래도 날 닮아 몸 하나는 튼튼해서 다행이지. 다만 아직 정신을 못 차린 게 걱정되는군요."

"육체적으로도 정신적으로도 이상 없을 테니, 후작은 걱정 말고 본인 몸이나 잘 챙겨."

"말씀은 감사합니다."

겨우 두어 마디가 오갔을 뿐인데 방은 침묵에 휩싸였다.

긴 정적이 흐르고, 이번에는 체자레가 먼저 입을 뗐다.

"할 말 있나?"

"설마 캐서린의 침실에 조금 더 머무르실 생각이십니까?"

"당연한 소리를 하는군."

"이 애는 아직……."

"캐서린 파냐 양은 나보다 한 세기는 더 어린 스물둘의 혼기가 찬 여인이지. 그래서 후작은 언제 나갈 생각인가?"

"저도 함께……."

"먼 길을 달려온 만큼 조금 쉬고 싶군. 혼자서. 편하게."

허. 어처구니없단 헛웃음이 터졌다. 눈을 뜨지 않아도 파냐 후작의 헛웃음임을 알 수 있었다.

한 명 몫의 걸음이 방을 나간 건 그로부터 얼마 지나지 않아서였다. 둘이서 눈싸움이라도 했는지 꽤 긴 정적이 흐른 뒤였다.

'누가 남은 거지?'

캐서린은 혹시나 하는 마음으로 한쪽 눈만 슬며시 떴다.

길쭉하면서 건장한 뒤태가 어두운 잿빛 코트와 머플러를 옷걸이에 거는 모습이 보였다. 움직임은 단정하면서 느릿했으나 가볍지 않았다.

그가 다시 뒤를 돌기 직전에 언제 그랬냐는 듯 눈을 감았다.

인기척이 가까워지고, 머리맡 의자에 앉는 소리가 들린 후 조심스럽게 눈을 떴다.

체자레는 의자에 앉아 책 커버를 넘기고 있었다. 가느다란 은색 테 안경 너머의 푸른 눈동자가 무료하게 깜빡였다.

그리고 얼마 지나지 않아 눈이 마주쳤다.

캐서린은 자신도 모르게, 의도하지 않았으나 어쩐지 반사적으로 투정을 부리고 말았다.

"왜 이제야 왔어요?"

닷새째 사용하지 않아서인지 새어 나온 목소리가 다소 거칠했다.

"나흘이 넘도록 혼자 심심했는데… 계속 여기에 누워 있었단 말이에요."

체자레는 한겨울에 꽁꽁 언 동상처럼 가만히 굳은 채 말이 없었다.

그러다가 슬쩍 입꼬리를 올리며 이제 막 펴려던 책을 덮었다.

"멀쩡합니까? 괜찮다면 일어나서 앉아 봐요."

부축하려는 듯 팔을 뻗었지만 캐서린 입장에선 불필요한 호의였다.

지금껏 침대에서 일어날 이 순간을 얼마나 고대해 왔던가? 망설이지 않고 몸을 일으켜 침대맡에 등을 기대고 앉자, 체자레가 부드럽게 손을 뻗었다.

"잠시."

그의 차가운 손끝이 예고 없이 귓가에 닿자 심장이 펄쩍 뛰었다.

긴장감에 말없이 숨을 멈출 동안 체자레의 예리한 시선이 귀 아래, 어깨, 팔 할 것 없이 곳곳을 살폈다.

빗장뼈 바로 아래의 가슴께를 살필 때는 하마터면 침구 안으로 쏙 들어가 숨을 뻔했다.

마지막으로 입 안을 확인한 후에야 체자레는 깊게 안도하는 낯으로 손을 거두었다.

"루시퍼에게 어떤 경위인지 전해 듣기는 했지만, 정말 아무 문제 없군."

"그를 만났어요?"

체자레는 가볍게 어깨를 으쓱였다.

"의도와 상관없이 당신을 눈 뜨고 못 볼 수준으로 뭉개 놨었으니까. 걸레짝으로 만들어 놓으려 찾아갔었습니다."

얼굴색 하나 변하지 않고 그런 소리를 하다니.

"나는 멀쩡해요. 아마 그날 빠진 머리카락도 전부 새로 자랐을 거예요."

"그래야 할 겁니다. 모두가 평화로우려면."

한 가닥이라도 덜 자라면 모두가 고통스러워진다는 의미인지. 캐서린은 자신의 모발이 부디 건강하길 바랐다.

'체자레는 아직 나를 보호하려 드네.'

아직 어린 대악마여서인지, 계약자였던 정을 생각해서인지, 아니면 순수하게 애정 어린 마음이어서인지 알 수 없었으나 이 말만은 꼭 하고 싶었다.

"나는 아이가 아니에요, 체자레."

그의 얼굴이 굳었다. 마치 일방적인 이혼 통보를 들은 것처럼 차갑게 언 얼굴이었다.

뭔가 오해가 있는 것 같아 급히 정정했다.

"아니요. 내가 하려는 말은, 체자레가 나를 걱정해 주는 건 무척이나 기쁜 일이지만 그렇다고 해서 무리할 필요는 없다는 거예요."

"무리 안 합니다."

"물론 그렇겠지만… 당신은 나를 과보호하려는 성향이 있어요. 열 살 난 아이를 대하는 것처럼."

"그렇다면 어떻게 대하기를 바랍니까?"

체자레는 몹시 못마땅한 얼굴이었다.

"내가 진정으로 당신을 열 살 난 꼬마 대하듯 했다면 100살 어린 여자를 꼬시는 도둑놈 소리도 듣지 않았을 텐데."

캐서린은 당혹스러운 기분으로 두 눈을 크게 떴다.

아니, 물론 틀린 말은 아니지만…….

"그래도 '2000살이나 처먹은 주제에 갓난애를 잡아먹으려는 양심이 공중 정원 한가운데 처박힌 도둑놈 새끼'란 평가에 비하면 후하기는 해."

"누가 그런 말을 했어요?"

"당신 어머니. 악담이란 악담은 다 퍼붓고 보란 듯이 공허로 돌아갔지. 성공적인 괴도가 된 모습을 보여 줬어야 했는데."

그러고 보니 마르스와 헤어지기 직전에 비슷한 소리를 들은 것 같기도 하고.

잠시 표정을 굳힌 채 곰곰이 머리를 굴리던 체자레가 대뜸 사과를 건넸다.

"의도치 않게 말실수를 했군요. 그녀의 죽음을 조롱하려는 건 아니었습니다."

캐서린은 괘념치 않다는 듯 손을 내저었다. 당사자도 폭죽을 터트리며 자축했는데 조롱이라 여길 리 없다.

"전혀 그렇게 생각하지 않았어요. 오히려 흥미로운데요? 어머니와 그런 식으로 친근하게 대화하는 체자레의 모습은 상상이 잘 안 가요."

그는 친근하다는 표현을 극구 부정하는 눈치였으나, 구태여 입 밖으로 표현하지는 않았다.

"어머니가 그런 소릴 하면 체자레는 뭐라고 대꾸했어요? 2000살이나 먹은 도둑놈이란 악평에 말이에요."

"비밀입니다."

남자가 뭐 이렇게 비밀이 많아?

캐서린은 샐쭉한 표정으로 체자레를 쏘아봤다.

성공적인 꾀도. 성공적인 꾀도.

지나가듯 뱉은 소리가 계속 귓가에서 덜그럭거렸다. 머릿속은 모르는 척하라고 아우성치는데, 눈치 없는 혓바닥이 이성을 잃고 움직였다.

"나 도도둑질할 거예요?"

어떡해. 도둑질인데 도도둑질이라고 해 버렸어.

가만히 있으면 절반은 간다는데 도도둑질이라고 해 버리다니.

수치심으로 눈앞이 빙그르르 돌 동안 체자레가 손을 들어 그녀의 눈꺼풀을 감겼다. 어떤 표정을 짓고 있는지 제대로 확인하지도 못했는데.

체자레는 그 자세를 한참 유지하면서 속삭이듯 말했다.

"네."

그가 왜 눈을 가려 주었는지 알 수 있을 것 같았다.

머리는 어지럽고 심장은 터질 것처럼 뛰니 어느 쪽으로 피가 쏠리고 있는 건지 알기 어려웠다.

이쯤 되면 저택 밖에 있는 기사단에도 그녀의 쿵쿵 뛰는 심장 소리가 들릴 것 같았다.

캐서린은 몸 안의 장기 하나가 목구멍으로 튀어나오기 전에 다급히 대화 주제를 틀었다.

"샤… 샤를로스는요?"

홱. 곧장 손을 내린 체자레가 다분히 마음에 들지 않는다는 눈으로 되물었다.

"그 새끼는 왜?"

"볼일이 있다면서 나를 먼저 보냈었잖아요. 어떻게 마무리됐어요?"

"척추를 새것으로 갈아 끼워 줬지."

전혀 농담처럼 들리지 않는 대답이었다.

"뇌도, 관절도, 가장 쓸모없어 보이는 눈알도 모두… 이후에는 당신이 저지른 사건을 수습하느라 바빴습니다. 이테라나의 대공이란 직책은 이래서 번거로워. 영지가 열 개를 넘어가기 시작하니 슬슬 피곤해지기도 하고."

캐서린에게는 샤를로스의 뇌와 관절과 눈알이 새것으로 갈아 끼워졌단 소식보다 체자레의 다소 지친 모습이 훨씬 놀랍고 중한 사안이었다.

팔짱을 낀 채 한숨 돌린 그는 느리게 안경을 벗어 내리며 말을 이었다.

"가까운 시일 내 다 치워 버릴까 싶기도 합니다. 루시퍼 같은 녀석들이 생각 없이 저지르는 일을 뒤치다꺼리하는 것도 지겹네요."

인간 생활의 청산.

체자레가 아닌 체자레라. 어쩐지 상상하기 어려웠다.

그녀에게 있어서, 아직은 리바이어던보다 체자레라는 존재가 더 가깝고 익숙했으니까.

'당신만 원한다면 체자레 크리스토퍼로서 이룬 모든 것을 포기하고, 처음으로 돌아갈 수 있습니다.'

대회의장에서의 단호하고 믿음직스러웠던 한마디가 머릿속을 스쳐 지나갔다.

수천 년을 살아왔기 때문일까? 체자레는 인간으로서의 삶을 포기하는 데 거리낌이 없어 보였다.

그녀 역시 까마득한 시간을 살아가는 어느 날 무렵에, 비슷한 말을 할 수 있게 되는 것일까?

"무슨 생각을 하는지 훤히 보이는데. 내가 미련 없어 보인다고 생각합니까?"

캐서린은 솔직하게 대답했다.

"조금은요. 하지만 내가 체자레여도 그럴 것 같아요. 그만큼 오래 살았잖아요."

정작 그 대답을 들은 체자레는 뚱딴지같은 소릴 한다는 얼굴로 웃었다.

"그런 권태로운 이유일 리가. 단순히 당신 때문에 그런 겁니다. 당신이라면 내가 그렇게까지 할 수 있다는 뜻이라고."

엄마야.

다행이라고 해야 할지. 체자레는 그녀가 부끄러워할 틈을 주지 않았다. 오히려 무덤덤하다 못해 뻔뻔한 낯으로 제안이 아닌 요구를 했다.

"그래서 말인데, 내 저택으로 갑시다."

"갑자기요?"

그녀는 체자레의 놀라운 논리 점프를 납득하기 위해 기를 쓰고 머리를 굴렸다.

하나. 그는 나를 위해 체자레 크리스토퍼라는 지위를 내던질 수 있다.

둘. 그러한 사실을 말미암아 나는 체자레의 저택으로 가야 한다.

'이 둘을 잇기 위해 필요한 가정.'

설마.

'지, 지금 나한테 프러포즈 하는 거야?'

이렇게 갑자기?

캐서린이 소리 없이 충격에 휩싸일 동안, 물끄러미 그 광경을 지켜보던 체자레가 닦달했다.

"뭘 고민합니까? 어차피 내 하루도 빌려야 하는 처지면서. 가는 길에 당신의 저택도 들를 수 있고, 이곳에 박혀서 하염없이 중상자 노릇 하는 것보단 나을 텐데."

그제야 캐서린은 자신이 대단한 오해에 빠져 있었음을 깨달았다.

'프러포즈가 아니라 정말 순수하게 대공저로 가자는 뜻이었구나!'

설레발도 이런 설레발이 없다.

더 우스운 건 '이런 식으로 성의 없게 프러포즈 하다니!'라고 불만을 갖기는커녕 '이렇게 진도를 빨리 빼도 되는 거야?' 하며 설렜다는 점이다.

체자레가 그녀의 머릿속을 읽을 수 없어서 다행이었다. 수치심에 빨갛게 달아오른 얼굴이 터져 버릴 것 같았다.

캐서린은 자신의 특기를 발휘해 최대한 아무 일도 없었던 척 여상한 얼굴로 고개를 끄덕였다.

"나야 좋죠. 그런데 할머니께 어떤 식으로 말씀드리려고요?"

체자레는 그쯤이야 문제도 안 된다는 듯, 여유로운 몸짓으로 일어섰다.

"잠시 누워 있어요."

그는 자연스레 책을 다시 책장에 꽂아 두고 침실을 나갔다.

캐서린이 그의 말대로 얌전히 누워 있기를 몇 분. 복도에서 다소 다급한 발소리가 들려오며 침실의 문이 열렸다.

"전하의 말씀을 믿어도 되는 겁니까?"

"그럼 내가 귀하신 파냐 후작 영애의 목숨을 가지고 장난친다는 소리인가? 그 정도로 시간이 남아돌 수 있다면 소원이 없겠어."

목소리만 들어도 파냐 후작과 체자레임을 쉬이 알 수 있었다.

이윽고 부드러운 손길이 본능적으로 눈을 감고 잠든 척하는 캐서린의 뺨을 건드렸다. 부드러우면서 살결 아래에 박인 단단한 굳은살이 느껴지는 걸 봐선 파냐 후작의 손이었다.

"캐서린, 아가? 잠깐 눈을 떠 이 할미를 보거라. 미약하게나마 정신 차렸다고 들었다."

캐서린은 기다렸다는 듯 두 눈을 번쩍 떴다.

걱정이 한가득한 파냐 후작의 시선과 마주치니 다소 겸연쩍은 기분이 들었다. 너무 건강해서 양심이 찔리는 날이 올 줄은.

"괜찮니?"

"나쁘지 않아요."

"하아. 그거 참 다행이구나."

이마 위로 짧게 입을 맞추는 파냐 후작의 등 뒤로, 팔짱 낀 채 멀거니 선 체자레가 보였다.

그는 파냐 후작을 향해 넌지시 말했다.

"오늘 하루만으로 이 정도 회복했으니, 나흘이면 완치한다 봐도 무방하겠군."

깊게 안심하던 파냐 후작의 낯에 옅은 의구심이 깔렸다.

"제가 마도학에는 그다지 지식이 깊지 않아 다시 여쭙니다. 캐서린이 안정을 되찾을 수 있었던 이유가, 전하께서 말씀하셨던 마나연결치료법의 성과인 것인지?"

"정확해."

마나연결치료법이라니.

듣기만 해도 사기 느낌이 물씬 풍기는 허술하고 성의 없는 명칭이었다.

치료 마법은 변신 마법과 더불어 마도학에서 손에 꼽는 초고난도의 학문이다. 또한 아무리 정진해도 극악의 효율을 얻는 학문으로도 유명했다.

치료 마법의 대가라 불리는 라파엘교의 성녀도 꼬박 보름을 공들여야 뒤틀린 목뼈를 맞출 수 있을 정도였다.

인간이 마도학에 바라는 기적치고는 소박한 달성이었으나, 학문 내부에서는 꽤 흥하는 학파에 속했다. 공급의 질이 어찌 되었든 수요가 항상 풍족했기 때문이다.

'그렇담 척추를 새로 갈아 끼웠다던 샤를로스는······.'

제아무리 대악마라고 해도, 본인의 육체가 아닌 이상 마법 몇 번으로 터진 눈알을 채워 넣고 부러진 척추를 다시 세울 순 없다.

음.

그래도 죽지는 않았겠지.

"저는 국경을 수호하는 가신으로서, 기사들의 회복을 도울 치료 마법 학술지에는 항상 주목하고 있습니다. 한데 전하께서 말씀하신 치료법은 생전 처음 듣는 이론입니다만."

"그럴 만하지. 논문에 게재하거나 발표한 적이 없으니."

"전하께서는 악룡 과르살로프뿐 아니라 여러 차례 마물 토벌을 나가시지 않았습니까? 토벌에 함께했던 기사들에겐 단 한 번도 사용하지 않으셨던 겁니까?"

"내가 왜 그리해야 하지?"

체자레는 파냐 후작의 질문을 도통 납득할 수 없단 얼굴로 되물었다.

"도움이라곤 쥐꼬리만큼도 되지 않는 녀석들에게 베풀기에는 내 마나가 한참 아깝지 않겠나? 모든 기사들이 파냐의 기사들처럼 제 몫을 하지는 않아."

파냐 후작이 어처구니없단 반응을 보였다.

"이 아이라고 해서 뭐가 다릅니까?"

"다를 수밖에. 캐서린 파냐 양은 내게 가장 소중한 사람이니까."

캐서린은 두 눈을 꼬옥 감고 침구 안에 숨어들었다. 한 치의 부끄럼도 느끼지 않는 듯한 체자레의 표정이 그렇게 만들었다.

"지금도, 앞으로도 영원히. 안타깝지만 파냐 후작이라고 해서 열외는 아니야. 서운해하지 말게."

"전혀 서운하지 않습니다."

어색한 정적이 이어졌다.

그에 캐서린은 침구 안에서 슬그머니 머리를 빼고 분위기를 살폈다.

파냐 후작이 등을 보이고 있어 어떤 표정을 짓는지 알 수 없었으나, 어려운 고민에 빠져 있단 것 정도는 확신할 수 있었다.

"제가 아는 체자레 크리스토퍼 대공 전하는… 구국을 뛰어넘어 대륙의 영웅이시며 인류 마도 역사의 선구자이자 당신이 뱉은 말에 책임을 지는 분이시지요."

뒤늦게 들려온 파냐 후작의 목소리는 두터운 역사서의 한 줄을 읽어 내리듯 차분했다.

그녀는 굳은 다짐이라도 한 것처럼 길게 숨을 들이쉬며 정중하게 물었다.

"그러한 전하께 감히 캐서린을 부탁드려도 되겠습니까?"

캐서린의 입장에서는 기분이 한없이 묘해질 수밖에 없는 질문이었다.

'단순히 치료를 도와 달라는 부탁인데.'

누가 들으면 결혼 허락이라도 받는 줄 알겠네.

체자레는 대답 대신 품에서 작은 천 주머니를 꺼내 파냐 후작에게 건넸다.

"이것은?"

"샤를로스 킬홀더의 어금니. 하나가 아닌 두 개."

어리둥절했던 파냐 후작의 눈이 순식간에 냉랭해졌다.

'잠깐. 샤를로스의 어금니라고?'

그런 걸 대체 왜 가지고 있는 건데?

"양쪽에서 하나씩 뺐지. 질질 짜던 모습을 후작도 봤어야 하는데, 그럴 기회가 없어 아쉬웠어."

천 주머니를 받은 파냐 후작의 눈동자에서 미약한 살기가 감돌다 사라졌다.

집사를 불러낸 그녀는 더러운 걸레라도 된 듯, 천 주머니를 휙 내던지며 명령했다.

"안의 내용물을 잘 갈아서 아몬드 머핀으로 만들도록. 공들여 포장한 후에 내게 확인받고 킬홀더 가문에 전달해라. 머핀이 그 댁 외아들의 주둥이 사이로 들어가는 꼴을 두 눈으로 직접 확인하고 돌아와야 한다. 알겠나?"

"예."

집사는 두 손으로 천 주머니를 곱게 쥔 채 침실을 나갔다.

그리고 파냐 후작 역시 서너 발자국 느리게 따라 걸어 문의 손잡이를 쥐었다.

그녀는 캐서린을 물끄러미 바라보다가 체자레를 향해 공손히 머리를 숙였다.

"그럼 나흘 후에 다시 뵙겠습니다, 전하. 캐서린을 잘 부탁드립니다."

"아무렴."

"캐서린? 몸이 더 호전되면 이 할미에게 연락하거라. 그래야 마음이 조금 놓일 것 같구나."

캐서린은 파냐 후작이 침실을 나가고 나서야 체자레가 말한 '내 저택으로 갑시다.'의 온전한 뜻을 이해할 수 있었다.

'치료를 빌미로 날 잠시간 돌보겠다는 의미였구나.'

상체를 조심스럽게 일으킨 캐서린은 한층 여유를 되찾은 체자레에게 가장 궁금했던 사안을 물었다.

"새로 갈아 끼웠다면서요?"

그는 현명한 대악마답게 생략된 주어를(샤를로스의 어금니라든지 척추라든지 눈알이라든지) 곧장 알아들었다.

"뭐… 형태는 조금 달라졌어도 머핀과 함께 돌려받는다니, 샤를로스 킬홀더 입장에선 오히려 다행이지 않겠습니까?"

이따위 주제는 더 이상 언급할 가치가 없다는 양 대충 어깨를 으쓱이는 모습이었다.

그는 더없이 만족스러운 미소와 함께 캐서린의 손을 잡고 침대

밖으로 이끌었다.

"후작의 허락도 받았겠다, 우선 당신의 저택으로 돌아갑시다."

족히 한 달은 밖을 떠돈 것처럼, 이상하리만치 오랜만이라고 느껴지는 귀가였다.

집에 돌아온 캐서린이 가장 먼저 한 일은 단에게 죗값을 묻는 일이었다.

가증스럽게도, 눈치 빠른 단은 저택 앞에서 사랑스러운 까망이 고양이가 되어 두 눈을 초롱초롱 뜬 채 그녀를 올려다보고 있었다.

「최선의 방법… 캐서린 아가씨. 저는 단지 최선의 방법을 고르고 골라서… 그 어떠한 상황에도 아가씨를 도울 최고의 패를…….」

하지만 그러려니 여기기에는 이미 너무 많은 벽을 넘었다.

상냥한 체자레 또한 캐서린의 집안일에 관여하지 않겠다며, 다음 날을 기약하고 떠난 참이었다.

캐서린은 두 팔을 걷고 '말 안 듣는 시종 교육법'에 들어섰다.

『가이드북』에 적혀 있던 훈육법은 단을 단기적으로나마 갱생시키는 데 무척이나 유효했다. 사랑과 관심이 듬뿍 담긴 훈육으로 단의 시건방지고 제멋대로였던 성정을 하나하나 깎아 주었다.

훈육법을 코앞에서 지켜본 로제의 평은 이러했다.

"역시 우리 캐서린 아가씨는… 장차 큰 인물이 되실 분이셔요!"

캐서린은 로제의 급여를 30% 상향해 주었다.

릴리스식 훈육에는 그리 오랜 시간이 걸리지 않았다. 다음 날 오전이 되었을 땐 조금 더 순종적인 단을 집사로 부릴 수 있었다.

이를테면 발을 올려놓는 의자인 스툴로 이용한다든가.

"움직이지 마, 단. 신문을 못 읽겠잖아."

장시간 풋스툴로 변신해 있던 탓에 불편함으로 끙끙 앓던 단이 대답했다.

「그건 신문이 아니라 로제 양이 보는 경제학 분기 학술지란 말입니다. 아가씨께서 찾는 신문지는 저어쪽, 제가 저어쪽 테이블에 올려놨다고요.」

진작 말하지. 어쩐지 앞쪽에 왜 이리 광고가 많나 했네.

캐서린은 로제의 학술지를 원래 자리에 돌려놓고, 제대로 된 신문을 펼쳤다.

신문사마다 헤드라인이 참으로 다채로웠다.

「한스부르크 파냐 후작의 보좌관, 캐서린 파냐. 현재 위독한 상태」, 「캐서린 파냐 양의 목숨이 위중한 것은 모두 마르파쿠스 3세의 탓?」, 「창공의 대악마는 이테라나 제국에 경고했다」, 「인간과 악마의 전쟁이 시작되는가?」

기삿감이 워낙 많아 대충 훑는 데만 한참 걸렸다.

한데 그중에서 가장 눈길이 가는 기사가 하나 있었으니.

「백합의 성기사, 파혼 결정」

바로 퍼시빌의 파혼을 알리는 기사였다.

이틀 전, 늦은 밤. 파헨리힌 신성 왕국의 왕성.

파헨리힌 왕실의 시종인 칼리오는 오늘따라 유독 기분이 상쾌했다.

항상 품위를 지키느라 차분하고 무거웠던 그의 걸음이 미약하게나마 방정맞게 보일 정도였다.

오늘은 왕가의 자랑, 퍼시빌 베네딕토 파헨리힌 왕자가 귀성하는 날이었다. 말 많고 탈 많았던 대륙평화유지회의 직후의 귀성이라 더욱 놀라웠다.

'본래 이맘때쯤에는 연락도 잘 닿지 않는데. 드디어 마음을 고쳐먹으신 건가.'

퍼시빌 왕자는 대륙에서 가장 많은 신도를 거느린 미카엘라교의 자랑이자 검이었다.

그의 명성은 오래전 왕가의 명성을 뛰어넘어, 파헨리힌 왕국을 모르는 이는 있어도 퍼시빌 왕자를 모르는 이는 없을 정도였다.

교황의 총아이자 미카엘라교를 수호하는 성기사, 베네딕토 경.

파헨리힌 왕가는 그러한 퍼시빌의 존재를 자랑스럽게 여겼다. 물론, 왕가의 모든 일원이 그리 여긴 것은 아니었지만.

'제넌 전하께서 조금만 더 아량이 넓으신 분이었다면 좋았을 텐데.'

특히 왕태자 제넌은 주변인들이 민망하게 여길 만큼 퍼시빌과 선을 그었다.

이는 퍼시빌의 귀성이 손에 꼽게 드문 일이 된 이유이기도 했다. 건국 기념일인 연말이라고 해서 다르지 않았는데, 올해는 웬일인지 건국 기념일을 앞두고 귀성한다는 서신을 보내왔다.

'국왕 폐하께서 정정하신 현세대야 종종 모습을 보이신다지만… 제넌 전하의 시대가 도래한다면 얼굴을 아예 못 볼지도.'

파헨리힌 왕가는 대대로 성격이 지랄맞다. 어쩌면 두 형제의 사이가 평화롭길 바라는 것 자체가 사치일 수 있었다.

칼리오는 정원을 바삐 지나 미카엘 분수대 앞에 섰다.

이제 막 멈춘 마력차에서 익숙한 갈색 머리카락의 왕자가 내리고 있었다. 그는 정중하게 허리를 숙여 퍼시빌 왕자를 맞이했다.

"근 1년 만입니다, 퍼시빌 왕자 전하. 안으로 모시겠습니다."

그는 무료한 얼굴로 되물었다.

"아버지는."

"잠자리에 드셨습니다. 왕자 전하께서도 고된 여정으로 피곤하실 터이니, 내일 아침 식사 자리에서 그간의 여정을 들려 달라 말씀하셨습니다."

대답은 들려오지 않았다.

제넌 왕자에 대해선 입도 뻥긋 않는 걸 보면 둘의 관계가 원만하게 회복되지는 않은 듯했다.

'퍼시빌 전하께서 릴리스호에 승선하셨다기에 기대를 조금 했더니만.'

진실로 순수하게 교황청의 지시에만 따른 모양이었다.

기사들을 물린 칼리오는 퍼시빌을 침실까지 보좌했다. 어쩐지 왕자의 분위기가 평소와는 다른 느낌이었다.

'원체 말이 적으신 분이기는 하지만……'

퍼시빌 왕자는 항상 대업을 곁에 두는 인물이었기에 고민이 깊다 해도 이상하지 않다. 이럴 때일수록 조용히 할 일만 끝내고 사라지는 편이 옳았다.

그들은 긴 복도를 지나 침실 안에 들어섰다.

대화가 오가지 않으니 방은 쥐 죽은 듯 고요했다.

퍼시빌 왕자의 코트와 머플러를 건네받아 옷걸이에 걸고, 실내복을 준비하는 시간이 이상하리만치 길게 느껴졌다.

그때 돌연 문 쪽에서 인기척이 들려왔다.

달칵.

칼리오는 감히 노크도 없이 방문하는 파렴치한이 누군가 싶어 고개를 돌렸다. 하지만 침실의 인원은 여전히 두 명이었다.

문이 열리는 소리가 아니라, 잠기는 소리였던 것이다.

"칼리오."

퍼시빌 왕자가 나직한 음성으로 그를 불렀다.

"예, 전하."

"너는 내가 한참 어릴 때부터 나를 보필했지. 말귀도 못 알아먹는 일곱 살 난 애새끼 시절부터."

칼리오는 자부심이 가득한 얼굴로 고개를 숙였다.

"예. 전하께서는 어릴 때부터 특히나 영특하셨지요."

"이 답답한 왕성에서 믿을 만한 녀석을 단 한 명 고른다면 내게는 너밖에 없을 거야. 그렇지 않나?"

"그리 여겨 주시니 이 칼리오, 그저 기쁠 뿐이옵니다."

역시 1년 사이에 마음을 고쳐먹은 건가.

칼리오는 감격에 눈물이 찔끔 새어 나오려는 걸 간신히 막았다.

'왕자 전하께서 이리도 나를 신뢰하셨을 줄이야.'

일평생 충성하겠다고 다짐한 그 순간.

"그런 네게 묻고 싶은 사안이 있는데 말이지. 아주 중요하고 개인적인 일이라 믿을 수 있는 심복 외에는 절대 입에 담을 수 없는 사안이."

그의 두 귀가 쫑긋 세워질 수밖에 없는 발언이었다. 칼리오는 차분히 답했다.

"전하의 도움이 될 수 있다면 목숨을 바쳐서라도 비밀을 지키겠나이다."

"그러냐? 그렇다면 무엇이든 사실을 고하겠다고 맹세해."

맹세라니.

칼리오의 두 눈이 멍하니 깜빡였다. 천천히 걸음을 옮겨 침대에 몸을 반쯤 누인 퍼시빌이 한쪽 입꼬리를 끌어 올렸다.

"그 뭐 씹은 것 같은 표정은 뭐지? 날 못 믿겠다는 건가? 걱정 말라고, 심복. 널 곤란하게 할 만한 질문은 절대 안 할 테니까."

퍼시빌 왕자가 말하는 맹세는 고작 말로 나누는 약속 따위가 아닐 것이다.

꿀꺽, 침이 절로 삼켜졌다. 망설임이 계속되자, 퍼시빌은 두 손을 깍지 껴 뒷머리를 받치며 혀를 찼다.

"이래서 배포 없는 새끼들은… 좋아. 신성 아그리파 교황청 소속 성기사, 베네딕토의 이름을 걸고 약속하지. 이래도 부족해?"

상식적으로 말이 되지 않았다.

퍼시빌 왕자씩이나 되는 인물이, 무엇이 아쉬워 그의 도움이 필요하다는 것인가?

'하지만 맹세를 요구하고 세례명까지 거셨다. 그만큼 중한 문제라는 뜻이야.'

대체 얼마만큼 중하기에?

호기심은 고양이를 죽인다. 칼리오는 그 사실을 아주 잘 알고 있었다.

"알겠습니다. 맹세하겠습니다."

하지만 그가 뱉을 수 있는 답은 이미 정해져 있었다.

칼리오에겐 거절할 명분이 없다. 무엇보다 한낱 시종인 그에게 불복할 힘과 대담함이 존재할 리 없었다.

가볍게 몸을 일으켜 다가오는 퍼시빌에게서 진득한 음성이 들려왔다.

"그래… 칼리오. 다시 말하지만, 내 질문이 그리 어렵지는 않을 테니 안심해도 좋아."

팔을 내밀어라.

짧으면서 강압적인 명령이었다. 칼리오는 두 눈을 꾸욱 감고 팔을 내밀었다.

피부 위로 뱀이 기어가는 것 같은 낯선 감각이 느껴졌다. 동시에 전에 느낀 적 없던 홧홧한 통증이 일었다.

비웃음이 들려왔다.

"왕가의 시종이 이리 겁 많아야 쓰겠나? 됐으니 눈 떠."

가까스로 눈을 떴을 때, 그의 팔 안쪽에는 퍼시빌의 이름이 새겨져 있었다.

'이게 바로 맹세…….'

기이하게도 숨통에 단단한 가시 목줄이 채워진 기분이었다.

"아주 멋진 그림이 새겨졌군. 그럼 바로 시작할까?"

서릿발 같은 시선이 그의 이성을 관통했다.

무언가 잘못됐다.

절대 빠져나올 수 없는 늪 아래에 발을 디딘 것 같은 이 불안감.

퍼시빌 왕자의 입가에 비릿한 웃음이 걸렸다. 그의 음산한 목소리가 칼리오의 귓가에 속삭였다.

"외젠이 누구냐?"

외젠.

유성처럼 떨어진 이름에 칼리오의 숨이 가빠졌다. 그는 요동치고 있을 표정을 숨기기 위해 고개를 푹 숙였다.

설마 왕자의 입에서 그 '외젠'의 이름이 언급될 줄은.

'어떤 경로로 아시게 된 거지?'

거친 손가락이 칼리오의 얼굴 바로 아래로 내려와 핑거스냅을 쳤다. 화들짝 놀라 뒷걸음질 치자, 퍼시빌 왕자가 이죽이며 말했다.

"이봐. 어딜 보는 거야, 심복 칼리오? 외젠이 누구냐니까?"

외젠은 퍼시빌 왕자의 일곱 번째 생일 이후로 왕실의 금기가 된 존재였다.

칼리오는 침을 꿀꺽 삼켰다. 왕가의 금기는 절대 입에 담을 수 없다.

"좋아. 질문을 조금 바꾸지. 내가 생각해도 방금은 성급했어. 그렇지? 내가 흥분하면 퍽 저돌적이잖아?"

천천히 목을 돌린 퍼시빌 왕자는 침대맡에 다리를 꼬고 앉았다. 그리고 더 저돌적인 질문을 건넸다.

"언제부터 외젠이 내 몸을 차지하고 주인인 양 행세하기 시작했지?"

칼리오는 입술을 잘근잘근 씹었다.

'세례명까지 걸고 곤란한 질문은 삼가겠다 약속했으면서.'

믿은 제가 바보였다.

어차피 어떤 질문이든 사실을 고하겠다고 맹세했으므로, 칼리오에겐 피할 길이 없었다.

그는 순순히 입을 열었다.

"2년 전입니다."

퍼시빌의 눈꺼풀이 천천히 닫혔다.

외젠.

우습기도 하지. 존재하는지도 모를 유령 같은 것이 그의 몸을 무려 2년이나 이용해 먹었다고 한다.

왜 하필 2년인가?

2년 전 그에게 '특별한 일'이라고 정의할 만한 사건이 있었던가? 그가 기억하기로는 아무것도 없었다.

아니, 딱 하나 있기는 했다.

'캐서린 파냐와 처음으로 만난 해.'

머릿속에 사진처럼 박혀 있는 첫인상을 상기하자 헛웃음이 나왔다. 왜 그따위 기억만 선명하게 남아 있는지 모르겠다.

"그 새끼가 얼마나 자주 내 몸을 차지한 거냐."

칼리오는 숨을 들이켜며 조곤조곤 말을 이었다.

"전하께서 귀성하시는 날은 손에 꼽으므로, 정확하게 알지는 못합니다. 개인적인 의견으로 많으면 달에 두어 번 나타났을 거라 생각합니다."

"대강이라도 말해."

"국왕 전하의 탄신일을 맞아 나흘간 성에 머무르셨을 때, 딱 한 번 '그 모습'을 보았던 기억이 있습니다."

"그래서 그게 언제냐고 묻잖아? 내 기억에는 없어."

칼리오가 머뭇거리며 대답했다.

"외젠⋯ 전하의 두 번째 인격은 항상 전하께서 깊게 잠드신 새벽 시간대에 나타나는 것으로 압니다."

퍼시빌이 안 그래도 구겨져 있던 미간을 더 거칠게 구겼다.

"설마 몽유병을 새로운 인격으로 착각한 건 아니겠지?"

어릴 적의 그는 지독한 몽유병을 앓았다.

대체로 소리 없이 왕성을 거닐기만 했는데, 종종 정신이 멀쩡해 보이는 얼굴로 시종과 대화를 나눌 때도 있었다고 들었다.

그때의 퍼시빌은 답지 않게 나긋한 어투로 대륙 방방곡곡의 정세를 캐물었다고 했다. 고작 열 살도 되지 않은 어린 나이였음에도.

성숙해지면서 차츰차츰 나아진 몽유병이 다시 재발했다고 해서 이상할 건 없었다.

그러나 칼리오는 당당하게 고개를 내저었다.

"확실하게 아니라고 대답할 수 있습니다. 두 번째 인격은 전하를 인지하고 있습니다. 자신과 전하가 같으면서 다른 인격체라는 사실 또한 마찬가지입니다."

"네가 보기엔 내가 열 살쯤 달고 살았던 몽유병과 연관되어 있는 것 같나?"

잠시 고민하던 칼리오는 조심스럽게 고개를 끄덕였다.

그래……. 애새끼 시절부터 내 몸에 달라붙어 기생했다, 이거지.

"하."

이중인격? 꿈에서조차 상상하지 못한 정신병이다.

미쳤다는 평은 귀가 헐 정도로 들어 왔지만, 설마 진짜로 미쳐 버릴 줄 누가 알았겠는가?

파헨리힌 왕가가 그 사실을 이 악물고 숨겨 왔다고 하니 더 어처구니없었다.

"어디의 누구까지 알고 있는 거냐?"

"파헨리힌에서는 저를 제외하고 시종장님과 국왕 전하의 최측근들만 아는 사안입니다."

"마르파쿠스 3세와 벨라쿱스 추기경도 알고 있나?"

칼리오가 대답하지 않자, 퍼시빌의 어조는 더욱 신경질적으로 변했다.

"어이, 심복 칼리오."

"……예. 제가 감히 이런 말씀을 드려도 될지 모르겠습니다만… 교황 성하는 왕자 전하의 두 번째 인격을 무척이나 신뢰하는 것으로 압니다."

이토록 우스운 일이 또 있을까?

개나 소나 외젠의 존재를 아는 것으로 모자라, 마르파쿠스 3세는 신뢰까지 한단다.

교황이 당장 눈앞에 있다면 멱살을 잡아끌 수 있을 것 같았다. 자신을 이용해 먹기 좋아한다는 건 진작 알고 있었지만, 이건 정도가 심했다.

"정신병자를 왜 좋아한다는 거지? 교황도 정신병자였던 거냐?"

"이유는 저도 잘 모르겠습니다."

굳은살로 돌처럼 거칠어진 퍼시빌의 손이 가지런한 제 미간을 짓눌렀다.

근래 일부 고위 성직자들의 행태가 기이하다 여긴 적은 있었다.

그를 불러 세워 참석한 적도 없는 회의를 언급하다가, 이내 아차 하는 얼굴로 얼버무리고 만다든지. 경외를 넘어 숭배의 눈으로 훔쳐본다든지.

이 모든 변화가 퍼시빌이 아닌 외젠을 향한 것이었다면?

머릿속이 여러모로 복잡했다.

"너, 외젠을 만났다고 했지?"

"예."

"그럼 한번 묘사해 봐."

"예?"

"꼭 두 번 말해야 귓구멍에 박히는 거냐? 네가 본 외젠이란 녀석이 어떤 새끼였는지 말해 보라고."

교황이 신뢰한다는 그 정신병자가 얼마나 대단한 새끼인지 알아야겠다.

퍼시빌의 요구가 워낙 살벌했던 터라, 칼리오는 머릿속 안쪽에 박힌, 잊기 힘든 '그 남자'의 존재감을 꾸역꾸역 되새겼다.

"외젠은… 아니, 그자. 아니, 전하께서는……."

"쓸데없는 데서 답답하게 굴지 말고 대충 말해."

"능숙한 자였습니다."

퍼시빌의 눈가가 얇게 좁혀졌다.

"그간 왕성에서 많은 사람을 만나 보았지만, 그자만큼 생각을 읽기 힘든 존재는 처음이었습니다. 사람을 다루는 데 능하고 여……."

"여유가 느껴지며 한편으로는 장난기도 느껴진다. 쾌활한 소년 같지만 위압감 있는 노인처럼 보이기도 한다. 맞나?"

정확하다. 한데 그걸 어찌 아는 거지?

칼리오는 어리둥절해진 기분으로 수긍했다.

"예……."

생각해 보면 확실히 부자연스러웠다.

퍼시빌 왕자가 10년을 넘게 인지하지 못했던 외젠의 존재를, 어느 날 문득 갑작스레 자각할 리 없지 않은가?

'누군가 귀띔한 걸까.'

교황도, 벨라쿱스 추기경도 아니라면 대체 누가?

칼리오의 의문은 그 끝에 도달하지 못했다. 몸을 일으킨 퍼시빌 왕자가 그의 어깨를 두들기며 숨 막히는 질의응답 시간의 끝을 고했기 때문이다.

"수고했다, 나의 충실한 심복 칼리오. 충복답게 참 많은 도움을 주었어. 칭찬해 주지."

부드러운 어투와 달리 퍼시빌 왕자의 눈빛은 사나웠다. 썩 꺼지지 않고 무얼 하냐는 표정이었다.

칼리오가 슬금슬금 뒷걸음질 치려 할 때, 옅은 사념에서 단번에 빠져나온 퍼시빌 왕자가 그를 불러 세웠다.

"잠깐."

"예."

"전언이 있다, 칼리오. 내가 뱉는 말 그대로 국왕께 달려가 전해."

퍼시빌 왕자의 얼굴은 느긋했고, 그 느긋함이 칼리오를 불안하게 했다.

"폐하, 불충한 아들 퍼시빌은 곧 메리아티나 펜달혼 왕녀와 파혼할 예정이니, 너그럽게 이해해 주십시오."

칼리오는 왕자의 전언을 곧장 해석하지 못해, 자신의 뇌를 한 번 뒤집었다.

퍼시빌.

메리아티나 펜달혼 왕녀.

파혼.

퍼시빌 왕자의 파혼.

숨통이 콱 막히는 듯한 착각이 일었다. 칼리오는 퍼시빌의 선언에 경악하고 말았다.

"아니 됩니다, 전하! 펜달혼 왕녀와의 국혼은 온 신성 왕국의 신민이 기다려 온 국혼이옵니다. 제 혀가 잘릴지언정 그 명은 절대 수행할 수 없습니다!"

문란한 제년 왕자와 달리 퍼시빌 왕자의 사생활은 지독하리만큼 건전했다.

그가 신께 귀의하기 전까지는 왕실에서 퍼시빌 왕자의 후사를 걱정할 정도였다.

왕자는 모든 욕구를 토벌과 살생을 포함한 모든 폭력적인 행위로 해소하는 듯했다.

여인에 관심을 두지 않으니 국혼에 순순히 따랐음은 당연지사였다. 하여 칼리오는 대뜸 파혼을 입에 담는 퍼시빌 왕자가 이해되지 않았다.

그래도 만약, 왕자의 파혼에 이유가 있다면.

"혹여, 마음에 둔 여인이 생기신 겁니까? 전하께 정부가 생긴다고 한들 그 누구도 흉을 보지 못할 것……."

"누가 누구를 마음에 둔다고?"

그 순간.

언뜻 살기까지 이는 것처럼 느껴지는, 이가 딱딱 부딪칠 정도로 사나운 음성이 칼리오를 질타했다.

"너는 내가 고작 그 계집 하나 때문에 약혼을 철회할 거라 생각하는 거냐?"

칼리오의 눈이 지극히 당혹스러운 감정을 품었다.

'그 계집이라니?'

칼리오가 특정 인물의 이름을 입에 담은 적이 있었던가?

퍼시빌은 몹시 불쾌하게도 캐서린의 얼굴을 떠올렸다.

그 빌어먹을 하얀 낯도 지겹게도 떠오르는군. 지겹고, 지겹고 지겨워서 자괴감을 느낄 정도로.

캐서린 파냐는 현재 혼수상태이다.

귀하게 자란 온실 속의 아가씨가 몸 한가운데 구멍이 뚫린 채 혼절했으니 당연지사였다.

당시 그는 마르파쿠스 3세의 명으로 황성을 벗어나 있었기에 정확한 경위를 알 수 없었다.

하지만 신문 기사에서 바닥에 추락해 인형처럼 나뒹굴었다는 대목을 본 순간, 그의 머릿속은 새까만 암전을 맞이했다.
 퍼시빌은 그날 처음으로, 두 발과 심장이 늪 아래로 빨려 들어가는 이를 데 없이 역겨운 감각을 느꼈다.
 캐서린은 대악마의 계약자였다. 그러니 어떻게 해서든 되살아날 것이다.
 그 역시 그러한 사실을 알고 있었지만…….
 이런 식으로 흔들리고 싶지 않아, 그 작은 얼굴에 대고 집착할 일 없다고 선언했건만…….
 퍼시빌의 눈앞에는 여전히 그해 봄의 꽃잎이 휘날리고 있었다.
 느껴질 리 없는 아카시아의 향이 느껴졌고.
 느껴질 리 없는 봄바람의 느슨한 온도가 느껴졌으며.
 더는 들을 수 없는 그날의 웃음소리가 들려왔다.
 퍼시빌은 자조했다. 어쩌면, 아주 어쩌면 캐서린 파냐의 말이 옳을지도 모른다.
 그는 아직도 그해 봄에 머물러 있나 보다.
 "한 번만 더 헛소리를 늘어놓으면 그 얇은 입술을 꿰매 버릴 줄 알아."
 칼리오는 그를 진노하게 할 만큼 치욕적인 소리를 했었나. 한 번 더 고민해야 했다.
 그리 예민하게 굴 발언이었던가? 하지만 아무리 머리를 굴려도 그럴싸한 답은 나오지 않았다.
 애초에 퍼시빌 왕자는 성격이 더러울지언정, 질문 하나에 과민 반응할 성격은 아니었기 때문이다.
 "그렇다면 어찌 파혼하려 하십니까?"

"내가 그 이유까지 네 앞에서 구구절절 설명해야 하는 거냐?"

"국왕 폐하께서 제게 연유를 여쭈셨을 때, 짧게라도 답을 드릴 수 있는 편이 좋다고 생각합니다."

퍼시빌 왕자는 말도 안 되는 변명거리를 눈 하나 깜빡하지 않고 술술 불었다.

"신께 귀의한 한낱 종이기에 부인에게 봉사할 영혼과 육체가 없다고 전해. 이 정도면 충분하겠지?"

교황청의 전신인 미카엘라교에서 성기사의 순결은 의무이다. 다만 한 가지 예외인 경우가 존재했는데, 신 미카엘라교를 국교로 하는 국가의 왕실은 가정을 둘 수 있었다.

따라서 온 대륙에 명성을 떨치고 있는 퍼시빌의 존재는 파헨리힌 왕국에 있어 정치적 활용이 무궁무진할 수밖에 없다.

국왕은 필히 그의 파혼을 불허할 것이다.

"전하, 그저 명분을 위한 혼인에 불과합니다. 메리아티나 왕녀는 태생이 약하고 왕가 외의 외척도 없다시피 해 간섭받을 일은 없을……."

"까랑까랑한 목소리로 시끄럽게 굴지 마. 골 울리니까 계속 토 달기만 할 거면 그냥 꺼져. 네가 싫다면 내가 내일 아버지께 말하면 돼."

칼리오는 반항 한번 못 하고 침실에서 쫓겨났다.

사람이 한 명 줄자, 안 그래도 고요했던 방 안의 분위기는 더욱 침체되었다.

퍼시빌은 한동안 가만히 숨을 골랐다. 그리고 한참 만에 입술을 뗐다.

「베헤모스.」

 공기가 차게 식으면서 모습을 감추고 있던 어둠이 밀려 들어왔다. 침대 머리맡 위, 벽의 일부를 가득 채운 거대한 풍경화 속의 낡은 촛대가 음산한 목소리를 냈다.

「말했잖아, 퍼시빌 경. 나는 인간에게 들킬 거짓말은 하지 않아.」

 계약자의 부름에 응답하여 나타난 베헤모스였다.

「겁먹은 늙은 인간이 알아서 증명해 주었구나. 어떻게 생각해? 이제 외젠의 존재를 받아들일 수 있겠어?」

 퍼시빌은 대답 대신 싸늘한 눈길로 풍경화를 노려봤다.

「그는 네 전생이야. 그간 네 자아가 워낙 단단해 분리된 상태로 살아가야 했지만…….」

 그림자가 진 풍경화 속에서 베헤모스의 낯짝이 흐릿하게 일렁이는 듯했다.

「인간은 드래곤과 달라. 너희의 영혼은 두 개의 자아를 담을 수 없어. 자아의 통일을 이루지 못한다면 가까운 시일 내 네 영혼과 육체가 파괴되고 말 테지.」

 깊게 되새길 필요 없는 발언이었다. 외젠과 퍼시빌, 둘 중 하나가 죽어야 살 수 있다는 뜻이었으니.

 어디선가 들어 본 적 없는 느긋한 웃음이 들렸다.

 퍼시빌은 가만히 고개를 숙여, 자신의 발끝에서부터 길게 솟아 등불에 일렁이는 그림자를 내려다봤다.

 그림자가 그에게 말했다.

「한마디로, 때가 된 거지.」

 이 그림자는 베헤모스가 아니다.

분명 낯선 존재였지만, 퍼시빌은 자신에게 말을 거는 이 그림자의 정체를 알 수 있을 것 같았다.

「우리 둘이서 하나가 될 때가.」

외젠.

그의 또 다른 자아, 외젠이 한시라도 빨리 하나가 되기를 종용하고 있었다. 마치 오랜 시간 이 순간만을 고대해 온 것처럼.

퍼시빌은 웃었다.

"개소리 다 했냐?"

맞장구쳐 줄 가치조차 없는 말장난이지 않은가.

전생?

그 따위 알 바 아니다. 기억도 못 할 오랜 과거의 자신이 얼마나 하찮거나 대단했는지는 관심 없었다.

그에게 있어 '퍼시빌 베네딕토 파헨리힌'은 그 스스로가 인지하고 있는 인격체 하나가 다였다.

따라서 외젠이라는, 실체가 있는지도 모호한 존재 따위는 어찌되든 상관없었다.

"우리? 하나? 살다 살다 기생충한테 별 해괴한 소리를 다 듣는군. 이봐, 기생충. 너와 나는 하나가 되는 게 아니야."

무식한 친형제에게 배척받는 불운의 성기사도.

청동의 지배자, 베헤모스의 계약자도.

하물며 외젠을 받아들여 정신이 회까닥 돈다고 하여도.

"네가 내게 복종하는 거다."

퍼시빌은 온전히 그 하나밖에 없다는 뜻이었다.

짧은 침묵이 그들 사이에 맴돌았다.

그 침묵의 말미에서, 외젠은 죽은 자의 웃음이 아닌, 산 자의 생기가 느껴지는 웃음을 터트렸다.
「그 패도적인 태도, 마음에 쏙 드는데? 충분해. 아니, 충분하다 못해 넘쳐! 나라면 너 정도의 남자는 되어야지. 좋다! 전부 가져가, 퍼시빌. 전생의 기억과 힘, 그리고…….」
마지막 속삭임은 발아래가 아닌, 숨결이 느껴질 만큼 지척에서 들려왔다.
「우리의 원대한 바람까지.」
그 순간이 기점이었다.
긴 시간 잊고 살아온 전생의 기억이, 퍼시빌의 머릿속에 하나둘 떨어지기 시작했다.

캐서린이 저택으로 돌아온 당일.
그녀가 다시 저택을 나선 건 야옹이의 뒤늦은 귀가를 확인한 후였다.
야옹이는 온몸이 까맣게 된 채 터덜터덜 저택에 돌아왔다. 그리고 사랑해 마지않는 다이아몬드 밥그릇에 코를 박은 채 쉬지 않고 하소연했다.
「킁. 배가 넘… 짭짭. 인간 꿀꺽… 짭짭. 할 뻔… 짭짭.」
"쩝쩝대면서 말하지 말고. 일단 다 먹어."
「쩝쩝… 짭짭. 아, 짭짭이 아니라 쩝쩝이지. 쩝쩝.」
그간 야옹이가 겪은 일은 이러했다.

대충 심상치 않은 분위기에 캐서린을 구하려고 달려 나왔는데 마법사에게 발각되어… 마취에서 깨어나 캐서린의 애완 마물 신원을 확인받았으나… 그렇게 길고 긴 여정을 마치고 저택으로 돌아올 수 있었다는 이야기였다.

고생이 많기는 많았구나.

로제가 최고급 수제 고양이 사료를 붓다 말고 캐서린을 올려다봤다.

"아가씨."

"네."

"신문을 보면서 여쭙고 싶었던 부분이 있었어요. 데미안 씨 말이에요."

그녀의 말에 꽤 큰 비중으로 신문 기사에 실려 있던 데미안의 이름을 떠올렸다.

'그러고 보니 로제는 데미안의 소식을 기사로만 접했지.'

그녀는 데미안이 결혼 문제를 해결하고 곧장 돌아오리라 여겼을 테다.

설마 신문에 대문짝만 하게 「흑사자 데미안 로드리아, 파냐 가문에 입적」이라고 실릴 줄은 몰랐겠지.

"처음에는 사람들이 말하는 파냐 가문이 평범한 집안 중 한 곳인 줄 알았어요. 아가씨도 아시다시피, 이테라나에는 파냐라는 성이 원체 많잖아요."

파냐는 이테라나 제국의 가장 많은 성씨 5위를 차지한다.

"한데 기사 내용을 쭈욱 읽어 보니 제가 아는 그 파냐 후작 가문이 맞더군요. 그렇다면 데미안 씨는 이제 크리스토퍼에는 돌아오지 않는 건가요?"

기사에 따르면, 캐서린이 사경을 헤매는 척할 동안 데미안은 서류상으로 입적이 완료되었다고 한다.

그는 이미 황실 기사단 기사단원직에서 물러났으며 파냐 후작의 부름에 따라 곧 파냐로 떠날 예정이라 했다.

'데미안 로드리아가 아니라 데미안 파냐, 라.'

등 뒤로 소름이 훅 끼쳤다.

"아마 그러지 않을까요? 이렇게 낡고 초라한 저택의 정원사로 두기에는… 후작 가문의 후계자라는 지위가 너무 높잖아요."

물론 황실 기사단이라고 해서 정원사로 부리기에 마땅한 지위는 아니었지만.

로제가 시무룩해진 표정으로 고개를 끄덕였다.

"하아… 그렇기는 하지요. 제가 생각해도 바보 같은 질문이었어요."

한숨을 푹 쉬며 12kg 대형 고양이 사료 한 포대를 어깨에 둘러메는 로제의 모습이 참으로 아쉬워 보였다.

'서로 질리도록 투닥거렸어도 그동안 미운 정 고운 정 다 들었겠지.'

로제는 밑에 있는 서랍에 사료 포대를 욱여넣으며 투덜거렸다.

"요즘 시국이 워낙 흉흉해 믿을 만한 정원사를 구할 수 있을지 모르겠는데. 이제 막 쓸모가 있어진 참에 그만두다니? 데미안 씨는 정말 도움이 안 되는 사람이에요."

음. 그냥 새 사람을 구하는 게 귀찮았던 거구나.

캐서린은 그녀의 어깨를 두들기며 위로했다.

"괜찮아요, 로제. 내가 아는 정원사 중에 믿을 만한 사람이 있어요. 바로 데려올게요."

할파스라든지. 할파스라든지. 할파스라든지.

따스한 한마디에 로제의 안색이 단번에 환해졌다.

"어머나. 정말요? 아가씨의 지인이라면 걱정 없죠. 한시라도 빨리 데미안 씨의 빈자리를 채웠으면 좋겠네요!"

로제는 데미안의 존재 따위 금방 잊었다는 듯 만개한 얼굴로 웃었다. 그리고 총총걸음으로 부엌을 향해 발길을 돌렸다.

이제 슬슬 시작해 볼까.

챱챱거리는 야옹이의 식사 소리를 들으며, 캐서린은 길게 숨을 들이켰다.

드디어 때가 됐다. 하룻밤만 더 지나면 고대했던 '그날'이 찾아온다.

'체자레와의 하룻밤… 이 아니지. 체자레와의 하루.'

근래 그녀의 생에 이토록 중요했던 이벤트가 없었다.

덕분에 캐서린은 침대에 누워 있던 지난 며칠간 어디서 무얼 하며 어떻게 보낼지 심사숙고해야 했다.

'대충 리스트를 뽑아 두기는 했는데…….'

2천 년을 넘게 살아온 대악마에게 통할지가 문제다.

인간만 상대해 온 그녀에게 적절히 조언해 줄 상대가 필요했다.

하지만 조언을 받기 전, 최대한 빨리 마무리해야 할 일이 있었다.

"단, 잠깐 나를 따라와."

그녀의 부름에 달그락거리던 다이아몬드 사료 그릇이 돌연 까만빛에 휩싸였다.

어둠은 서서히 긴 장신의 형체를 이루었다.

사료 그릇에서 본래 모습으로 돌아온 단이 불결해 죽겠다는 표정으로 옷깃을 털었다.

"1분이라도 더 이 상태를 유지해야 했다면… 전 아마 정신을 잃었을지도 모릅니다."

야옹이가 기겁을 하며 뒤집어졌다.

「캬악, 퉤! 우웨에엑! 더럽지! 불결하지!」

"고양이의 사료 그릇이 되는 건 제 생에 가장 치욕스러운 형벌이었습니다, 아가씨. 이런 벅찬 기분은 정말 오랜만에 만끽해 보네요. 하. 하하. 하하하."

고양이 사료 그릇 노릇이 뭐 별거라고.

캐서린은 혼미해 보이는 단을 이끌고 지하실로 내려갔다. 그러고 보니 지하실 쪽으로는 꽤 간만에 내려가는 것 같았다.

형형하게 빛나는 적색의 마법진이 그들에게 인사를 건넸다.

「오랜만이다, 매정한 주군. 주군이 나를 등한시한 탓에 몸 위에 먼지가 앉았다. 간지럽다.」

"미안. 앞으로는 꾸준하게 관리해 줄게."

나 말고 할파스가.

캐서린은 오래되어 삐걱거리는 나무 문을 굳게 닫고 몸을 돌렸다.

"단탈리온."

새삼 진중하게 불린 진명에 단이 자세를 바로잡았다.

그는 영혼이 탈곡되어 흐릿했던 초점을 바로 하고 대답했다.

"예. 말씀하십시오."

"내일은 나에게 아주 중요한 날이야. 하지만 그 전에 먼저 해야 할 일이 있어."

눈치 빠른 단은 캐서린의 의사를 단번에 파악했다. 그러곤 어울리지 않게 긴장한 표정이 되어 입꼬리를 끌어 올렸다.

"할파스를 곧장 호출하겠습니다."

호출이라기에, 캐서린은 적어도 10분 정도는 기다려야 할 줄 알았다.

한데 단은 품 안에서 능숙하게 영상 전송 마법석을 꺼내더니 누군가와 연결을 시도했다.

— 무슨 일이지, 단탈리온?

할파스의 목소리였다.

"아가씨의 집합 명령이다, 할파스. 지금 당장 마르구스 앞으로 튀어 와."

생각해 보니 이 저택은 어머니가 소유했던 저택이지 않은가? 따라서 두 시종은 마르구스의 저택을 모를 수가 없었다.

— 명령 수준은?

"「영원한 주인님 릴리스」다."

— 기다려라.

뚝, 하고 영상 전송이 끊겼다.

캐서린은 잠시 고민했다. 내 귀가 잘못되지 않았다면 생소하면서 낯부끄러운 문장이 들려온 것 같은데.

"「영원한 주인님 릴리스」는 무슨 의미야?"

"「영원한 주인님 릴리스」 말이십니까? 아아… 아가씨 명령 최상위 단계를 뜻합니다. 곧 죽어도 날아와야 하는 단계라고 보면 되지요."

주종 서약이?

'아닌 척해도 은근히 기대하고 있었나 봐.'

사알짝 귀여워 보인다면 역시 미친 걸까?

단은 자랑스러운 얼굴로 말을 이었다.

"그 바로 아래 단계로는 「역시 세계관 최강자 릴리스 님」이 있고, 그 아래 단계로는 「죽을 때까지 사랑해 릴리스 님」, 그 아래 단계로는……."

"충분하니까 거기까지만 해."

더 듣고 있다가는 오돌토돌 돋은 닭살이 온몸을 뒤덮을 게 분명했다.

조용했던 저택이 돌연 소란스러워진 건 그 순간이었다.

우당탕탕, 불안한 소음이 들리더니 누군가 지하 문을 부숴 버릴 기세로 밀치고 침입했다.

땀에 젖은 채 거칠게 숨을 내쉬는 금발의 남성은 바로 할파스의 인간형, 필립이었다.

"늦지 않게 왔군. 간만에 잘했다, 할파스."

필립은 만족스레 고개를 주억이는 단을 지나쳐 캐서린 앞에 섰다. 그리고 한쪽 무릎을 꿇은 채 앉아, 봄꽃처럼 환하게 핀 미소를 지었다.

"이 할파스는 언제든지 주종 서약을 맺을 준비가 되어 있습니다, 주인님. 말만 하십시오."

어찌나 행복해 보이던지. 없었던 일로 미루면 닭똥 같은 눈물을 뚝뚝 흘릴 기세였다.

얘도 엄청 기대하고 있었나 본데.

'뭐, 귀찮아하는 티를 내는 것보다는 훨씬 낫지.'

캐서린은 민망해진 기분으로 귓불을 매만졌다.

이토록 고대했을 줄은 상상도 못 했다.

오롯이 내게 속한 존재가 생긴다는 것.

그 사실을 다시금 깨달았을 때의 느낌은, 온전한 내 편이 생겼을 때의 느낌과는 조금 달랐다.

'체자레 때는 마음이 놓였다면 지금은 오히려 마음이 무거워지네.'

이런 게 바로 책임감이라는 건가. 예상치 못한 순간에 스스로의 위치를 통감하게 된다.

캐서린은 항상 책임감이 두려웠다. 그 이유에 대해 설명하자면 지레 겁먹었다는 표현이 옳다. 아버지처럼 되고 싶지 않았기 때문이다.

그녀는 아버지처럼 자신에게 주어진 책무에만 사로잡혀, 가족을 등한시하고 싶지 않았다.

그 두려움이 원체 컸기에 파냐 후작 가문의 후계자 같은 존귀한 신분과 후계자의 의무는 꿈도 꾸지 못했다.

그렇게 어영부영 파냐 가문의 가주라는 지위도 모르는 척했건만.

'그보다 더 번거로운 자리에 앉게 되었네.'

캐서린은 익숙하지 않은 감정들로부터 벗어나기 위해 깊게 숨을 들이켰다.

되돌릴 수 없는 일이라면 출중히 임하는 게 옳다.

"좋아, 그럼……."

걸음을 옮겨 그녀의 시종이 될 두 악마, 단탈리온과 할파스 앞에 섰다.

악마와 악마 사이에 이루어지는 주종 관계란 무엇인가?

그 의문에 대한 『가이드북』의 답은 캐서린의 예상과 사뭇 달랐다.

> **주종 관계란 일종의 부모와 자식의 관계와 같다. 주인은 무조건적으로 시종의 명예와 생명 존속에 책임을 져야 하며, 시종은 주인에게 속해 있다.**

부모와 자식.

'이 나이에 수백 살 먹은 아들이 둘…….'

심지어 한 놈은 잔소리꾼 잡초.

나머지 한 놈은 문란한 마조히스트.

그 둘의 면면을 물끄러미 응시하며, 캐서린은 서약을 시작하기 전에 새로운 목표 의식을 가졌다.

멀쩡한 시종 딱 한 명만 더 데려와야겠다고.

'그것도 당장의 주종 서약이 잘 마무리되어야 가능하겠지.'

캐서린은 저택의 지하실에서 주종 서약을 나눌 생각이었다.

대도시 한복판이었지만, 지하실의 낡은 나무 문만 건재하다면 문제 될 것 없었다. 악마 소환진의 존재도 감쪽같이 가려 주는 세계관 최강 나무 문이었으니까.

그녀는 두 악마를 바라보며 말했다.

"마지막 기회를 줄게. 떠날 악마는 지금 당장 떠나."

이런 말은 미리 해 두어야 손해를 덜 본다.

"나는 배신당하면 배로 갚아. 평생 동안 충성할 자신 없으면 여기서 그만두는 게 좋을 거야. 나는 내 시종을 어머니처럼 다음 대릴리스에게 남긴다거나, 다른 대악마에게 넘길 마음은 추호도 없으니까."

아무리 악마라고 해도, 이 정도의 경고를 들으면 조금은 주춤할 거라 생각했다.

그러나 예상과 다르게 두 시종은 고민하는 낌새를 보이기는커녕 멀뚱하게 서 있기만 했다.

그녀와 할파스의 얼굴을 차례로 살핀 단이 조용한 음성으로 입술을 뗐다.

"이럴 때 이런 말씀을 드려도 되는지 모르겠습니다만… 저와 할파스는 주종 서약이 처음입니다."

처음?

캐서린이 무슨 소리냐는 눈으로 바라보자, 필립이 말을 이었다.

"단탈리온의 말이 맞습니다. 전 주인님께서는 말년에 보필할 저희들의 자유를 빼앗고 싶지 않다는 이유로 주종 서약을 생략하셨습니다."

캐서린은 그들이 무엇을 말하고 싶어 하는지 곧장 이해하지 못했다.

'지금 첫 주종 서약임을 강조하고 싶은 건가.'

이럴 때 참고하라고 『가이드북』이 있는 거지.

캐서린은 대악마의 놀라운 기억력을 이용해, 꾸벅꾸벅 졸며 훑어 내렸던 『가이드북』의 내용을 머릿속에서 꺼내 펼쳤다.

'주종 서약이… 45페이지에서 시작이었지.'

해당 쪽수부터 쭈욱 내용을 되새기니, 「시종은 일생에서 단 한 번의 주종 서약이 허락된다. 주군과 시종 모두에게 일대의 책임이 주어지기 때문에 서약 없이 맹세만 오가는 경우도 잦다」라는 글귀가 떠올랐다.

'보통 서약 대신 맹세로 퉁친다는 거구나.'

영혼까지 구속할 수 있는 맹세보다 더 상위 단계의 약속이라니. 그 무게감이 어느 정도 실감됐다.

그런 서약을, 단과 할파스는 아무렇지 않은 표정으로 캐서린과 나누겠다고 한다.

"마음은 몰라도 「**할파스**」로서의 육체만은 순결하니 걱정 마십시오, 주인님."

심지어 필립은 언뜻 흥분된 표정으로 얼굴까지 붉혔다. 보통은 반대여야 걱정 안 하는 게 아니냐고.

"저희는 이미 아가씨에게 충성하기로 결정했습니다. 그러니 도망갈 일은 없습니다."

그리 말하는 단의 음성은 군더더기 없이 확고했다. 캐서린은 납득하기 힘들다는 투로 되물었다.

"나를 얼마나 봤다고 충성하겠다는 거야?"

"아가씨는 제가 추구해 온 가장 완벽하고 고결하며 아름다운 공허의 힘을 지니셨습니다."

"그래서?"

"그게 끝인데요."

단은 그것 외에 대체 무엇이 더 필요하냐는 얼굴이었다.

음. 이해하려 한 내가 바보였어. 이번에는 필립을 향해 고개를 돌렸다.

눈이 마주친 필립이 수줍은 표정으로 말했다.

"저는… 아가씨께서 평온한 표정으로 저를 거칠게 다루어 주실 때마다……."

"둘의 생각이 어떤지 알겠어. 이제 주종 서약을 시작하자."

이로써 둘 모두 별생각이 없다는 사실을 알게 되었다.

캐서린은 주종 서약에 필요한 최소 조건을 되새기며, 그녀가 지닌 가장 순수한 마력을 끌어모았다.

주종 서약.

그 첫 번째 절차는 죽음.

"고통스러워도 조금만 참아. 길지는 않을 테니까."

마르구스의 빛 위로 캐서린의 마력이 응집된 까만 구슬이 솟아올랐다. 그녀는 제어력을 잃지 않기 위해, 두 눈을 감은 채 온 감각에 정신을 집중했다.

새까만 공허의 구슬은 지하실을 가득 채울 크기까지 쉬지 않고 성장했다. 현실에 존재하기 어려운 엄청난 밀도에 의해 주위 공간이 서서히 휘어지기 시작했다.

그 광경을 응시하던 단이 황홀한 목소리로 읊조렸다.

"이 정도의 순도라면 제 영혼까지 빼앗긴다 하여도 아쉽지 않겠군요."

그렇다기에 할파스와 함께 구슬 안에 가두어 뼛가루까지 녹여 버렸다. 미안. 서약을 위한 과정이라지만 썩 달가운 방식은 아니었다.

두 번째 서약 절차는 소생.

캐서린은 구슬의 마력을 거두고 다시 두 눈을 떴다.

"이그드라실이여, 「**릴리스**」가 독대를 청한다."

지하실의 천장이 거침없이 일그러졌다. 동시에 다른 세계로 통하는 거대한 문이 열렸다.

새까맣게 그을려 있던 오랜 석벽은 온데간데없었다.

캐서린이 고개를 들었을 땐, 마치 우주의 은하수가 떨어지듯, 끝이 보이지 않는 장대한 밤하늘이 그녀를 내려다보고 있었다.

수많은 소행성 너머로 거대한 나무가 어렴풋이 보였다.

혼돈의 중심, 이그드라실이었다.

「우리의 왕.」

「우리의 왕.」

「우리의 왕.」

이그드라실이 지닌 수억 개의 뿌리가 릴리스를 향해 경의를 표했다. 쉬이 볼 수 없는 장관, 그 자체였다.

캐서린은 이그드라실에게 요구했다.

「'**단탈리온**'과 '**할파스**'의 영혼을 내게 바쳐라. '**릴리스**'가 그들을 돌볼 것이다.」

우주 곳곳에 뱀처럼 휘어져 있던 뿌리가 몸을 비틀며 흰 빛을 뿜었다.

「왕에게 **'단탈리온'**을 바쳐라.」

「왕에게 **'할파스'**를 바쳐라.」

그 순간, 가장 강렬하게 빛을 내뿜던 한 뿌리로부터 기다란 유성이 떨어졌다.

자그마한 먼지에 지나지 않았던 두 개의 유성은 이끌리듯 날아와 캐서린의 앞에 멈추었다.

그중 하나는 금빛 뿔을 지닌 까만 염소가 되었고.

마지막 하나는 금빛 털을 지닌 듬직한 늑대가 되었다.

두 짐승은 캐서린을 향해 고개를 조아렸다.

「나의 영원한 주군이시여.」

「나의 위대한 주군이시여.」

천장을 가득 메우던 우주가 자취를 감추었다.

캐서린이 두 발을 디딘 세계는 다시 에덴으로 돌아와 있었다. 당당하게 고개를 든 두 짐승은 익숙한 인간의 형상으로 모습을 바꾸었다.

마지막 서약 절차는 맹세의 키스.

'절대로 하기 싫다.'

캐서린의 심리를 단번에 알아챈 단탈리온이 겨우 들릴 목소리로 조그마하게 속삭였다.

"마지막은 생략하셔도 됩니다."

이래서 눈치 빠른 것들은 좋다니까.

만족스럽게 고개를 끄덕이며 마무리하려는데, 나란히 서 있던 할파스가 복식 호흡으로 노성을 토했다.

"시종 주제에 어찌 그런 주제 넘는 소리를 하는 거냐, 단탈리온!"

그러고는 죽어도 용납할 수 없다는 눈으로 캐서린에게 말했다.

"단탈리온은 몰라도, 제게는 반드시 마지막 절차까지 누릴 수 있는 기회를 주십시오."

그건 조금…….

그렇다고 해서 일생에 단 한 번 오가는 서약인데 한사코 거절하기도 그렇고.

"나와 꼭 키스해야겠어?"

할파스의 눈이 살짝 커졌다.

죽은 듯 미동도 없이 서 있던 그는, 이내 긴장감 없이 풀어진 표정으로 웃음 지었다.

"키스라니요. 제가 어떻게 주인님의 입술을 탐할 수 있겠습니까?"

할파스가 저런 표정도 지을 줄 알았던가.

"주인님, 손등을."

캐서린은 얌전히 한쪽 팔을 내밀었다.

할파스는 두 무릎을 모두 꿇는 완전한 복종의 자세로, 캐서린의 손등 위에 깃털보다 가벼운 입맞춤을 남겼다.

'꼭 입술일 필요는 없는 거였구나.'

자국조차 남기는 게 두려운지, 고작 짧은 숨 한 번이 머물다가 떨어진 듯했다.

"저의 영혼과 육신 모든 것을 **「릴리스」** 님에게 바치겠습니다."

캐서린은 고개를 끄덕이는 대신 그를 향해 있던 눈매를 좁혔다.

이제 보니 할파스의 소매 곳곳에 붉은 핏자국이 만연한 게 아닌가?

"고마워. 그런데 할파스, 옷에 그 핏자국들은 뭐야?"

퍼뜩 몸을 일으킨 할파스가 낯부끄럽다는 얼굴로 소매를 접어 가렸다.

"아. 이건… 부름을 받기 전까지, 이 일대에 더러운 놈들이 들러붙어 있기에 청소를 하던 중이었습니다."

더러운 놈들이라는 단어에 혐오감이 덕지덕지 붙어 있는 것을 봐선 사제를 가리키는 듯했다.

'체자레와의 첫 만남에서도 비슷한 소리를 들었던 것 같은데.'

교황의 번견이냐고 물었었지, 아마?

나무 문이 멀쩡한 이상 악마 소환진의 힘이 흘러 나갈 일은 없을 터였다. 그렇다는 말은…….

'체자레 소유의 영지여서 위험하다는 소리인가.'

그렇게 되면 곤란한데.

캐서린의 표정을 살피던 할파스가 곧 조심스레 입술을 뗐다.

"주인님, 괜찮으시다면 제가 감히 한마디 올려도 되겠습니까?"

"아, 응."

"크리스토퍼는 교황청이 주시하는 땅입니다. 이곳에 「**마르구스**」를 두는 건 몹시 위험하다고 판단됩니다."

아무래도 할파스 역시 캐서린과 비슷한 생각을 하고 있었나 보다.

벽에 기대어 둘을 주시하고 있던 단이 할파스의 주장을 반박했다.

"흠. 등잔 밑이 어둡다는 격언이 괜히 존재하는 게 아니지. 교황청의 개들은 대륙의 오지를 오고 가며 악마 소환진을 찾는 데 혈안이 되어 있지 않습니까? 그런 점을 상기했을 때, 오히려 크리스토퍼가 더 안전할지도 모른다고 생각합니다만……."

아니, 반박하다 말고 거드는 쪽으로 방향을 틀었다.

"결국 이 땅도 대양의 지배자 소유이니까요. 리바이어던은 훌륭한 아군이나, 대악마인 이상 전적으로 신뢰해서는 안 됩니다. 저 역시 할파스의 제안에 동의하는 바입니다."

단은 이전부터 꾸준히 체자레로부터의 독립을 주장해 왔다.

대악마라면 대악마로서의 위엄을 가질 것.

대악마들과 우호적인 관계를 유지하되, 전적으로 신뢰하지 말 것.

말은 쉽다. 하지만 이제 막 각성한 캐서린에겐 홀로 서기 위한 시간이 필요했다.

"그렇다면 어디가 좋겠어?"

할파스의 답에는 망설임이 없었다.

"버스퍼필드."

단이 느릿하게 고개를 끄덕이며 동의를 표했다.

"뭐, 확실히… 그곳은 미카엘라교인을 포함한 모든 종교인의 출입이 엄격하게 금지되어 있습니다. 논리적으로 따졌을 때 버스퍼필드만큼 깨끗한 장소도 없겠네요."

"조금만 기다려 주십시오. 총사령관의 목을 따, 버스퍼필드와 함께 주인님께 바치겠습니다."

마음만 너무 급한 거 같은데. 혼자서 몇 개의 과정을 건너뛰는 거야?

워, 워. 캐서린은 흥분으로 격양된 할파스를 가라앉혔다.

"진정해, 할파스. 그렇게 급하게 굴 필요 없어. 마르구스의 이동 건에 대해선 조금 더 고민해 볼 테니 기다리도록 해."

그리고 한 박자 늦게 뒷말을 덧붙였다.

"결정하면… 너희에게도 이야기할게."

그녀의 말에 할파스가 환한 미소를 지으며 대답했다.

"예, 주인님."

확인해 보지는 않았으나, 벽 쪽에 조용히 서 있던 단도 작게 웃었던 것 같다.

음. 이런 느낌이면 주종 서약도 할 만한 것 같은데?

4권에 계속

버림받고 · 즐기는 · 소박한 · 독신의 삶

PERIWINKLE ROMANCE NOVEL

버림받고 · 즐기는 · 소박한 · 독신의 삶

박귀리 장편소설

A DELIGHTFUL SIMPLE LIFE

PERIWINKLE ROMANCE NOVEL

버림받고 · 즐기는 · 소박한 · 독신의 삶

OF A SINGLE, AFTER LEAVING HOME

박귀리 장편소설

vol. 3

Peri Winkle

버림받고 · 즐기는 · 소박한 · 독신의 삶